初心不改

hold your original will

创业季

柳梦觉 著

新世界出版社
NEW WORLD PRESS

图书在版编目（CIP）数据

初心不改创业季 / 柳梦觉著. -- 北京 : 新世界出版社，2018.1

ISBN 978-7-5104-6447-8

Ⅰ. ①初… Ⅱ. ①柳… Ⅲ. ①长篇小说－中国－当代 Ⅳ. ①I247.5

中国版本图书馆CIP数据核字(2017)第276399号

初心不改创业季

作　　者：柳梦觉
责任编辑：黄　倩
责任印制：王宝根
责任校对：宣　慧
出版发行：新世界出版社
社　　址：北京西城区百万庄大街24号(100037)
发 行 部：(010)6899 5968　(010)6899 8705（传真）
总 编 室：(010)6899 5424　(010)6832 6679（传真）
http://www.nwp.cn
http://www.nwp.com.cn
版 权 部：+8610 6899 6306
版权部电子信箱：nwpcd@sina.com
印　　刷：三河市骏杰印刷有限公司
经　　销：新华书店
开　　本：880mm×1230mm　1/32
字　　数：295千字　印张：10
版　　次：2018年1月第1版　2018年1月第1次印刷
书　　号：ISBN 978-7-5104-6447-8
定　　价：39.90元

contents

目录

第1章 | 光怪陆离的基金年会

初夏的傍晚，音乐声在幽蓝的草坪上响起，男男女女像飞蛾一般在草坪、舞台和游泳池间来来往往。七点刚过，周学浅身穿一套极不合身的黑色西装出现在这片位于京郊的高档会所，很不自在地在一群不认识的人中走来走去。他在努力寻找自己的同伴。

每个人看起来都是衣着得体，他们精神抖擞地介绍自己和自己正在努力的事业。周学浅不用细听，便可以确定他们在说什么——创业、融资、商业模式、ABCDEFG轮，也许他们的生活里真的就只有这些。他们看起来信心满满，似乎再多说几遍商业模式，成功就近在眼前。他们似乎也相信，无论眼前的人是谁，只要聊上几句投机的话，就可以成为亲密无间的挚友。没准儿递上一张名片，就能在将来做成一个double win的合作。在这一片繁华喧嚷之中，周学浅感到十分焦虑，怎么自己就没这个自信呢?

随着服务员将一盘盘烤得色泽金黄、香气十足的烤鸭端上自助餐台，晚宴正式开始。周学浅再次在人群中扫视了一遍，仍不见同伴的踪影，便自己先开餐了。琳琅满目的冷盘自不必说，五花八门的中西菜品看得人眼花缭乱，堆得像山一样的大龙虾反倒给人一种暴殄天物的感觉。放了很久也不见有人去拿，恐怕都在担心一不留神拆毁了承重墙，这龙虾山倒下来伤到自己是小，丢脸是大啊。餐台不远处是吧台，有专业的调酒师为大家调制花样繁多的鸡尾酒。此外，文爷刚投资的“荒唐”牌啤酒自然也成为了本次晚宴的当家菜，几十个巨大的啤酒桶散落在场地各处。

周学浅好不容易找了个远离舞台的座位，正想快速解决自己的晚餐，忽然舞台上灯火通明，著名电视节目主持人菜老师走上舞台，大声宣布晚会开始了。周学浅无论如何也想不到，一个去年才刚刚成立的基金公司，开个年会居然会有这么大的排场，连菜老师这样的一线明星都能到场。让周学浅更想不到的是，本场晚宴的第一个节目，居然是自己公司合伙人袁馨的表演。

周学浅还没回过神，舞台上已经变出一支装备齐全的爵士乐队，双簧管、长号、萨克斯管、大小提琴、短号、短笛、高低音铜鼓……应有尽有。舞台中间，身穿深蓝色紧身长裙的窈窕少女已经随着音乐轻摇身姿，极具磁性的声音缓缓飘来：“almost blue，almost you，there's a girl here and she's almost you.”唱到此时，周学浅仿佛看到袁馨那双黑白分明充满灵气的大眼睛正看着自己。她是那么光芒四射，即便是一首无法引起在场观众共鸣的慢歌，也能让所有人放下刀叉，停止喧哗，静静欣赏那迷离涣散的歌声。周学浅想起了多年前，他作为老生代表迎接新生时的场面，在几千新生中，他一眼就看到了袁馨，从此便没有忘掉这容颜。

大学毕业，周学浅以优异的成绩申请到了卡耐基梅隆大学的全奖，带着无数人的期待和羡慕去美国深造。临走前，众亲朋特意从老家赶到首都机场给他送行。

“一定要读到博士啊。”奶奶擦了把眼泪，深情地说，“你爷爷就希望家里出个读书人，光耀门楣。”

不只是奶奶，所有人都觉得他会顺理成章地读到博士，然后留在美国打拼，最终实现洋车洋房洋妞、两个孩子一条狗的美国梦。可惜，天不遂人愿，师妹的一个突发奇想彻底打乱了周学浅的人生规划。

“师哥，拜托了，帮帮我吧，我要创业。现在就需要实现一个小功能，你在美国帮我做也行啊，一个小程序费不了你多长时间吧？”袁馨的恳求让人无法拒绝，那是一种带着孩子气的依赖式求助，男女通吃。

人在异国，还能接到梦中女神的电话，周学浅当然很兴奋。但当他听到这位在上学期间以不学无术著称的混世女王居然有了创业的念头，还是狠狠地劝阻了一番。

“袁馨，我知道你家不缺钱，但你吃喝玩乐就好了，别这么打水漂啊。创业哪是你能干的，多苦多累，你知道吗？我有个师兄，在硅谷创业三年了，一分投资都没拿到过，自己掏腰包硬撑了三年。上个月昏迷住院了，一检查，脊椎全弯，只能躺着。就这样了，他还不放弃，买了个架子，把电脑夹住，吊在自己头上，托人设计了一套分体式键盘，可以放在身体两侧，你听懂了吗？他还写代码呢。就那么躺着，电脑在头顶，两只手边各有半拉键盘，你想象一下，就那样，躺着写代码。谁劝他别干了，都不听。你别笑，我一会儿发照片过去给你看看。”

“哇塞，看完他，我算知道什么叫身残志坚了。这洋鬼子够逗的啊。不过，他这设计挺好的，推广一下，说不定能火耶。谁不想躺着办公啊。”袁馨一向是以脑洞大著称，上学时就有过不少奇思妙想，干过不少荒唐事。

“正常人对键盘没那么熟悉，分成两半儿估计就不会用了。”

“嗯，可以先做个雏形找用户试试。”

“我的意思是，创业这事不好干，成功率极低。你知道硅谷的创业项目有多少能活到C轮的吗？”

“百分之五？”

“百分之二。明白了吗？真的很难。”

“周师兄，我就是想试一下，没考虑是当分子还是当分母。你就说帮不帮忙吧？”

“你想做什么啊？”

“我想要做一款化妆软件，导入自己的照片，可以选定想要什么妆，比如朋克妆、晒伤妆，这种的。正常女孩，像我这样的，根本不知道这些妆怎么化，也不知道化出来好不好看。所以如果有一个软件，我放进照片，选定类型，它就可以帮我先出个效果图，然后再配个教怎么化这种妆的视频，一定可以帮到很多人，我自己就是个典型用户啊。”

“这个倒是不难，但视频有现成的吗？还有各种类型的化妆效果是不一样的，需要一些素材图库，这个图库肯定量越大越好，量越大越容易变化。另外就是人脸识别了，现在已经是比较成熟的技术了，实现不难。”

“教化妆的视频网上挺多的，这个我去找。至于化妆图片素材嘛，我可以去几个摄影工作室聊聊，他们应该有。师兄，你是不是答应帮忙啦？”袁馨的声音里带着兴奋，分外动听。

“嗯，就当练手吧，不过咱俩可有时差，你看是谁迁就谁。”

“我求你，当然是我早起给你打电话啦，你列个to do list吧，我都应该干吗，我现在就去准备。”

“好，你得先注册一个视频云账号，视频得有地方放，这个估计得几天。还得注册个网站做备案，其他的我想想，一会儿给你发邮件。”周学浅的大脑迅速进入思考模式，视频存在云上，用户访问起来也方便，本地应用也不会占用空间，化妆教学这一步简单，很容易就可以搞定。至于一键化妆这个功能，其他美化照片软件上也见过，好像开源代码里也有类似功能，可以研究一下，如果有直接能用的模块就更好了。短暂的思考之后，周学浅得出结论，这事能做，工时需要一个月，为了博红颜一笑，自己搭进去一个月也算不了什么。

之后的日子，袁馨每天都会在北京时间早上八点缠着纽约时间晚上八点的周学浅询问项目进度。当然，袁馨也没闲着，干净利落地把配合工作都完成，一点儿没让周学浅操心。

一个月后，项目顺利完工，袁馨的苹果手机上出现了这款名叫“照妖镜”的APP……

如果就此作罢，该有多好。周学浅看着台上的袁馨，不由得叹了口气。

此时袁馨一曲唱罢，台下掌声雷动，四面八方的长枪短炮对准舞台一通乱闪。

“这就是大名鼎鼎的创业女神啊，确实长得不错。”

“何止长得不错啊，名校高才生，而且他们那产品，简直神了，创世纪啊。”

“你用过了吗？”

“在西单大悦城试用过一次，排了一个小时的队吧。特别神奇，我就坐那儿，一会儿工夫就好了，又快又好。”

“真这么神奇？我也听朋友说过，特别好，但我每次看见都觉得队伍长，没敢排过。你说怎么那么多人排队啊？不会是请的黄牛公司吧？我听说现在好多餐厅都是请黄牛雇人来排队的，找个钟点工阿姨，每个小时三十块钱，反复排队。”

“他们那儿排队的人都是真的，我还去排过队呢，真人假人一眼就能看出来。要不是价格太贵啊，我真想买一台放家里，这得省多少时间啊！”

“听说那个女星，叫什么来着，就买了一个，还专门在微博上发照片炫耀呢。”

周学浅听着旁边桌的议论，脸一阵红，一阵白。

台上主持人菜老师还不肯放走袁馨：“创业女神，今天可算见到真人了。原来你这么漂亮啊！大家说袁馨唱得好不好？”

“好。”

“再来一首。”

台下一片起哄的声音。

“你可能不相信，我偷偷去试用过你们的产品。”菜老师是位长相帅气的男士，但说这句话的时候，表情却娇羞得如少女一般。

“不会吧，我们的机器不是放在大商场就是写字楼，您要是出现，那地方不得炸了。”尽管袁馨穿得十分淑女，但这没心没肺的京片子一开嗓，巾帼英雄不拘小节的范儿就上来了。与一般的美女不同，袁馨眉眼间自带着几分英气，说话办事也是一副男子做派。

“我有一天早上五点在商场录节目，趁着没人，偷着去试了一下。”菜老师用手捂着嘴笑。

周学浅听到这儿，顿觉头皮发麻。

袁馨的表情也有几分不自然："那您体验如何？"

"非常好，真的是非常好用。但那天我要录节目，已经化过妆了，所以没有用到你们最强大的化妆功能。但之前的效果图我试了好多，你看，我还照了相。"菜老师拿出自己的手机，立刻有专人上台帮助菜老师通过蓝牙使手机连上投影，菜老师手机里的照片出现在大银幕中，"这是我第一次尝试朋克妆，没想到这么难看啊。"

台下响起一片笑声。

袁馨松了口气，凑过来："别说，这黑嘴唇还挺适合您的。所以我们这个机器啊，新版本要增加好些功能，必须配上卸妆，好专门等着菜老师的再次光临。"

"你今天没带过来一台吗？不满足一下我们这些吃瓜群众的好奇心吗？"菜老师问道。

"带了，一直在台下候着呢，随时等待您的召见。"

"那就传朕旨意，拖上来吧。"菜老师叫唤道。

台下一群人，连拉带拽，费了好大劲儿终于把一个两米高、三米长、一米多宽的粉色长方体搬上了台。

"怎么这么重啊？"菜老师试着推动箱子，结果纹丝不动。

"这里面元器件特别多，所以沉。大家放心啊，新版一定做成让小姑娘一个人就能拎得动的。"袁馨打趣道。

"你给大家介绍一下吧，这个'美妖盒'到底是怎么回事啊？"菜老师故意把"美妖盒"读得抑扬顿挫。

"这个介绍起来没意思，咱们现场找一位志愿者，上台来试试吧，必须是素颜啊。您要是化了妆，就得先用'荒唐'啤酒洗个脸了，反正啤酒有的是。谁愿意，举个手吧。"

袁馨控场的能力即便在菜老师身旁也丝毫不落下风。这种场合，她怎么就能应对自如呢？周学浅全神贯注地看着台上的袁馨，竟没发现身边坐了一位衣不蔽体的美女，正举着鸡尾酒要跟他碰杯。

美女见周学浅如此无视自己，心中气恼，咳嗽了一声，说道："您是美妖盒项目的合伙人吧？"

"我是。"周学浅赶紧回过头，看着身边这位美女，浓妆艳抹下五官很难分辨，"您好，您是？"

"久闻大名啦，都说您是沃森教授的得意门生，却为了这个项目连博士学位都不要了，毅然决然地回国创业，您是怎么考虑的啊？"美女边说边递过一张名片，"我是《创业报》的主编，您叫我小玉就好了，我一直想找机会采访您和袁馨呢，今天可算见着了。"

"您好。"周学浅看着小玉的衣着不由得面红耳赤，全身上下就那么一小块布，往上扯一下就露屁股，往下扯一定露乳，现在这个样子倒好，上下皆走光，该看的不该看的尽收眼底，"我再去拿点吃的。"

"您还没回答我的问题呢。"小玉见周学浅想跑，哪肯放过，一双白皙的玉手立刻抓住了周学浅的胳膊。

"别，"周学浅使劲抽回了胳膊，"您问我为什么创业？因为觉得现在形势好啊，国家支持，政策扶持。你看看在场的人，谁不想趁着好时候开创一片自己的天地啊。我可以走了吗？"

"您这外交辞令打发别人可以，打发我恐怕不行。"小玉面色潮红，看起来已经微醺。

"我说的是真的。"周学浅故作淡定。

"你和袁馨是一对儿吧？"小玉微笑着咬了下嘴唇。

"您误会了，我们只是合伙人关系，失陪了。"

周学浅说完，快步逃走，生怕小玉再来纠缠。

真的就只是合伙人关系吗？周学浅看着台上的袁馨还在跟菜老师烘托气氛，不由得有些落寞。在决定了从美国回来北京创业的那一刻，自己还规划好了和袁馨的未来。那一个月的视频聊天，可能是此生袁馨同自己最亲近的时光，哪怕是回了国，似乎都没有那么亲近过。所以在那个时候，当袁馨看着手机上的APP欣喜若狂地说出她真实想法的时候，明知不可为，周学浅还是头脑一热地答应了。可是现在，她已经那么遥不可及。

台上，袁馨站在“美妖盒”的门口，指挥着坐在美妖盒里的志愿者操作机器：“对，您就看着屏幕，选择自己想要化的妆就行，目前我们这儿有职业妆、田园妆、波希米亚妆、哥特妆、英伦妆、晒伤妆、赫本妆和‘高老庄’。”袁馨说完，又引得台下一片笑声，“您选择了晒伤妆，好，现在开始您要闭眼，直到‘哔’的提示音响起，就代表化妆结束，您才可以睁开眼睛，不然化妆品不慎进入眼睛里，产生了什么副作用，我们可不负责啊。准备好了吗？开始啦。”

台下的观众忽然悄无声息，似乎都在屏息等待，还有人打开了手机上的计时功能。

“好，结束了，您可以睁开眼睛了，走出来给大家看看吧。”袁馨拉着志愿者走到舞台正中。

所有人的目光都聚焦在这一刻。

“哇，真的是鬼斧神工啊，不细看，还以为是王菲呢。”

“这比自己化的妆好看多了，太漂亮了。”

“真的，就只有三分钟啊，要是自己来，粉还没抹匀呢。”

“简直就是颠覆性的科技啊。”

长枪短炮又是一阵闪烁。台上的志愿者神采奕奕，在精致的妆容下看起来自信又不失妩媚。

菜老师惊讶地问道：“太神奇了，这比我们台里专业化妆师化的还要好，这机器多少钱啊？我想买一台。”

“我们现在还没有实现大规模生产呢，就做了几十台样机，全部放在公共场所做宣传啦。等二代产品研发好了，您再排队买吧。不过我估计，到时候的队可能会比任何一次iPhone上新都长。”袁馨得意地说。

“样机不卖吗？我怎么听说凉凉姐那儿已经有一台了啊？”菜老师问道。

“凉凉姐那台是特例，我们现在的成本太高了，这一台机器要几十万美元，其他部分都好说，就是化妆用的机器手，全部是以色列进口的，之前都是用于医疗手术的。现在想大规模订货也做不到，他们的生产模式就达不到大批量生产，为了确保安全性和耐用性，生产周期、测试周期都非常长。我们就卡在这儿了，下一代产品，我们会使用自主研发的机器手。”袁馨侃侃而谈。

周学浅只觉四周的议论声越来越嘈杂，忍不住又向外面走了几步，因为心不在焉，撞上一个正在打电话的人。

“sorry。”周学浅赶忙道歉。

“没事，学浅，这么巧？我还说过两天去找你呢，没想到在这儿就碰见了。”

周学浅也借着灯光看清了来人，是自己在美国的师兄，都是中国人，闻道有先后，可导师明显更器重周学浅几分，师兄心中难免有些瑜亮情结，在美国时两人关系就不好：“Nicky，你怎么会在这儿啊？”

“我来听听你们的梦幻高科技啊，哈哈哈。”Nicky说话的语气充满了嘲讽，“是文爷专门把我从美国请过来的，让我参加他们的年会，说要探讨几个项目。台上那位就是你的合伙人吧？”

“是的。”周学浅紧张得几乎快要窒息。

“那我可以理解一点儿了，英雄难过美人关，那也别瞎胡闹啊，哈哈哈，你们骗鬼呢吧？这要是传到咱们导师耳朵里，你还混不混了？哈哈哈，要我说，趁着事情还没有恶化，你赶紧回去吧。”Nicky不怀好意地笑着，伸手拍了拍周学浅的肩膀，“你不怕，我还嫌丢人呢。不说了，我回去继续听你们神器的介绍了。”

Nicky走后，周学浅在这七月天中竟瑟瑟发冷。没有人比自己更清楚一旦事情败露自己将会面临什么，眼前是一片灯火辉煌，可心里却是一片漆黑。

“太好了，师兄，这个功能已经实现了。”袁馨那激动的声音通过手机传到周学浅的耳朵里，让人热血沸腾，“不过，我想做的，可不单单就是这个小功能哦。”

“那你想做的是什么？”在频繁的沟通中，周学浅也猜到这个喜欢天马行空的师妹不会这么轻易放过自己。

“我想做一个能帮人化妆的机器人。”

“这个我做不了，你得找那帮搞自动化和人工智能专业的来，我的专业是图像识别和分析。如果你有需要，我可以帮你问问我们学校搞这些研究的同学。”周学浅一板一眼地答道，完全没有阻拦师妹的打算。梦想总是要有的，万一实现了呢。

“我不想找别人，就想找你，师兄，你回国跟我一起创业吧。”

“可我真的不会啊，做不出来。”

“咱们可以招人吧？只要能说清楚要做什么，找专业人士来做就好了啊。我前阵子看到以色列有一个医疗机器手的项目，已经应用到临床了，可以在医生的监督下做很多大型外科手术，比医生下手更精，事故率也更低。我就想，如果连手术都可以做，化妆这点事不算什么吧？”袁馨稚气未脱地问道。

“这个我没研究过，我可以看看相关的学术论文研究一下。但是，隔行如隔山，我要了解之后才能告诉你这事是否可行。”周学浅犹豫了一下，继续说道，“袁馨，不是师兄泼你冷水，创业不是拍脑袋，想起个事就能做的。再说，你怎么非跟化妆这事过不去啊？你不会化妆，但会化妆的人很多吧？这种机器花大钱生产出来，最后没人用还不是浪费嘛。”

“我这么说是有根据的，我做了用户需求分析的。我恰恰是不需要的，你知道的，我很少化妆，但我身边的朋友、同事，就那些写字楼里的小白领，全都浓妆艳抹的。我办公室里的小姑娘，说每天五点多起床，就为了化妆，要化两个多小时。我听说的时候也惊呆了，两个小时啊，干点什么不好啊，闲书都看两本了，多浪费生命啊！而且她们这帮化妆的全都上瘾，一天不化就不行，根本没有办法面对素颜的自己。所以我就想啊，如果能生产这么一台机器，能迅速精准地帮她们完成化妆，该有多好！正好这时候看到机器手那个消息，医生的手总比这帮化妆的稳多了吧。能比医生的手更稳，干这点事应该不在话下吧。以色列既然已经有成熟的产品了，咱们买过来就是了，不过是在芯片里加段程序的事，化妆也不可能比医疗手术更复杂吧？”袁馨说得头头是道。

周学浅一时竟想不出如何反驳：“话是这么说没错，但……”

“师兄，你就回来吧，你的工资我出得起。”袁馨不等周学浅说完，便打断他。

“工资才多少钱啊，你知道一个机器手要多少钱吗？代码写起来也不像你想的那么容易啊！而且硬件产品啊，坑还多着呢，哪有那么容易。”周学浅不禁苦笑了一下，真希望世上的一切都像小师妹一样简单美好。

“贵也不怕啊，只要这个事是符合大众需求的，生产出来只要有人买单，就不用担心。再者说了，就算我的钱不够，咱们还可以融资啊，现在北京的投资人多如牛毛，随便进个咖啡馆就能抓到七八个，咱们这么好的背景，加上创意也吸引人，一定能拿到投资的。你就回来嘛，你不回来，我自己做不了这个事啊。”

这几乎是在撒娇的声音让周学浅心念一动：“要不这样，你要是能拉到投资，不管多少，我都回国去帮你，怎么样？”

“真的？”

“君子一言。”

“那你就瞧好吧。”袁馨充满自信地笑了。

几个月过后，就在周学浅又在思念小师妹的时候，袁馨发来了邮件。内容十分简单：“师兄，融资已到位，恭候您大驾啦。”附件里是营业执照、公司章程和已经签好的投资协议扫描件。袁馨和周学浅的股份都是百分之四十，文鼎投资管理有限公司出资两千万人民币，占股百分之二十。

周学浅不由得一阵悸动，还什么都没做呢就融资两千万，师妹果然厉害。不知道这家投资公司什么来路，看见什么了，就敢投这么多钱，天使轮就敢这么下本儿？国内的融资形式真有这么好吗？是该回国看看了，周学浅早想有一番作为，苦于一直在学术进阶的路上，没有机会。既然机会来了，就绝对不能错过。

周学浅踌躇满志地坐上了回国的飞机。在飞机上，他还巧遇了某大公司的CEO库克，与库克的简单几句交流，让他误以为是这次创业成功的好兆头。

在北京机场迎接他的，除了袁馨，还有此时正在台上怒吼着“一无所有”的文爷。

说起这位文爷，也是奇人奇事。曾经是大名鼎鼎的天胜中国合伙人，做过很多业内知名的项目。四十刚过就因为心梗进了医院，年纪轻轻就做了心脏搭桥手术，在投资界被热炒了一阵。出院后另起炉灶，做了自己的投资公司，主投创业企业，逼着创业者们必须喊他“文爷”，以显示自己特有的亲和力。

文爷长相清秀，生病前瘦弱苍白，生病后更加苍白，但胖了四十多斤，成了一个外表憨厚的白胖子。戴着瓶底儿厚的金边眼镜，站在舞台中央摇摇晃晃，让人不禁担心万一狂风骤起，说不定就滚了出去。文爷明显缺乏舞台经验，手足无措，四处乱摆，一首摇滚唱得实在有些不伦不类。好在贝斯手、吉他手们都格外卖力，任凭主唱如何跑调，还是弹出了气势，摆好了造型。

在周学浅看来，文爷的气质，最多只能唱唱《明天会更好》，明明是白白胖胖混得不错的中产阶级，就不要再唱《一无所有》了。这样的歌就应该留给自己这样一无所有的人来表达，才有愤怒，才有感动。

创业一年了，自己到底得到了什么呢？事业？周学浅不禁苦笑了一下。感情？每当周学浅想要在两人关系上进一步时，袁馨就像早有准备一样理性地退一步；而当周学浅准备抽身而退的时候，袁馨又会恰如其分地撩拨他一下。这种分寸得当得若即若离，让学浅无所适从，彻底缴械投降。早在大学，学浅就听闻过师妹感情上的种种劣迹，也许她就是个天生的万人迷。财富？公司新一轮估值二十亿人民币，融了两亿，可这恰恰是学浅此时最头疼的事。

“下面有请汇美科技的CEO刘慧，刘总。”莱老师边说边闪身到一旁，把舞台的中心位置留给了缓步走上台的刘总。

刘慧是创业界有名的型男，粉丝无数，少女和师奶通吃。今天的打扮也是抢眼帅气，紧身西装，屹立不倒的寸头，嘴唇微微闪着珠光，戴着墨绿色美瞳的眼睛在舞台灯下显得格外明亮：“大家好，我非常荣幸能出席文鼎的盛宴。我跟文爷认识好多年了，但他一直都不肯投我们。”

“话不能这么说啊，我一直想投你们，但你们要价太高了，我投不起啊。”文爷在台下插话道，“当然，也是我眼光不行，要知道你们去年就能上市，当时要多少钱也应该咬着牙投的。”

“没事，还有机会。”刘慧冲着观众席笑了一下，停顿了一下，继续说道，“今天能出席这个盛会，主要是沾了‘初心不改’的光。”

听到这里，周学浅愣了一下，“初心不改”正是他创业公司的名字。汇美是美妆电商里唯一上市的两家公司之一，每年销售化妆品的利润高达几十亿，自己的公司什么时候跟他们扯上关系了?

“我们已经正式签订了合作协议，将由汇美为‘初心不改’定制‘美妖’系列护肤品，并且，汇美和‘初心不改’将联合生产下一代美妖盒。大家请看大屏幕。”

舞台背后的屏幕上出现了一张产品图片。

“新一代的产品不但能实现之前的化妆功能，还会有日常护肤功能。我们都知道，其实面部护理三分靠护肤品，七分靠按摩和涂抹护肤品时的手法。”刘总边说边用一只手在脸上画圈转动，“就是像我这样，从下巴开始，用手掌逆时针往上旋转。这个动作，如果每天能坚持十五分钟，那么不管你用什么护肤品，效果都会跟lamer一样好。”

台下女性观众都学着刘慧的示范动作，练习起来。

“没错，就是这个动作，很简单，但每天能坚持做下来的人很少。有了下一代美妖盒，它会帮你坚持每天十五分钟。并且在这十五分钟时间里，整个盒子中会充满我们特制的保加利亚玫瑰水冷喷，保持一个非常舒适的湿度，就像在敷面膜，我相信在座的女性都是拜面膜教的吧？”说到这时，刘慧又刻意地停顿了一下，嘴角上扬，冲着台下的女观众展现了迷人的微笑，“面膜确实可以解决很多皮肤问题，但接触式面膜可能会因为使用不当而反吸水，我们这款全新的产品可以完全避免这种困扰。除了这款非接触式面膜，我们还会在美妖盒中嵌入为每个用户量身定制的护肤品套装，我敢保证，这会是护肤品界的颠覆式作品。跟大家说一个行业秘密，所有化妆品公司都不敢公开的秘密。护肤品的效果是完全因人而异的，很多资深美女可能都会有自己的热衷搭配。这些搭配可能是做了十几年小白鼠试验出来的。很多女生会问我，为什么已经砸了好多银子去买大牌了，皮肤还是不好呢？道理很简单，汝之蜜糖，彼之砒霜，放在这里再合适不过了。很多用户买的护肤品跟自己的肤质完全不合适，lamer也好、SK-II也好，他们是有多个产品线的，如果不了解自己的皮肤到底适合什么类型的产品，一味用贵妇品牌也是得不偿失的。现在很多产品也会在用户购买前用仪器做短暂的测试，然后再推荐适合用户的产品，这个方法是对的，但仍然不够，因为在不同的季节，不同的环境，我们的皮肤状态还是会发生变化。适合冬天使用的面霜为了提高锁水能力，普遍偏油；等到了炎热的夏季，这样的面霜就会增加皮肤的负担，容易长痘。而在春天，过敏是我们的最大困扰，红血丝时不时就会长出来，这时候我们最需要的，是含有维生素C类能帮助我们提高免疫力的温和面霜。听到这儿，小白用户可能已经开始头疼了，那到底该用什么样的产品呢？不变应万变肯定是不行的了，但想要万变，这要买多少化妆品啊？我们这款护肤品的第一大颠覆就是，从我们开始，化妆品不再按量出售了，不用一次性买五十毫升、一百毫升这样，买少了很贵，买多了又容易过期。我们的护肤品是按时间出售的。即三个月，半年，一年，或者十年。购买之后，我们的美妖盒会根据用户当时的皮肤状况，精准地设计出最适合用户的护肤品组合，自动下单。在二十四小时之内用户就会收到一周剂量的护肤品套装盒，装在美妖盒的专门凹槽里就可以了。到了周末，美妖盒会再次分析当时用户的皮肤状态，设计出下一周的组合，真正做到因地制宜。另外一个颠覆，就是价格。我们测算过城市女性每年在护肤品上的开销，大概是三千元，而购买我们这样因地制宜的组合套装，一年的价格，大家猜猜是多少钱？”

“两千？”

“一千？”

“八百？”

刘慧微微一笑：“我们第一年只收五十元。”

台下一片躁动，大家开始议论纷纷。

“没错，五十块钱可能对于大部分女性连一件护肤品都买不起，但我们会提供包括眼霜、眼精华、面部精华、面霜、化妆水、柔肤水、爽肤水、护唇膏等全部你们能想到的护肤品，当然还包括我刚才介绍的非接触式保加利亚玫瑰水冷喷面膜。而且，我们的产品全部由资生堂、雅诗兰黛这样的大企业代工，大家完全不用担心产品的质量问题。”刘总用闪着光的眼睛扫视了台下的女性，再确认过一个都没有漏掉之后，继续说道，“互联网精神，先走量，再赚钱。如果所有能花得起五十块钱的女孩子都成为我们的用户，我们能赚多少钱，大家就可以展开想象力啦。没有任何一个品牌能做到的事情，我们就要做到了。而且，我可以负责任地说，这一年五十块钱的护肤品将是大家这辈子最好用的护肤品，因为它完全是为你定制的。此外，我们的护肤品因为只给用户寄送一周的量，可以不使用任何防腐剂，并用上更多天然的原材料，减少皮肤的负担。这款颠覆整个行业的产品在今年就会上市。考虑到第一年生产能力可能会有限，我们会开放预订页面，限量两百万用户注册，今天借着这次盛会，我宣布：我们的预订端口正式在官网开放，大家先到先得。”

话音未落，已经有不少台下的女性掏出手机跃跃欲试了。

周学浅觉得这事实在好笑，可如鲠在喉根本笑不出来。这种脑洞变黑洞的产品方案只有袁馨想得出来，难怪连上市公司都能拉来合作。这个主意真是天衣无缝，汇美估计连研发的影儿都没有呢，就先拿了一亿的定金，不对，不一定是一亿。周学浅继续思索着，两百万只是饥饿营销的策略，用户看不到这个数字，只要眼前的这位刘慧稍微砸点钱在网络营销上，用不了一天时间，所有的城市女性都会看见他那充满魅力的笑容和一年只需要五十元的顶级护肤品，有哪个女孩会不愿意交这五十块钱的尝鲜费呢？天啊，这一笔他们会赚到多少钱啊！又有几个人会想到，没有美妖盒他这款护肤品就是个摆设，买美妖盒是多少钱他可没说啊，而且美妖盒能否上市，可还是个未知数呢。就算因为美妖盒不能上市而导致“美妖”护肤品不能出售给用户，汇美在一年之后退款也无伤大雅，这一年空手套白狼地占用几十亿资金也足够他们大赚一笔了，更不用说因为这个噱头带来的资本市场的关注，几个涨停板肯定是跑不了啦。

果然，周学浅不远处就有两位男士低声议论着。

“现在挂明天买进来不及了吧？”

“晚了，提前老文也不说一声，真是。这女人的钱是真好赚啊！”

“是啊，我当初一点儿不看好这项目，没想到啊，据说两个亿已经进账了，还是举辉领头投的，真不像洗黑钱的。”

“还不都是冲着袁晓华嘛。”

“袁晓华跟这项目有什么关系？”

“他是刚才唱歌那女孩儿的亲爹，你说有什么关系？”

“啊，这我怎么也不知道啊，我这尽调算是白做了。”

“私生女，正常途径查不着，而且袁晓华对自己女儿创业这事也不太支持，听说为这事父女俩还大吵过好几次呢。”

“你这消息都从哪儿来的？够劲爆的啊。”

“还能从哪儿来啊，老文说的呗。每次吵架，都是老文跑去调停。老文这基金的主要LP，都是袁晓华帮着找的，不然，就凭老文那点资历，上哪儿募资去。老文也算投桃报李，一直给袁晓华的女儿当马前卒，这轮融资也是他给张罗的。”

“原来是这么回事，我说呢，我就纳闷这么个初出茅庐的小姑娘，上哪儿能折腾出这么大动静。”

“哎，哪次投资背后没有故事啊，哪个创业者没点儿底子啊。这汇美的小刘，不也是世家子嘛。老子出钱，儿子玩票，咱们就配合着看看戏，不也挺好。”

“嗯，咱们就好好看戏吧，不过他们这产品点子倒真是挺新鲜的。”

“戏法灵不灵，全靠毯子蒙。”

“你这话什么意思？”

周学浅清楚他这话什么意思，但袁馨的身世他却一点儿都不知道。虽然大学的时候见过师妹天天开着mini cooper上学，动不动就请人吃金钱豹，尽管创业一年来时常能感觉到袁馨谈论起金钱时毫不在意的口气，也偶尔见她穿戴过一两件奢侈品，但自己还是没把她和资本市场的一号人物袁晓华联系在一起。因为大部分时候，袁馨跟自己一样，背双肩包，穿牛仔裤，出门办事挤地铁。袁馨是故意隐瞒吗？有可能，不过是同事关系，没必要坦诚相见。可更让学浅难以接受的是，所有的投资都来自于袁馨她爸的威慑力。那自己的作用呢？难道在这个项目，自己的地位如此可有可无？投资人是否知道有自己这号人都不一定。袁馨是玩票的，他们全是看戏的，那自己是什么角色？陪太子读书的？还是与狼共舞的？周学浅此时很想抓住袁馨问个清楚，她到底把自己当什么？

不远处那两位看客的交谈还没有停止。

“年轻人胆子真大啊，这么玩火，就算她老子也救不了她啊。”

“是啊，就看这层窗户纸什么时候破吧。”

“真出了事，老文这儿也没法交代吧？”

“老文到时候就说不知道呗，被创始人骗了，一推六二五，装傻充愣的本事他可比谁都强，反正LP也是袁晓华找的，不会有什么大事。再说，老文那二十多亿的基金，亏个两三千万不算什么，谁还没个走眼的时候啊。”

“这也算一战成名啊，咱们就等着看好戏吧。”

“光看戏多没意思啊，既然都明白了，就别错过机会。等过几天汇美涨起来，就去做空啊。”

“高见，多谢提醒，这次我可赶上了。哈哈哈——”

纸是包不住火的，这事周学浅早就知道。从袁馨给出解决方案的时候，他就知道，不过就是时间问题。这是一场all in的赌局，赌在别人发现之前，他们能不能把最后的问题解决。现在看来，他们已经输了。既然已经有不相干的人知道了其中的秘密，就不用担心这个秘密会一传十，十传百，成为全球皆知的秘密。刚才Nicky那番话又在耳边响起：“这要是传到咱们导师耳朵里，你还混不混了？要我说，趁着事情还没有恶化，你赶紧回去吧。”本以为是两个人的all in，现在看来，对于袁馨，就算事情败露，她还是高高在上的小公主，这事的污点根本影响不了她的生活，可是对于自己，身败名裂之后恐怕连找份工作都困难。

周学浅的后背全湿，他奔走在这片热闹嘈杂的大草地上，他要找到袁馨，虽然还没想好到底要跟她说些什么，但此时此刻，他一定要找到她。

半个小时后，周学浅终于在舞台旁一个硕大的啤酒桶背后找到了袁馨。

袁馨似乎是藏在了这里，看到学浅过来，赶紧把食指放在嘴唇上，小声说：“别让他们抓到我，他们要灌我喝酒，那啤酒难喝死了，我一口都不想喝。”

“我有话跟你说。”周学浅厉声道。

“怎么了？你生什么气呢？”袁馨显然是没想到一向对自己和颜悦色的师兄，会出现这样的表情。

“美妖盒的秘密，已经有外人知道了。”

“咳，我当你要说什么呢，知道就知道呗，有什么大不了的。我们只能欺骗所有人一时，或者欺骗某个人一世，但想欺骗所有人一生一世，这个能力我自信没有。我又不是这个世界上最聪明的脑袋，我能想到的事别人肯定可以想到的。现在融资都到位了，我不怕有人拆穿。对了，你说咱们自己搞个活动，专门揭秘怎么样，又能吸引一次眼球，观众肯定都疯了。”袁馨说到这时不由得手舞足蹈起来。

“你这么不在乎？你知不知道如果揭秘了，别人会把咱们当骗子看的。”

“为什么？他们应该会认为我们很有创意，很有趣吧？你想啊，我们解决了……”

“够了，你可以继续胡闹，请恕我不想再奉陪了。”周学浅冷冷地说完，大步走出场地。这里离机场不远，他一定要赶上今天最后一趟飞往美国的班机。这里的一切都不属于他，不属于这个出身贫寒，但想要脚踏实地有所作为的年轻人。

第2章 | 弥天大谎

周学浅以为回到了匹兹堡创业的种种就可以淡忘了，就可以跟这场如做梦一般的经历彻底告别了。可是就在仅仅一周的时间里，他就经历了一场过山车。先是铺天盖地的“美妖”护肤品广告轮番轰炸，紧接着，“初心不改”的骗局就在所有的地方刷屏了，连美国的电视新闻都没有放过这条消息，用了接近五分钟的时间详细介绍了这起极富戏剧色彩的创业大骗局。

周学浅对自己悬崖勒马感到庆幸的同时，也在内心深深地担忧起了袁馨。她现在怎么样了？刚刚遭遇了合伙人的抛弃，还要面对所有公众的指责，她能不能挺过来?

微信朋友圈里，五花八门的公众号全都在蹭热点，跟风发表评论性文章，让曾经傲视群雄的创业女神一夜之间就成了人人喊打的女骗子。

周学浅恨不得去跟所有公众号理论，那些不负责任的文章里，连一句靠谱的评价都没有。周学浅可以确定，写这些文章的人根本不认识袁馨，也并不了解他们的创业项目。他们就是为了哗众取宠而写。就像现在看的这篇，惊世骇俗的题目搭配热烈的文字，怎么能不吸引眼球。

《二十亿估值的背后，她到底睡了多少人》。

笔者与袁馨相识于大学，不同系也不同年级，但依然挡不住她的传奇事迹不绝于耳。首先，跟之前很多媒体介绍的情况不一样，袁馨能够进入T大完全是靠美貌特长保送的，大家可能没听说过美貌特长，是的，笔者在认识袁馨之前也对此一无所知，并且一直坚定地相信，T大的所有学子都是凭本事考上的。但袁馨并不是，她进学校靠的是睡，睡服了招生办主任，又睡服了一位副校长。当然，即便如此也要师出有名，她恰好是当年的北京小姐得主，学校特别为她开了一盏美貌特长的绿灯。T大同期的很多在校生都知道这件事，大家可以去求证。

T大的学业负担之重、考试之难都是有目共睹的，为了能顺利混到文凭，袁馨小美女在四年的时间里，不但睡遍所有教过她的男老师，连高年级师兄也没有放过，当然无论遇上哪位女老师，她那门课都是红灯。就这样，她在T大十分嚣张地玩了几年，顺利毕业。

袁馨的第一份工作去了大家都非常羡慕的德意志银行，至于是怎么去的，大家可以自己脑补。但仅仅待了一年，就跳槽去了知名投行，笔者从金融圈（知名金融行业爆料公众号）那边听说，在这家投行袁小姐也没参与过什么正经case，倒是和各位老大迅速打成一片，同时利用和老大们出席活动的机会，拓展自己的人脉。当然，正常的方法对于袁小姐是不适用的，她所拥有的就是sexual clorminance，她也确实使用得当。在奠定了这些基本交情之后，袁小姐甩甩长发，告别了这家投行，另起炉灶了。

她找到了之前已经睡熟了的投资人们，挨家挨户地求，终于融到了钱。可惜对于袁小姐这样的人，有钱也没办法做一家好公司，毕竟她除了花钱和睡觉，什么都不会。我甚至都能想到袁小姐在制造这场天大骗局之后那沾沾自喜的表情，她利用这个idea又融到了一大笔钱。据金融圈说，业内有名的投资人都收到了袁小姐的盛情邀约，邀请函里永远附上一把酒店钥匙。最后是谁享受了这份齐人之福，大家都可以查到。

只可惜，天网恢恢疏而不漏，袁小姐机关算尽到头还是一场空欢喜。希望这次的事能给像袁小姐这样一味靠身体上位的女孩一个教训，成功不是那么容易的。睡来的终究是梦，梦再美，人只要不死，还是会醒来的。

周学浅看完，拿着手机的手都在颤抖，完全是污蔑，彻头彻尾的污蔑！他气愤地点了举报的按钮，但这并没有什么用。公众号的优点是给了大众畅所欲言的媒体环境，而这样的环境恰恰变成了造谣生事者的温床。为什么这样的消息没人管？即便是等到第二天被系统删除，发布者也靠这种不实消息赚足了眼球，而被诽谤者，只能自己去承受谣言带来的负面影响，而得不到任何补偿和道歉。

周学浅刚刚退出这篇文章，又一行标题进入他的视线，《骗局揭穿，美女创业者卷钱逃跑》。她走了？跑去哪儿了？带着这样的疑问，他点开文章，里面是一段视频，这段视频他今天已经看了几十遍了。

视频拍摄于颐堤港，在这所北京最繁华的商场自然也摆放着一台美妖盒。视频的开始，镜头对准美妖盒前面排着的长队，排队的全是打扮入时的年轻女性，不停地有女性从美妖盒里走出，走出一个，就进去一个，井然有序，看起来机器工作运转十分正常。这时，一个穿着粉色衣服戴着墨镜的女孩走进了美妖盒，视频给了她一个大特写，并用大字提醒观众注意，时间过去了几分钟，再次走出来的女孩子，仍然穿着粉色衣服，但是当把她的特写放大出来的时候，所有人都能看出来，这和刚才的女孩子，不是一个人，因为后出来的这位女孩，比之前那位，至少胖了三十斤。

视频提示：“再等等”，并在黑色的屏幕上，给了一行字：“三个小时后”，这位身穿粉色衣服的胖女孩再次出现在排队化妆的人群里。胖女孩进入美妖盒几分钟后，之前的瘦女孩从盒子中走出，依然戴着墨镜，快步远离人群。

看到此处，相信再傻的人也明白是怎么回事了。但视频的制作者仍不放弃，用极其夸张的语气问道：“难道这款化妆功能的机器还能改变人的胖瘦？记者为了得到答案，继续追踪拍摄这位神秘的粉衣女郎。”

视频中，粉衣女孩大踏步地穿过商场，轻车熟路地走进了位于另一头的洗手间。从洗手间出来，她看起来轻松了很多，上了几层楼梯，找了个咖啡厅坐下，摘了墨镜，趴在桌子上休息。

下一个镜头，粉衣女孩的电话响起，她立刻戴好墨镜，付了钱，急匆匆地下楼，去美妖盒前面排队。故事再一次重演，瘦女孩进去，胖女孩出来，因为穿的衣服一样，排队的人又互不相识，没有注意到发生了什么。但视频前的观众，却都看得清清楚楚。

"这台号称全自动化妆机的美妖盒里其实放了个人，那这个人到底是干什么的呢？记者百思不得其解，只好亲自去盒子里面一探究竟了。"记者在镜头前现身，一个长相猥琐瘦小的青年男子，他挥了挥手，并指了指夹在衣服上的摄像头。

镜头切换，记者进入美妖盒，里面看起来明亮宽敞。记者在皇后椅上坐好，按照墙上给出的说明，逐步操作，很快机器就给出了反馈。

"您确定要化妆吗？"机器发出甜美得酷似志玲姐姐的声音。

"确定。"记者答道。

"好的，那么请您坐好闭眼，化妆的时候不要乱动，否则有任何意外发生，本公司不承担任何责任。您准备好了吗？"

"好了。"记者闭上眼睛，回答道。

"那么开始了。"机器发出轻微的启动声音，两只看起十分粗壮的金属胳膊从机器中伸出，但胳膊前面的那两只手，却和人手一般纤细修长，一只手上拿着化妆盒，另一只手上拿着毛刷，迅速地在记者脸上一阵涂抹。

记者忽然睁开眼睛，狠狠地抓住了一只手，屏幕里传来啊的一声惨叫，这只手奋力地挣扎，另一只手也来帮忙，但记者还是稳稳抓着。忽然，记者好像触电了一样颤抖了起来，这只手趁机挣脱了。

机器传出警报声，怪里怪气地说道："故障，需要维修，等待的用户十分抱歉，欢迎您明日再来。"

排队的人群都十分扫兴地离去，但从美妖盒中走出的记者，看起来却激情四射，这条新闻很可能成为他人生路上的第一桶金。

在视频下面，作者又发表了一番高见。

看似神话的创业历程，拆穿之后不过是个笑话。

我有幸在事发之前见过创业女神袁馨一面，当时这个90后的女孩子给我的印象很好，不卑不亢，俏皮可爱，但没想到现在，她已经携带着两亿巨款逃往海外了。

早在上面这条视频在朋友圈疯转之前，袁馨就已经不见踪影，据其员工说，袁馨和她的合伙人周学浅都在几天之前离奇失踪，而公司刚刚得到的两亿投资款也从公司的账户不翼而飞，显而易见，这两位创始人已经带着巨款出去度假了。

在创业形势一片大好的今天，资本市场更要小心像袁馨这类披着创业外衣实际却是在以骗钱为目的的创始人。

周学浅看到自己名字的时候不由得一阵头痛，没想到已经被安上了卷款逃跑的结局。他只觉眼前发黑，心跳加速，不敢想此时的袁馨身在何处。但以他这么多年来对袁馨的了解，携款潜逃的可能性是没有的，即便投资机构要求偿还这两亿资金，对袁晓华来说也不过是九牛一毛。至于说到创业动机，他也曾问过袁馨这个问题。

“创业对我来说是一个过程，而不是一个目的，我可以在这个过程中实现我的想法，认识不一样经历、背景的人。在解决问题的过程中大家相互了解，结伴同行，建立感情。最重要的，我觉得创业是一件很有趣的事，比每天朝九晚五上班有意思多了。”袁馨如此回答。

合作一年来，袁馨也改变了之前留给学浅那个不学无术小师妹的印象，不但早来晚走，每天都在努力工作，连周末也会留在公司里加班。公司的商务、融资全是袁馨一个人在跑前跑后，一家家合作商对接，一个个路演会地跑。也确实是因为袁馨和同事们的努力，美妖盒才可以在一年时间里进驻北上广深所有知名的大型商城和写字楼内。公司能有今天的成绩，他知道袁馨付出了多少。

至于如今这个弥天大谎，根本不是他们精心设计的。袁馨当时一心想做全自动化妆机，项目的可行性方案是周学浅做的。为了验证可行性，他还特意跑到以色列去看了用于医疗微创手术的机器手，如报道所言非虚，的确是应用于临床，并且成功率是百分之百。他也觉得应用于化妆要比手术容易，至于其他程序上的设计，学浅也对比了几个类似机器人项目的操作，感觉并没有太大的研发难点，只是需要时间。

周学浅从以色列回来之后，美妖盒项目正式启动。他带着招聘来的研发人员历时半年，终于将美妖盒的软件部分全部完成，并在电脑上模拟测试成功。硬件交给了深圳一家大型代工厂。两个月后，第一台美妖盒开模出厂。

当美妖盒出现在初心不改公司时，整个办公室都沸腾了。大家看着自己幻想中的机器真的可以实现，全都激动不已。袁馨更是狂奔过来，叫唤着要做第一只小白鼠，试试美妆盒的效果。学浅当然比袁馨要谨慎得多，先放进去了一个假人用来做测试。测试效果非常成功，大家一片欢腾，连最沉闷的程序员罗四为都忍不住手舞足蹈起来。

“该我了，该我了。”袁馨当仁不让地第一个进入美妖盒。

两分钟的时间，大家都屏住呼吸。当袁馨再次出来的时候，在场的人都愣住了。和模特不同，袁馨的妆化得很奇怪，唇膏抹在了人中上，假睫毛挂在了眉毛上，连粉都没有涂匀，一块白，一块黄。

周学浅很快就想明白了问题出在哪儿，人是会动的。医学手术虽然也是活人，但那是打了麻药的活人，他们动不了，但没有人会为了化妆去打麻药。

“把头部固定住一会儿行吗？”程序员谢青建议道。

“不行，别说用户体验一下子会大打折扣，就算把头部固定了，也难保脸部的肌肉不会动，只要稍有颤动，影像追踪延迟的问题就会出现，画的部位就不准了。”周学浅痛苦地答道，他最清楚影像追踪技术的延迟时间，这个时间是不可跨越的鸿沟。

“你们把我的头绑在椅子上，我试试。”袁馨再一次自告奋勇，用湿纸巾擦掉之前化的妆，张罗着大家把她绑上，“用绳子就行，绑紧点。”

再次从美妖盒中走出来的袁馨比上一次看起来好了一点儿，但眼线还是歪了，眼影也涂到了眉毛之上：“shit，我已经很刻意地让自己不动了，为什么还是失败了？你们把我再绑紧一点儿，再试一次。”

“不用了，这不是绑得有多紧的问题，再怎么绑紧你的肌肉也会动的，这不是你能控制得了的。”周学浅无奈地解释道。

“那为什么化妆师就可以啊？化妆师化妆的时候，人不也会动吗？为什么他们就不会把眼线画歪。”

“人脑的影像延迟时间几乎可以忽略，你动了，化妆师就会立刻重新定位，跟着你动。机器这个反应时间太长了，你动了，它的定位还在上一秒钟，它跟不上。”周学浅痛苦地说，“都是我的错，我当时忽略了这个问题，想得太简单了。完了，一切都完了。”

“所以，如果能缩短影像延迟时间，就能解决这个问题？”袁馨仍不死心。

“理论上是吧，但这个太难了，这不单单是软件的问题，所有的硬件都要升级。咱们这台机器是八百万开的模，用的硬件已经是全世界顶配了，在短时间内我想不到这些厂家有什么升级的动力。袁馨，对不起，各位，对不起，这个项目咱们只能宣布失败了，我负全部责任，我去和投资人解释，要杀要剐让他们冲着我来吧。”周学浅哽咽道。

“学长，您别这么说，大家都是这个公司的，成了一起狂，败了一起抗嘛。”程序员仁宇接话道，研究生仁宇刚刚毕业就被挖到初心不改，别看年纪不大，却很有大将之风，“本来就是新技术，失败也没什么大不了嘛。都别难过啊，袁馨姐，你一向主意多，赶紧想想怎么能换个思路，咱们再把这事做下去啊。”

在场的众人本来都被失败的气氛压抑得透不过气，听到仁宇的提议，忽然又都振作起来。

“对啊，咱们账上还趴着几百万呢，这个方向不行，赶紧换，也都来得及。”说话的是财务总监陈芳芳。陈芳芳是袁馨在投行工作时的同事，三十不到的大美女，已经拿到了CPA和CFA两个证，因为看好袁馨的项目，自降工资来到初心不改做了财务总监。

“就是，学长你别这么难过，创业嘛，有失败才正常。”

“就是啊，哪有一帆风顺的事，都得经历点磨难。”

感觉到大家都围过来安慰自己，周学浅心里更不是滋味，他尽量让自己保持镇静，想沉下心来，想想还有什么解决方法。

沉寂了半天的袁馨，忽然问道：“如果美妖盒不是用于化妆的，而只是用于护肤的，是不是就没这个问题了？”

“为什么？”周学浅不解地看着袁馨。

产品经理李萌立刻恍然大悟：“没错，如果是护肤就不会有这个问题。因为眼霜不像眼影，就算涂在了眉毛上也没什么不能原谅的。”

“对，确实是这样。”在场为数不多的女性员工都纷纷声援，而在场的男性员工显然因为不了解护肤和化妆的本质区别还是一头雾水。

“这个我们得重新做产品设计才行吧？我不太了解，护肤是指什么，这个也需要机器吗？”周学浅也是一头雾水，“咱们之前设计这款美妖盒是为了解决都市女性不会化妆，或者化妆时间过长的问题，那现在变成护肤是要解决什么问题呢？护肤也是一件有难度的事吗？”

“难度确实比化妆小多了，正常人都会，时间嘛，机器能节省一点儿但也有限，我初步的想法是可以主打按摩，皮肤保养主要是靠按摩的手法和时间。我调研化妆品市场的时候听化妆品厂家说的，大牌护肤品和廉价护肤品的差距其实没有价格看起来的那么大，但按摩手法不同真的会产生不同的效果，所以很多大牌护肤品会要求用户配合按摩手法一起使用。当然，我没有具体的数据，只是人云亦云，但隐约觉得这可以是个方向，这样咱们之前的投入也不会完全没用，可以在现在的基础上改进，应该会比另起炉灶容易吧。”袁馨边说边看向市场总监

Kevin，“这样做，市场方向调整起来也会比较容易吧？”

Kevin同样是主动降薪从资生堂来到这家创业公司，年仅三十四岁在初心不改就已经是当之无愧的最年长员工了。经验丰富的他在这群90后孩子们心中一向是公司的定心丸。论长相，Kevin是标准的美男子，两道剑眉下一双俊美的眼睛，眼中闪烁着智慧的光芒，结实的下巴，挺直的鼻子。

Kevin最大的缺点就是不愿轻易发表意见。他的意见都是深思熟虑过的，即使是今天这般热闹的场面，他也没开过口。但现在袁馨在等着他回答，他只好张嘴了：“目标人群没变，还是都市女性。产品的供应商变化也不大，彩妆和护肤品虽然是两条线，还是同行业。从市场的角度来说，变化不大。但是，对于品牌和宣传，全部需要重做。之前设计的方案都不行了，包括产品名字，美妖盒和护肤品很不搭。而且，我的感觉，美妖盒是有很多宣传点的，可以给人强烈的感官冲击力，是有希望成为一款现象级的产品。但你刚刚说的这个盒子按摩仪，我没有什么灵感，这和现在市面已有的美容按摩仪产品没有什么差异性。我曾经说过，我有信心让美妖盒成为爆款产品，但按摩仪，我们就是倾尽全力做，也就是个鸡肋产品。袁馨，对不起，不是我要在这个时候泼冷水，但做这样的产品，就是在慢性自杀。”Kevin的语气冷淡却充满力量，“我觉得不要太着急，大家都可以想想解决方案，跳出之前的构想，重头再来也没什么不好。”

一群人再次陷入了沉思，Kevin的话有理有据，无法反驳。

“师兄，真的没办法了吗？”袁馨看着周学浅，面有哀色。

“可不可以尝试在化妆后进行图像识别，之后加入二次修补功能，这样会不会好一点儿？”测试员陈肯建议道。

“能有点用，但杯水车薪，还是保证不了最终效果。”周学浅还是在摇头，他在拼命思考着，到底还能有什么补救措施。自己当年到底在想什么，会犯了这么大的错误。

“今天要不就先到这儿，明天佳音你安排一下，订个郊区的温泉，大家出去团建两天吧，都累了这么久了，也应该放松一下。灵感没准儿就来了呢，没事，失败是成功他亲妈，亲妈在咱们手上，儿子就不会远了。”袁馨故作轻松地打趣道。

“没问题。”佳音痛快地答应了。

佳音是初心不改的行政总监，虽然title定得高，其实就是个手下没有一个兵的光杆司令。即便如此，全公司的内务还是被她处理得井井有条，好的行政是创业公司成功的一半，这句话真是一点儿没错。

团建回来，面对这台八百万制造出来的废品，大家依然一筹莫展。袁馨更是天天对着机器发呆，晃来晃去地琢磨到底怎么能解决问题。

屋漏偏逢连阴雨，新方向还没想出来，文爷倒是带着一众投资人连招呼都没打就来到公司参观设备了。

“文爷，你怎么不吱一声就来了啊？我们这一点儿准备都没有。您快到会议室休息一下，我们这里地方小，大家将就一下啊。佳音，快，给大家拿点喝的。”袁馨仓促地张罗着，“学浅，你来陪一下客人，我把机器调试一下，给大家演示一下。”

周学浅赶紧一溜小跑地赶了过来，听袁馨说要去调试设备，他有些莫名其妙，这个设备不用调试，一直都好好的。

“学浅啊，最近辛苦了吧，听说你们开发的软件又发布了一个新版本？真厉害啊。”文爷看着学浅赞许道，“美妖盒用起来怎么样啊？我这天天等消息，结果你们都不联系我，就只好自己带着朋友来了。”文爷将带来的客人一一介绍给周学浅，皆是知名风投的合伙人。

周学浅实在想不明白，文爷也是个绝顶聪明的老江湖了，难道感觉不到这款设备肯定是出了问题，才会迟迟没人去给他汇报吗？创业者哪个不是报喜不报忧啊。为了满足好奇心自己过来看看也就罢了，还带了这么一堆业内专家，这不是自己挖坑自己埋嘛。

周学浅跟客人有一搭没一搭地寒暄了几句，袁馨就跑回来了。

“设备调试好了，大家来看看我们美妖盒的演示吧。”袁馨热情地招呼道。

周学浅搬着模特正要往机器里放。

袁馨一把拦住，说道："这个必须得进去个真人才有看头。今天刚好文爷还请来了位女士。要不您就屈尊，试试我们的样机怎么样？我保证安全，我们已经反复测试过好几次了。"

这位打扮端庄的女士落落大方地起身，微笑点头表示同意。

"袁馨，这位是德惠创投的合伙人江欣。"文爷赶紧介绍道，"江总别介意啊，小孩子不懂事，没大没小的。"

"没事，我就喜欢她们这些天不怕、地不怕的90后，办事不像咱们，条条框框一大堆，做什么都束手束脚的。"江总柔声说道，"这个是怎么用？直接进里面去吗？"

"感谢江总配合，还得麻烦您先把妆卸了，我们这儿有卸妆油，佳音，带客人去卸个妆。"

几分钟后，袁馨还没把产品的功能介绍完，江总已经回来了："江总，您坐进去，对，就这样，然后您看见这些操作按键了吗，墙上都有提示，你对照着操作，对，就是这样，然后选择一款您想要的妆，随便哪个都可以。然后按开始，最后两步指令是需要语音下达的。"

几分钟后，江总从美妖盒中走出。学浅下意识地转过脸，不想看见自己的产品又把一位美女糟蹋得不成人样。

"哎呀，江总比刚才更漂亮了。"文爷奉承道。

"这妆一化，怎么感觉有点李冰冰的味道啊。"

"嗯，而且时间还这么短，我老婆出门之前化妆，哪次不得一两个小时，这台机器多少钱？我得给她买一台。"

几位投资人你一言、我一语地议论道。

"现在全世界就这么一台，这是我们公司的样机，还不能卖啊。"袁馨露出一个灿烂的微笑。

周学浅看得一头雾水，怎么回事，这世界难题什么时候被袁馨攻克的？

客人们又问了一些技术和市场相关的问题，袁馨和周学浅分别作答，临走又打听了一下项目估值，这才看似满意地离去了。

客人一走，周学浅立刻问道："这什么情况？怎么突然好使了？"

"小静，出来吧。"袁馨像泄了气一般，恢复了沮丧的情绪，"情急之下，出此下策，师兄你可别怪我。"

"这里面还能藏个人啊？"周学浅走进美妖盒研究了起来。

"我也是这两天发现的，这个空间，刚好可以坐个人。而且，有个人在里面，问题就迎刃而解了。果然，人才是这世界上最了不起的，八百万的机器，跟咱们月薪八千的小静根本没法比。"袁馨拍着小静的肩膀说道。

小静是职业化妆师，有活儿的时候就在剧组给演员化妆，没活儿就来初心不改帮着程序员们设计化妆操作流程。

"袁总您太客气了，我们这技术工种门槛多低啊，跟你们这些写程序搞IT的哪能比啊。"小静谦虚地说。

"谁说的，我看你这技术门槛才高呢，你刚才没听见吗？普通人化妆要一个多小时呢，哪能像你这么快啊。"

"我这也就是熟能生巧嘛。"

话音未落，文爷忽然又跑了回来："袁馨啊，我还有个好消息要告诉你呢？刚才人多，不方便说。"

"什么好消息啊？"袁馨好奇地问道。

"举辉已经接受咱们这轮的报价了，他们同意领投，今天带来的德惠和新域两家准备参与跟投。"文爷兴奋地说，"所以我今天一时激动，就带着他们过来看一眼了。"

"真的？这么快就同意了？不做尽调了吗？"袁馨惊讶地问道。

"你们这连业务都还没有的公司，没什么好尽调的。你们赶紧好好庆祝一下吧，而且这机器既然都试用成功了，赶紧联系代工大规模生产吧，还等什么呢？"文爷爱惜地摸了摸美妖盒，"真没想到啊，这么快就做出来了，我真是没有看错人啊。今天这机器太给我长脸了。”

“文爷，这事我可得跟您坦白啊，刚才是当着那么多外人的面儿，我不能给您丢脸，但现在，咱关起门儿来一家人说话，我就实话实说了。我们这产品有问题，机器手反应慢，图像追踪有延迟，化出来还不如不化好看呢。”袁馨如实交代。

“啊？那刚才是怎么回事啊？”

“刚才是这位，国家一级化妆师小静躲在机器后面给江总化的，不然江总肯定得急。”袁馨指着小静说道。

“你这脑子，歪门邪道还真是多，那有解决的办法吗？两个亿砸进去总能把这些问题解决了吧？”文爷问道。

“没戏，二十个亿进去都没戏，要等量子计算机出来才能解决。”周学浅答道。这些天他反复思考的结果，就是这事在现阶段无解。

“那怎么办？”文爷问道，“我那两千万打水漂是小事，这两个亿怎么办？”

“这两个亿不还没到账嘛，我们就不要了，先暂缓融资吧。等我们找到新方向再去跟这些机构解释，他们要是还愿意支持我们，到时候再给钱也不迟啊。”袁馨说道。

“哪儿有这么容易的事啊，你们见哪个创业公司不到走投无路宣布过自己项目失败的？”文爷一改往常和善的作风，厉声道，“你说得倒轻巧，暂缓融资，传出去，整个投资圈都会知道，能听你解释的还好，不听你解释的默认就是你们有问题。到手的钱不要，以后再想融资就会非常困难，即便是另起炉灶做别的项目，有了这个经历，投资人也不敢投你们了。谁都会看过往历史的。”

“我们诚实地说出自己产品的问题，这有错吗？”袁馨问道。

“没错，你们一点儿错都没有。”文爷有些激动，“但是，现在创业项目太多了，大浪淘沙，容不得一点儿闪失。一旦你们这消息传出去了，连我的基金都要受影响，你们让我怎么跟基金LP交代啊。”

“那您说我们应该怎么办？”袁馨问道。

“能瞒多久瞒多久，”文爷意味深长地看了袁馨一眼，“这轮我是跑不了啦，下轮我争取找个下家，把我们基金的股份卖出去，到时候你们再宣布失败，我对基金投资人也好有个交代。”

“您是能交代了，那我们怎么办？”袁馨埋怨道。

“等两亿投资到位，你们赶紧想想怎么转型，用这笔资金换个方向绰绰有余了。”文爷忽然注意到了一直站着的小静，灵机一动，“哎，别说，你刚才那招儿没准还真能凑合一阵子，在这个期间把品牌名气做出来，之后伺机转型，咱们就这么定了啊。”

“机器里面藏人？您觉得这个方法好？也太拙劣了吧。”周学浅道。

“这就是你们的事了，我管不了。今天下午的事就当没发生，我不知道你们设备有问题，我跟所有人一样，看到美妖盒实验成功了，我出去就这么说了。我希望你们尽快大规模生产，赶紧在人多的地方放几台，让更多的人知道有了这么个高科技产品。”文爷说完转身就往外走，到门口又转身叮嘱了一句，“袁馨，不到万不得已，不要把泡沫捅破，继续吹，反而不会爆。你也不希望有些人会失望吧。”

周学浅今天回想起来，当时就是文爷的这段话，让袁馨下定了决心，继续把泡泡吹大。

就在当天下午，初心不改召开了全体员工会议。会上，在全体员工的讨论下，公司决定继续美妖盒的市场推广和宣传，但研发方向转型，从美妆转向护肤功能应用。

同时，Kevin大胆地提出：“既然已经用人工取代机器手了，美妖盒的成本就降下来了，一台两万块钱可能都用不上。现在可以多生产一些，投放到高端商场和写字楼里，免费给用户试用，作为公司的宣传手段。”

“这不行，会被人发现的。”周学浅立刻反对，“化妆师不可能一直待在机器里，她们进进出出太明显了，很容易就被人发现了。”

“这个，我倒是并不担心，不过现在咱们手上没有那么多化妆师啊。小静，你有没有同行，能介绍给我们的。”袁馨向小静问道。

“有，我是专业美容学校毕业的，同学现在都在做化妆师。”

“那应该就没什么问题了。Kevin，高档商场和写字楼会让我们进店吗？这个费用会不会很高？”

“这几年线下交易不景气，即便是高档商场，人气也不行，如果美妖盒的投放能给商场带来额外的人流，价格就好商量，甚至可能免掉租金。”Kevin回答，“进写字楼要跟物业去谈，我们作为一项为租户带来便利的服务型公司，会相对容易一些。我会找分众的朋友帮我介绍几家，他们跟物业都很熟。”

“好，那就先这么定，具体实施产生的问题咱们在讨论，大家还有什么其他问题吗？”袁馨问道。

“我……我有个问题。”这绵软的声音来自资深程序员叶晨，在初心不改负责软件算法设计。他继续吞吞吐吐地说，“咱们做这事……是不是……有点……不道德。”

“这个……”袁馨不知该如何回答。

还好，Kevin接过了话茬：“没有，都是正常的商业策略，你可以想象我们正在打仗，现在的战术就是明修栈道，暗度陈仓。”Kevin斩钉截铁地说道。

这一刻，周学浅也终于全心全意地接受了这个提议，把商场当成战场，确实更容易说服自己。

回想往事，并不如烟，学浅看着手机上的消息，越发担心起袁馨此时的处境，他犹豫半晌，终于拨出了袁馨的电话。铃声响了半天，还是无人接听，他看了看时间，北京应该是晚上九点，这个时间，袁馨在干吗呢？

第3章 | 雪中送炭，故人相救

三里屯意酷餐厅里，梳着利落丸子头的女孩儿看起来十分精神，对面坐着一位身材发福、圆头圆脸的男孩，他们整晚都在热情地交谈。不知道的会认为这是一对情侣，可如果细听他们的对话，和谈情说爱就完全扯不上关系了。

“诺哥，我再问你一次，你帮不帮我嘛。”女孩儿一脸诚恳地哀求道。

“不是不帮你，我实在走不开啊，要是帮你招人、面试什么的，这些事都可以，但你让一家公司的CTO（技术负责人）兼职去你那做CTO，这事不现实啊。而且我也不了解你们的产品，学习也需要很长一段时间的。再说了，你们产品的技术方向和我的专业也不一样啊。”

“你要是能全职来我们公司做CTO当然更好了，就是怕我们庙小你看不上嘛。”

“都是创业的，没什么看不看得上的。主要是你们的业务我确实不了解，而且你现在最需要做的是危机公关。这么多负面新闻，你们赶紧回应一下啊，不能让事态再这么恶化下去了。招CTO的事倒是可以缓缓，过了这阵子，我叫几个做图像处理的朋友，一起吃个饭，看谁有意向。我从来都没做过这方面，我一直是做数据挖掘的，有病也不能乱投医啊。再者，我们公司在业内刚混出点名气，我现在跳槽肯定是不合适，我也不想换方向。”

“这年头啊，找个靠谱的合伙人真是比找对象还难呢。”袁馨又叹了口气，“谁能想到啊，前一天还是无话不谈的partner，转眼就连人都联系不上了。你说我做什么对不起他的了？”

“周师兄肯定有他的原因，你也别瞎想了。不过在图形处理技术上比他强的人，还真不好找，这一点你要有心理准备啊。”男孩儿端起咖啡喝了一口，“不过袁馨，这一次你还真是让我刮目相看了。我之前听说你在创业，其实一点儿都不看好，真的，包括你们融资成功我都认为是under table的交易。直到现在，在局面如此不利的情况下，你没有躲在家里哭鼻子，而是四处在找合伙人，还想把这个项目继续做下去，这一点我真的很佩服。说真话，如果不是这个方向实在跟我相距太远了，我没准已经接受你的offer了。”

“诺哥，你就别取笑我了。论创业，我跟你可比不了，你大学没毕业就开始做网站了，当时要是开心网晚做出来一年，你的校友吧肯定就能称霸天下了。”

“当时怪只怪自己没经验，有投资人找上门来主动给钱我都没要，觉得顺其自然良性发展，投钱干吗。本来校友吧在咱们学校的覆盖率当时都达到百分之六十了，和其他几家学校的学生会也在谈合作。谁料校友网横空出世，注册就送一听美年达，我看着他们一箱箱地送美年达，就知道校友吧命不久矣。你知道我当时什么感受吗？”

“不知道。”

“特别恨自己没拿投资，拿了钱，我就能送他们每人两听美年达，让他们试试到底哪个网站好用。”

“哈哈，怎么非得跟美年达过不去啊。我记得那会儿校友网如果推荐几个用户，还送鸡腿儿呢。一哥们儿注册了几百个小号，给我们宿舍送了一桶鸡腿儿。”

“对，这就是恶性竞争，它最后也自食恶果了。用户占了便宜，创业者赚了钱，坑的就是投资人。有些人创业的目的就是挣钱，这样的人在我看来就不配创业。”

“那诺哥你是为了什么创业啊？”

“解决问题。”

“解决什么问题？”

“有什么问题就解决什么问题。你有没有这种感觉，现在是中国最好的时代，无论在任何地方发现一个问题，都有一堆人在积极地去解决问题。比如出行，出租车不好打，就有了滴滴那些叫车软件；从家走到地铁不方便，就有了ofo那些共享单车；还有通勤巴士，凑够多少人就开一条专门从家里到公司的大巴；配合出行的软件有易代驾、停简单、帮你泊，现在刚出的随停随租电动汽车，都非常方便。这些放在两三年前我们连想都想不到。不光出行，北京最难的医院挂号问题现在也解决了，前两天我爸居然自己下载了个APP，三下两下就给我姥姥挂了阜外心血管的专家号。我都惊呆了，以前觉得这不得去医院排队啊，现在居然这么容易了。物流之强大就更不用提了，好多东西一个小时就到家了，我都怀疑是不是仓库就在我家门口啊。我之所以去创业，也是要替这个国家想解决方案，以前这事轮不到咱们操心，都是大人物的事情，咱们就是想解决也解决不了。但是现在不一样了，技术的发展、互联网的普及，现在我们真的可以靠自己的力量改变世界了，让这个世界更美好，哪怕只是一点点。”

“所以你现在选择了教育领域，是觉得教育上问题比较多吗？”诺哥的慷慨陈词，让袁罄全身泛起一股暖流，这就是热血沸腾的感觉吧。

“教育不是我选择的，是我的合伙人选择的，他成功说服了我。他五年前从美国读教育专业毕业回来，去云南做了一年支教。一年下来，发现自己什么都改变不了，教了二十几个学生，但面对教育不平等，无能为力。所以他找到我，希望我们能一起做出一款教育软件，去解决农村缺少师资的问题。”

“难道最大的问题不是乡村学校没钱吗？”

“我现在每隔三个月就去支教几天，农村的教育环境并不像你想象中的那么差。我支教的那个贫困县，最高的楼就是县里的小学，国家大力扶持乡村教育，各地都有对口扶贫企业，教室里的设备虽然比不了北京名校，但也是该有的都有，桌椅板凳全是新的，但这些都没用。没有老师是最大问题。稍好一点儿的老师宁可留在城里做家教，也不会去乡下做民办教师。所以乡村教师基本都是次中选次。也不是没有品德高尚的，有，但凤毛麟角，好不容易有一个大学毕业支教家乡的，政府一宣传立刻高升，转脸就去地方教育局了，根本留不住人。我们最初的想法是做一款软件，培训老师。先让老师学会到底正确的发音是什么，好的解题思路是什么，物理化学实验到底该怎么做，再让他们去教学生。"

"所以你们做了一款培训老师的软件？"袁馨疑惑地问道，"这个我很难想象会有多大价值啊，先不说一款软件能不能把一个差老师教好，即便教好了，这些老师是否还会留在农村，也是未知数啊。"

"你说得没错，我们开发了一套系统，装在一个平板上。平板是我们直接跟联想定制的。联想听说我们的想法，也很配合，半卖半送，没收多少钱，我们直接送给乡村教师。结果我们一共送出去二百多台pad，同时送走了一百多位老师。就像你说的，培训好了就去城里找工作了。谁也不比谁高尚，都是用脚投票，没什么错。"

"嗯，这个问题真的很难解决。"

"对，这也是我们每天都在研究的难题。反正教育老师这条路是走不通的，我们就转换方向，还是教育学生吧。效仿美国的可汗教育，我们做了很多自己的教育类视频。同时在乡村通过互联网，实现在线教育直播，学生和老师之间可以互动。一个老师同时可以教三十几所希望小学，分布在全国各地。后来我们发现，这个方法不光只对乡村学校的孩子适用，城里的小朋友也可以通过这种方式参与我们的课堂。其实也不是什么新鲜东西，哈佛、耶鲁早就推出来了MOOC平台，但我们做的，是针对K12青少年的教育平台。"

"不过学习这个事，不是你给我安装个平台我就会去用的，MOOC已经出来这么多年了，我都没试用过。不过我的想法不重要啦，投资人看好你们就好了。你们这种公益项目居然也能拉到投资，真是不容易。我那个项目可是一开始就把商业模式说得天花乱坠了。"

"投我们的主要都是公益基金，在线教育想变现太难了，一分钱不收还不愿意看呢，再收钱，更没用户了。不光教育，所有互联网纯线上交易都不太容易实现，就游戏可以，现在直播也算开了个好头吧。”

“还是没有养成付费习惯吧。说起线上教育，我不知道‘得到’算不算，但商业模式确实跑通了，罗胖用三年教育用户，获取知识是要付钱的，现在看效果还算不错。”

“等00后有了支付能力，线上付费就会好起来。所有行业都在把宝押在00后的身上，指望这一代人能有所改变。”

“是啊，不像咱们小时候，80后、70后加上咱们父母那代人都觉得咱们90后无药可救了，社会交给咱们就完了。可是等咱们长大了，开始工作了，那些老人又开始说，90后跟过去的几代人相比，没有变化，还那样，创新指望不上，颠覆靠咱们不行，但00后似乎就什么都可以，还有个好名字，叫千禧一代。你说这帮小孩儿比咱们强在哪儿啊？不就是玩着手机长大的吗？就值得托付终身吗？”袁馨不以为然地说道。

“社会在进步，一代比一代好，这也是我们不断追求的。就像如果一个人从去年第一次打出租车，他可能这辈子都理解不了打车有什么难的，为什么之前在北京会有两个人为了争一辆出租车打得头破血流。也许再过几年，很多人再回忆起买学区房这事就觉得很可笑，都是网络课堂了，你住得离学校近一点儿、远一点儿，有什么区别。很多在以前看来解决不了的问题，都有很多人在尝试解决，也许还是解决不了，就像你的美妖盒在现阶段还不能解决女性化妆的问题，但在你尝试解决这个问题的过程，没准就有一些副产品出现了。这些副产品可能比你正在做的这件事，更有价值。你知道老干娘的故事吗？”

“老干娘的故事谁不知道啊。她才是创业女神呢。”袁馨笑道。

“你就算知道，我也再给你讲一遍，加深一下印象。当年老干娘是卖米粉的，她一个人开个米粉店，还养带着几个孩子，标准的small business，起早贪黑，赚个辛苦钱。后来她发现店里的辣椒油消耗得特别大，甚至还有客人自己带个小瓶，吃完饭还要带走一点儿。但就这个时候，她也没往卖辣椒油那儿想，而是做出了规定，辣椒油不能带走。她以为这样，来吃她米线的人就会变多，粉丝就会有忠诚度。”

“也有道理啊。”

“结果过了几个月，因为店里实在事太多，她累病了。休息期间，不断有她的老客户来看她，而临走的时候都不忘了问她要点儿辣椒油。没多长时间，这辣椒油就给完了，还是不断有人来要，包括隔壁做米线的都来求她想要点儿辣椒油。她忽然就开窍了，是啊，既然大家都喜欢辣椒油，那我卖辣椒油就得了，而且辣椒油还可以卖给其他的米粉店，没必要非得卖米粉啊。后面的故事你就知道了，其实很多生意都跟最初的想法不一样，但这没关系，继续坚持。创业的目的是解决问题，创业的过程，就是九九八十一难。但在这世上我再想不出一件事，能比这个上瘾，你理解吗？”

“理解，我也不想放弃，”袁馨坚定地答道，“诺哥，不瞒你说，我以前工作也挺混的，银行就不用说了，投行那份工作也是我爸给我安排的，大家都对我特别照顾，什么累活儿也不给我，就拿我当大小姐养着。每天上班看看八卦新闻一天就过去了，真的，一点儿意思都没有。但是自打开始创业之后，我每天醒着的时间，没有一分钟不是在想创业这件事的。每天效率都特别高，比高考之前的复习时间效率还高。我在这短短的一年，看了两百多本书，有技术的、管理的，有HR该看的，也有设计推荐的。我的进步我自己是了解的，以前看见个明星八卦笑一笑过去了，现在再看明星八卦我会思考他们团队放出这个点做宣传是为了什么。我现在有信心去面试任何一份工作，就算是水管修理工我都不害怕，因为给我时间，就能学会。我们会议室的门有一天不知道被谁锁上了，钥匙也不知道在哪儿，我翻墙找了几个开锁技能的视频，看了半天就学会了，找了根儿铁丝就把门撬开了。创业的目的是解决问题我完全同意，而且创业的过程也是在解决问题，就是这种解决问题的成就感，使人着迷，让人上瘾。”

“你确实进步很大。”诺哥笑了笑，继续说道，“我已经有过三次创业经历了，前两次在别人看来，我失败了，但我不这么认为。创业这事儿，撞几次墙太正常了，但我所经历的，我得到的经验、教训，新学到的知识、认识的朋友，这些都是在做加法。创业的过程就是在试错，错了没关系，改了就是了，怕什么，这不是失败，离失败还远着呢。我们是不停地往成功那儿走，遇到坑儿，跌倒了没事，躺在那儿歇会儿都没事。但要记住，你离成功，比那些永远在圈外面不敢往里走的人近多了。"

"谢谢你，"袁馨的眼圈已经红了，"其实，我今天找你，没指望你鼓励我，我还以为你会跟很多人一样，也趁这个机会泼冷水，让我打消创业的念头呢。"

"不会的，所有创过业的人都知道创业有多么不容易，但也知道这个过程刻骨铭心。我今天见你之前，我不知道我会说些什么，如果你见到我就哭得昏天黑地的，抱怨这个、埋怨那个，也许我会劝你放弃的。创业这事儿是挑人的，我认为适合创业的人有很多要素，学习能力强，好奇心强，乐观向上，还有最重要的，必须要有强大的自信心。你现在应该感触很深，每一个人都可以打着是为你好的旗号让你放弃，只有你能让自己坚持下去。我大学毕业之后就开始了第二次创业，你知道吗？那是我人生最黑暗的几年，没有钱，没有人支持，父母因为我没有去找一份铁饭碗都快跟我断绝关系了，女朋友因为我没时间陪她也分了。我当时很迷茫，我是在创业啊，我跟马化腾、马云干的是同样的事情，怎么他们对我的态度就好像我去吸毒了一样？成了，固然利国利民；不成，也增加了阅历，我对自己在这个世界安身立命充满自信，不会因为创业就活不下去了。我相信你也一样，有这个自信心，不用给自己留后路。铁饭碗留给那些喜欢坐牢的人，我们内心自由，我们就应该去创业。在最该拼搏的年纪，和一群志同道合的人，做一件有趣的事。"

"看来今天约你吃饭果然是对的。"袁馨咬了咬嘴唇，强忍住泪水。

"可惜不能帮你解决问题啊。但你相信我，一个人只要内心足够强大，就没有他解决不了的问题，只不过有些问题需要时间。"诺哥说着看了一眼手机，"不好意思，我得回公司了，最近我们新版本要发布了，今天又要通宵了。你加油啊，我看好你哦。等我们新版本上市之后，我帮你约人，但先解决一下信任危机吧，这个肯定是你当前最大的问题。”

“嗯，放心。耽误你宝贵的时间了，感谢。”

“别这么客气，有事就打电话。”

袁馨目送着诺哥离去，终于从包里拿出了手机。在这个十分容易被手机干扰的年代，袁馨养成了与人见面就不看手机的好习惯，并且把手机设成静音模式。手机上有几个未接电话，是周学浅打来的。袁馨犹豫了一下，不知道是不是该回拨。正在这时，电话再次响起，是一个不认识的号码。

“您好，我是袁馨。”袁馨接起电话。

“哎哟，你还真敢接电话啊，听得出来我是谁吗？”

“是你？”这个声音实在太熟悉了，袁馨怎么可能听不出来。袁馨感觉自己心跳加速，他怎么忽然给自己打电话了。

“你的事我听说了，够背的啊。怎么着，能挺过来吗，不至于去跳楼吧。”

“你真讨厌，不至于，好着呢。谢谢您还能百忙之中得空儿想起我啊，没事就挂了吧。”袁馨和电话那边的人说话口气如出一辙，这倒也不奇怪，毕竟是一个大院儿长大的孩子。

“有事找你啊，你在哪儿呢？我现在去找你。”

“三里屯意酷。”

“都多大了，还爱吃意大利面啊？”

“三十分钟，赶不过来我就走。”袁馨说完就挂断了电话，心里一阵激动又免不了有些烦闷，果然，好事不出门，坏事传千里，这万里之外的人都来看热闹了。

只过了二十分钟，一个英俊帅气、穿着时尚、戴着大墨镜的男孩儿走进了意酷的门。他摘下眼镜，明亮的眼睛在大堂中扫了一圈，很快找到了自己的目标，他露出迷人的微笑，又迅速把笑容收起，摆出一副严肃的表情，缓步走向了袁馨。

“你怎么一个人在这儿吃饭？被全世界背叛了。”尽管他表情严肃做到位了，但说话的语气还是在调侃。

“你不会是专程赶过来幸灾乐祸的吧？”袁馨招手，示意服务生点菜。

“来杯冰美式，再加一份包子芝士。”他点完，看了袁馨一眼，“你还要加点什么吗？”

“再加一杯热拿铁。”袁馨端详了一下眼前的男人，棱角分明的脸、炯炯有神的目光、桀骜不驯的小寸头，没什么变化，还是那个从小让袁馨欢喜让她忧的邻家大哥——林璎。

青梅竹马谈不上，但两小无猜确是事实。林璎比袁馨大三岁，两家住对门。袁馨五岁时就立下志愿，非林璎哥哥不嫁，惹得街坊邻居看到他们在一起都要打趣一番。林璎因为父母工作的关系高二就去了美国。临走前的晚上，在一片白茫茫的大雪中，林璎第一次拥抱了袁馨，也第一次知道了心爱的姑娘趴在自己身上哭是什么滋味。

“没事的，只要你需要我，我就回来。你读完高中，来美国找我，好不好？咱们一起在美国念大学。你不是喜欢摄影吗？普林斯顿的摄影专业特别好，我到了美国，就去普林斯顿帮你占位，咱们在那儿上学，好吗？”林璎边说边摸摸袁馨的头发，柔顺的发质散发着淡淡的椰子香气，“别哭了，又不是见不到了，你随时可以过来啊，一张机票的事啊。”

“你会不会爱上别的女人？”刚上初三的袁馨，对爱情还是懵懵懂懂，所以才能如此轻易地把这个字说出来。此时回想起来，袁馨对林璎哥哥的感情算不算“爱”尚且不知，林璎爱不爱袁馨这事儿就更无从考证了。但在这一刻，她可以在林璎哥哥的怀里肆意妄为地大哭，他们就是相爱的。

“这个可不好说 ，没法保证啊。但你在我心中，就是世上最善良的姑娘。你还这么小，以后会认识很多人，经历很多事，也有可能爱上别人啊。但我就不会担心，即使将来你喜欢上了别人，我也有自信再把你追回来。你也要有这个自信啊，这才能当我的女人。赶紧回家吧，回家晚了咱妈该担心了。”

袁馨回了家后，林璎也回到了自己的房间，看着一箱箱打包整齐的纸箱子，刚刚拼命忍住的眼泪忽然模糊了眼眶。在这样的年纪，有一个魂牵梦萦的姑娘，真是一种幸福。

尽管身居两地，两人还是一直保持在线联系。每年林璎也会从美国回国两趟，每次都给袁馨带几件小礼物。几年后，林璎顺利地考进了普林斯顿大学。袁馨也在林璎的鼓励和帮助下，努力学习，准备SAT考试。

可就在袁馨做足了准备要去参加SAT考试的时候，忽然从林璎母亲那儿听说，林璎和自己的同学结婚了。

“我也纳闷啊，大学都还没毕业呢，着什么急结婚啊。”林璎母亲十分快乐地和街坊分享儿子结婚的喜讯，“新娘是他同学，很优秀的，美籍华人，家里条件也不错。我们家也比较开明，儿子高兴就随他去吧。婚礼在学校的教堂办的，还请了神父给主持的，挺有意思的。等他们回来，我们再补办一个，到时候大家一定都要来啊。”林璎母亲在喜悦之下完全没有留意到正好路过的袁馨。

这突如其来的打击让袁馨一蹶不振，不但错过了SAT考试，连高考也发挥失常。所以袁馨上T大确实上得不光彩，袁晓华捐了一千万，在T大办了个金融研究所，这才给女儿解决了上学问题。上了大学，母亲就带着袁馨搬离了充满回忆的大院儿，住进了顺义高档别墅区。

在今天见面之前，袁馨已经有七年没见过林璎了。但林璎这些年的情况，袁馨却知道得一清二楚。因为林璎是个名人，在硅谷和中关村都是炙手可热的创业小王子。

袁馨第一次在《Times》上看到林璎的消息开始还以为是同名同姓，可配图中那个阳光大男孩俨然就是自己心心念念的林璎哥哥。文章报道，林璎从普林斯顿计算机系毕业之后，在硅谷创建了一家IT服务公司，专门为中国商家提供在美国的全套落地服务。随着这些年中国越来越多的企业开始执行“走出去”战略，林璎的业务不断扩大升级。从刚开始只是帮助企业建立在美国的官网和搭建互联网媒体，到现在的品牌形象设计，宣传运营，以及上下游渠道的搭建都可以做，公司提出的完整企业落地解决方案也赢得了国内企业的一致认可。这两年国内创业形势一片大好，林璎更是被当成典型人物被各大媒体大力宣传，时不时地被请去当个创业导师参加活动和演讲，媒体的曝光，也让林璎的业务如虎添翼，做得更加风生水起。除了事业上的宣传，“金融圈”还专门披露过林璎这个钻石王老五的感情生活。虽然大三就步入了婚姻殿堂，但一年后，刚刚大学毕业就办了离婚手续，之后身边的绯闻女友不断，从金发碧眼到世家名媛，林璎身边总是有形形色色的女孩儿出现。但有了上一次婚姻的教训，林璎显然不敢再轻易试法，所以到现在，还是单身。

“看什么呢？别这么花痴好不好？”林璎边说边用手挡住袁馨的视线。

“你别这么自信好不好？”袁馨翻了个白眼儿，“我已经长大了，不像小时候见过太少世面，只爱看同一张脸。”

“见过多少世面，不也还在听王菲吗？”林璎笑了一下，想起小时候送王菲的专辑给袁馨当生日礼物。在那个什么都不懂的年纪，袁馨最喜欢的歌是《将爱》。“我找你是来聊正事的，你们公司闹成这样，你打算怎么办啊？”

“嗯，我找了个公关团队，准备下周开始回应吧。之前有个明星出轨案，公关就是他们做的，我觉得效果还挺好的，希望能把我们这事也压下来吧。”袁馨叹了口气，“这次的事件确实是我们不对嘛，欺骗大众，也想过被发现的后果。但我没想到，这事儿能传得这么快。互联网铁律逢火必推，可推手是谁我就想不出来。我们之前也没得罪过谁，出了事也想不出对谁能有什么好处。我又不是明星，踩我一脚真能带来多少点击量？我也不相信，所以之前确实没准备过应对，现在有点措手不及。”

“你也看出背后是有推手的？”林璎没想到袁馨会有这个觉悟。

“肯定啊，现在想炒作的人太多了，你现在去长安街裸奔，都不带上头条的，想上个头条多难啊。就我们这点事儿，霸占了‘蛇吻咨询’三天的头条，“金融圈”连续扒皮两天，这肯定有人花了钱啊。但我实在想不出来是谁。”

“谁得好处就是谁啊。”林璎继续启发。

“问题就是，没人有好处啊。我们现在连竞争对手都没有，谁能有好处？”

“这不是显而易见吗？你看看这两天汇美的股价都跌成什么样儿了，谁在做空汇美，谁就有动力继续曝你们的负面消息。”

“做空汇美？”袁馨一脸茫然。

“看来你对二级市场不太了解啊。”

“一点儿不懂。”

“回家问你爸，我就不班门弄斧了。大概意思就是汇美跌得越惨，就有人赚得越多。所以这帮人希望有不利汇美的消息出现，汇美和你们的合作带来了三个涨停板，但你们这条负面消息，不但能把之前涨的都跌回去，估计还得在补跌百分之二十。这一涨一跌的差额，就是做空者赚的钱。他们这回可是大赚了一笔。”

“他们？他们是谁啊？你能查到是什么人在操作吗？”

“我找人盯了几天，开始是两家香港的小基金在操作，后面就一群投机者跟进了。汇美这种小盘股想坐庄用不了多少钱。但这两家公司我暂时还看不出来跟你有什么关系，我相信你爸也在查，他跟我一样，不允许有人欺负他女儿。”

林璎这话让袁馨一阵温暖：“也没准儿就是赶巧了吧，偶尔碰上了我这出事儿？”

“资本市场，不坐庄哪能有这么大的浮动。而且时间点都把握得刚刚好，说明你们那条视频就是他们雇人拍的。”

“啊？”原来这一切都是预谋好的，袁馨忽然有些紧张，问道，“你确定吗？美妖盒作假的事除了公司员工，就只有文爷知道。当然，外人能看破也不奇怪，毕竟这假造得也没什么技术含量。”

“你也知道没有技术含量啊？我第一次在视频里看你们演示就知道不靠谱了，出事是早晚的。”林璎忽然严厉了起来，“创业不能这么胡闹，做什么事会产生什么样的后果都要想清楚，凡事三思而后行。创业遇到问题，产品生产不出来正常，成本cover不了正常，哪怕就是钱花光了东西做不出来这也正常，都可以原谅。但这么明目张胆地欺骗消费者、欺骗投资人，以后在行业里就不要混了。”

“我知道啊，”袁馨眼泪掉了下来，“我们产品方向错了，我也没有办法啊。投资人在催，员工在看，所有人都很期待。我是CEO，我不想扫兴啊，我得做点什么吧。我的想法也很简单啊，用美妆这个概念炒热品牌，之后卖护肤按摩类的产品，或者其他技术上能支持的产品。”

“我知道你也不会故意这么做，但即便事出有因，也应该多动动脑子，”林璎缓和了一下语气，“我来找你，肯定不是来教育你的，咱们一起来想解决方案，现在护肤类的产品你们做出来了吗？”

“已经开模了，测试效果还可以吧。但成本降不下来，一台最低也要两万多，没法成为一个大众消费品。”袁馨一脸愁容，“想过很多方案了，但价格就是降不下来。这还不像美妖盒，在商城、写字楼里放一个就能覆盖好多用户，谁能愿意半夜去楼下护肤啊。”

“所以这个产品线也走不通是吧？”

“现在看是没办法，不过将来要是硬件的价格降一降……”

“未来的事咱们先别管，先解决眼前，你现在必须有一个替代式产品来解决眼前的危机，不然找哪个公关公司都没用。”

“替代式产品？我要是有现成的靠谱产品，就不用作假了。”袁馨无奈地看着林璎。林璎没说话，显然是在思考。看来就算是硅谷创业小王子想帮助自己渡过难关，也没那么容易。

沉默了片刻，林璎忽然笑了：“你确实有现成的产品。”

“什么？”袁馨没有理解。

“商城和写字楼里的那些美妖盒现在干吗呢？”

“昨天开始就停用了，准备过两天搬走呢，处理这些废品还要找搬家公司。”

“还在就好，你赶紧通知所有的员工，今天晚上多晚都要开会，现在开始找媒体，能找多少家算多少家，明天下午在所有商城一起搞活动。”林璎边说，边在手机上记录。

“这么突然，”袁馨看了一眼手机，“现在都十一点了，来不及了吧？明天做行吗？”

“兵贵神速，我无所谓，但你们已经耽误不起了。”

“你至少先给我解释一下，你要干吗吧。”袁馨还是一头雾水。

“你先给员工发信息，让他们一个小时后尽量出现在公司，实在来不了的，可以接入视频会议。你们有媒体对接人吗？让她赶紧对接媒体，同时找营销公司，安排好明天务必要有科技大号和娱乐大号配合你们的炒作。先把这些做完，然后在去你们公司的路上，我给你讲我想到了什么，袁总，您看可以吗？”

“嗯，可以。”袁馨点点头，拿出手机，按照林璎说的一一照做。

“你通知员工消息用的什么软件？”

“钉钉。”袁馨埋头发着消息。

“有其他的协同办公软件吗？”

“Trallo和石墨，还有我们自己的OA系统。”袁馨依然没有抬头。

“不错嘛，”林璎赞许地点点头，“工欲善其事，必先利其器，这几个工具我也很喜欢，适合创业公司。”

“你说的我都做完了，咱们走吧，公司离这儿不远，我叫个车。服务员，买单。”袁馨道。

“我开车了，走吧，单我买，你别抢。”

林璎带着袁馨走出餐厅。林璎的车停在不远处，一辆白色的特斯拉，一尘不染。

袁馨刚坐进车里，就迫不及待地问道：“快说，到底什么好主意？”

林璎将汽车启动，慢悠悠地说：“其实很简单，就是一切照旧。”

“什么意思？”

“让你的美妖盒继续工作啊，跟以前一样。”

“可是现在大家都知道是假的了？”袁馨问道。

“所以呢？”

“所以不会有人继续用了啊。”

“你这话就不对了。你解决了化妆难的问题，是不是，这个问题不管是人解决的还是机器解决的，反正之前你是解决了，而且所有人使用之后还都觉得效果很好，对吧？”

“嗯，我们每次会让用户给使用效果打分，满意度很高。”袁馨点点头。

“这不就得了，既然已经识破了，索性你就直接把这事做在明处就好了，就是真人化妆，这事也没什么不可以的啊。你们之前是怎么收费的？”林璎问道。

“微信扫码付费，一次体验二十元，体验五次之后赠一次，之后每付费四次赠一，使用超过一百次就可以买一赠一，相当于价格降到十元。”袁馨解释道，“其实是学星巴克的方法，培养用户的忠诚度，这是我们市场总监Kevin想的主意。”

“能cover成本吗？”林璎边开车边问。

“可以，化妆品的价格可以忽略不计，因为很多品牌愿意合作，让我们免费使用他们的产品相当于在打广告了。主要费用就是化妆师的工资，一个场地我们一般配两个化妆师，轮流工作，休息。化妆师一天的工资我们现在给到五百，两个人一天就是一千。我刚才说的单次使用价格你也知道了，只要有五十个用户就能cover他们的工资。等大部分用户都能降到十元一次的时候，会有一点儿难度。因为要一百个用户才可以，但是每个人要五分钟左右，一百个人就需要五百分钟，有意向的用户凑一百个不难，但高峰时间维持不了那么久。”

“五分钟化妆已经是极限了吧？对于化妆师？”

“她们手可快了，简单的一分钟就搞定了，复杂的也就两三分钟。时间主要耽误在用户化妆之前不还得选要什么样的嘛，什么配色，用户还要对比好不好看，适合不适合自己什么的。”

“那这个问题如果解决了，每个人的时间就降到两分钟了，是吗？”

“差不多吧。”

“那现在已经解决了啊。”

袁馨愣了一下，立刻反应过来：“对啊，既然机器的秘密已经揭开，那就机器是机器，人是人吧，一位使用者在化妆的时候，下一位就可以去操作机器了。而且现在两个化妆师也可以同时给大家化妆了。只要意向用户足够多，反而可以比以前事半功倍了。”

“没错，”林璎点点头，“只要是赚钱的生意，就可以做下去，而且场地都已经找了，不需要什么新投入。如果主要影响效率的是用户的选择，那这件事完全可以在她到这儿来之前就可以搞定了，你们没有手机配套的APP吗？”

“之前做了一款，叫妖镜，但是因为后来有美妖盒了，就没用心推广这个APP，当时一心想把美妖盒打造得炫一点儿嘛。你说得没错，现在用户可以直接在自己手机选择化妆的效果，等排到她的时候，这个效果就出现在化妆师面前的屏幕上，化妆师就可以照着化，又省了不少时间。”

“还有——”林璎继续启发袁馨，“还有，APP上还可以增加一个排队功能，用户可以随时查前面还有多少人，什么时候到这儿合适，省去了排队的时间。”

“还有一点，虽然人机分离了，但我还是建议有个盒子类的东西，让用户在化妆的时候不要被别人看见，也算是对用户隐私的保护吧。毕竟女孩子嘛，都不希望别人知道自己化妆了吧。”林璎笑着说。

“还真是，你说的这个必须有。我也是做了这行才知道的，原来女孩子不希望别人知道自己化妆了，尤其是不希望自己喜欢的男孩知道，还有专门化妆化素颜妆的。我都惊呆了，以前理解素颜不就是不化妆嘛，像我这样素面朝天才叫素颜啊，结果不是。原来素颜是可以化出来的，而且特别麻烦，要化七层才能看起来像没化妆，真的是里三层外三层啊。还有专门的素颜霜，其实就是一种粉底，但抹完看不出来抹了。你说她们图什么啊，化妆又不是什么见不得人的事，防什么人啊。”袁馨忽然叫唤道，“就这个口儿，右拐，进这个院儿，停那边。到了，欢迎林总大驾光临，让我们这里蓬荜生辉。”

“霄云路这么好的位置还有独栋别墅啊？”林璎跟着袁馨一路参观，“看着还不错啊，公司环境很好嘛。”

来到楼上，居然还有几个程序员在大厅里干活。

“你们出这么大的事还有人在加班啊？我还以为已经分行李散伙儿了呢。”林璎笑道。

“我也挺感动的，前天新闻出来的，可是昨天、今天，大家都来上班了，见面还互相鼓励，一起在想办法。我们是一个团队，一个集体，这不是某个人的事，是集体的事。”袁馨有些骄傲地说，“我刚看见负面新闻的时候也打过退堂鼓，想着大不了不做了，新的融资我们没动过，最多就是把文爷那两千万还了，又不是还不起。但我来到公司，看见大家都在，别人都没放弃，我更不能放弃啊，这不是我一个人的事，为了这个项目，他们都付出了很多，不能白费。”

“这个斗志要一直保持哦，我很喜欢。”林瓔笑了一下，“给我介绍一下这几位还在加班的好员工吧？”

“这位是程青，主要负责程序算法，这位是……”

袁馨给林瓔一一引荐。林瓔是创业界的名人，几位程序员看见他都有点激动。

“袁总，不是吧，您把林瓔请来给我们当CTO啦？”仁宇瞪大眼睛，问道。

袁馨还没作答。

“你们觉得我可以吗？”林瓔主动问道。

“太可以了，虽然您不是图像处理领域的专家，但就您这背景，干什么都可以啊。”仁宇答道。

“对啊，您的创业经验就够我们学习的。”程青道。

“他们都觉得我可以啊，你说呢？”林瓔看着袁馨问道。

“不行。”

“为什么？”

“如果你肯来当然是好，但肯定不是CTO，你得做CEO啊。”袁馨坚定地答道。

“想得倒美，现在这么个乱摊子让我当CEO。”林瓔忽然眼珠一转，话锋一转，“确实也是个打消负面新闻的好办法，咱们也得给那帮赚不义之财的孙子一个教训。袁馨，你联系一下汇美的刘总，明天上午咱们先去见他，下午开发布会，发布会他务必要到场。但明天的发布会，袁馨，你最好不要出现。”

“为什么？”袁馨问道。

“你已经完全被媒体塑造成了负面形象，现在抛头露面容易招骂，还会给公司带来不好的影响。”

在林瓔设计第二天活动的时候，其他员工陆陆续续来到公司。深夜十二点整，公司全部五十二名员工竟然都到齐了。

看到大家匆匆赶来，满怀希望，袁馨眼圈又红了。

林璎赶紧率先发言："大家好，我叫林璎，今天来到这里主要是来抢夺大家胜利果实的，我准备接手初心不改公司的CEO职务一段时间。今天这么着急把大家叫来就是要征求一下大家的意见，是否同意。我的条件是，在我接手期间，我要有绝对的控制权，我不管这公司之前的制度是什么样，我要制定我的制度，并且在我接管的这段时间里，所有人必须服从制度。另外，袁馨你也必须在这儿干活，别以为我接手了你就可以偷懒了。"

"没问题，我不会跑的。"袁馨笑了笑，"还有，我所持有的股份可以转给你百分之八十。"

"不需要，你的股份你自己拿着。等公司渡过这次难关之后，我们要把之前那位CTO占的股份分出来，不光是给我，还有在座的所有员工都会拿到一定数量的期权。现在这个时点是公司涅槃重生的关键时刻，大家都要尽力，因为你们每个人都是初心不改的创始人。"

"但是，周学浅他……"袁馨听到林璎要把学浅的股权分掉有些犹豫。

"没有但是，身为创始人抛下自己的队员，无论他有什么理由，我们都不需要原谅。他今天没有出现在这里，他就不配再拥有这个公司将来的一切。"林璎看着袁馨，"这个决定我替你做了，你也不是一个爱听解释的人，对吧。"

袁馨怔了一下，林璎说的这句话让她又想起了往事。袁馨知道了林璎结婚的消息后，给林璎写了一封十分决绝的邮件。大意是已经知道了你结婚的喜讯，无须解释更不用道歉，就是天大的理由，此生心意已决，绝不原谅，不再来往。而林璎收到信后，也确实没有再联系过袁馨。两个人都断得足够干净。

"对，没必要原谅，公司是福是祸都与他无关了。你继续吧。"袁馨坚定地说。

"明天我们要搞一场大型发布会，主场由我负责，其他的各大商场和写字楼每个员工负责一个，配合主场的发布会做线下活动。因为现在这个时间，找其他活动主办方都来不及了，咱们必须自己做。化妆师都能联系上吧？明天必须全部到位。每个场地需要的花束和礼品，上午由行政部去统一购买，再去几个男生，帮着拿东西。明天会很辛苦，而且大家都要去尝试一个新的工作，但我有信心你们能做好，对吧？”林璎停顿了一下。

“对！”

看到大家信心十足，林璎继续道：“媒体负责人是哪位？媒体那边联系得怎么样了？”

“有些关机了，有些联系上了，联系上的都答应明天出席了。但咱们现在时间场地都还没定，我担心他们还会有变数。”媒体负责人李莹答道。李莹中性打扮，寸头，黑框大眼镜，背带裤，白T恤。

“时间场地明天上午都会通知到他们。”林璎继续问道，“商场、写字楼那边没问题吧？这事谁负责联系？”

“我负责，”Kevin应道，“现在联系他们不太合适，太晚了。但明天有一个上午的时间，我会全部安排好。”

林璎短暂地和Kevin交代了几句之后，转向袁馨：“袁馨，刘慧那边联系上了吗？”

“联系上了，但是他现在人在美国，怕是赶不回来啊。他们公司副总出席行吗？”袁馨问道。

“不行，必须他来，你跟他说是我让他赶回来，现在去机场赶最近的航班回来，明天下午三点绝对回得来。”林璎指挥若定，“他买好机票，你立刻告诉我。还有，告诉他，上了飞机用空中电话打给我，我会跟他解释，现在我没时间跟他说话。”

“好。”袁馨记下后，再次拨通了刘慧的电话。让袁馨颇为惊讶的是，刘慧在听说林璎参与了这个项目之后，态度确实有所转变，不但买了高价机票，还立刻乘车赶往机场。

“林总，还有什么需要我做的？”尽管夜已深，但袁馨毫无睡意。看着林璎不停地在给每个人安排工作，她相信，败局可破，自己和公司终于有救了。

第4章|触底反弹

互联网时代什么事最难？删帖最难。遇到诋毁，欲盖弥彰最不可取；顽强抵抗也不是什么好主意，说不定弄巧成拙，跟狗打架的人哪有不跌份儿的。那怎么办？难道面对诋毁诽谤和负面消息就应该不闻不问、忍气吞声吗？在没有更好的对策之前，这确实是一种最优选择。

袁馨在遇到林璎之前，对于网上的肆意诽谤就是采取了默不作声的回应态度。但此时，林璎既然有信心以更好的姿态面对这件事，比起消极抵抗，袁馨是喜欢战斗的，林璎已经激起了她的全部斗志。

可是林璎偏要往这个燃烧起来的小火炉身上泼一桶冷水："记住了，明天的发布会活动，公司所有人都要在现场盯着，只有你不行，你必须在公司好好待着，而且，从明天开始，两周时间，你都不许走出公司。电话也少接，除了你爸妈和公司同事的，别人能不联系就不联系。"

"你这是先逼宫，再软禁啊？"袁馨笑道。林璎的目的她大概理解，就是让她在媒体和公众面前消失，让大家把对她的误解和对公司的印象分开，错是她的，公司还是个好公司。

"是又怎么样。"林璎做了个鬼脸，但立刻又变回一张正派脸，"好了，高管留下，其他人赶紧回去睡觉。明天有一场硬仗要打，都不能掉以轻心。”

大家都听从林璎的指挥，该留的留，该走的走。

“对不起，还要留大家几分钟。明天势必要用钱，我们要拿钱砸媒体。我听袁馨说，咱们两个亿的投资还没用过是吧？我不知道你们之前的财务流程是什么样的，但明天作为特殊情况，媒体部、行政部和市场部，只要动钱，一律开绿灯，我们要不计后果地把明天的消息放出去。大家有没有异议？”林璎郑重地问道。

“没意见，此时是应该背水一战了。”很少说话的Kevin，率先表态。

“好，明天所有人的任务都很重，但媒体和宣传任务最重，对不起，今晚你们恐怕没时间睡觉了，宣传稿一定要准备好，对接的媒体一会儿列个清单给我，实在找不到的，我会找人帮忙。还有直播平台，明天直播四大家必须到场，其他的直播平台能请的也尽量请，所有直播平台的首页推荐位，上午谈好，他们的底价我一会儿要到发给你们，虽然着急，但也不能浪费钱，该省的省。微信公众号的几个大账号，明天不管多少钱，晚上头条一定是咱们这件事。这个明天早上找公关公司，让他们搞定。爱奇艺、腾讯视频平台明天偶像剧播放前的广告时间全部买断，视频明天上午要拍好，策划团队必须出两版十五秒广告方案，明天有一天的时间完成制作，晚上一定要投放。这是能触及咱们目标用户的最好方式。”林璎喘了口气，继续道，“主持人希望能请到菜老师，因为之前他跟袁馨有过互动，可以先嘲讽一下，活跃气氛，让大家体会到这不是什么罪大恶极的事儿。还有凉凉姐，你们之前找她帮忙做过广告，如果她能调整出来档期，尽量请到场，通告费可以给到最高，邀约口径就是出席这次发布会可以帮她洗白。我大概在心里粗粗算了一下，明天的开销大概在三千万到五千万，请大家有这个心理准备。”

“这么多？”袁馨惊了一下，没想到一天的活动比他们一年的开销还要大。

“差不多吧，”媒体负责人李莹道，“因为咱们太急了，很多价格会比正常时候高出三至五倍，而且像片头广告这些也不是说替换就能替换的。我明天尽量去沟通，但有些可能确实谈不下来。”

“嗯，明天对大家都会很难，想办法一起度过吧。各位，还能睡觉的就回去睡觉吧。今晚会是初心不改最黑暗的夜晚，需要通宵的朋友就跟我一起等待黎明。散会。”

“你不睡觉吗？你搞通宵干吗？”等大家都离开会议室，袁馨问道。

“我能干吗啊，我让仁宇他们留下等我了，一起写写代码呗。”林璎伸伸懒腰，“好久没写了，手还真有点痒了。”

“那我应该干点什么？我写代码确实不太行。”

“你就找地儿睡觉吧，明天等着看好戏。”

“那怎么行啊，你看大家都这么忙，你也给我安排点活儿啊。”袁馨哀求道。

“那你就去端茶倒水煮咖啡吧。看谁累了，给人家捶捶肩，听说过程序员安慰师吗？我看你干这个挺合适的。对了，我刚才忘了，明天一下要动这么多钱，得跟银行打个招呼，你是法人吧？”

“我是。”

“是就好办，你明天早上带上公司营业执照和公章，还有身份证，跑趟银行，跟人家说明情况，提前打个申请。这应该是芳芳的活儿，但芳芳上午得跟着小静请化妆师去，你就代劳吧。”

“没问题，我还能干什么吗？”袁馨还是不甘心，继续问道。

“明天你可以在Trallo上盯着所有人的todo list，任何人遇到任何问题，你先尝试解决，解决不了的立刻告诉我。三点之前，打我手机都能联系到我。你明天就做一根总线（计算机各种功能部件之间传送信息的公共通信干线），能完成吧。”

“没问题，对了，我现在把你的Trallo和钉钉权限开通一下，跟我一样，都是最高级别。”

“还有石墨的。”

“好，我觉得你的计划很好，但会不会出现bug就不知道了。”

“没有完美的程序，也没有完美的计划，有bug才正常。想让什么事少出错，就多复盘，我也还要再想一遍，有没有遗漏什么。”林璎说着闭上了眼睛。

袁馨不敢去打扰，跑到厨房，烧水煮咖啡，给大家端茶倒水，忙得不亦乐乎。

林璎反复想了两遍，觉得没有什么太大漏洞。正准备动手写程序，手机响了，应该是刘慧，看来飞机已经起飞了。

“嗨，好久不见啊，把你折腾回来不会生我气吧？”林璎问道。

“生气不至于，但你真有什么起死回生的妙术，能救得了初心不改吗？”

“我明明是来救你的。”

“真的假的？你对我有这么好吗？”

“你跟我说句实话，这次的事不是你在背后捣鬼吧？坐庄的不是你吧。”

“怎么可能是我啊，你要说之前买涨还有可能，我能坐庄让自己公司跌成这样吗？再跌下去，都快退市了，我来美国就是搬救兵的，求黑石赶紧托一下，哥们儿这业务又没问题，怎么这么倒霉啊。”

“不是你，我就放心了。”

“真不是我，我特么图什么啊。我这公司就是我儿子，你见过几个亲爹能把自己儿子掐死的。我天天琢磨这谁这么大仇啊，冲我还是冲袁馨呢？你别卖关子，有什么鬼主意快说，我该配合配合，都这个点儿了，我手底下醒着的也不多了。”

林璎快速说完了自己明天的安排。

“嗯，确实可以试试，但这宣传能跟上吗？一旦没砸死，那边要是再反复，可更麻烦了。我也认识点渠道，明天上午都给你对接上。明星我也叫几个去给咱们站站台，这都好办，我跟演艺圈关系一直不错。关键是，你有几成把握？”

“五成，你平安到了北京就有七成。”

“你丫怎么说话呢？我肯定能到北京，明天见啊，还有事吗？”

“有，初心不改这边拿出五千万做宣传，你也出点血吧。”

“这还用你说啊，我这个时候还怕出血吗？谁不知道保命要紧啊。这个你放心，你什么时候告诉我这事你有八成把握了，我掏自己钱让公司明天从跌停到涨停，你信不信吧？”

“信，谁不知道你有钱啊。行了，能用的资源，你都想想，大家是一条船上的，而且幕后黑手是谁咱们都不知道，对手的虚实咱们也就别探了，拼尽全力吧。如果斗不过，至少缴械投降之前不留遗憾。”

“听你的，明天哥们儿给你配戏，一定演到位。”刘慧道。

挂了电话，林璎走到仁宇背后，问道：“怎么样了？能做完吗？”

仁宇闻声立刻转过头：“后端没问题，都是现成的模块，但前端工程师不在，交互也不在，设计也不在，我只能先凑合做一下，您看看。”

林璎看了仁宇在手机上的演示，欣慰地说：“没问题，我今天没带电脑，就在你的电脑上直接改了，你不介意吧？”

“这有什么介意的，您用吧。”

“数据库、服务器这些测试过吗？万一人多，撑得住吗？本地的还是云端的？”

“都有，这些您不用担心，之前就是成熟产品，只是没做大规模推广，但压力测试这些都做过。学浅大哥也是要求很高的人，他能力很强，这次也不知道是怎么回事。”仁宇脸上掠过一丝无奈。

“他有他的原因，我们不要猜测也不要责怪，每个人都不容易，咱们能做的就是互相理解。”林璎边说边进入了开发界面。

仁宇惊讶地看着林璎敲代码时的手速，这简直比专业游戏选手的手速还要快。无论前台后台的代码，他写起来好像都没有任何迟疑，不停地在写，甚至连思考的停顿都没有。而且就在这种情况下，他还把注解写得十分工整。仁宇发自内心地感到，大牛来了。

“差不多了，设计这块就先将就一下吧，跟整体没有明显不搭就行了。你测试一下，没问题，立刻ios提交，苹果审核一般需要一天。发封邮件说一下咱们的特殊情况，把改动的代码直接贴附件发过去，明天再打个电话过去催一下，明天下午三点之前，新版本要上线。这事交给你了，如果有问题，随时给我打电话。”虽然仁宇年纪不大，但林璎却觉得他可以委以重任。

“好，”仁宇点点头。

仁宇走后，林璎看着袁馨放在自己面前的加奶咖啡，苦笑了一下，勉强喝了两口。还有没有自己没想到的？林璎又把计划在脑海中过了一遍，还有什么没想到的呢？

窗外已泛白，林璎看看表，凌晨四点了。凌晨四点的北京安静祥和，今天，林璎自编自导自演的大戏，就要在这里上演了，心里又兴奋又忐忑。

“林总，我把明天可以做活动的场地全部列出来了，您看一下。”林璎刚刚闭上眼，Kevin就来了。

“您别这么客气，您叫我林璎就可以了。”

“好，那您以后叫我Kevin就好了，我习惯别人这么叫我。关于明天的发布会，我有几个疑虑。首先是时间，下午三点这个时间我觉得不妥。明天是工作日，无论活动地点选在哪儿都是上班时间，没有人流。现在媒体的宣传能力已经非常有限了，远不如让大众去传播，效果更好。所以我的建议是改在中午十二点半，上班族吃饭结束返回公司的时间，活动声势大一点儿，又有明星助阵，应该能吸引眼球。定在三点，我想您可能有股市方面的考虑。我不知道你的计划是什么，但我认为无论几点开始活动，明天上午我们就要大张旗鼓地对接宣传和公关，对手应该能得到消息，那这个时间点关系也就不大了。”

“你说得没错，这些我也考虑过。我恰恰就是不希望出现真正的人流才选择了这个时间，真人在电脑前看着就好了，不需要来现场，你懂我在说什么吧。”

“你要请演员？这个人数有考虑吗？有人负责这件事吗？”

“我让我们公司的员工去帮忙对接了，我不希望初心不改的人知道，你明白吧？”林璎向正在加班的同事望了一眼。

“明白，我不会说的。不管你这个时间出现在这家公司的目的是什么，我都非常感谢。”Kevin诚恳地说，“还有一个问题，如果在人流非常少的时段吸引到了非常多的人流，这看来也不太合理。明天的主会场我们到底要定在哪儿？”

“你说下午三点哪儿都没有人流是不对的，有个地方，随时都有人流。但这些人流又不会驻足太久。”林璎自信地笑了，“既然你都看穿了，明天早上会不会重仓啊。”

“会，虽然我讨厌资本市场的恶性操作，但既然都有这么确切的内幕消息了，何必不赚一笔呢。”Kevin掏出手机，“不会一大早你们就要拉到涨停吧？”

“不会，上来就all in，怎么吸引对手加注啊？让他们跟着玩才有意思。唯一可惜的就是汇美盘子太小了，玩不出多大动静，没法让他们死得太惨。”林璎看着Kevin给出的场地list，十分满意，“除了主会场，其他场地都需要你帮忙负责了，我明天可能顾不上了，不要有差错。”

“嗯，我会尽力而为。机场想办活动不容易吧？”

“果然什么都瞒不过你。刘慧跟航美关系很好，应该能搞定。不管你来这个公司的目的是什么，我也非常感谢，希望以后合作愉快。”

林璎和Kevin握了握手，相视一笑。

早上九点半，股市开盘，汇美在十五分钟后跌停，之后不断有小幅涨落，但始终在跌停区域晃荡。下午两点开始，汇美毫无征兆地开始慢慢上涨，虽然中间还有几次回落，但涨势明显，两点五十九分五十八秒，汇美涨停，完成了一天从跌停到涨停的戏剧性效果。

首都机场三号航站楼到达出口，太平洋咖啡旁边，聚集了三百多名媒体记者，同行间在低声交流今天的发布会到底能出现什么惊喜。

三点整，灯光骤然点亮，菜老师戴着两个巨大的翅膀从天空飞来，往来于机场的乘客全部驻足，惊讶地看着这一场面。仔细观察就不难发现，菜老师身上吊着威亚，上面有几架无人机在上空盘旋，拉住了威亚。

“大家好，美妖盒涅槃重生发布会正式开始。”菜老师缓缓降落在了记者群体的正前方，同时，在菜老师落地的一瞬间，出现了用光影技术建起的虚拟舞台。菜老师声音柔美温和，仿如一股清泉娓娓道来，“就在一周之前，我在一个活动上亲眼看到了美妖盒的功效，我惊呆了，我感叹这世界上居然会有这么了不起的产品，可以让科技与美丽如此巧妙地结合，让人和机器的互动可以心有灵犀，那种震撼荡气回肠，久久不能逝去。可是，”菜老师忽然话锋一转，怒目圆睁，语气变得十分暴躁，“他们居然是在骗我，机器里面藏个人这叫哪门子高科技啊，谁不会啊。哼，欺骗我这样善良的人，简直太可恶了。今天居然还指望我来为他们洗白，怎么可能，我就要借这个机会大吐槽。”

台下的记者听到这番话都是一愣，机场进出的人群也都被菜老师吸引，从四面八方聚集过来。

“菜老师息怒，现在这个公司归我管了，不一样了。”林璎不知从什么地方冒了出来，站在菜老师身边。

“你现在是初心不改的CEO了？”菜老师故作惊讶地问道，“价值上百亿美元公司的董事长，随随便便就去个创业公司打工啦？我才不信呢。”

“是真的，我拿名片给你看，我连linkedin上面的信息都更新了。”林璎道。

“哦？”菜老师眉毛拧在了一起，疑惑地问道，“如果是在几个星期前，你接手这家公司，我们还能理解，可是现在？你是不是傻啊？”

“就是现在，我昨天才上岗的。”林璎笑笑，“这完全是拜我的好友刘慧所赐，他推荐了这家公司给我，我很感兴趣。我相信在我接手之后，这家公司会有质的变化。”

“虽然您在创业界的地位大家都知道，但让美妖盒起死回生恐怕也不那么容易吧，毕竟现在大家都知道是怎么回事了。大家都知道吧？不用我再说一遍吧？”菜老师问道。

台下传来一片笑声。

“既然大家都知道，那我就再演示一次，这次，”林璎边说，边让人抬过来了一台美妖盒，“我们把所有的遮挡都拆开了，连机器前面的铁皮我们都拆掉了，大家现在看到的是一台真正的裸机。媒体朋友可以从任意角度拍照、摄影，对，没事，你们想从哪个角度拍都可以，随便拍。看清楚，这里面肯定没有人，而且全程都是透明操作，用我们的行话说，这次是白盒测试。大家不用抢位置，从哪拍都可以，用无人机拍摄也可以。现在，我要再做一次实验，有没有在场的朋友，愿意试试的？”

后排观众有几位举起了手。林璎点了两位观众，让她们走到台前："非常感谢你们参与，我希望你们能选择同样一种妆容可不可以？”

两个女孩儿都表示同意，商量后选定了日式艺伎妆。

“好，你们确定了啊，台下观众要是有胆小的就先撤了吧。”菜老师打趣道。

“别走啊，一定要留下来看完啊，今天在场的全都是我们初心不改的证人。”林璎道，“我马上建群，发红包，发布会后还有礼品。”

“林总爽快。”菜老师配合道。

“现在请您坐到机器里，”林璎引导一位女孩进入机器，“另一位呢，您在这边坐好就行，由我们初心不改的专业化妆师小静为您服务。好了，现在菜老师您喊开始，这两边就会同步开始工作啦。”

“这机器里确定没有人吗？我要再检查一遍。”菜老师在机器上摸来摸去，以便确定没有人能藏身，“有没有观众想试试的，我是抓不到人了。都没有吗？都相信这里面没藏人了啊。那我宣布，现在开始。”

机器传来工作的声音，两只机器手上下翻飞，在模特的脸上涂涂抹抹。那边的小静左手拿出一个化妆盒加四只刷子，右手拿起一只刷子，同时嘴里还叼着一只刷子，也是动作极快地在模特脸上抚弄。两分钟后，两边几乎是同时停止了工作。

“哇，都化完了，真快啊。怎么办，我好紧张啊。”菜老师大喘了一口气，“下面就是见证奇迹的时刻了，请两位同时转身。”

两个实验者转过身的一刻，不但台下发出了一片惊呼，连坐在电脑前收看直播的袁謦都“啊”了一声。两个女孩化妆之后几乎一样，面白如雪，红唇似火，眉毛和眼角有一团微微的红晕，恰似一团晚霞，眼线分明，睫毛上翘，看似性冷淡却极富诱惑。

“这是什么情况？”菜老师惊讶地问：“那我们之前看的视频是怎么回事？难道视频是假的？”

“视频是真的，初心不改在之前确实造过假，这件事我先道歉。”林璎深鞠一躬，“但是，我们的机器早就试验成功了，这是真的，大家现在也看到了，我们的技术并没有问题。”

“那我就不懂了，你们既然已经有能用的机器了，为什么还要用鱼目混珠呢？”菜老师继续追问道。

“这个原因是多方面的，首先我们承认，我们的技术还不完善，有些时候达不到这么好的效果，可能会给用户造成不便。但最主要的原因，您知道这一台设备的造价是多少钱吗？”

“我之前听袁馨介绍过，要几百万？”菜老师回答。

“八百万，今天正好这台机器已经打开了，大家可以看看，这里面有多少芯片，有多少元器件，还有这个机器手，全部都是最顶级的配件。我们目前为止，只制造了两台，一台在这儿，另一台在凉凉姐家里。所以，大家对我们的指责没有错，但所有媒体今天应该跟凉凉姐道个歉，对她的指责是错误的，她并不是我们的广告代言人，她是真实的用户。她没有欺骗任何人。”

“我就说嘛，以凉凉姐今天的地位和身价，哪儿看得上创业公司给的那点儿广告费。我在这里，先代表广大媒体给凉凉姐道歉。但林总，您还是回避了我的问题，如果是因为美妖盒的造价太高，不能大规模生产和使用，这个没问题，但你们不应该拿个假的产品来欺骗消费者啊。没有我们不用就好了嘛，干吗让我们用假的呢。”

“两个月前，我看到了一条消息，阿尔法狗战胜了柯洁，这意味着，人工智能已经横扫围棋圈了。”林璎语气沉稳，场内忽然响起舒缓的配乐声，“在2014年的时候，晓松奇谈中，学富五车的高老师还曾断言，深蓝赢了国际象棋大师这没什么了不起，因为它连围棋初段都赢不了，最聪明的还是我们人类。但是仅仅三年后，已经没有人能赢得了阿尔法狗了。我看到这条消息的时候我感到很恐惧，从小到大，我身边的人都拿我当天才，他们都觉得我智商非常高。我很害怕，他们会不会让我去跟阿尔法狗比点什么。我想了想，我必输，我什么都比不过它。我很长时间睡不好觉，吃不下饭，我很害怕。我不相信《ghost in shell》中的情节会真实出现，但如果人类真的样样都做不过机器，那全人类的失业就在所难免了。这个恐惧在两天前终于消失了，因为刘慧飞来美国找我。他是来向我求助的，但他可能不知道，是他救了我。他跟我说了这个项目，说了全部的真实情况，还给我介绍了我完全不了解的美妆世界，我要感慨一下，化妆行业里的水真的好深。在座的男士可能都没听过，有一种化妆，叫素颜妆，素颜居然是化出来的，我听完世界观都崩塌了。”

台下响起一片笑声。

“这个恐怕是林总少见多怪了。我要补充一句，不但素颜妆是一种化妆效果，还有睡不醒妆、东施效颦妆、运动之后不掉妆、温泉之后更浓妆、花样可多啦。”菜老师适时补充。

“没错，是我井底之蛙了。当然，让我更惊讶的是，在这个阿尔法狗打败了围棋选手的今天。我们的美妖盒用的是和阿尔法狗一样的CPU，一样的芯片，这台造价八百万的机器，根本战胜不了我们公司这位月薪八千的化妆师。这是不是人类的伟大？”

“现在也许还不能说清楚谁强谁弱，但将来应该是，美妖盒可以比化妆师化得更好吧。”菜老师接茬道。

“我们也是这么想的。但它现在会的，全是我们这位化妆师教它的，化妆师怎么教呢？我的专业恰好就是machine learning（机器学习），我可以简单地给大家讲一下。首先我们要知道把大象装冰箱总共分几步，真的是这样的，大家不要笑。知道了步骤之后呢，我们把步骤拆开，学习每一步是怎么实现的，比如擦粉，就是刷子蘸上粉往脸上涂，目前为止，大家听起来都很简单对吧。”

“这跟下围棋比，确实没什么难的。”菜老师不屑地回答。

“对，我想在场的和屏幕前的朋友们也都是这么想的。但这个粉怎么算够了啊？一毫米？两毫米？还是一厘米？这个事儿大家想过吗？我们人很容易，一眼就看出来了，够白了，但是机器看不出来啊，它要反复去和之前的记忆对比，之前有这样的案例，说肤色这样的用户，她白成这样就是对的，就可以跳出来进行下一步了。但如果它之前没有这样的存储，它判断不了，它看不出来什么叫好看。我到前几天才知道，化妆这事是要看人下菜碟的，是要因地制宜的，这人的皮肤状态不一样吃粉程度就不一样，打不打粉底也有讲究，不能所有的人都是一种化法。即便你最后想要的效果一样，但上妆方式可能完全不同，所以很多女性想出门她出不去，因为化妆这事儿真的不容易。”

台下的女性纷纷点头。

“我可以负责任地说，这比下围棋难多了，围棋多少格子它是有数的，它几千年下来已经有了无数棋谱了，它的大数据是有累积的。但在美妖盒出现之前，化妆这事的大数据有人做吗？也就婚纱影楼留了点图片吧。别说那些PS、美图效果的软件，一个个看着都像充气娃娃，我们要是拿那些照片做素材，真化成那样在座的哪个敢出门啊。大家之所以能看到美妖盒今天的效果，是因为我们不停地在获取数据，用这些数据存到机器里，告诉它，再遇到这样的长相、这种肤质的女性，怎么化才好看，里面的软件系统每天都在更新，不停地在升级。我们的数据就是从这些所谓的假美妖盒中获取的。每台机器一天，至少会留存八十位用户的使用信息，包括效果图像和操作时化妆师的所有步骤，我们全部在这台美妖盒中记录了。所以我要给它证明，它不是一台假的美妖盒，从目的层面上讲，它的确实现了用户的需求，用户付出的二十块钱，事实上是得到了他们想要的效果，甚至超出对它的期待。这不是我瞎说。因为每次用户使用后，我们是会让用户打分的，如果不满意我们是会退钱的。但即使如此，美妖盒的满意率是百分之九十五，百分之四点八认为还好，只有千分之二的用户不满意。所以，它解决了大部分用户的问题。至于您说它不是一款高科技产品，我也可以证明，即便是一台假的美妖盒，它的成本也非常高。因为它有人脸识别追踪功能，有动作捕捉功能，有自我记忆和分析的功能。所以它是一台高科技产品啊。大家现在可以抬头看一下。”

在人群的头上，天花板上出现了上万张化妆后微笑的美女图片。图片快速闪过后，出现了各种图表，图表上显示了大部分使用过的女性皮肤类型的分布、女性年龄和所选择妆容的关系、每种化妆一次平均会消耗掉多少化妆品、这些化妆品对应的市场价格是多少，以及其他种种和化妆相关的数据。

“所有我们存储的用户照片都是经过用户同意的，这个请放心。目前大家看到的这些数据分析，就是我们这半年收集到的数据和用户使用习惯，当然，这些离真正意义上的大数据还有很远的距离。所以，在美妖盒还无法打败化妆师的时间里，我们的假美妖盒还要继续放在这里，继续收集数据，同时给大家提供服务。大家同意吗？”

“同意。”台下一阵欢呼，显然是被林璎真挚的演讲打动了。

“还有一点，我刚刚没有说，为什么刘慧给我讲了这个项目之后，我就不在意阿尔法狗能打败我这件事了。原因很简单，也许有一天，美妖盒能打败化妆师，但美妖盒永远没有能力想出素颜妆这么富有创意的东西。阿尔法狗能战胜围棋选手，但它永远想不出围棋这么有趣的游戏。我们大力发展计算机产业，发展人工智能，为的就是让机器取代人类，去从事那些复杂的、枯燥的、重复性的劳动，而解放出来的人类可以去做更有创意的事情。没错，全自动流水线生产的汽车比任何工人制造的汽车都好，但是，解放出来的人可以去想想怎么制造低空飞行器。人工智能会带来巨大的改变，但这些改变对于人类一定是美好的。我们现在就在提倡工作就只是生活的一部分，在将来工作就是更小的一部分，甚至是微不足道的一部分，这有什么可怕的呢？这正是我们梦寐以求的，把无聊的工作交给机器，让我们去做更有趣的事情。我们做美妖盒的目的也是这个，为广大职业女性节省出一点点的时间，让她们去想想还有没有素颜妆这么有趣的事情。”

台下再次掌声雷动。连正在写字楼里偷着用手机收看直播的女白领，也忍不住用力点了点头。

“哇，林总这番慷慨激昂的演讲真的打动到我了。不知道大家有没有被打动到，我以后会支持美妖盒项目，让我也变成它完善过程中的一个数据。”菜老师边鼓掌边说道，“正如林总所言，好的科技产品其实都少不了人的参与，越好的产品需要参与的人就越多。我想从今天起，我们也不要再把自己只是单纯地当作一个用户了，其实我们每一个人都是这款产品的制造者。”

“当然，我回来的原因还是为我的好基友刘慧站台。他毅然决然地参与了美妖盒项目，大家也来听听他的原因，好不好？”林璎边说，边请出刘慧上台。

刘慧下飞机后，立刻沐浴更衣化妆，此时已丝毫看不到疲倦 ，神采奕奕地走上台。柔光从四面八方射在他本来就吹弹可破的白皙肌肤上，饱满的嘴唇上加了一层淡粉色唇釉。他用自信用真诚的眼神扫视了台下每位看客之后，定睛在了正对他的摄像机，嘴角微微上扬，调整出那个已经练习过上万次的优雅笑容，他就像一只开屏的孔雀，肆意抖动着羽毛吸引雌性。

“大家好，我已经息影很久了，这次抛头露面实在是迫于无奈。”刘慧十分自然地笑了，息影自然是他开的玩笑。刘慧自信自己的长相丝毫不逊于市面上近几年兴起的任何一位小鲜肉，“关于之前美妖盒的种种我不做评论，我第一次试用的美妖盒就是今天演示的这一台，至于他们放在商场里的那些，你问我知不知道里面是有人的，我是知道的，但我也清楚地知道他们是在做什么。刚才菜老师说的那个点我非常喜欢，科技与美丽的结合。没错，汇美这些年想做的就是这件事，我们如果只是做一家美妆界的电商，那对于整个行业到底有什么意义呢？赚个差价，减少企业库存，增加营销渠道，这点事儿不该由一个普林斯顿毕业的人来做吧？我从普林斯顿毕业的演讲，我记忆犹新。林璎，你还记得吗？”

“林总和刘总是普林斯顿的同学吗？”菜老师惊讶地问道。

“师兄弟，刘总是我师兄，我们都是学machine learning的。”林璎答道，“我记得刘总毕业时作为优秀毕业生发表演讲，他说，要利用科技把这个世界变得更好。”

“对，感谢你还记得。所以这些年，汇美也在不断地尝试，有什么方法让科技能在帮女性变美这条路上走得更远。刚才林璎提到了大数据分析，汇美这些年其实也在做，但我们统计出来的数据就是用户一年花了多少钱，买了什么，也是大数据，但没什么用。大家觉得有点用的可能是什么化妆品卖得好，但这个我告诉你想知道很简单，你去爱奇艺点击收视率最高的节目，前十五秒的贴片广告就直接告诉你是谁了。所以我一直很迷茫，关于之前提到的和美妖盒合作的护肤品，其实这几年汇美一直在尝试做，但没有做出突破性的产品。就像林璎刚才说的，我们也需要用户参与和数据支持的。所以当我看见美妖盒的时候，我非常激动，这就是我想要的，有了它我就能掌握用户的皮肤真实情况，并且能拿到用户在试用化妆品之后皮肤的状态数据。我能得到就不会再是哪款粉底好卖这么肤浅的数据了，而是使用兰蔻粉底之后第二天皮肤锁水度会不会有改变，皮肤的防晒能力会不会提高，皮肤的抗过敏性会不会下降，这款粉底和哪款散粉结合能达到更好的视觉效果。

“每家化妆品公司，都有测试部门，都会在产品上市前做双盲试验，就是挑选各方面都差不多的两个用户，一个使用测试产品，一个用功能类似的其他产品，三十天追踪对比，然后给出这个化妆品的效果数据。大家听下来是不是都发现这样实验是有问题的，测试用户是特体，是否能代表其他用户，不一定。跟踪时间太短，三十天有效，不代表一年有效。这和美妖盒能获取到的海量数据根本不能比。汇美已经和初心正式签署了合作协议，初心不改对汇美公开收集到的所有数据。而且从今天开始，美妖盒会增加皮肤状态的读取功能，为我们将来能为每个用户量身定做护肤品打下基础。同时，美妖盒不再是一款单纯的线下产品，同名线上App已经登录Apple Store，安卓版也将在本周全面上线，苹果用户现在就可以下载，所有下载美妖盒APP的用户注册后，都会得到两百元美妖盒打折券和五十元无门槛汇美购物券。”

观众席中的女孩们纷纷掏出手机，下载注册。

“对于别有用心的媒体在网上散布的关于‘汇美和初心不改的合作就是联手

骗钱’的传闻，我今天正式给予回应，用户之前交的五十元全年护肤品预订金，随时可以在我们的官网申请退款，我保证用户申请后一天内可以收到退款。因为今年是第一次尝试，我们对自己的生产能力确实也没什么自信，所以只接两百万的订单。之前很快预订就满了，所以预订通道也就关闭了，考虑到这几天可能会有退订，所以预订通道也会在今天重新开启。我和林瓔首次联手，我们想做的绝不是一款平淡无奇的产品，我们要做一款颠覆行业的产品出来。它可能是全自动化妆的美妖盒，也可能是让你的母亲重返二十岁的‘十八春’护肤品。即使都没做出来，也请相信，因为我们的探索，至少会让整个行业往前走一步。”刘慧笃定的语气让在场的人都深信不疑。

“好！”菜老师使劲地鼓掌，“每一个行业的发展都离不开业内人士的努力，希望刘总和林总这样的精英进入，能使整个化妆品行业的进步突飞猛进，让所有人都像我这样，永远十八岁。今天的活动到此为止，感谢大家的收看。我再次提醒各位，赶快下载美妖盒APP，在两周之内注册用户将得到两百元美妖盒使用券和五十元汇美购物券。对了，今天既然这个真的美妖盒在机场现身了，我们提供两个小时的免费体验时间，在场的用户可以下载美妖盒APP通过上面的预订功能开始申请，五十个体验名额，先到先得哦。”

场内一片热闹，好几位女性兴奋地高举手机，高呼：“我注册上了，排上队啦。”没一会儿工夫，一条长队就在美妖盒前面出现了。现场媒体趁这个机会拉住林瓔和刘慧轮流采访。

林瓔并没有感到轻松，主会场的发布会结束了，但分会场的活动才刚刚开始。

国贸三期写字楼，小美是典型的CBD白骨精，五点整，她准时下班后像往常一样优雅地走出办公室，坐上电梯，心里盘算着如何度过这漫漫长夜。下到一层，电梯门打开，小美被眼前的景象吓了一跳。一层大厅里站着好多化妆成僵尸、女鬼、艺伎的人，好在这些人有说有笑地走来走去，如果他们同时向小美扑来，小美担心自己可能会被吓死。“这什么情况啊？”小美忍不住问了一句。

再往外前走，看到一群人在排队。有工作人员在维持秩序，并一个劲儿地道歉："请大家明天再来，今天的队已经要排到两个小时之后了。对不起，对不起，请您明天再来。"

"这是什么活动啊？"小美忍不住又问道。

"我们正在举办美妖盒复活大赛，这一周之内下载美妖盒APP，并使用美妖盒化鬼妆，上传照片即可参赛。由网友自发评选，得票最多的照片，将得到本公司送出的大奖——吸血鬼发源地罗马尼亚的Carpathia山脉两人自由行。同时，两周内下载美妖盒APP，并成功注册还有其他现金大奖可以拿哦。"工作人员热情地介绍着。

"这东西又能用了？之前不是报道说是骗人的吗？"小美一头雾水。

"嗯，能用了，不骗人，希望您晚上抽空看一下我们的发布会，在所有视频平台上都有播放。"

"哦，好。"小美说完又看了看眼前的妖魔鬼怪们，神情有点恍惚，这是什么情况啊？

回到家，小美正想看个自己喜欢的美剧，因为不是付费会员，美剧开始前会有十五秒钟的广告，屏幕忽然闪现无数张化了各式妆容的女孩男孩照片。在一闪而过之后，黑色的屏幕上出现两行字，同时声音跳出："想怎样就怎样，美妖盒帮你变个样。"

小美此时已无心再去收看美剧，急不可待地搜索了一下"美妖盒"，在铺天盖地的链接中，小美随便点开了一个，立刻被这部由林瓔导演，菜老师、林瓔和刘慧共同参演的电影吸引，津津有味地看起来，看完后毫不犹豫地下载了美妖盒APP，并使用预约功能订了第二天早上的职业装和下班后的吸血鬼妆。做完这些，小美打开朋友圈，果然已经被美妖盒的相关消息刷屏，其中小美最感兴趣的，是大家发出的林瓔和刘慧两大帅哥在一起的CP图，小美少女心萌动，不由得在图上点了个赞。

第5章 | 文爷的爆米花

华灯初上，袁馨在公司走来走去，焦急地等待着大家归来。当然，她最想见到的还是林璎，她有太多的问题要问，最想知道的是为什么美妖盒在林璎手里就奇迹般地好使了，难道林璎真的有起死回生之术？一直等到深夜，林璎终于回来了。

“救命恩人，受我一拜。”袁馨立刻跑过去迎接。

“‘女吃主’不必多礼，我给‘女吃主’打包了金湖的鲜虾云吞面。”林璎把手上拿的打包盒递给袁馨，“快趁热吃吧。”

“你怎么知道我爱吃云吞面？”袁馨疑惑地看着林璎。林璎存在的时代，金湖还没开张呢，他没道理知道。

“所以啊，你可以放心吃了，不是我买的，没下毒。”林璎疲倦地往椅子上一坐，“你慢慢吃，我把明天的工作安排一下，就回家了，这一天可累死我了。”

“你先给我解释解释，这都怎么回事啊？”袁馨着急地问道。

“什么怎么回事啊？你是问战略啊，还是问战术啊？”林璎帅气地解开衬衫上面的两颗扣子，“真不爱穿这种修身衬衫，刘慧还非得让我穿，说你们女孩喜欢，紧得都快崩开了。”

“战略战术这个慢慢再说吧，我就问你，美妖盒怎么好使了？我知道你昨天写了一晚上程序，但也不可能你一个晚上就把它修好了吧，周学浅可跟我说这是世界难题啊。”袁馨紧张得一天没吃饭，此时看到自己爱吃的鲜虾云吞面，顾不得形象，边说边狼吞虎咽。

“我又不是神，怎么可能啊。”林璎笑道，“你慢点吃，我又不跟你抢。”

“对啊，我也觉得不可能啊。”袁馨嘴里塞得满满的，还在勉强说话，“那是怎么回事啊？你又藏了个人？”

“那么多摄影机在那呢，我上哪儿藏人，再说，同样的戏法不能变两回。”林璎笑眯眯地看着袁馨。

“别卖关子了，快说。”

“你想想啊，这种事要自己动脑筋才有意思啊。”林璎看袁馨吃得津津有味，也拿了双筷子，想要夹个云吞尝尝。

袁馨立刻护住了碗，厉声说道：“sorry，never share food！”

“你还真是一点儿没变，”林璎大笑起来，“我也没吃饭呢，也没人想着给我打包一份，就让我带给你，看着你吃，你们这帮白眼儿狼啊。”

“你没吃饭啊？”袁馨很舍不得地看了碗里的云吞一眼，走去公司休息室，拿了个碗回来，分了一半递给林璎，“下不为例啊，吃不饱，厨房还有泡面。你快说吧，到底怎么回事？”

“你不再想想啦？”林璎大口地吃起来。

“智商不够，想不出来。你今天做的好多事我都看不明白，为什么说是刘慧把你请回来的啊？你不是冲着我来帮忙的吗？”

“你觉得是你比较招人喜欢，还是刘慧更让咱们的用户有信任感？”

“肯定是刘慧啊，这还用说。我觉得他们电商能活到今天，全是靠他在耍帅卖萌，我之前找他合作也是看好他这一点啊。希望用他的个人魅力帮我吸引用户嘛。唉，”袁馨叹了口气，“我本来以为做女性生意是女性更容易，没想到根本不是，女性用户现在就吃刘慧这套。”

“不光女性用户吧，业内可都说刘慧是男女通吃啊。这面味道是不错啊。”林璎很快就吃完了。

“是，他是在LGBT圈里挺火的，还总帮圈里人发声，”袁馨笑了笑，“他就不怕大家真误会了啊。”

“真误会又怎么了，现在什么年代了，看看姜思达，现在多火啊。刘慧为了他们公司确实也是拼了，今天你看见那些炒我们是CP的文章了吗？那都是他们公司散播出来的，他说现在演艺圈都得靠CP拉粉丝了，我们也得学学。”

“别说，你们俩还真有点儿般配啊，这图做得不错啊。”袁馨拿出图片仔细看了看，下了结论。

“少来，刘慧天天喷香水这习惯我就受不了，一股子过期水果味儿，都快熏死我了。”

“别跑题，先给我解释清楚，你对美妖盒做了什么手脚？”

“谁跑的题啊，明明是你。你们这机器我一点儿都没动过，但这个做试验的女孩，确实是我专门请过来的。”

“哦？莫非她是个面瘫？”

“面瘫有那么好找吗？你是不是傻？”

“那是，你给她打麻药了？”袁馨恍然大悟。

“涂抹式麻药，不用打。”林璎得意地一笑。

“这样啊，所以给她化妆的时候她的脸不会动，美妖盒就能正常发挥了。”

“嗯，除此之外，化什么妆也很重要，艺伎妆其实对精度要求很低，大白脸，画个小嘴唇，眼睛眉毛上抹点红就行了，差个一星半点，谁也不会注意。”

“难怪，”袁馨频频点头，“那活动之后呢？你不还让现场观众去体验美妖盒吗？”

“那些用户呢是我提前请好的，你想想有几个人会在机场看发布会看两个小时啊？更不会为了体验化妆排两个小时的队了，这些观众都是我请的演员，没看他们配合得特别好吗？该鼓掌就鼓掌。”

“原来是这样，”袁馨恍然大悟，“那你昨天为什么不说呢？害得我们都好紧张，生怕观众砸场子。”

“有些事不说破比较好，说破了大家就不会努力了。之后我建议你也不要跟其他员工说起这些，就让他们以为现场的观众都是发自内心地看好我们就好了。我们现在做的，就是要赢回人心，不只是用户的，也包括我们员工的，他们现在比用户还需要信心。”

“啊？有必要欺骗自己的员工吗？我们就像一家人一样，不需要这样吧。”

“一家人也有white lie啊。创业是一件很辛苦的事，你靠什么撑下去我不知道，但对于大多数人，掌声、成就和与之相符的物质奖励，才是他们奋斗的动力。”

“难道不是自我实现吗？”袁馨问道。

“你是，别人就算是，也要有相应的物质基础能撑得住他们到自我实现的那一天啊。”林璎道，“大小姐，不是每个人生下来就有金汤勺的。”

“所以学浅走，是因为工资太少吗？”

“那你未免也把人家看得太轻了，可能他就是担心你们的骗局被揭穿吧，后果他可能承受不了。或者就是累了，想休息一下。对于创业者，退缩太正常了，能坚持下来的才是少数派。今天我演示的那些数据统计图，都是建立在他一直收集的数据基础上，APP能这么快地上线，也是因为他之前都做好了，我昨天就是加了个预约功能而已。”林璎耐心地说，“如果有一天他再回来，我们要原谅他。没有无缘无故的放弃，每个人做事都是有原因的，即便错了，也要给人机会解释，对不对？”

袁馨已经听出林璎这话中的意思，打了个哈欠：“好了，我的疑惑就这么多了，你早点回家休息吧，我也要睡觉了。”

“跟家里人说了吗？别让家人担心啊。”林璎嘱咐道。

“跟我爸说了，他听说你回来帮忙了，挺开心。”袁馨道，“我妈现在活得可精彩了，周游世界，根本不着家。一年就春节回来看看我，平时我打电话都不爱接。”

“那就好，我也好多年没见过伯母了，还说哪天去你家看望她呢。”

“她好着呢，越活越年轻，我们俩走在一起，人家都以为是姐妹呢。”

“伯母当年就很漂亮啊，著名演员嘛。”

“是，她现在还想重返舞台呢。我说你为了我都息影二十多年了，还重返舞台干什么。她说现在她这个岁数的好演员就没有，她必须复出把那些个演中年妇女的全给灭了。”

“伯母真逗，雄心壮志啊。”

“完全是做梦，我爸哪能同意啊。你快回家睡觉吧。”

“好，那我走了，你这儿有床吗？”

“有，楼上留了两个卧室，给加班的同事准备的。这一共有七间单独的房间做个人办公室啊，我和Kevin现在各占了一间，财务有一间，其他的都空着呢，你随便挑。对了，还有个事，我爸说今天汇美涨停了，让我问你是不是你拉的，就算是小盘股这个投入也相当大吧？”

“不是我，没准是刘慧找的人，稳赚的事，愿意参与的人多，你也别想多了。”

“我是担心。”袁馨欲言又止。

“有我在呢，你不用担心。好好睡吧，明天见。明天还有戏要演呢。”

林璎快步走出了公司，开车回家的路上仍在思考。还有很多事情自己没搞清楚，对手到底是谁呢？从今天的股市来看，对手是有过反击的，收盘时候的突然袭击也有点胜之不武。明天才是资本市场的重头戏，不知道刘慧这边准备的资金量能有多少？对手的底牌又有多少？距离股指期货交易日还有三天，这三天一定要守住啊。困意上来，再难集中精力，就这样吧，袁馨的事也不是只有自己在操心的。

早上九点，汇美的股票从开盘一路走高，很快涨停。林璎盯着电脑前的交易数据，终于放下了心，他果然出手了。再想知道对手是谁，恐怕就不容易了。

“哥们儿，牛逼啊。”刘慧打来电话，连声道谢，“我这回可没少赚，感谢感谢，改天，你叫人，我请客。”

“这事儿不急。”林璎笑笑，“我问你一下，你和袁謦是怎么认识的？”

“怎么着？吃醋啦？别介啊哥们儿，我们只有工作关系，私下就见过两回吧。”

“没有，我就是好奇你们怎么认识的。”

“举辉的合伙人，谢总谢英权介绍我们认识的。这事不奇怪吧，毕竟他是初心不改这轮的领投，又是这个项目的资金方管理人，帮着撮合撮合事儿还是应该的。”

“谢英权，”林璎在脑中迅速过了一遍，“他不是资本市场出来的吧？”

“不是，谢总的故事你没听说过吗？”

“可能听过，但没印象了。”

“谢总的出身和工作履历都一般，之前创过业，主要做代理商生意，攒了点钱去长江商学院读了个MBA。读书期间看上同学的老婆了，穷追不舍，据说为了讨这个女孩儿喜欢，还去韩国整了容。最后终于从同学手里把老婆抢过来了。他老婆还真不是一般人，杨家三小姐。谢总婚后就平步青云了，先做了一只小基金的总经理。投了不少好项目，这些年也没少赚钱，举辉肯定不会光是看杨家的面子就找他做合伙人的。举辉这种规模的基金，杨家也罩不住啊。业内谁不知道举辉投资是非常专业的，敲门砖就高，一般创业公司连门儿都摸不着。我也是看这轮举辉都出手了，才敢跟初心合作的，谁知闹出这么大动静，现在想撤都撤不了啦。你是不是怀疑这次坐庄的人是他？”

“说不好。他创过业，眼光可能比一直在资本市场摸爬滚打的那些人更独特一些，看上初心这样的公司也不奇怪。”

“是，我也跟他聊过，思路挺清晰的，创业这里面的门道比咱们摸得还透呢。但你这么一说啊，我也觉得没准儿就是他捣的鬼，不圈进来一家上市公司，光折腾初心玩不出什么效果。不过嘛，可能性也不大。”

“你是觉得杨家不敢公然和袁晓华作对吧？”

“这事你都清楚啦？我说你也不可能毫无理由就倾囊相助嘛，关注这公司多久了？我可是找人查了两个月才知道的。”

“那你怎么没找人查查到底是谁在做空啊？”

“找了啊，能不找吗，香港那两家公司我都派人去调查了。小基金没什么背景，之前也没干过什么大票，没人注意。现在也查不出什么，那帮孙子你还不知道，说来说去没一句有用的，动不动就一副商业机密不能泄露的架势。”

“也没准儿是我想多了，可能就是Muddy water（浑水）这类的机构做的。”

“Muddy Water？干吗的？我没得罪过他们啊。”

“他们不用你得罪的，图财的，职业挖黑幕，做空上市公司的。”

“还能一找一个准儿啊？”刘慧惊讶道。

“据我所知，他们的手段非常现代化，眼线也多。反正，你就继续盯盘吧，至少到交割日，千万别再有变化了。”

“明白，黑石那边也出钱了，不能让人家亏了是不是，我得对人家负责啊。”

“你们‘十八春’护肤品的研发开始了吗？”

“早就开始了，你以为我是忽悠啊，这事我都想做好多年了，就在等机会啊。化妆品这行你不知道，上百年了，就那么几家大集团在行业里面霸着，谁想搅局谁死。你看韩妆前两年那么火，现在死得有多惨。我们现在连进货都不敢进了，也就便宜面膜还卖得动，稍微高端点的都没人买了。”

“这事儿你也信啊？”林璎笑道。

“信不信的反正是化妆品市场你赚个小钱不难，想真做个大品牌，这么多年了，也没有新的出来。连中国这么大的市场，除了大宝你还听说过谁，都是冒头就被掐死。随着消费升级，现在国内化妆品中高端市场，你根本看不见中国品牌。都别说中国品牌了，你知道SK-II吧？”

“知道啊，日本的。”

“你看，一说SK-II都以为是日本的，早就被宝洁收购了。化妆品看着不起眼，其实市场非常大。我们切的是小小的一块，中国所有的电商加一起，连化妆品市场百分之三的份额都切不出来，你就想想这市场有多大吧。国产品牌不是没有尝试，走低端还能卖出去，中高端就进不去了。”

“这么说来，这个市场值得做啊。”林璎有些兴奋。

“当然值得做了，不然我一天到晚忙活什么呢？外界都说我是为了追女孩子图方便卖化妆品。你是了解我的，我是那种胸无大志的人吗？我还专门忍辱负重地在美国雅诗兰黛潜伏过一年呢，为的就是师夷长技以制夷。当时我就立志，回国就发展国产品牌。”

“看不出来啊，你还有这雄心壮志。”

“我也不瞒你说，我这公司当年确实是我爸投的，但哥们儿这一路走得也是相当坎坷啊。那年，竞争对手坑我，周年庆恶意下单，害得我们物流全瘫了，送货跟不上，差点儿被用户骂死。”

“你道歉我在电视上看见了，哭得太惨了，我都信了。”林璎又笑了。

“你有什么可不信的啊，我那是真哭，委屈死了。美国统计过一个数据，说做to C生意的老板普遍道德水准比较低，原因很简单，天天被用户骂，道德水准高了自己坚持不下去。我当时特别能理解，那用户骂你真是无所不用其极啊。加上竞争对手煽风点火雇水军，我那会儿手机、电脑都不敢看，怕一看绷不住了再跳楼。咱们要想做点事，真是太难了。不好做的生意就不说了，稍微好做点儿的生意，还没怎么着呢，一堆人就憋着劲要把你掐死。我就纳闷，就咱现在这市场容量，撑十家化妆品电商一点儿问题都没有，你说他们至于吗？”

“怕你做大了通吃呗。”

“化妆品算好的了，我有一天看手机市场分析啊，我就好笑。其实手机市场也没比化妆品市场大多少，你看看都打成什么样了，那么多好使的脑袋啊，他们干点什么不好，都扎堆做手机。”

“别扯远了，你现在要做的就是尽快把产品做出来，越快越好，反正化妆品技术含量也不高。还有，继续盯着股市，有什么问题随时告诉我。”

“放心，自己的事，能不想着嘛。”刘慧忽然又想起了什么，“对了，你们准备怎么着啊？你们的配套设备出不来吧？”

“这事儿我也在头疼啊，先这样吧。”林璎挂了电话。脑海中构建了一个谢英权的人物画像，能嫁入豪门，估计人情世故不会差，创过业又做到举辉合伙人的位置，智商也不会低。如果对手就是他，恐怕还真不好对付。

袁馨在两周后终于解除封印，开开心心地逃出公司，骑上一辆共享单车， 在初秋的北京四处乱转，高唱着：“la jum bo，la jum bo，九月里……平淡无聊。”

也难怪袁馨心情大好，林璎哥哥的归来不但帮助她完美解决了公司问题，更是让心中那只沉睡已久的小鹿狂跳不止。时隔多年，现在的袁馨不是那个多愁善感的雨季少女，对于人有唏嘘无奈，事有逼不得已，总算也有了点见识，加上这次如此及时的出手相救，对林璎的幽幽恨意早已荡然无存。正在胡思乱想的时候，手机忽然响了，正是林璎。

“林总，有何吩咐？”袁馨嘴角上扬，忍不住地笑。

“在哪儿呢？谁让你到处乱跑的。”

“两周了，你让我晒晒太阳行不行？”

“行，但公司现在还没有完全解除危机，你在这个时候要是被媒体抓到不务正业，到处乱玩，又得被人家拿出来说事。咱们的策略就是远离人群，让大众都以为你在闭门思过最好。你是公司的招牌，不能再有事了。”

“公司现在的头牌不是换成你了吗？林总，好好，我马上回去啊，我给你带点吃的好不好啊？这儿有家特别好的点心铺子。”

“不用，我正吃着呢。你说咱们出了这么大的事怎么也得去跟投资人解释一下吧。之前实在是顾不上，现在差不多都进入正轨了，该去登门道歉了。”

“是，是，那我安排时间，咱们先去见见文爷，然后再去见见谢总？”

“哦，我还没说哈，文爷现在就在咱们公司呢，等着见你呢。你赶紧回来吧。”

“啊？我马上回去。”挂断电话，袁馨飞快地骑着自行车。

袁馨进入办公室，立刻被一股浓郁的爆米花味道吸引。稍作观察后发现，公司的每个员工办公桌上都放了一桶爆米花，好多员工正在大口大口地吃。

“文爷，您来怎么也不通知我一声啊？”袁馨热情地跑进会议室，桌上地上都放着好多桶爆米花，文爷和林璎手里也各有一桶爆米花，正吃得不亦乐乎。

“怎么这么多爆米花啊？”她奇怪道。

“袁馨回来啦，来，尝尝爆米花，我刚投的创业项目。”文爷边说边递给袁馨一桶，说道，“有很多口味，这是原味的，还有海苔的、芥末的、巧克力的，你自己挑啊，十多种口味呢。”

“爆米花您也投啊？”袁馨毫不客气，打开一盒开吃，味道没什么特别，就是普通爆米花的味道。

“不懂了吧，你知道这世界上三大上瘾食品都是什么吗？”

袁馨吃着爆米花，顾不上回答，摇摇头。

“林璎知道吗？”

“不知道，这得跟您学习。”林璎回答的时候也没停嘴。

“给你们科普一下啊，三大上瘾食品，放之四海而皆准啊，连阿拉伯世界都是，炸薯条、冰淇淋和爆米花。”

“哇，您知识好渊博啊。”袁馨做出一脸崇拜状。

林璎看着袁馨的样子差点儿笑出声。

“知其然，还要知其所以然，你们知道为什么是这三个吗？”文爷问道。

“不知道，还得等您科普。”林璎配合道。

“因为啊，这三样东西都是高糖高油高热量。这种东西放在你面前，是放多少你就能吃多少，没有人抵挡得住。就像你家门口要是开家麦当劳，你用不了几天就能成为常客是一个道理，这东西上瘾。”

“真的吗？可炸薯条为什么是高糖啊？”袁馨继续配合，一脸无知地问道。

“不懂了吧，薯条是土豆做的，土豆的碳水化合物含量在百分之九十五以上，就是多糖，全是糖。”文爷果然又上钩了，继续卖弄知识。

“哦，”袁馨好像学习到了，很高兴，继续吃着爆米花，“文爷，这个好吃耶。”

这一套装无知、奉承、拍马屁做得一气呵成，非常自然。文爷看起来十分受用。林瓔暗笑，心中的袁馨还停留在那个梳着俩小辫儿单纯懵懂的邻家少女形象，想不到也有这么人情世故耍心机的一面。

“好吃吧，好吃就多吃点，给你们公司带了好几箱过来呢，吃完了，再去我那拿啊，有的是，管够。”

“您就应该多投点这些吃吃喝喝的项目，多好啊，我们也能跟着沾沾光。”袁馨继续奉承。

“你不懂，爆米花这种快消品，又是新品牌，其实不好卖。”文爷说道，“食品企业也是讲究家学渊源的，新出来的菜鸟很难进入市场，你知道为什么吗？因为大的商超对于小品牌审核非常严格，就算你好不容易过了审核，对小品牌的渠道费也收得特别狠。我举个例子，可口可乐、康师傅这类的大品牌，超市也就敢收个百分之十的渠道费，但像这种小品牌，能收到百分之四十。不进商超，其他渠道又出不了多少货，所以这么多年了，大的食品公司就那么几个，新公司很难出来。”

林瓔专心地听着，忽然接话：“但现在不一样了，因为有了互联网电商，淘宝、京东、一号店这些，只要电商愿意帮忙推，一款食品就算不进商超也能卖得很好。”

“没错，所以你看这几年有了不少互联网食品，比如三只松鼠啊、乐纯酸牛奶啊，但是即便有了电商，一款新品牌想做起来还是很难。咱们就拿这个爆米花来说吧，本身名字起得好。三只松鼠就赢在名字上，一听这名就想嗑瓜子儿，挡都挡不住。我们这款爆米花叫墨西哥老玉米，你看这名字，墨西哥又挺洋气，老玉米，又特别接地气，我一听这名字就下了百分之三十的决心。”

“墨西哥洋气吗？”袁馨翻翻白眼，继续问道，“那剩下百分之七十您是根据什么啊？他们准备怎么推广啊？”

“这个问题提得好，淘宝一搜爆米花，两百多个卖家。我当时就琢磨啊，这怎么能跟别人区分开啊。这家的CEO就告诉我啊，他们这爆米花有独家配方，特别好吃。我说这都没用啊，这都啥时代啦，酒香就怕巷子深，推广做不出来，什么配方都是白扯。我就跟他们一起想，想怎么能卖出去呢？”

“然后您就想到我们这儿来了。”袁馨显然已经知道了文爷的算盘，“没问题，让他提供点样品，我们就放在美妖盒边上呗，排队的都可以试吃。”

“你在我的指导下进步得太快了。没错，我今天来啊，就是要跟你们说这事的。除了排队可以试吃，能不能在美妖盒旁边再给我设个柜台啊，有吃着好的直接就可以过来买。”文爷憨厚地笑了。

“这个我们可说了不算啊，您也不是不知道，我们美妖盒能进这些商场和写字楼都费了牛劲了，食品估计更难吧。不过我可以把管这事的人推给爆米花的负责人，让他们自己去对接，您看行吗？”袁馨道。

“这就足够了，挺好，这爆米花的CEO你们也别小看，情商很高，执行力也强，我特别喜欢。他们还想了一个主意，买通了一堆大主播，直播的时候就吃它们这个爆米花，也不用宣传，就把这桶往那一放，一直吃，直接就能带来购买啊，神吧。”文爷得意地介绍。

“这个方法不错啊，直播确实是一条宣传路径。”林璎不动声色地说，“我们占据大型商场和写字楼之后其实也是一个不错的宣传渠道，类似分众传媒。我一会儿让Kevin去问问分众有没有什么业务能分给我们一点儿的。我们不做屏前，就做线下体验这些吃吃喝喝，似乎市场就不小啊。”

“不愧是林璎啊，果然厉害，这都能嗅到商机。我今天过来也是想问问你们，之后打算怎么弄啊？就在商场做个化妆业务，这故事听着可不够性感啊，之后融资可就麻烦了。”文爷关心地问道。

“硬件走不通，就先拿软件圈人吧。”林璎吃了口爆米花，“我们马上会在机器上推出皮肤状态测试模块，用户可以每天在APP上监控一下自己的皮肤状态，给出一些化妆品建议。其他功能，就只能走一步看一步了，至于汇美那边的‘十八春’护肤品，就算做出来了，最大的收益方也是他们自己，我们不过是跟着喝汤罢了。”

“唉，看来也没想出什么好办法啊。”文爷显然有点失落，“检测皮肤状况是有点用，但是也不可能用户每天都去你们的机器上测试吧。就算用户想去，我估计他们连队都排不上。”

“不用，第一次建立用户数据的时候测一下就好了，后面主要根据用户每日上传的照片和季节天气这些外界条件给出建议。如果皮肤有什么特殊状况再去机器上测一下就可以了，作为化妆的一个补充功能吧。”林璎答道。

“感觉这个功能不是很有用啊。唉，”文爷又叹了口气，“袁馨有什么想法吗？”

袁馨却正在走神，没有理会文爷的问题。

“爆米花这事你们给安排一下啊，这几天就在你们那搞搞试吃活动啊。”文爷边说边往外走，“这一盒也不贵，十五块钱，其实成本也就三毛钱。还是这种项目好啊，比高科技的靠谱多了。”

“嘿，你这儿想什么呢？文爷都被你气跑了。”林璎走到袁馨面前晃了晃手。

“我在想你说的那个主意呢。你的意思是，咱们每天可以根据天气告诉用户该用什么护肤品，是吗？”袁馨闪着大眼睛问道。

“差不多这意思吧。”林璎道。

“那咱们能不能再告诉用户一下该穿什么衣服啊？”

“你的意思是写一下该穿秋裤啦？”

“不是，我的想法是给出一张模特的照片，穿着这个天气下该穿的衣服，手里拿着该用的护肤品。”袁馨边想边说，“下雨天手里还可以拿把伞，大太阳就戴墨镜。”

“这个不难做啊，有什么用吗？”林璎问道。

“比如像今天这种紫外线强烈的夏日，模特就穿着短袖短裤，戴着墨镜，拿着防晒霜。”袁馨好像发现了新大陆，激动地说，“每天都可以是不一样的穿衣打扮，推荐不一样的化妆品，也可以是不一样的模特。”

“这样我们就可以对接服装品牌来咱们这儿打广告，也可以对接汇美这样的化妆品电商，来咱们这儿卖化妆品。在图片下方，给出每件衣服的链接，化妆品的链接也可以给出来，还可以一键下单，看着好就全买了。”林瓔立刻领会了袁馨的想法。

“下面给出链接，同时图上也可以点，每天美妖盒的待机模式也可以是这张图。这样的广告效果我相信能直接引导购买的。”袁馨继续说道，“化妆品行业就已经很大了，女装行业更是大得离谱，咱们就吃这部分的广告费，估计就是个很大的市场。”

“嗯，确实可行。”林瓔点点头，“你还是有点用的嘛。”

“哼，这个评价够低的。还有，你们可以把软件更新一下，现在所有的美图软件都是在变脸，咱们可以玩变装啊，就是每天模特那张图，可以换成用户的脸，让用户感觉这身衣服穿自己身上也好看，就会立即下单。”袁馨忽然停住，弱弱地问了一句，“这个功能做得出来吧？”

“很容易，你还有什么想法吗？一次都说出来吧，surprise me。”林瓔也有一点点激动。

“还有就是根据用户之前的购买习惯可以分析出这个用户的消费状态，精准推送不同的品牌服装。比如消费能力强，喜欢奢侈品的，那她看到的今日搭配可能就是一套LV的裙子；如果喜欢潮牌，那就推荐一套devilNuts。总之，不同的消费群体可以给出不同的图片。这个图片也很好做，每天就算咱们把用户按照年龄群、职业、购买力都细化出来，一天的图片量也就几十张足够了。而且前期在不掌握用户画像的情况下，可以试探性推送，一旦她开始购买，就可以精准定位了。当然，她使用美妖盒的时候，美妖盒也能大致判断出她的年龄。用户档案建立的时候可以让用户填写一下所使用化妆品的品牌，这也能帮助我们准确判断用户的消费能力。当这个框架搭起来了之后，咱们放在商场里的美妖盒是不是也可以做很多不同的事，具体的我还没想出来，反正有了用户有了钱，没有编不出来的故事。”

“很精彩，而且你说的这些在现有的基础上实现起来一点儿不难，我们现在

APP上已经注册了四百万城市女性用户，我相信去跟任何一个服装品牌谈，都是可以的。”林璎托腮思考着，从高科技领域直接跨界到移动广告平台，未必真的有那么好做，但情势所逼，现在试试也没什么不对。

“我记得之前有个教穿衣搭配的APP，叫什么我忘了，我去找一下，咱们可以学习一下。我之前上班的时候，就是看淘宝上的图片学穿衣服的，有时候看见搭配得好就直接下单了。”袁馨继续补充。

“看你现在穿的，好像也没什么进步啊。”林璎扫了袁馨一眼，穿着卡通涂鸦的白色T恤衫，浅蓝色破洞牛仔短裤。

“现在不一样，创业了嘛，谁还管得着我穿什么。我那会儿在投行，天天被boss骂，说穿得不够职业。”袁馨嘟囔着，“后来我看乔布斯的演讲，他说一周七天，他就买好七条牛仔裤，搭配七件略有不同的白衬衫。这样每天早上起床，不用把时间精力浪费在穿什么衣服这种事情上。我觉得特别有道理，我现在就是这么做的，夏天我有七件图案不同的白T恤衫，还准备了两件白衬衫，下身就是牛仔短裤、运动短裤、小黑裙。出去见人穿白衬衫加小黑裙，平时就随便搭配，什么时候穿坏了就再买一件补上，编上编号，早上醒来知道是周几就知道该穿什么了。人的精力真的是有限的，我要是每天早上起来先想一个小时穿什么，再花半个小时吭哧吭哧化个妆，我这一天就不用干别的啦。时间全浪费了，而且你说到底谁在乎我每天穿什么啊？”

“这话倒也对，不过你衣服也太少了，我衣服都比你多。”林璎被袁馨的话逗乐了。

“我妈就非要去巴黎米兰抢那些大牌的新款，你说她就算是北京地界儿上最早穿香奈儿小纱裙的，又能怎样啊？谁看啊？我爸在乎吗？其他人就更不在乎了。我对服装的要求就是能蔽体，不招人烦，自己穿着舒服就得了嘛。”

“你也是个女孩子啊，每天收拾得阳光明媚，自己开心不说，给外界传递的信息也好啊。我就喜欢看漂亮女孩，你知道北京哪儿漂亮女孩最多吗？”

“三里屯脏街呗。”

"错，华茂和星光天地的地下一层，上班日午休时间，你就看吧，那真是美女如云，美腿如林啊。"林璎一脸向往的神情。

"咱这儿聊正事儿呢啊，"袁馨瞪了林璎一眼，"你以后可以带着单反去街拍啊，也放咱们APP上，反正原有的化妆业务继续，这APP想干什么就干什么。"

"转型没那么容易，咱们还要跟大家商量商量。对了，咱们先问问Kevin的意见吧。Kevin你是怎么认识的？"林璎问道。

"Kevin是招聘进来的啊，我们在拉钩和赶集上都发布了招聘信息，估计他就是看到了，主动投简历过来的。"

林璎在心中暗骂，真蠢，Kevin这种级别的人怎么可能在拉钩和赶集上投简历。嘴上却显得漫不经心："那你们公司命还真好呢，能招到这么资深的市场总监。"

"是啊，Kevin真的是解决了我们好多好多问题，新产品想进商场、写字楼多难啊，都是Kevin谈下来的，几乎没花钱，就进了，说出来别人都不信。而且全是高端写字楼，当时Kevin就说，像我们做的这种东西，以高打低，降维攻击比较容易，如果先做低端，很容易被消费升级淘汰，就再也做不起来了。"

"他说得没错，化妆品市场就是这样。你小时候在北京大商场见到的那些国产品牌，现在已经所剩无几了，这就是消费升级，自然淘汰了。我那天和刘慧聊了一下，他有志向把'十八春'做成国产高端护肤品品牌，我觉得这个想法也不错，没理由高端化妆品一直让欧美那些品牌霸着。我的直觉判断，护肤品中的技术含金量非常低，美妆产品就更不用说了。"

"何止低啊，根本就是没有。我一天到晚连脸都没时间洗，不也挺好看的嘛。那些涂涂抹抹的东西就是自欺欺人。我妈以前好看的时候也是一瓶大宝从早用到晚，现在上万一瓶的鱼子酱往脸上糊了一层又一层，我也没看出来好在哪儿啊。是老得慢点，但不用是不是也能这样呢？没有对照实验，谁敢说呢。"

"咱们科学一点儿，从统计上来说，有了护肤品之后，人类普遍还是比之前看着要年轻了这是肯定的。"

"真的不一定，你要想到我们人类的生活方式也进步了啊，吃得食物也升级了啊。一百年前，有几个人能吃上新鲜的蔬菜？水果猪肉就更别想了，根本没有。杨贵妃想吃个荔枝多费劲啊，还得当季才有。到了冬天，就是汤饼配咸菜嘛。汤饼就是咱们今天的面条。《红楼梦》中王熙凤费死劲给刘姥姥介绍个茄鲞，放现在算什么啊？不就高配版蒜茄子嘛。大观园里一顿又一顿，听着全是鲍参翅肚，细想就是一堆干货啊，她能不四十多岁就缺乏维生素自然衰老吗？所以护肤品这个东西我始终不相信，有那钱多吃点蓝莓、桑葚，靠花青素对抗一下自由基还实际一点儿。"

"你说得也有道理，但我还是相信护肤品里是有一点儿技术含量的。这个咱们不用争，可以找学化学的或者皮肤科的医生问问，到底里面都放了什么。大牌的配方不也全都公布嘛，调研一下并不难，学习一下人家到底好在哪儿。这点刘慧就比你有发言权，他真的在化妆品公司待了一年哦。"

"我相信每个行业能存续至今，都有它的生存之道，但不合理就是不合理。你就说星座吧，天文学都发展到今天了，你找个星座专家来，让他把天蝎座里的二等星都给我背一遍，我也不挑人家学艺不精了，是吧？我上次跟我一倒霉姐妹儿去看星座大师，那老头儿扯了半天她和男朋友星座合不合，怎么互相影响吧，又是上升又是水逆的。我问他用什么天文望远镜夜观星象，他说不出来。这都骗谁呢？你说这帮人仰望星空就没有一丝丝敬畏之心吗？谁跟谁就对位啊，怎么算对位啊？骗人没关系，专业一点儿嘛。化妆品也是，不是我非要吐槽啊，我动不动就听见根据千年祖传秘方配制，中草药面膜，我一听都害怕，千年祖传秘方有药检吗？做过临床实验吗？真能用吗？那些大牌，有效没效咱先不说，至少人家往人脸上抹之前，先往小白鼠皮肤上试了好多年吧。而且做到现在，你说有哪款化妆品真的就抹上四十变二十了？没有吧，我就很失望，按说这也没什么难的啊，人造肉都上市了。"袁馨一口气说了半天。

"有些东西不能轻易往人身上用，就像抗生素虽然能治疗青春痘，但医生不推荐这个方法，用多了容易产生抗药性。所以科技可能已经往前走了很远，但人类的改变在现阶段我们还看不见。即使真的有随时随地能重返十八岁的神器，也不会轻易投放使用吧？会导致很多新的问题。”

“如果有，一定会投放，研发出来的个人或公司都将获得一笔巨额财富啊。你看过李碧华的《饺子》吗？女人为了看起来年轻，什么事做不出来啊。”袁馨若有所思，“咱们还是先解决现阶段的问题吧，我去叫Kevin过来一起讨论，还用叫别人吗？”

“公司有哪个女孩比较会穿衣打扮的吗？”林璎问道。

“芳芳还行吧，化妆师都会啊，不过她们现在都在美妖盒里上班呢。”

“那叫芳芳一起过来吧。”

一会儿工夫，袁馨就言简意赅地向两位新听众介绍了新的产品策划创意。

Kevin听后沉思不语。

芳芳倒是对新功能很感兴趣：“这个功能好啊，我很多时候看到天气预报上说22摄氏度，我就不知道该穿什么，虽然现在也会有温馨提示，适合穿薄秋衣什么的，但还是听不懂是什么意思。要是有这么个直观的软件，我一定会用的，如果搭配得好，我也说不定会买啊。像雨伞啊，墨镜啊，还有各种配饰，都可以出现在模特身上，一方面提醒用户要带伞，一方面也促进销售，我就经常忘带伞。”

“难就难在这个搭配怎么能做得好，让用户能看得上。”林璎打量了一下芳芳的穿着，灰色短裙白衬衫，系了条丝巾做领花，标准的OL打扮，大方精干，“你平时是跟什么学穿衣搭配的？时尚杂志吗？”

“会看时尚杂志，但自打进了初心就没那个时间了。平时主要看黎贝卡的公众号，专门教穿搭的，好多白领都很喜欢她，在时尚界很火。”芳芳拿出手机，把公众号推荐给大家，“可以看看，如果我们真的要做这方面的话，恐怕还是要有专业人士才行吧。”

“嗯，我的公司服务过不少国内服装企业，这方面找合作伙伴还算有点资源。”林璎点点头，转向Kevin，“Kevin，你不要总是这么谨慎嘛，我们也是瞎想，想着想着就说到这儿了，想法未必严谨，所以要听听你的意见啊。”

“在APP上增加一个天气功能，并告知在这个天气下的穿衣打扮，这事听起来是不错，但你们不觉得这应该是，现有的某个比较火的天气软件该做的事吗？比如墨迹天气。当然他们做好像也没那么顺理成章，但咱们做这个，肯定是不伦不类。而且一张照片就能带来直接购买，我有点不能想象。”Kevin皱了皱眉。

“刚开始做得潜移默化一点儿，不要像广告，试试效果。我们可以监测到用户打开这个功能的频次，还有每次APP逗留的时间。现在这版，用户只有需要预约化妆的时候才会打开，对于大部分用户这是个低频需求，但查看天气这是个高频需求。咱们现在获取的四百万用户，大部分可能是冲着优惠券来的。等优惠券用完了，还能不能留在这个平台上就很难说了，我们必须有增加用户黏性的附加业务。”林璎答道。

“这点我同意，我也担心送出去的十张免费体验券用完之后，用户会不会就卸载了。这个点可以尝试，但效果很难说。在专业积累上我们和黎贝卡这样的资深人士有非常大的差距。在产品定位上，一款高科技仪器突然转行做广告媒体商就更有点说不过去。我们还是应该从自己的优势入手，解决用户真正的痛点。”Kevin回答得十分沉稳，“我有一个建议，还没太想好，今天在这里和大家讨论一下吧。”

一向顾虑颇多的Kevin居然主动提出了意见，大家都来了精神。

“你有好主意还不赶紧说出来。”袁馨激动不已。

“是不是好主意很难讲。可能是个机会，也没准儿又是个大坑。首先确定，咱们用户的痛点是什么？不会化妆，化妆时间长，化妆成本高。那么现在的人工服务，是不是可以解决这三个问题？我认为是解决得了的，给用户轻松上妆的同时，缩短了化妆时间，降低了化妆成本。但作为机器的美妖盒，存在两个问题不能解决，即精准度不够高，成本也降不下来，很难让大众带回家。那么我们现在要做的，就是解决这两个问题。”

“不就是解决不了才想换方向嘛。”袁馨苦笑。

“之前的解决方法还是在依靠机器，我最近一直在想，我们可能不需要机器，换一种方式，没准能跑通。”Kevin道。

大家都惊讶地看着Kevin，不知道他想到了什么好主意。

“我的想法也很简单，大家都见过那种一次性文身吧，就是纸质的，沾水就能贴到皮肤上，一会儿再摘下来，图案就留在身上了。我的想法和这个类似，就是做一款美妆面膜，贴到脸上之后，几分钟再摘下来，妆就留在脸上了。这个当然需要先建模，但好就好在我们的美妖盒已经放在用户身边了，只要用户有需求，走进机器建模不过几分钟的时间。之后就可以根据用户的脸形、五官定制3D面膜了。当然面膜肯定不是用文身纸做的，我初步的想法是用蜜粉和维C做面膜底，用户对准五官贴到脸上，之后需要特质喷雾，面膜才会溶解。溶解之后，化妆品全部留在脸上，等喷雾干了，就定妆了。”看到大家都愣住了，Kevin继续说道，“当然这只是一个想法，我这几天在研究这件事的可行性，觉得还是可以尝试的。尤其是配合上我们之前的数据统计，可以精准地知道每个用户一次用多少粉，多少唇膏，用哪种好看。当然美妆面膜也不会只有一种，可以定制职业妆面膜，也可以是朋克妆面膜，用户根据用量，自行定制。同时我们还可以配套地出护肤面膜，晚上你们睡前是不是也要涂抹好几层面霜啊，精华啊什么的，这一张面膜也可以一步到位了。甚至可以做卸妆面膜，一张面膜融掉脸上的妆，同时兼具洁面功能。当然普通的保湿面膜也可以做，不过噱头就只有比其他面膜更贴合人脸，毕竟这是根据每个人的脸形设计的嘛。”

“用户要是胖了怎么办？我每天早上起来都觉得脸比晚上大一圈啊。”袁馨问道。

“其实只要五官之间的距离不改变就没问题，我试验过。你们也可以试试，在一张3D面膜上画出自己眉毛、眼睛的位置，第二天再比量一下，位置是不会变的。至于脸大点小点，面膜稍微做大一点儿就好了，不影响。” Kevin答道。

“但是像眼睫毛这种怎么办啊？”芳芳问道。

“眼睫毛这个面膜确实解决不了，但只要其他的都化好了，眼睫毛用不了多长时间吧？这已经解决了用户的大部分化妆时间了吧？包括之前袁馨说过那种素颜妆，你说要化七层，是吧？”

“对，七层。”袁馨点头。

“这七层就可以做成一张面膜，一次性，全粘好。从产品的角度，面膜这种消耗品是最好的。”Kevin的口气还是十分冷淡。

“哇塞，虽然还不确定是否能做出来，但听起来，你说的这款产品比我们之前设计的美妖盒强大多了，更方便更简洁不说，还能更好玩。”袁馨不由得鼓起掌来。

“嗯，拜你所赐，最近脑洞也见长。”Kevin难得笑了一下。

“好主意，不管最后结局怎样，都值得我们试一下，确实比刘慧想的‘十八春’护肤品更吸引人。”林瓔赞许道，“这款产品和现有的化妆品、护肤品都不冲突，我们可以把很多品牌的产品做进面膜里，这样的合作大家双赢，我们也省去了研发化妆品的时间。”

“对，我们只是一种新形式的载体，并不会打乱之前的化妆品市场格局，业内会更好接受一些。现有和品牌商的合作都还可以继续。”Kevin补充道，“对于咱们来说，最大的难度可能就是面膜纸和溶解喷雾的研发，毕竟数据端是咱们的强项。”

“你说得没错，那就开始行动吧，Kevin和我尽快回一趟美国，我打算找一家大学化学实验室出一份可行性分析。”林瓔指挥道，“我不在期间，袁馨，公司其他的事就交给你了，技术暂时可以让仁宇负责，我走前会安排好。另外，这件事在可行性方案确定之前暂时保密，公司的人也不要告诉，刚经历过危机，暂时就不要再有波折了。知道这件事的人，仅限于此。”

袁馨眼中闪烁着光芒，内心十分激动。一款颠覆性的产品就从一次波澜不惊的对话中孕育了，并在一群体温远高于常人的动物体内迅速蔓延生长。

第6章 | 所谓传奇女人

Kevin跟着林璎来到美国，十几个小时的并肩飞行居然一路无话。看着Kevin的冷脸，林璎强忍住了自己想要尬聊的念头，但心中的结终归没有解开，这么个世外高人到底是什么原因来到了初心不改呢？

Kevin心里也有疑问，为什么林璎偏偏出差要带着自己，而不是袁馨呢？到了美国也不是奔赴哪个知名大学城，而是直接开着租来的车赶到了位于美国中部的僻静小城。但没有什么人比Kevin更能控制住自己的好奇心，林璎不说，他就决定不问。因为他知道，一旦他开口发问，林璎会有更多的问题接踵而至。

“你不奇怪吗？我没去大学城找实验室，而是来到了这里。”林璎熟练地开着越野车，行驶在空旷的国道上。

“我刚刚google一下才知道，这里是Marguerite的总部基地。”Kevin还是冷冷淡淡的，一副提不起精神的样子，“我和Marguerite以前没打过交道，他们对自己的品牌有严格的宣传规定，轻易不会跟其他企业合作，咱们这样的创业公司他们就更不会考虑了。对于这样的品牌，我比较欣赏，懂得爱惜自己的羽毛。他们的产品现在是绝对的一线品牌，但他们的玩法和其他那几家化妆品集团完全不一样。”

“哦？有什么区别？”林璎边开车边认真听着Kevin给出的信息。

“雅诗兰黛集团也好，欧莱雅集团也好，这些年都在不停地收购其他小品牌，尤其是欧洲、日本的小众品牌。比如这些年突然在国内火起来的英国小众香氛品牌Jo Malone（祖·玛珑），其实已经被雅诗兰黛集团收购了。还有彩妆品牌Bobbi Brown也早就归附在雅诗兰黛集团旗下了。这种玩法的好处是，产品关联度小，不断给大众新鲜感，刺激大众的购物欲，不会因为一款产品用腻了或者没有效果而放弃其他产品。缺点是，消费者缺少品牌忠实度，做宣传的时候分而治之，各花各的钱。Marguerite则刚好相反，产品线非常少，且全部打着自家的品牌。这么多年做下来，用户忠实度非常好，网上有一句话，叫一入马家深似海，其他品牌皆路人。意思就是只要使用过Marguerite产品的用户，都会持续购买，复购率极高，而且还会逐步尝试他们的其他产品。他们的产品就和他们的创始人一样，永远是个谜。你听过Marguerite夫人的故事吗？”

“没有，我就看过Coco Chanel的故事，这位Marguerite夫人还真没听说过。”

“你不在这个行业，没听说过很正常，也是位谜一样的女人，横空出世就出手不凡。创业之前是什么身份、多大年龄、住在何处都没人知道，有可能是她故意掩饰。二十世纪六十年代，孤身一人从欧洲来到美国这片荒芜的小镇上，平地建起了一座公司。她本人也是这个品牌的最大卖点，美艳无双，人又精于世故，和美国当时很多社会名流都能扯上关系。最离奇的是，去世时应该有八十多岁，但看起来肌肤白嫩红润，宛如二十岁的少女一般。所以她们品牌主打的宣传点，就是驻颜有术，经典的广告语，我不知道你听说过没有。”

“没有，是什么？”

“她们的广告很有意思，一个漂亮的女士用了Marguerite的面霜，照照镜子，说怎么没有变化啊。第二天再抹面霜，再照镜子，还是说，怎么没有变化啊，如此反复，二十年后，还是没有变化。黑屏，出现广告语，从用上Marguerite的那天起，你会忘记时间。”

“真有这么神吗？”

“当然没有，”Kevin难得地笑了，“在延缓衰老上能有点效果吧，但返老还童是不可能的。不过他们的产品，一直坚持自主研发，从不和其他化学公司或是医药公司合作，所以配方的保密工作一直做得很好，也很少新增产品线，不会人云亦云。就像这些年日韩流行什么马油、蜗牛、大米、红参，我可以负责任地告诉你，马油的锁水能力远不如凡士林，不过是个炒作的噱头而已。”

“化妆品的水还真是深。”林璎再一次感慨。

“其实护肤品说清楚了就两点，开源节流，开源要补水，节流靠防晒，做到了，解决一半皮肤问题。另一半靠睡觉，睡眠不足，就是每天泡在神仙水里，皮肤也好不了。再有就是泡温泉，做按摩，多运动，有助于新陈代谢，促进血液循环。”

“不愧是此间行家啊，你是为什么从资生堂辞职了？”林璎借机抛出了自己的疑问。

“我三年前就离职了，觉得这世界上有比研究化妆品更有意义的事情。”Kevin眼神空洞，望向前方。

“你之后去了什么公司？”

“没有，我自学了三年编程和图像处理。”

“不是吧，你觉得当程序员比做市场总监有意义？”林璎笑道，“程序员多苦啊，哪有你们做市场的舒服。”

“城外的人想进去吧。”

“现在学得怎么样了？咱们那些代码你看得懂吗？”林璎问道。

“还好，我写不了你们那么快。学会了才发现，编程也没有之前想的那么高深莫测。”

“那是现在编程越来越容易了，有本事写段汇编啊。你看网上都有专门教学龄前儿童学习编程的课程了，现在的代码全都模块化封装好了，开源网站都有。写程序就跟搭积木一样，只要熟悉开发环境，剩下的事就是体力活儿了。我这些年写了多少代码都没数了，结果回头一看，全白写了，都有开源的能直接调用了。你早认识我几年就好了，跟我学编程哪用得着三年啊，半年就让你出师，一年就能碾压那些创业公司的CTO。”林璎看看导航，应该快到了。

Kevin正琢磨着怎么接林璎的话，忽然眼前出现一座高楼，楼体外镶嵌了两块螺旋结构的玻璃，看起来晶莹剔透，艺术感很强。

林璎带着Kevin进入大楼后，通过前台接洽，不久就有专人出来迎接。Marguerite对他们的来访显得极为重视，不但安排专人带他们四处参观，详细介绍，更是在参观后，把他们请进了总裁办公室。

Kevin对这样大张旗鼓的接待明显准备不足。就算林璎的公司在美国小有名气，但跟Marguerite这样的一线化妆品品牌公司相比，体量实在不是一个级别。

Marguerite集团在创始人Marguerite夫人去世后，由其指定的继承人化学家埃斯泰·劳伦斯接管了公司，今天接待林璎和Kevin的就是这位化学家。

林璎开门见山，表明来意，将美妆面膜的构想详详细细地介绍了一番，并把公司已有的技术优势毫无保留地告诉了劳伦斯。

Kevin正在不解林璎怎么直接就把公司机密全盘托出了，却发现劳伦斯听后十分满意，立刻叫助理去取了公司正在测试阶段的样品。

样品拿来，Kevin大吃一惊，跟自己设想的美妆面膜如出一辙。唯一区别，是这款面膜定妆不需要喷雾，只需要贴在人脸上一分钟，就会因体温的热度自动溶解，操作起来更为简单便捷。

劳伦斯介绍说，这是公司五年来的研发杰作，已经投入了五亿美元，由三个著名大学的实验室联合研发。还没有面市的原因是很难为个体用户建模。挨个上门服务成本太高，如果给出个模子让用户自己造模，质量如何尚不知，光是增加一个操作流程用户会不会配合就很难知晓。产品一旦上市如果没有快速占领市场，科研技术又难保泄密，只怕白白为竞争对手做了嫁衣。所以产品早在今年年初就实验成功，但至今并未面市。

Kevin把样品拿在手里试了试，握住一会儿，果然原本Q弹的固态面膜变得越来越软，而面膜上画好的眉毛、眼线、嘴唇随着面膜的融化与手掌逐渐贴合，最终融为一体。

“成本大概要多少？”Kevin问出这个问题，心里就已经做好准备。Marguerite的产品价格一向出奇地高，其主打的养肤面霜一瓶要一万元人民币。

“面膜的成本非常便宜，如果能做到大规模生产，一张的价格超不过五美分。个性化模子的造价在以前会很高，但现在有了3D打印技术，价格也下来了，每个用户超不过一百美元。”劳伦斯看了这两位年轻人一眼，尽量打消他们的顾虑，“只要你们有信心，每个用户在这款产品上的最终花费能超过两百美元的话，我们就都有的赚。”

“我在电话里也跟您说了，这次我们过来就是想把这款产品投入市场，我们负责帮用户建模、宣传和销售，您这儿就负责生产事宜。如果您觉得可以，咱们就来谈谈具体的合作方案吧。您是怎么打算的？”林璎看着劳伦斯，这位七十六岁的老人看起来神采奕奕，精神矍铄。

“我的想法很简单，既然前期研发我们已经投入了大量成本，那么用户建模这个成本希望由初心来承担。一个用户的模型费用，我们先按一百美元计算，规模上来之后，可以降价。面膜生产全部由Marguerite负责，我们在上海已经建立了自己的工厂，可以在中国制造，省去一部分运输费用。面膜生产的全部费用，可以由我们先行垫付，卖出去之后赚的钱，可以按约定比例分成。”劳伦斯看起来已有准备，“至于面膜的定价权，Marguerite可以全权交给你们。”

“不行，”林璎拒绝得十分坚定，“按这个合作方式，初心支持不了多少用户，我们现在APP注册人数就已经接近五百万了，假设这些用户全都好奇想试一下，就需要五亿美元的前期投入。美妆面膜的定价我想我们都认同不会太高，而用户每天使用也不会超过一张，那这一百美元的前期投入想回本，至少要四到六个月，回报周期太长了。这还是在一切顺利的情况下，如果万一用户使用效果不好，提前放弃，我们就是净亏了。”

劳伦斯回答得也十分坚决：“这款产品一旦在中国上市，以现今的复制能力、生产能力，我相信盗版也不过就是时间问题。你们掌握用户数据并不用担心，即便有盗版也不过是多了个合作伙伴。但对我们来说，一旦有盗版，可能就是灭顶之灾，所以我们要承担的风险比你们更大。”

显然劳伦斯说的盗版问题，林璎也想到了。所以劳伦斯说完，林璎竟无力反驳，双方陷入僵持。

“在这个合作上，我们已经拿出了最大的诚意。”劳伦斯继续说道，“同我们合作，你们可以得到Marguerite的品牌影响力，对于你们这种创业企业，这是非常难得的。另外就是时间，这是你们最快让美妆面膜上市的机会。你们当然也可以找其他人合作，但时间上会慢很多。而如果在这个时间我们有了上市的途径，你们也就没了先机。对一款新产品来说，速度和宣传都非常重要。”

“您说得没错，但这个前期投入不是我不想出，是我们真的出不起。我们现在还没有自己的盈利模式，融资拿到的钱，只是杯水车薪。”林璎无奈地摇摇头。

“我倒不认为这是个问题。”Kevin果断地打破死局，“羊毛出在羊身上，我们可以从一开始就把这个费用转嫁给消费者。”

“我也想过，但之前被互联网公司玩得有点烂了，储蓄、预存、办卡，现在互联网消费者都惊了，不会轻易在一款APP上放钱了。”林璎回答，“咱们这个投入又有点大，要是像刘慧他们之前说的，五十管一年，大家还有可能试试。五百元存在APP上买面膜，估计用户很难接受。就算咱们规定一次订货到五百才起卖，也会给用户造成不适。本来就是新产品，越便宜，路径越短越容易打进市场。”林璎仍是在摇头。

“不是五百，是一千，这一千也只是买‘美妆达人’的称号。只有拥有这个称号的用户，我们才会给她定制面膜。”Kevin转向劳伦斯，“当然成为‘美妆达人’会赠送价值上万元Marguerite的化妆品试用装，这个您没意见吧？”

劳伦斯一直在旁边慈祥地笑着，已经领会了Kevin的意思。显然这个中国年轻人十分清楚，即使是Marguerite这样的大牌化妆品，sample（试用装）也是论吨卖的，十美元就可以买上一大堆sample。劳伦斯点了点头，表示同意Kevin的做法。

“还是在变相卖商品啊，消费者能吃这一套吗？”林璎仍有顾虑。

“其他产品我没把握，但Marguerite的口碑和定价是有目共睹的，应该没什么问题。”Kevin语气冷淡，但不容辩驳。

“这么说问题解决了。”劳伦斯很高兴，分别和林璎、Kevin握手，“我会指定专人负责这个项目的进展，我们这边也会尽快起草合作协议。关于定价，既然这款产品打上了Marguerite的标签，我希望价格不要太低。这个你们商量好了，告诉我们，反正成本你们已经知道了。”

“好，我们这边会尽快推进，软硬件的完善都会在最短时间做好，也会随时和您这边进行沟通、测试。”林璎回答。

“随时沟通，”劳伦斯目光闪烁地看着两个年轻人，又叮嘱了一句，“美妆面膜是Marguerite夫人临终前的最后一个设计，希望我们能合作愉快。Marguerite夫人的愿望，是希望每个女人都能在任何时刻保持完美。就像她的名言，人生的每一次出场都要精彩。美妆面膜最初的设计理念就是随时随地一分钟补妆。”

“我还有个问题，Marguerite夫人的不老传说，真相是什么？”林璎举着手机，指给劳伦斯看，手机上展示的是一篇Marguerite夫人1986年去世时在《泰晤士报》上的新闻报道。新闻配图是Marguerite夫人躺在水晶棺材中的照片，棺材中的她看起来如同沉沉睡去的美貌少女。

“她比任何人都怕老，所以临终前也拜托我们要把她打扮漂亮再下葬，这没什么奇怪的。”劳伦斯还是保持着慈祥的微笑。

“我还以为是你们有什么独家秘方，”林璎继续道，“但网上还有很多当时见过Marguerite夫人的，也都说她看上去最多三十岁，绝不可能是个八十多岁的老人。我还抱有一丝希望，如果您这儿真有返老还童的圣品，不妨现在就拿出来供世人分享吧。”

“她天生底子好，加上Marguerite的护肤品确实也对减缓皮肤老化有一定作用。一般人使用我们产品也会有明显的效果，但能像她这样确实不容易，所以她就是Marguerite产品的代言人。”劳伦斯挥手和两人告别，生怕再说多了，让他们察觉出自己藏在心底的秘密。

车开出好远，两人又憋着不说话。

在无尽的荒漠中忽然出现一块古旧的木质路牌，上面写着fuente de juventud，林璎看了一眼，终归沉不住气，先开口了：“问吧。”

“想说就说。”Kevin冷淡地回了一句。

“你就没什么想问的吗？”

“给我点时间，就能想明白，没必要什么事都问吧。”

“那我问你，你说Marguerite夫人为什么能童颜永驻？”林璎提问。

“整容吧？美国五六十年代整容行业开始兴起，很多人都整过，而且无所不用其极。比较有名的女明星为了细腰去除了两根肋骨。面部整形当时也有了，Marguerite夫人也没准儿动了什么吧。”

“她为什么死后把全部遗产和公司都留给了劳伦斯，一位看起来跟她没什么关系的化学家呢？”

“她终身未嫁，也没有子嗣，把自己的产业留给合作伙伴，也没什么奇怪的吧。”Kevin平淡地回道。

“她虽然终身未嫁，但一直有位尽职的情人常伴左右。她死后的遗产官司也闹得沸沸扬扬。她的情人认为劳伦斯以不道德的手段蒙蔽了她，并篡改了遗嘱。但劳伦斯有全套的法律文件证明，终归还是胜诉了。这事你怎么看？”林璎举着手机道，“这些都是我刚才google到的。”

“你是怀疑劳伦斯有什么惊世骇俗的机密配方，能让人重返青春，所以Marguerite夫人愿意为配方买单，将自己的遗产都留给他？”Kevin回答得有些轻蔑。

“未尝不是一种可能性吧？”林璎对Kevin的口气多少有些不满，反问道。

“你真的相信在几十年前就有这么重要的技术突破，而到了今天还没被其他人发现吗？”Kevin笑笑继续说，“化妆品，包括整容，都没有传说的那么神奇，而且他们的技术发展远远滞后于医学和化学，医学上细胞再生还没完全跑通，靠化妆品想达到返老还童的效果就是做梦。你是学理工的，还会有这种幻觉，我很难理解。”

“不爱做梦的人，不会选择创业吧？”林璎想了想也觉得自己的猜测未免有些不切实际，但很多时候就是这些不切实际的想法支撑自己的事业走到了今天，“你是为了什么选择了初心，以你的资历，不需要在创业公司吧？”

“机缘巧合。”Kevin依然轻描淡写，“倒是你，自己的公司都不管了，全职在创业公司打工，更说不通吧？”

“袁馨和我从小一起长大，我哪能看着她被欺负不闻不问啊。我也想赶紧抽身，但公司一天不走入正轨，只怕我就走不了。”林璎把车开上高速，继续说道，“这次合作看起来简单，感觉就是天上掉馅饼，但咱们能不能接得住，我心里可一点儿底都没有。你刚才说的一千元的会员费是不是高了点，还有之后面膜的定价策略是什么？五美分？成本怎么会这么低？”

“市面上所有面膜的成本都差不多，大牌子的包装会贵一点儿，日化产品标配的原材料价格都可以查，没有什么贵的东西，剩下的就是香精色素防腐剂上略有区别，但也不会太大了。不过真正出售的时候，肯定不能按这个报价，定价策略可以参考一下韩国的潮流面膜。韩国大众面膜五到十块钱一片，多买多送，一次买的量越大单价越便宜，刺激用户购买。这个方法对于我们可能更适用，多买多送还不需要实际供货，虚拟交易，让用户感觉自己随时有存货就可以了。”

“嗯，to C的销售，就是各种玩法都得上，不过归根结底还是产品要够好，不然用户很难买单。购买会员之后会赠送一周的试用吧？”林璎问道。

“不用，首批购买会员的用户一定是冲着Marguerite品牌去的。”Kevin看了林璎一眼，“你对他们品牌要有足够信心，脑残粉很多的。”

“虽然我之前不是这行的，但很多大牌还是听说过的，可Marguerite确实没听说过。”

“说明他们营销精准，你不是潜在用户就不需要知道。不过，你没听说过怎么知道他们研发出了美妆面膜。”

“我们公司常年帮助中国企业对接美国各大公司，眼线比较多，知道他们有这个产品研发方向，我就联系上了。对他们的了解只限于google上搜索到的公开信息。”

“那你就等着看用户的反应吧。对了，咱们软硬件完成建模的功能要多久？”Kevin问道。

“最快上线也要三个月，上线之后还要和Marguerite进行对接测试，也需要时间。软硬件全部调通最快也要一个月。”林璎思考了一下现有美妖盒的硬件，增加面部扫描和测量的功能，还是可以做到的。当然能做和做出来之间还是有很大距离的。每一款能上线使用的成熟产品都需要无数次繁复的测试，在测试中发现问题，逐步调整改善。在林璎的创业教训中，创业公司并不适合生产一款全新产品，毕竟产品研发和教育用户都是需要大量时间和资金投入的，创业公司这两样显然都不具备。但袁馨选择了这条最难的创业之路，自己也只能跟着她继续走下去。

“这么长的时间，恐怕想完全保密不容易吧？”Kevin疑惑地问。

“咱们和Marguerite签好合作协议之后，就把消息放出去，我巴不得多几家能做出美妆面膜的化妆品公司来，现在能收集到用户数据的可就只有我们一家。”

“只要咱们能赢利，就会有竞争者出现了。咱们也不会是唯一一家的，这都是时间问题。咱们现在做的事对小企业可能有些门槛，大企业要是想抄可并不难。只要市场做起来，赢利跑通，难保大企业不会过来抄袭咱们。”

“没错，所以一定要快，我听说Marguerite有美妆面膜就立刻放弃咱们自主研发，也是这个原因。互联网思维，唯快不破，一天都拖不起。我现在带你去普林斯顿，我约了几个化学教授，想问问他们化妆品在发展上还有什么大的突变可能性。之后咱们就得回北京，好多事我们要重头开始了。”

“你是想跟教授们探讨Marguerite返老还童的秘密吧，”Kevin看穿了林璎的心事，“真是贼心不死，这种技术肯定没有啊。”

“劳伦斯在继承巨额遗产前也是化学教授嘛，至少问问他在同行嘴里的口碑，知己知彼总是好的。”林璎连忙解释，可对于Marguerite夫人这段传奇经历，他怎能轻易放下。

第7章 | 喜忧参半的开放日

三天后，林璎和Kevin回到初心不改所在的独栋别墅，公司看起来一切运转正常。

外界对初心这段时间的低调表现也没有过多评价，商场内放置的美妖盒还是会时常有用户上门光顾，但终归没有了起初随时随地都要排长队的气势。

“目前美妖盒每周每台的平均收入是五千元，除了支付两位化妆师的工资，略有盈余。”在周一的例会上，财务总监陈芳芳率先汇报，“最近招聘了几位大数据工程师，每周开支提高到三十五万，其他开销基本没有变化。”

“好。最近还会继续招人，但人员工资要严格控制，招进来的时候一定不要定得太高，这样以后还有增长空间。”林璎对人力总监小洁再次强调，“还有合适的人选吗？技术人才要尽快到位啊。”

“嗯，但我们招人非常难，尤其是技术人才。”小洁回答，“现在BAT给出的工资太高了，公司福利待遇又好，技术人才不敢轻易选择咱们这种创业企业。下个月是大学招聘季，我和几家著名理工科院校都联系好了，到时候会去做招聘专场，没有经验的新毕业生倒是可能会看重学习的机会，选择创业公司。”

“好，你安排好时间通知我，我会全程出席招聘会。”林璎立刻回答，“袁馨，你最好也一起去，现在你在公众心中的负面形象已经逐步淡化了，可以重新回到台前了。每一个员工对于创业公司都至关重要，都要把好关。”

“没问题，”袁馨赶紧答应，“和Marguerite的合作协议交给法律顾问他们看过了，没什么问题，可以签字盖章发给Marguerite了。之前Marguerite派来尽调的专家团队已经走了，感觉他们还算满意。合作方向上没什么问题，但时间上，他们催得很紧，你定的产品上线时间也太短了吧，软硬件研发加上测试，四个月？你真的有把握吗？”

“没有，只能尽力而为。”林璎回答，转过脸，面向仁宇，“仁宇，咱们技术部门的工作时间恐怕要从996，改成711了。”

996是很多技术型公司的行话，即每周工作日为六天，每天工作时间从早九点到晚九点。711的工作时间则更长，每周工作七天，每天工作到晚上十一点。

“我是没问题，光棍一个。”仁宇回答得有些勉强，“但其他人怕是扛不住啊，一个星期一天休息时间都没有，他们家属会不会有意见啊？”

“周六日定为家属开放日，家属可以过来陪着老公上班。反正只有技术部门需要加班，公司坐得下，电脑应该也够用。到时候佳音你安排一下，公司提供茶饮零食，中午再从好点的餐馆订个餐，务必做到让她们宾至如归。”

“这样就能解决问题吗？”袁馨显然对林璎的安排感到怀疑。

“工作日的午餐全部改成subway，这样能节省二十分钟的吃饭时间。”林璎继续说道，“非常时期，大家辛苦一点儿，可以把这期间的加班时间全部记录下来，等过了这阵子，技术部门换成倒休，或者休长假。”

“这么长时间的工作，工作效率势必会下降，得不偿失啊。”袁馨继续抗议。

“咱们这种时候没有其他任何办法，除了加班。”林璎的口气不容更改，“Kevin，商场的布点还在继续推进吧？”

“没有那么快，但等到产品上线的时候，应该能保证一、二线城市的主要商业区，都有我们的点儿。”Kevin仍然是最不用操心的那个，默默地就把看起来十分困难的活儿都干了，“另外，每个城市我们可能都需要当地的负责人，除了北上深，其他地区我考虑先找当地代理商合作，这样咱们的投入少，而且这些城市的情况比较复杂，找个地头蛇出了事更好应付。”

“嗯，这样好，走起来也快。”林璎点头，“企业文案和宣传部门最近也辛苦一下，提前做好配套的宣传准备，多想几个亮点和宣传渠道。其他人还有什么事吗？没有就先散会。仁宇，技术部门的工作会十五分钟之后开始，你在钉钉里通知大家一下。”

“好，”仁宇回答，“林总，您先看一下Trallo上大家的log，有些问题可能需要您解决一下。”

“好。”林璎明显由于近期加班过度，眼圈发黑，面黄肌瘦，人也提不起精神。

“林璎，你先别走，我有话跟你说。”散会后，袁馨拉住林璎。

“没时间，我得先把Trallo上他们提的问题看完，你有什么意见写邮件发给我，我抽空看。”

“我就几句话！”袁馨有些生气。

“真的没有时间，你要是太累了有情绪去休息室睡一会儿。”林璎不等袁馨再说话，自己就出了门回到自己的座位上。

“我是想说，事再急也不能把人累死啊。”袁馨看着林璎走后，立在原地嘟囔。

到了周末，第一次家属开放日如期到来。袁馨一大早就跟着佳音去超市买了一大堆水果、点心来到公司，迫切地想见到公司这些技术部门小伙子的另一半都是些什么人。

可等一个个打扮得漂漂亮亮的家属们来到公司之后，袁馨却感到十分难过。虽然开始的时候大家各自介绍、寒暄，着实热闹了一番，可是很快，家属们就在各自分配的工位坐好，刷手机的刷手机，玩电脑的玩电脑，看电视剧的还自觉准备好了耳机。显然，她们即使来到了公司，也不敢去打扰正在专心工作的另一半。

午饭时间，很多家属自备了饭菜，一桌子花花绿绿的保温盒别有趣味。

“哇，嫂子手艺真好啊，”袁馨尝尝这家的饭菜，又吃一口那家的点心，不亦乐乎。

“别客气，爱吃你就多吃点。”家属们对袁馨和林璎都格外客气。

“嫂子，下次不用带饭了，公司给订，包大家满意。”林璎道。

“他一周就这么一个机会能吃到我做的饭，再不给他吃一顿，这男人的心就快留不住了。”谢青的女朋友忽然阴阳怪气地发话。

“瞧你说的，哪儿能啊。过了这阵子就好了，我们上新之后可以倒休。”谢青赶紧解释，生怕女友误会。

“你们家算好的了，至少没有孩子，我这一个人带孩子都快累死了，你们问问他，多久没见过孩子了。”陈肯是公司少数有孩子的员工，此时老婆自然诸多抱怨。

“不都说了，过几天上线就可以倒休了。”陈肯有些不耐烦。

“你半年前就这么说的，上线就轻松了，上线就能休息了，结果到现在也没上线啊，你们这产品哪有上线的日子啊？”陈肯老婆继续不依不饶。

“吃完就赶快回家吧，小贝去哪了？”陈肯想要岔开话题。

“送姥姥家了呗，你妈又不管，全累我们家人，我们家就是上辈子欠你的。”陈肯老婆怒目圆睁，看着林璎，“我说林老板，您要么就帮我们解决一下实际困难，让我们生活真能有个大幅度的进步，我也有钱能雇个保姆帮忙带带孩子；要么就放我们家陈肯早点回家，家务活他该干也得干点啊。这天天在公司加班确实也不是个事啊，每天他到家都十二点多了，早上七点就去上班，这身体也受不了啊。我家孩子这半年，跟她爸就没见过，那天幼儿园说要交张一家三口的合影，我都拿不出来，最后是PS了一张，生生把他P上去了。”

“嫂子您还挺有创意的。我跟您保证，上不上线，反正就这两个月，做完陈肯一定可以休个长假，您看行吗？”袁馨赶紧打圆场。

“说好了，可别说话不算数。陈肯找工作可一点儿都不难，BAT的HR经常挖他，他还选择你们就是觉得这个创业机会好，但你们也不能太亏着员工了，哪有天天加班的啊。”

“你少说几句吧，大家都很辛苦，林总也天天在这熬着呢，没有一次比我走得早，男人熬个夜还值得叫苦嘛。大家吃着啊，我们先走了。”

陈肯拉着老婆快步离开了公司，走出好远，还能听见他老婆冲着陈肯咆哮：“我就说两句怎么了？才给你几个钱啊，这么玩命。”

袁馨看看林璎，不知该如何是好。林璎倒是一副司空见惯的样子，若无其事地继续吃饭。

“袁总。”

袁馨抬头一看，说话的是个怯生生五官清秀、皮肤白净的小姑娘：“怎么了？”

“我是仁宇的朋友，非常感谢您和林总平时对他的照顾。”姑娘说时脸忽然由白转红。

“啊，仁宇，你不对啊，交了女朋友为什么要跟我们保密，还说你是单身？是何居心？”袁馨打趣道。

仁宇脸也红了：“我们还没确定关系呢。”

“怎么算确定关系啊？”袁馨不顾这对小情侣的害羞，继续盘问。

“我们平时见面的机会不多，非常感谢公司能给我机会，让我周末过来。”姑娘继续说，“我是平面设计专业的，咱们公司要是有什么需要做的设计工作，我可以做做，反正待在这儿也没事干。”

“你干脆直接来我们公司入职吧，这样你和仁宇就可以天天见面了。”袁馨开心地说，“我们正在招设计呢。”

“她水平不行，等再过两年就可以来了。”仁宇答道，“不过有什么不重要的活儿确实可以给她干干，闲着也是闲着嘛。”

“我女朋友也可以帮忙嘛，她是杂志社文编，可以帮咱们写几篇软文储备着。”大家都开始毛遂自荐，推荐自己的女友留下干活。

“哇，你弄开放日的意思该不会是剥削完了员工，还要剥削员工家属的剩余价值吧？”袁馨看了林璎一眼。

“我没这意思啊，别胡说。”林璎仍在自顾自地吃饭。

饭后，家属们主动承担了收拾的工作。有些午饭后就先行离去了，也有仁宇女朋友这种，坚持等着男友下班，一直在公司待到晚上，这才跟着男友幸福地离开。

“为什么我这么难过呢？”大家都走后，袁馨走进林璎的办公室，眼圈泛红。

“被撒狗粮了？羡慕忌妒恨？”林璎还在敲着键盘。

“我之前一直有个错觉，觉得我就是跟一群无牵无挂的小伙子们在一起创业，他们都跟我一样，为了实现人生价值可以无所顾忌。有一天公司实在遇到过不去的坎儿，黄了也就认了，无所谓，重来就是了。”袁馨有感而发，“到今天我才知道，原来一家公司还连接着这么多家庭，如果公司真的有问题，可能会影响他们以后的关系，影响家庭的稳定。我突然觉得压力好大，好怕这事做不成啊。这是不是就是人家常说的企业家的责任感？我以前是初心的CEO，可是我连责任感都意识不到，是不是太不称职了。”

“我在创业之前也不理解，每次看见马化腾啊、马云啊他们大谈特谈企业家的责任，都觉得很装，很做作。后来自己做了企业才明白，这么多员工愿意支持你，愿意把人生的当打之年赌在你的公司，跟你一起拼，你就是有责任，有责任让公司撑下去，让这些跟着你的兄弟过上好日子，让这些在背后一直默默付出的家属有一天过上她们向往的生活。”林璎停止了工作，认真地说，“这种意识不创业的人是永远都体会不到的。一辈子活在安乐窝没什么不好，但一旦进入创业的世界，一个人的修为和成长就是难以估量的，我很高兴你也走上了这条路。”

“你说我是不是太自私了，就因为自己的异想天开就拉着周师兄创业，逼着我爸给我找投资人，现在还让这些无辜的人拼尽全力在这儿加班，还有你，也是在这儿天天熬夜。”袁馨掉下眼泪。

“大家都有各自的想法，如果你认为所有的人都是为了你每天在加班的，就太高看自己了。肯定不是，创业公司是有可能给员工带来巨大财富的，虽然这是一个小概率事件，但不妨碍有人会以此为目的，努力奋斗。你们又选择了一条至少看上去很有前景的方向，”林璎绅士地递过纸巾，“再说，初心一直都在坚持做一款颠覆性的产品，这本身就是一件让人热血沸腾的事。为此坚持我认为很有价值，即使产品最后失败了，每个人在这个过程中得到的历练也足够受用终生了。不要想太多，回家睡觉吧。”

“嗯，你为什么还不回家睡觉啊？”袁馨搬了把椅子坐到林璎旁边，就像小时候坐在林璎哥哥身边看着他打游戏一样。袁馨专注地盯着屏幕，一行行代码跃然纸上。

“能看懂吗？”林璎停下手里的活儿问道。

“有的可以，有的看不懂。”袁馨如实回答。

“哪儿看不懂可以问。”

“太多了，我就不问了。”袁馨笑嘻嘻地说，“不过，我知道你写的代码一定很好。”

“这个我可得批评你。你知道人生的四个阶段吗？”

“生老病死？”

“不是，知道、不知道的那四个阶段。”

“我好像听过，不知道自己不知道，不知道自己知道，知道自己知道，知道自己不知道。是这个吧？我现在已经晋级了，到了‘知道自己不知道’的阶段了。”

“知道自己不知道的时候千万别下判断。你都不知道代码什么意思，为什么说我写得好？我在时间这么紧的情况下，写的代码主要都是复用前人现成的东西，谈不上好坏，一味求快。等之后有了时间再去慢慢优化算法。”

“看来我马屁拍在马腿上了，”袁馨嘟囔道，“别熬了，赶紧回家睡觉吧，反正写得也不好。”

“走不了，要赶工啊。你先走吧。”

“完不成大不了拖两天就是了，Marguerite那边我去说。”

“别以为劳伦斯看着nice就真的好说话，一旦咱们这边不能按时完成，和Marguerite的合作就会有变故，所以一定要赶进度。”林璎又开始飞速敲击键盘，

“咱们公司这些程序员，大部分是初级水平，以前系统的主要功能估计都是学浅做的。我能理解当时你们一个草台班子，确实招不到什么正经人，周学浅就凑合着找了些看起来聪明的小孩儿，准备将来自己慢慢培养的。这样的员工也有好处，忠实度高，不容易被挖走。但我现在要赶活儿，这些菜鸟就实在派不上用场了，太让人失望了。所以我在你这儿，既不是CEO也不是CTO，就是个码农。”

“也不是我拉你来的啊。再说，这个deadline是你跟人家那边定的啊，你当时多打点富余不就好了。”

“小姐啊，我们是力求促成合作的那方，人家强势，当然得顺着人家说。我们有的就是单纯的点子，人家那边已经实现了，咱们必须在最短时间里，把点子落实到位。”

“那你教我写代码吧，我学会了帮你写啊。”

“不浪费那个时间了，这次就我来吧。项目上线之后，赶紧招人。”林璎忽然想起了什么，“人力总监辞了吧，指望她是招不到人的。”

“啊？你要辞小洁？别啊，她人特别好，而且很早就来到公司了，第九号员工，是公司的元老，不能说辞就辞吧。”

“不光她，还有几个笨蛋程序员，都一起劝退了吧。等他们走了之后，做个员工持股平台，把周学浅那部分股份分给大家。”

“程序员多难招啊？你还要往外赶？”袁馨惊讶地问道。

“写程序也是需要天赋的，有些人的瓶颈在哪儿一眼就能看出来，不是吃这碗饭的留在这儿也没用。公司发展，就是适者生存，人力总监这么重要的位置，不能放个没用的人啊。”林璎瞟了袁馨一眼，“创业公司养不起闲人，每个人都得证明自己有不可取代的能力，不然就没必要在公司赖着。你也别在这儿捣乱了，想让我早点睡，就别打扰我。等我找到人力总监适合的人选，就去找小洁谈话，不用你出面。至于其他需要辞掉的员工，由新来的人力总监负责就好了。”

“你这样会让公司人心惶惶的，不利于公司发展。上次出那么大的事儿，公司都没有人辞职，我们怎么能事情刚过，就要辞人，这么做太不地道了吧。”袁馨急道。

“你先想明白你开的是市场经济下的公司，还是慈善机构。拖后腿的员工留在公司对其他员工也会有影响的，谁有本事谁没本事，你当大家真的看不出来吗？没本事的每天闲着一样挣工资，这对别人是不公平的。你去看一下硅谷netflix公司放出来的企业文化PPT，它里面有一条我最认可，公司想留住人才，靠的绝不是按摩师和营养午餐，而是你有本事让在他身边工作的人都是人才。明白吗？优秀的人只希望和优秀的人一起工作。”

“每个人优秀的地方可能不一样啊，你看人不能只看一点，这么片面啊。”

“小姐，我们是在谈论工作。一个员工最主要看的是工作能力，至于品德高尚、为人豪爽这些，连加分项都算不上，它跟工作能力没有关系。工作能力是指什么你也可以好好想想。”

“我们公司做到现在都没辞过人啊。”

“这就是人力总监失职造成的，我不止一次看见有员工上班时间打游戏了。”林瓔怒道。

“偶尔打游戏放松一下也没什么吧？你小时候也喜欢打游戏啊。”

“打游戏是没问题，分个时间场合，工作时间这么做就不行。”林瓔道，“你上次是要跟我说什么？我一直没收到你的邮件。”

“哦，我想说subway太难吃，能不能别订subway了？吃个别的吧。”

“吃东西跟打游戏一样，分清时间场合，有不同的需求。你追求美味的时候，可以买飞机票飞去西西里岛，拿出整晚的时间慢慢品尝海盐香草烤鲈鱼。但平时吃饭不过就是为了填饱肚子而已，营养均衡就够了，从这个角度上讲，我觉得subway能满足我的要求，没什么问题。而且吃subway的时候不耽误干活，这点我最喜欢，你要是还能找到这类的食品，也可以换，我没意见。”

“那咱们可不可以有在家工作的日子啊，比如每周让员工有一天时间，可以在家工作，陪陪家人。我听说你们硅谷都是这样的啊？”

“这段时间肯定不行，上线之后再说吧，在家工作效率很难保证。”

“我以前一直以为你们硅谷创业公司的员工都很悠闲呢，注重生活品质，能平衡家庭和工作的关系，原来也是这么压榨员工的。”袁馨嘟囔着。

“创业期间，想平衡家庭和工作几乎是不可能的，我反正没见过。而且硅谷的创业企业确实和国内的不太一样吧。美国的创业公司没有加班规定，但大家对自己都是有要求的，会主动留下来加班，会努力把事情做到最好。在美国会选择创业公司的人都知道自己在做什么，为了什么。美国的创业泡沫都碎过两次了，没追求的人不会去浑水摸鱼，因为都清楚，摸到鱼的概率很小。”

“咱们公司的员工也很努力啊，我不觉得有人在浑水摸鱼啊。”袁馨对自己的员工还是十分维护，毕竟每个人都是她面试后才招进公司的。每次面试她都会热血沸腾地讲一遍公司的发展蓝图。

“没有比较就没有伤害吧，你要是有机会去看看张小龙的微信团队，每天的工作是什么样的，你就知道你的员工是不是有问题了。你放心，辞人的事我会安排好，你不用管。”林璎示意袁馨可以退下了。

袁馨忧心忡忡地离开公司，思绪万千。袁馨对创业这事本来一向抱着乐观的态度，以为拉上师兄这样的专业顶级人才，用不了一年半载就能做出成绩，让跟着自己的员工能提前实现财务自由。现在看来，就算是一切正常，不再出现之前那样的大乌龙，恐怕是赚是赔也还是个未知数。每个人都在拼尽全力的时候，自己又好像帮不上忙，无事可做。创业无非就是想实现自我，长久以来怀揣梦想，胸怀大志，总想有一番作为，可却忽略了给别人造成的麻烦。如果没有林璎及时出现，力挽狂澜，恐怕公司早就宣布破产了，不但投资人血本无归，公司的员工将近一年的努力也会全部付诸东流。为什么自己以前从未想过这些，只是头脑一热就决定要创业，不计后果，不留退路。自己这一路走来不但从没有遇到过创业者最该有的资金压力，更是一路如有神助，可是即便如此，连林璎对未来都没有必胜的把握，更何况如今的自己。

在反思创业经过的并不只有袁馨一人，陈肯因为白天老婆在公司的失态，此时也正辗转难眠。老婆有些话说得也没错，不是为了人生第一桶金，谁会这么拼啊。可前路茫茫，之前的产品方向已经被否了，转型要做的美妆面膜也没有多靠谱，女人有那么爱化妆吗？美妆市场在初来公司时听袁馨和周学浅说过，是个万亿级别的市场，和智能手机的市场规模可以相提并论。可是陈肯却如何也想不明白，女人一年为什么要花那么多钱买化妆品呢？

与袁馨不同，这并不是陈肯的第一次创业。大学毕业，陈肯就进入了师兄创办的翱翔网，作为公司的八位合伙人之一，陈肯付出的努力自己永远都记得，熬了多少个通宵，吃了多少碗泡面，写了多少段代码，陈肯全部心里有数。但就在公司业务刚有起色的时候，师兄十分狠心地逼迫陈肯离开了公司，名义上的理由是公司的发展方向有转变，陈肯之前负责的业务未来会被砍掉。但实际上，师兄是为了抢占陈肯所持有的公司股份。师兄的背叛，让陈肯心灰意冷了好一阵子，对创业、对人性都产生了怀疑。正在此时，经朋友介绍，陈肯认识了正在招兵买马的周学浅。在认识林璎之前，陈肯对周学浅的技术实力极为崇拜，可林璎的出现，让这种崇拜荡然无存。一山更比一山高，怪只怪自己是只井底蛙，不知世上有高人。但林璎就真的能力挽狂澜吗？之前对于这个项目存在了太多的误判，导致现在自己完全不敢再下结论。

“你怎么还不睡觉？”陈肯在床上翻来覆去的震动，终于吵醒了本已熟睡的老婆。

“嗯，睡不着。我问你个事啊，你每年花在化妆品上的钱能有多少？”陈肯问道。

“问这干吗？”

“我都做这行了，想了解一下情况嘛。”

“我属于比较省的吧，面霜加上爽肤水加上眼霜，还有精华，再加上粉底、唇膏、唇彩、防晒霜、隔离霜、身体乳、护手霜……对，还有面膜，全加起来，一年两三千吧。”

“有这么多？”陈肯显然对这个数字准备不足，“咱们家一年的网费加电费加水费，都没有三千啊。”

“这还算多，这是最少的了，哪个女的都得用。讲究点的，一年光香水就得喷掉几千块。”老婆显然对于陈肯的惊讶感到不满，“我用的还不是什么高档品牌呢，那些大牌子，一个面霜就好几千，等你什么时候创业成功，套现了，我也试试那几千块一瓶的面霜，是不是真有那么神奇。”

“难怪大家总说，这女人的钱就是好赚啊。”陈肯感慨道，“你看我一年到头什么都不抹，看起来不也还是你的同龄人吗？”

“现在是看不出来区别，但你等再过几年啊，区别就出来了。赶紧睡觉吧，你明天不还得上班吗？我今天去你们公司感觉还挺好的。地理位置不错，离地铁挺近，办公环境也好，闹中取静，看公司里那些人也都像模像样的，尤其是林璎，真不愧是硅谷回来的，气质、感觉，跟正常人就是不一样。”

“你觉得不错，干吗还要闹啊？弄得我今天怪没面子的。”陈肯埋怨道。

“我那些话就是说给林璎听呢，可别又像你那混蛋师兄似的，赚了钱就翻脸不认人。我做什么还不都是为了你，为了咱们这个家。”

“他们不会，你看袁馨和林璎，那都是不差钱的人。”

“是，跟对人很重要。看他们都是有资源的人，不像咱们这些没背景的，真是在这样的企业打工，二十年也买不起北京一套房子啊。你就多努力吧，没事，家里有我呢。”

“嗯。”陈肯心头一热，抱紧了老婆。

另一张床上，陈芳芳孤身一人也在辗转反侧，拿着手机，想发出一条信息，但又下不了决心，写了删，删了写，反复几次，终归作罢。心里惦记着此时的他又身在何处。

第8章 | 你不是一个人在战斗

一个月的黑白颠倒，内外兼顾，林璎明显感到体力不支，更明显地察觉到，每个员工看自己的眼神越来越悲壮，似乎已经随时准备好，自己猝死时的临终告别。林璎当然知道这样是不对的，自己的公司即便他四个月不闻不问也有专人负责，不至于出什么乱子。可是在初心，即便已经使出全力面面俱到，还是不停地出现状况。

看着林璎正在沉思，陈芳芳敲了敲敞开的门："林总，举辉的谢总约您明天见面，您看定在咱们公司可以吗？"

"他有说是为了什么事情吗？"林璎问道。

"没有，就是例行拜访吧。他投资之后还没来过咱们公司呢，不像文爷，有事没事总过来。"

"嗯，好，那就定在明天下午吧。"该来的总要来，林璎心想，虽然现在还没有什么阶段性的成果值得炫耀，好在方向明确，总能应付两句，"月报都按时发给投资人了吧？"

"嗯，上个月的财报昨天发过去的。"芳芳点点头，"我也给您抄送了一份。"

"好，我一会儿看一下。"林璎应道。

芳芳离去后，林璎觉得应该去找袁馨，商量一下见谢总时的说辞。林璎想要起身，却感到浑身无力，他手撑着桌子试图站起来，只觉一阵眩晕，眼前发黑，只好又坐下了。林璎打开手机，用钉钉叫袁馨过来。

“林总，您有什么指示？”袁馨连蹦带跳地跑进了林璎的办公室。

“明天举辉的谢总要过来。”

“我知道，芳芳跟我说了，我也好久没见过他了。”

“公关危机之前，他有什么表示吗？”

“视频报道出来的第一时间，我就给他们几个投资人打过电话，跟他们汇报了公司情况，如果他们觉得有问题，我就把钱退给他们。当时他们还不知道后续会发展成什么样，都说再看看，还好，你就来了，所以就没退啊。”

“之后谢总也没说过什么？”

“没有啊，后来估计是文爷帮咱们做了不少工作吧，跟这帮投资人都解释了一圈。咱们现在这个新方向我也只跟文爷说过，估计文爷也没少帮咱们宣传吧。文爷真是帮了公司……”

林璎能看到袁馨的嘴还在动，但说了什么却一个字都听不见了，他想调整一下坐姿，却忽然感到头重脚轻，眼前一黑，一头栽倒。

袁馨吓了一跳，跑上前去扶住林璎：“林璎，林璎”大叫了几声，林璎都毫无反应，倒是把很多同事喊来了。

“你们抬着他，袁馨去开车，赶紧去医院吧。”Kevin每逢大事有静气，从容地指挥着大家。

袁馨带着林璎，到了最近的医院，挂了急诊。

“应该是贫血导致的，卧床静养一阵子，应该没什么大事。”医生在做了全面的检查后，给出结论。

“可他为什么这么久还没醒啊？”袁馨担心地问道。

“他估计是太累了。”医生示意袁馨离近点，“你听，这呼吸很均匀，就是睡着了。”

袁馨看着林璎，平静安逸地睡在洁白的床单上，画面似乎有点不祥之兆。林璎，你可千万不要死啊。袁馨暗暗祈祷，公司这么多人还指着你呢。

“一会儿醒了，你给他喝点糖水，就可以带他走了。”医生嘱咐了一句，“回去给他吃点好的补一补，贫血跟营养不良也有直接关系。当然，休息是第一位的，人如果总是睡眠时间不够，什么病都会找上来的。你们年轻人就是不爱休息。”

“好的，您放心。”袁馨跟着医生一路道谢。

晚上，林璎终于睁开眼睛，环顾四周看出是医院，再看看趴在自己床边的袁馨，正瞪着大眼睛小心地看着他。林璎回忆不起来自己是怎么到了这儿，这感觉就像喝酒喝断片儿了。

“你感觉怎么样啊？”袁馨挥着手在林璎眼前晃晃。

林璎挡住袁馨的手：“没瞎，你放心。”

“别的感觉呢？有没有觉得哪里不舒服？”

“没有，都挺好的。”

“那能下床走两步吗？”袁馨还是不放心。

“没问题，”林璎缓缓起身，身体感觉有些僵硬，但还是下了床，走了两步，“你看，没事吧。”

“嗯，那你把这碗糖水喝了，咱们就走吧。”袁馨用手挽住了林璎。

这个十分正常的举动，却让林璎感到一阵温暖：“我不用扶，能走路。”

林璎跟着袁馨坐上车，袁馨开车。

“你这是往哪儿开呢？公司往那边走。”

“不回公司，今天，你住我家。”袁馨答道。

“别闹，我还好多事没干完呢。”林璎忽然想起来了，断片儿之前正在想着怎么应对谢总，“明天还要见谢总呢，我至少要把财报看一遍。咱俩还得对对词，见着老谢都怎么说。”

“明天你要老老实实在家睡觉，什么都不用干。”袁馨坚决地说。

“那怎么行，我现在是这个公司的CEO。”

“这个公司还没到没你不行的地步好吗？再说，真的到了没你不行的地步，就更得把你保护好。你放心吧，明天Kevin和芳芳负责接待谢总。”袁馨道。

“可是……”

“没有什么可是，虽然你现在还没什么大事，但等到真有大事了再干什么就都来不及了。再说也没有必要，远没有到非要把你累死的时点啊，文爷经常教育我，说创业是长跑比赛，劲儿要匀着使，不能一上场就冲刺啊。”

“嗯，”这些道理林璎怎么会不懂，可在硅谷创业的时候自己也是几天几夜地写代码，却没像现在这样，难道是老了，“我说，就算让我休息，你也应该是送我回家啊，去你家干吗？”

“看着你啊，你回了家万一又开始工作呢？”袁馨笑道，“而且在我家，我还能做点好吃的给你。”

“你妈在家吗？”

“不在，去纽约参加时装周活动了。”

袁馨的家是一栋坐落在顺义的独门小院，门口郁郁葱葱地栽满了各种绿植，三层小楼加地下室，装修风格简约，家具看起来也是极简设计的北欧样式。

“伯母品位不错啊。”林璎一边参观一边感叹。

“装修是我设计的，家具是我画图找人做的，看着都还行吧。”

“你还有这本事呢？”

“嗯，上学的时候没事干，我妈没时间管装修，我就试着弄的。”袁馨带着林璎四处参观，“这是我的房间。”

空空荡荡的一间房间，只有一架看起来五彩斑斓的台灯，放在房间正中间。

“你是睡台灯上面吗？”林璎问道。

“柜子里有被褥，日式设计。”袁馨得意地走到墙边，推开了隐藏的柜子，“今天你是睡这儿，还是睡我妈的床？自己选啊。”

“我还是睡沙发吧，你这设计太超前了。我可欣赏不了。”

“不会吧，你没看出来吗？我这是跟乔布斯学的啊，这个台灯都是跟着他买的，一摸一样的。”

“学点好行不行，不要只学皮毛。你是不是特崇拜乔布斯啊？”林瓔问道。

“当然了，都别说学IT的了，现在科技行业，哪个不崇拜乔布斯啊！”

“没有必要，想清楚了都是人，都犯过人的错误，不用一味神化。”林瓔忽然看到袁馨母亲的画像，“伯母年轻的时候真漂亮。”

“现在差不多还这样，变化不大。”

“伯母这些年怎么样了？”

“能怎么样啊？我妈的身份你也知道。而且我爸这些年身边女朋友就没断过，上一个女友，年纪跟我差不多。我妈这两年终于想开了，周游世界，活出自我了。”

“你呢？这些年还好吧？”林瓔还是觉得累，找了个沙发迅速躺倒。

“挺好的啊。你在这儿好好歇着，我去做饭，做好了叫你。”

“你还会做饭啊，能吃吗？”林瓔看着袁馨，这么多年不见，真是长大了。

“哼，能不能吃你就等着吧。”

袁馨走后，林瓔很快进入梦乡。

“开饭喽。”袁馨跑过来，摇醒林瓔。

“几点了？”林瓔睡眼惺忪。

“十点半，长期不做，手艺生疏了，做得有点慢。”袁馨把林瓔拉到饭桌前。

“这么多菜啊。”林瓔盯着餐桌，已经摆了荤素搭配的六个盘子，外加一个大瓦罐。

“你先喝碗参鸡汤。”袁馨从罐子里盛了碗汤，递给林瓔，“高丽红参，乌骨鸡，加上鱼胶海参炖了两个小时，你尝尝。”

“不就是东北乱炖嘛，我尝尝。”林瓔喝了一口，“不错，这是什么？”林瓔夹起汤中的一块颜色浅淡的不明物体。

“这是雪蛤，”袁馨给林瓔盛了饭，随意夹了些菜放进他碗里，“你快吃，我记得你小时候最爱吃我们学校旁边那家做的宫保鸡丁，尝尝我做的和那家味道像不像。”

“那家的秘诀是先炸葱，用炸出的葱油炒鸡丁，所以特别香。”林璎尝了一口，“你这个味道已经很接近了，就是差了一勺糖。”

“这么多年，味道你还能记着？”袁馨一脸怀疑。

“我前几天刚去吃过，我每次回北京，都要去那儿报到。”

“难怪，你再尝尝这个，荔枝虾，也是你爱吃的。”

“这么多年，你也都还记着？”林璎看着桌子上的菜，除了这锅来历不明的乱炖，全都是自己爱吃的酸甜口京味儿美食。

“也不是刻意记着，我小时候就跟着你下馆子，你吃什么我吃什么，你爱吃什么当然我也爱吃什么。那家宫保鸡丁我也总去，还有大兴胡同里那家面茶，你还记得吗？”

“还开着吗？”

“开着呢，每次拆迁我都提心吊胆，担心那口儿就再也找不到了。还行，挺争气，一直开着，过两天咱们去吃啊。”

“过了这么多年，北京变化那么大，其实仔细想想很多东西好像也没变。”林璎鼻子发酸，其实什么变了都没关系，只要身边的人还在。

“你再吃点，你吃得太少了，病不容易好。”袁馨不停地往林璎碗里夹菜。

“我就没病，哥身体好着呢。”林璎很给面子地大口吃着，“没想到啊，你都有这本事了，很厉害啊。”

“食色性也，我这些年又没有男朋友，光研究吃了。”袁馨吃得津津有味。

“没有男朋友？不会吧，”林璎拍拍袁馨的头，“没事啊，哥不查黑历史，洗心革面，既往不咎。”

“是谁应该洗心革面啊？我还没说你，你反倒说我，真没男朋友，没有看得上的。”袁馨见林璎吃得差不多了，又从厨房端来一个小碗，放在林璎面前，“燕窝粥，快喝了。”

“补也不能都放在一顿啊，太不讲究科学了。”林璎虽然这么说，但还是大口喝了，心里和嘴里都觉得甜丝丝的。

“没办法，公司还指着你呢，不能光让牛干活，不给牛吃草啊。”

“行了，吃完了，一会儿送我回公司吧。”林璎道。

“别逗了，必须休息三天，这三天你是出不了我家门，我家门是密码锁，你要有本事破译也行，六位数，加油啊。”

“别闹了，明天见谢英权我不去不行。”林璎严肃起来。

“没什么不行的，我不知道你以前是怎么创业的，但你听清楚，一家创业公司如果所有事都必须CEO亲力亲为，第一做不大，第二CEO早晚累死。要相信团队，你不在，别人会帮你把事做了的。”

“但是明天这个不一样，我还没闹清楚他是来干吗的，也许就是专门来看看，我到底是不是全心全意地在初心上班啊。如果我不在，他会怎么想？会不会认为，袁馨就是联合了林璎在骗他，林璎根本没在这家公司上班。他是投资人啊，它一旦对一件事产生怀疑，可能会对很多事情产生怀疑的。”林璎一着急，又觉得头晕眼花，不敢再说。

“没有你说的那么夸张，最多明天我过去跟他打个招呼，如果他一定要见你，我就把他带过来见呗，真的病了嘛。再说，投资这事就是一个愿打一个愿挨，他信就信，不信就算了，大不了撤资呗，我再找别人补上就是了。”

“投资人是甲方，一定要伺候好了。我知道文爷是欠你爸的，就是他把你惯成这样的。但不是每个投资人都应该让着你，我们要顺利发展也不能全靠你爸，对吧？如果你一心想靠你爸，你也不用创业啊，在家里混吃等死就好了。不就是想自己在社会上立足才创业的嘛，咱们前期靠靠他没问题，但都到这个阶段了，咱们可以自力更生了。”林璎回到客厅的沙发继续躺着，自己也觉得是应该小心一点儿身体了，一直觉得头晕。

“反正明天你不许去，你要相信我，相信Kevin，我们有能力安抚投资人。”袁馨端过一杯热牛奶，放在林璎面前，“你喝杯牛奶，好好休息吧，我去洗碗了。”

“嗯，我是困了。”林璎还没喝牛奶就再次沉沉睡去。

“安眠药的效果还真好。”袁馨看着手里拿着的药瓶，自言自语。

林璎醒来，已是夕阳西下。

没过多久，袁馨从门外进来，跑到林璎身边：“你怎么样了？饿了吧？看，我给你带了什么回来？”

“谢总怎样？问什么了？”林璎完全顾不上饿，立刻问道。

“真的是你想多了，谢总对我们的工作挺满意的，我说你病了，他还让你多休息呢。对了，他问了一下和Marguerite的合作是不是顺利，我跟他说还不错，给他看了最近几次和劳伦斯视频会议的纪要。这个没问题吧？”

“做得不错，还问什么了吗？”

“还问了跟汇美那边现在有什么合作，我说最近联系不太多，等着他们的‘十八春’护肤品呢，也不知道能不能做出来。”

“还有呢？”林璎继续追问。

“没了。”

“就这些？”

“嗯，就这些啊。他没待多久，大致参观了一下公司。你能放心了吗？可以安心吃饭了吗？”

“给我打包了什么啊？”

“鼎泰丰的小包子。”

袁馨把饭盒打开，一阵香气飘来。林璎食欲大开，一口气吃了两笼包子。

“你怎么都吃了，也不给我留几个。”袁馨看着空空的饭盒，佯装生气。

“你又没说，早点说我就给你留着了，我嘴里还有半个，想要你就拿去吧。”

“哼，真讨厌。”袁馨狠狠扔了个靠垫过去。

俩人就像孩子一般打闹起来。

同一时间，北京的另一套别墅里，谢英权正在打电话。

“跟咱们想的一样，林璎根本就没在初心上班。还是那群人，玩不出什么新花样。”

“很好，尽快把这个消息传给muddy water。”电话那边，是一个女人的声音。

“但是他们现在跟汇美的合作不多，和Marguerite的合作也刚起步，就算曝出他们有什么问题，影响不到上市公司，浑水恐怕不会感兴趣。”谢英权道。

“你的意思是再等等？等到那款什么面膜上市？”

“对，只要他们能让这款面膜上市，咱们就可以看好戏了。”谢英权说道。

“万一他们的面膜真的成了爆款怎么办？”

“爆款没有那么容易，再说，就算真是爆款也不怕，只要林瓔根本没在他们那儿上班的消息放出去，就足够了。而且他们其他问题也多着呢。”

“好，那就听你的，让他们再多蹦跶几天吧。”

第9章 | 求贤若渴，招人攻略

经过三个月的努力奋战，美妖面膜定制模块终于测试成功，准备上线。林璎却仍不敢松气，还不到验证结果的一刻，谁知道用户能不能买单。此时最需要做的就是把宣传跟上，触达的用户数量越多，那么能化成最终购买的消费者也就越多。

“咱们之前买过流量吗？”林璎在例会上抛出了这个问题。

“买流量？”袁馨愣了一下，“我们所有流量都是真的，为什么要买？咱们没必要做假流量吧？”

“不是假流量，是买真流量，”林璎解释道，“别说咱们需要买了，连谷歌这样的公司，每年都要有固定的费用用于购买流量。咱们没人负责这块儿吗？”

“没有，我们之前没买过。”Kevin回答，“主要靠的是新产品吸引人流，加上也没有变现途径，所以当时没做这件事。现在咱们要推广美妖面膜，这事一定要做了。我和百度、腾讯的商务部门都比较熟，他们的用户质量比较好，价格也比较公道。”

“我还是没听明白，买流量是做广告吗？”袁馨又问了一句。

“不是，常识问题会后自己网上查。”林璎显然没有耐心帮助袁馨补课，

“还有，我们虽然有自己的APP可以实现线上购买，但也要在天猫、京东这样的大平台造造势，跟他们合作一下，Kevin，没问题吧？”

“对接可以，但是我们要卖什么？”

“美妆达人会员福袋。定价一千元，包括会员卡，价值一万元的Marguerite赠品，一次面部建模，还有之后购买美妆面膜的抵扣券。算是预售吧，在这些网站上买买排名，也相当于做个宣传吧。专业美妆电商也要上，汇美那边好说，其他几家也问问。如果因为我们跟汇美有合作会造成顾虑的，就不用浪费时间了。宣传部门尽快出策划，用两周时间让这件事热起来。”林瓔喘了口气，“需不需要做新品发布会？我想听听大家的意见。”

“当然要做啦，而且声势越大越好啊。科技公司上新就和电影院新片上映一样啊，宣传很重要啊。”宣传部门立刻提议。

“我们因为之前的不良记录，每一次曝光都有可能吸粉儿不成反招黑。我的建议是做，但不要规模太大，小规模地走个形式，商场里的实体美妖盒配合着搞搞活动就行了。”陈芳芳建议。

“美妖面膜的确又是个让人怀疑的黑科技，用户有疑虑是很正常的，打消疑虑的最好方法是让美妖面膜能在社交平台上由用户自行转发，如果能达到病毒营销的作用就非常成功了。”仁宇被林瓔提升为技术总监后，也有资格参加每周例会，“所以发布会开不开，意义不大，不如把这些钱留着做网推吧。”

“发布会还是要开吧，规模可以小一点儿，不一定是给公众看的，就算是给自己和投资人一个信心，总还是要有吧？”袁馨提议。

“我也认为应该开，也是宣传的一部分，”Kevin等大家都说完才回答，“我们的产品自身就有病毒营销的特点，适合上镜，用户可以带着面膜拍照。另外在宣传上，我希望除了突出快，两分钟上妆，上妆效果好，不易脱妆这些产品特点之外，最好再加上护肤，给肌肤最亲近的保护这类噱头。同时对接Marguerite公司，他们也必须使用自己的渠道为新款造势。”

“嗯，”林瓔点点头，“那宣传部门尽快提交一下发布会的策划方案和预算，其他还有什么事吗？”

“咱们现在有一个很大的问题，”Kevin十分严肃地说，“我们没有销售团队。我们产品的转换方向比较大，之前研发期间没有销售上的任务，由市场部先兼着也未尝不可，但现在我们要做的是一款电商零售产品，必须有齐备的销售团队，并且对销售总监的能力要求也很高。万一成了爆款，销售跟不上，产品会死得很惨。”

林璎愣了一下，自己明显忽略了这个重要问题，公司在这三个月一直在不停地扩充技术人员，而销售团队自己一直以为是Kevin在负责。现在才反应过来，销售和市场完全是两码事，Kevin不可能兼顾。线上销售给很多人的感觉都是不需要实际的销售人员，有个机器人客服能回答问题好像就够了。但事实并非如此，即使是线上的销售形式，销售、售后、技术支持，还是一个都不能少，并且要制定完整的销售策略，而不是散兵游勇。销售部门还要承担新产品上市后的巨大压力，无论用户对产品的接受度是高还是低，这个压力都会非常大。

“咱们的化妆师是不是可以发展成销售人员啊，在化妆的时候给用户介绍，推荐一下。”袁馨建议。

“即便可以，也必须有专业的销售人员给她们做培训才行，普通人和真正的销售差距会非常大。好产品自己会说话这种事我是不相信的，而且只要涉及销售，就要定好分成比例、销售策略、定价，这些都需要有经验的团队来操作。”Kevin道。

“小洁，有合适的团队吗？”林璎不抱希望地看着人力总监。袁馨、周学浅这些初次创业者，意识不到人力总监对创业公司有多重要是很正常的。但林璎清楚地知道，人力总监要管的并不是只是招聘员工、制定员工待遇这些琐事，最重要的，企业发展方向的基调，一半是由人力总监的能力决定的，每一个岗位的设定、放什么样的人、他归谁管，这些布局都直接影响企业的成败。人力总监不但要自身能力强，懂得识人用人，更要有极强的人脉，在关键时刻能找到企业需要的人才。这些能力小洁显然都不具备。

“我之前面试过几个，但要的工资太高了，”小洁十分为难地说，“我们也在所有的招聘渠道都发出了招聘信息，但目前还没有合适的人选。想要短时间招到合适人选，恐怕不太容易。”

“现在招人是肯定来不及了，就算有合适的，来了之后还要培训、团队磨合，根本等不了。我建议，直接挖一个大公司的线上销售团队。薪酬大概要比他们之前的高出一倍，才可能让他们尽快下决心从大公司离开，加入创业公司。”Kevin建议道。

林瓔看出Kevin似乎心里已有人选，稍微宽慰，初心能有Kevin在，真是帮自己省了好多心：“非常时刻，只能如此了。Kevin这事就交给你负责，你业内认识的人多，找找看。只要说服了总监，底下的兵就比较容易跟着来。”林瓔当然清楚，擒贼先擒王，放在挖人上也适用。

“我尽力，有合适的会带上你和袁馨一起去聊。”

“好，那今天先到这儿，新品上线各部门还会非常辛苦，请大家有所准备。”林瓔看了袁馨一眼，示意她会后留下。

“林总有什么指示？”袁馨见大家都走了，笑嘻嘻地跑到林瓔跟前。近来的朝夕相处，让袁馨感到当年那个温暖的邻家哥哥又回来了。

“你发现小洁的问题了吗？”林瓔面有愠色，“今天是Kevin想到了，如果Kevin也忽视了这个问题，你知道我们这次新品上市之后会有多难堪吗？公司缺什么人，这是人力总监最应该去关注的问题。小洁现在的能力只能做个凑合的人力经理，人力总监的活儿不是她这个资历的人做得了的。”

“对，她是有责任。但我们都有责任啊，我根本就不知道市场和销售有什么区别，我以为Kevin就全负责了。”袁馨赶紧替小洁辩白，“小洁之前工作经历也不错，IT猎头公司的，有点人脉，只不过化妆品行业之前没涉足过，假以时日……”

“咱们等不到假以时日，创业公司本来就是朝不保夕，这么重要的人不靠谱，公司上下都要填坑。袁馨，我说句实话，你就够不靠谱的了。你就是头脑一热的创业者，公司能撑到现在已经是奇迹了。而且这么长时间了，你应该多去学习啊，我能教你的毕竟有限，现在市面上教你怎么创业，怎么经营管理企业的书那么多，看看啊。”

“我有学习啊，我每天都听逻辑思维，还下了‘得到’APP。”袁馨感到十分委屈，“《从零到一》《变革》《乔布斯传》《马斯克传》这些书我都看了啊，但我确实没有做过企业嘛。而且你来了啊，你做过那么大的公司，现在回来再管我们这种规模的小企业不是应该很容易吗？”

“创业有些事是相通的，有些是隔行如隔山。化妆品这个行业，我和你一样都是新人，我们现在能依赖的人只有Kevin。而且就算我可以，我也不能一直在这儿，等你们上了正轨，我就走了。我跟我们公司董事会只请了一年的假，当然也是我轻敌了，没想到能遇到这么多问题。”

“啊？你还要走啊？我CEO都让给你了，你不能说走就走啊。”袁馨哀求道。

“我走了也不要紧，只要Kevin在这儿，这公司就死不了。但你要强大起来啊，求人不如求己。Kevin为什么过来帮你，我现在还没弄明白，但他来到这家公司就成为了职业救火队员。你还没发现吗？这个公司除了技术以外的事都是Kevin在负责，连每个月发给投资人的财务报表，也是芳芳找Kevin审核之后发的，所以这家公司离了我没什么问题，但要是Kevin走了，就不能想象了。”

“Kevin？为什么他这么厉害？”

“每个人的经历不同，这个你不用操心。你应该做的是迅速成长起来，可以跟着Kevin学学怎么做市场，公司其他的事也要多参与，财务报表也要看，不要听芳芳一说就以为自己知道了。当务之急，还是要不惜一切代价地招人。”

“招人我也同意啊，但是你真要把小洁辞了吗？”袁馨有些难过，“小洁在公司人缘很好，跟大家都相处得不错，她又没做错什么事，说辞就辞，总是不好吧。”

“等到做错事再辞就晚了，不是什么事都能补救的。现在销售没有人，这就是她的失误。还有工作不是玩游戏，不用看人缘，工作能力比人缘重要太多了。

小洁可以继续留在公司，但这个职位必须让给更有能力的人做。这个人咱们现在就要开始物色了，想劝一家公司的人力总监跳槽，是一件非常难的事。”林璎叹了口气，“我几乎想不到什么理由，一家好公司的人力总监会跳槽，但我们没办法，必须招到人力总监。”

“要怎么找到这个人啊？”袁馨自觉毫无头绪，从来没重视过人力这个岗位，看来创业当老板真的和打工不一样，要解决的事太多了。

“我这边会找找朋友，介绍几个。也让Kevin去问问，业内有没有大公司在裁员，没准能让咱们捡到漏儿。当然，概率不大，一般公司裁员也裁不到人力总监。”欲速则不达，林璎心里很清楚。

没过几天，整个美妆圈都知道了初心不改正在不计代价地招聘销售团队。铺天盖地的消息放出去，短期看当然是有好处的，初心的人力部门每天都要接待大批的面试者，根本忙不过来。但虚假繁荣的背后，应聘者大部分还是行业中的低端员工，与林璎的要求相距甚远。两周过去，林璎充分意识到，真正的人才，不会主动送上门来。还好，这时Kevin终于不负众望地物色了一个人选，送到了林璎面前。

“小红鞋的销售总监董建？”林璎看着Kevin递上来的简历愣了一下，小红鞋是汇美的头号竞争对手，也是美妆电商的翘楚，“这样的人，不会轻易出来吧？”

“我在业内调查了一下，他是上市之后加入小红鞋的，拿到的股票不多，没有一夜暴富。加上这人对物质要求比较高。”Kevin显然已经做了充分调研，“他今年三十六岁，两个孩子，都在私立学校上小学，每年的开销很大，在小红鞋的年薪在一百万左右，加上分红，税后也就一百多万。这个薪水咱们应该支付得起，再承诺一部分股权激励，我认为有希望能挖过来。”

“好，那你约一下，咱们今天晚上就见见，”林璎想了一下，“就约在国贸三期顶层的云酷吧，那儿对这种人很适合。”

“好。”Kevin微笑了一下，走出了林璎的办公室。还好，林璎和自己选中的地点不谋而合。

晚上八点，云酷窗边的位置上坐了两个仪表堂堂的青年男子，映衬着窗外华灯初上的京城夜景，人流车流和看似浮躁的灯光，在富丽堂皇的气氛中看起来却异常祥和。在这样的地方和任何人聊创业、聊未来，都会给人一种不真实的成就感。

等的人终于来了，矮个子，戴眼镜，其貌不扬，但说话却十分顺溜，看到林璎和Kevin也没有表现得多热情，淡淡地打了个招呼，径自坐下，看向窗外。

林璎心里泛起了嘀咕，这怎么会是小红鞋的销售总监呢？看起来完全不具备销售人才该有的气质啊。

Kevin示意waiter点餐："开瓶这个吧，九八年的，醒好了，送过来。三份套餐，其他小吃、点心随便上几个吧。"

Kevin的话还没说完，林璎注意到董建的眼神微微有了变化，从刚才很难聚焦的猫眼状态，忽然亮了起来，面部表情也从僵硬转向了柔和，看来，Kevin这瓶价值三千的红酒没白开。

"董总，不好意思，这么晚把您约出来。"林璎客套了一句，打开今晚的话题。

"没什么，我跟Kevin也算是老朋友了，应该的。"董建微笑了一下，"我听说了，你们想收个销售团队，但我可能不太合适，我现在也没有跳槽的想法，你们也知道，小红鞋这几年的发展还是不错的。"

如果真的没有跳槽想法今天这个局他就不会来，这是董建来之前林璎就已经和Kevin讨论过的，只要来了就是有希望，现在就是看自己这边怎么加码了。林璎看着餐桌，心里不停地计算，到底要花多少钱，能把这个人的身心都买了。如果此时开价太高，未来就没有了回旋的余地，但要是开价低了，万一董建觉得自己没有诚意，这场局可能就要提前结束了。尽管董建的底牌已经被Kevin掌握，但创业公司和上市公司的区别可绝不仅仅是工资。

"咱们先不聊工作，吃点东西，都饿了吧。"Kevin一边切着牛排，一边问道，“董总的孩子都不小了吧，现在在哪儿上学呢？”

“英德，其他条件都挺好，就是离我家有点远。”

“私立学校条件没得说，学费也是真贵啊。”Kevin附和道，“我听说好多明星的孩子都在英德，一年的学费二十五万，是很多人一辈子的学费。”

“学费倒是还好，你们不知道，真正贵的是那些附加的，暑假学校组织去美国夏令营，别的孩子都去，就只能跟着去，一个人八万。我也不是没去过美国，干什么啊，用得着这么多钱。”聊起孩子，董总的口气缓和了起来，“据说冬天还要去维也纳，什么音乐之旅，一个学生十万，说是可以在金色大厅体验演奏的感觉，明目张胆地骗钱啊。家长还不能说什么，不让去吧，孩子幼小的心灵不定得受到什么伤害。去，我的心灵就受到了极大伤害。”

“董总这样的明白人也会上这种当啊？”Kevin笑道。

“你以为我想啊，这些招术多么低劣，放在别的行业根本骗不到人了，但放在小孩子身上就是好使，家长就是得买单，毫不犹豫地买单。有几次我说太贵了，就不参加了，我老婆当时就急了，说穷谁不能穷孩子，孩子读书多少钱都得花。我说我也没不花啊，但您说这一年二十五万能教什么啊，美国顶级MBA一年多少钱？”

“学费也就差不多这些。”林璎接话道。

“对啊，一个小学，咱们也不是没上过。我本来以为化妆品行业就够坑人的了，跟这所谓的教育行业一比，咱们这算什么啊。”董建说得十分激动，“女人、小孩的钱好赚，这话以后就把女人去了吧，在咱们国家，就是小孩的钱最好赚。这里面，教育最好赚。家长为了孩子能学点东西，都疯了。我媳妇给我孩子报了个剪纸课程，一年两千多，我说这玩意儿有什么可学的啊，我老婆说有个朋友的孩子就因为剪纸拿了个传统艺术的奖，保送初中了。不光剪纸，我儿子现在八门课外班，一个星期七天都不够分的，女儿也没好到哪儿去，唱歌舞蹈钢琴，五岁就被她妈逼着学钢琴。我就跟我媳妇说啊，咱们这祖上三代没有一个是搞艺术的，艺术细胞早就死光了，你逼她学这个干吗用啊。你猜我老婆怎么说，她说以后竞争多激烈啊，不光跟人比还得跟机器比，万一都比不过，还能当个钢琴家教。我心想，以后哪还有那么多人学钢琴啊。”

“人工智能普及之后怎么解决就业问题，确实不是我们现代人能够想到的，我听个朋友说，每年给孩子报课外班的钱就得十几万。”Kevin不动声色地继续勾引董建吐苦水。

“肯定有，十几万还不算多的。我真是崇拜这些教育机构，学而思还得选拔才能上，还有什么坑班蒙班，销售策略都玩得太深了。”董建边吃边说，“本来都以为，咱们这也算是混到中产了，结果，为了子女教育，直接打回解放前。你说咱们那会儿，哪上过这些啊，放学就回家玩游戏机了，不一样能考上大学。”

“此一时，彼一时了。”Kevin给董建倒上酒，“现在的孩子也都不容易。”

“可不是嘛。”董建喝了口酒，赞叹道，“这酒不错，对得起价格。”

“董总，我们现在确实面临销售的问题，之前对销售这块儿可以说是完全忽略了。我们的新品马上上市，希望您也能给我们提点意见。”林璎虚心请教。

“你们现在是准备卖什么东西啊？不会还是那化妆机吧？”董建又喝了口红酒，入口十分舒服。

“美妖盒的成本降不下来，所以转型了。刚刚和Marguerite合作研发了一款美妆面膜。”Kevin拿出手机，把产品的介绍视频播放了一遍。

“这东西挺逗的。”董建认真地看完后，给出评价。

在董建观看期间，林璎一直注视着他的面部表情，虽然看得专注，但并没有像正常人一样对这款产品产生强烈的兴趣。

“董总觉得这款产品好卖吗？”林璎问道。

“不好卖，这世上没有好卖的东西。”董建又喝了一口，“这酒确实不错，你们也尝尝。”

“有没有什么建议，帮帮我们。”Kevin小心翼翼地问道。

“新产品，教育用户就挺费劲，让每人都知道有这么个东西，还得知道这东西的好处，怎么用，用了没有坏处，你们想过这得需要多少钱吗？”董建拿起自己的手机，说道，“iPhone，算是现在最好卖的产品了，可是iPhone一代你们还记得吗？都卖不出去，新产品失败的风险非常高。”

“产品本身还是很有特点的吧。”林瓔辩驳。

“产品好有什么用啊？现在什么最难？吸引眼球最难，时代不一样了，以前有个明星大腕做个广告就有人买单，现在综艺节目要请几十个明星绑在一起收视率都上不去。诱惑太多了，想吸引眼球太难了。你们的化妆机放在商场写字楼给人用，是个挺好的宣传手段，那么大个东西往那儿一放就挺引人注意。但现在要卖面膜，我想不出来怎么吸引人注意。广告投放能有点用，但太费钱了，创业公司不合适。其他渠道，在电商上刷榜，别人都不知道你这卖的是个啥。”

“社交平台也会配合宣传，争取刷个爆款出来。”Kevin补充道。

“都想做爆款，哪有那么容易啊。而且这东西我去年见过类似的。比你们这个容易，连定制都不用。买个硅胶模具，首次使用用开水泡软，再贴到脸上就能定型，配专业的化妆颜料，往里面充，就能化妆。还可以往里面充保湿水，就能当保湿面膜用。”董建轻描淡写地说道。

“啊？是哪家的产品？”林瓔不觉一身冷汗。

“没推出来，市面上都没见过。”董建继续说道，“大化妆品公司出新品都非常谨慎，因为新产品很可能不是个加分项。你们真要卖，对标的就是市面上那些热门的面膜，可以学习他们的营销策略。”

“请您指教。”林瓔虚心地说。

“面膜这种东西看着简单，其实学问很大，你们想没想过，为什么以前韩国，随便出一款面膜，技术上没有任何革新，也就是换换包装袋，换换广告词，就能轻松炒成爆款？”董建问道。

“因为他们宣传做得好？”林瓔问道。

“你见过哪款韩国面膜真的打过广告吗？从来没有，电视广告，互联网广告都没有。但就是出一款火一款，从人参、红酒到蜗牛，水光针，还有什么可以吃的面膜，都听说过吧。”

“那是因为口碑营销？”Kevin问道。

“也不好使，口碑好也说不通吧。你问问真正的消费者，用完了也没几个觉得有多好吧。”董建回答。

“那是什么原因？”林璎疑惑地问道。

“你们可能不了解，互联网上有专门的美妆达人。这些人平时看着也不像托儿，就是在微博、豆瓣这些平台发发旅行、自拍什么的，但只要一有新产品出来了，第一时间，这帮人全都能用上，然后写测评，一般也不都说好，褒贬都有说的，引起用户的好奇心。这帮人和一般的网红还真不一样，她们的粉丝一般都跟了她们好多年了，对她们发表的意见还是会听的，加上也不全说好，看起来不是很像广告，所以特别有带动作用。”董建说道，“我给她们起名叫‘种子托儿’，就是撒了一把种子，让它们在用户心中长草。我这些年也在试图跟她们合作，但因为电商和她们的切入点不好找，所以没有什么效果。但你们这款产品是可以的，也符合她们的调性。”

“嗯，确实可以。”Kevin点点头。

“当然韩妆的成功是非常复杂的一个体系，光有这些‘种子托儿’还不够。饥饿营销都是咱们说腻了的东西，但是跟咱们那帮卖电器的不一样，韩妆玩得非常高级，一个产品，先炒热，买不到；继续炒，还是买不到，在用户热情达到最高点的时候，突然就有货了，意向购买者在同一时间全能买到。之后这款产品也就消失了，因为韩妆自己也知道，跟欧美那些老牌子对抗，靠的就是机动灵活，什么产品、什么品牌，都不在乎，我赚一笔就转型，你永远跟不上我。因为一旦大牌子也出气垫粉底了，谁还买韩国那些小牌子的啊。”董建见林璎和Kevin已经完全被自己勾起来了，立刻收住话题，“所以化妆品销售这里面学问多着呢，同样的新款，兰蔻上市就赚钱，香奈儿就没赚到，差在哪儿？配方都一样，就是营销上一丝丝的差别，销量就完全不同。当然，我不否认，肯定也有运气在。但你长时间在这个行业，能做到雅诗兰黛这个体量，运气成分就可以忽略了。销售说白了，就是利用心理学技巧在消费者心中建立一种错觉，让他觉得这个产品的定价低于他的心理预期，他又恰巧对这类产品有需求，他就愿意付费购买。”

“那针对我们这款产品，您看有什么办法？”林璎虚心求教。

“我实话实说，你们以前那个化妆机其实是有优势的，它可以给消费者一种梦幻黑科技的不真实感，很多人因为这种感觉会忽略它的使用价值。但现在这款美妆面膜，它没有那么炫，那么黑科技，在这种情况下，消费者就从梦中醒了。一旦消费者回归理性，计算它的价格，考虑它到底值不值得买的时候，你们就非常被动了。即便有了这款面膜，她们是不是还需要继续购买其他化妆产品，不管画得有多好，吃完饭也要补妆吧。随身还是要带着口红粉底之类的吧。所以只要用户清醒地分析一下，这款面膜的使用价值其实非常有限。”

董建心里十分清楚这款产品的问题在哪里，从Kevin邀请他赴宴那天起，他已经详细研究过初心的发展方向、这类产品的营销方案，并仔细调研了初心公司目前的状况。之前的佯装不知，不过是要在此时，让林璎他们看看自己的临场能力。对于林璎和Kevin的能力，董建是认可的，也相信他们在某些方面拥有常人所不具备的能力。至于袁馨，董建没有太多资料可查，但从林璎来到这家公司之前就已经拿到了两亿的投资来看，这个人也决不能小视。自己已经三十六岁了，面临着上有四老，下有二小，房贷车贷一个都不少的尴尬局面，负担不敢说有多重，但至少在未来几年绝对轻松不了。如果初心能给出足够优惠的条件，董建怎么可能不答应，毕竟一旦功成，自己基本就可以提前退休，过上向往的生活，再不用为孩子的学费发愁。即便不成，初心倒闭了，自己再找一份跟现在差不多的工作也不是什么难事。退路有的是，值得一搏的机会却不多。此时他一针见血地点破美妆面膜的问题，就是要让林璎看到，这个职位非他莫属。

董建用余光瞄了林璎一眼，看到他正在沉思。一丝不易察觉的微笑，挂在了董建脸上。

而此时，林璎在思考的却是另外的问题。董建的话深深刺激到了他，是啊，这款美妆面膜的确没有多高的技术含量，之前自己一味地看好，是误认为它会是一款颠覆性的产品，可是听完董建的话，林璎再不敢有这个念头。那现在应该怎么办呢?

“你别光吓唬我们啊，说点解决方案啊，我们产品都出来了，箭在弦上，不得不发了。” Kevin似乎看穿了眼前两人的想法，赶紧补了一句。

“嗯，办法还是有的。分几步，放长线，先用神秘感吊起用户的好奇心。比如女星后台悄悄敷了咱们的面膜，又恰巧被狗仔拍到。或者某女星的家，忽然拍到一堆不明物体，等着网友去扒。大量炒作这类消息，但产品并不公开出售，有用户问，就回答是明星高定。之后在互联网上开启邀请模式，有邀请码的用户才能拥有面部建模的机会。同时产品宣传上要赋予面膜比正常化妆效果好得多的属性，敷完痘也没了，斑也去了，皮肤也白了，人看起来焕然一新。这一步就可以用到我说的那些种子托儿了。还要为用户提供场景，比如婚礼必须来一张，出席活动来一张，见前男友来一张，各种各样的噱头。因为有了这些噱头，我们就可以给产品定高价了，开始一定要做高价，后面才有降价空间；如果上来就是低价，后面再想玩促销赠送什么的就没有空间了。”董建条理清晰地抛出了自己深思熟虑过的想法，“最重要的，这期间，千万不要投放广告，任何广告都不要有，玩的就是神秘感，把用户的胃口吊起来，让他们自己去搜索使用方法和效果，他们才更有信任感。现在广告对城市消费者几乎已经没有影响力了。”

“嗯，这个建议非常好，还好我们还没开始宣传计划，一切都还来得及。” Kevin显得很满意，“董总，我也给您个建议，像您这样的人才其实留在一家上市公司的意义不大，我相信您也清楚。相反，倒是我们这种创业公司，急需用人，大家一起打江山，打完一起瓜分劳动果实，按劳分配，各取所需，这才合理。我们正准备建员工持股池，您现在过来，是最合适的时点。另外，我们账上趴了多少钱，相信您也清楚，工资不敢说是业内最高，也绝对能达到您的预期。既然您都给我们提了这么多宝贵意见了，总不想看着操作的人最后没落实到位吧，浪费了您的战略部署，多可惜啊。”

“我就随便出个主意，也没多想。”董建笑笑，转头看向林瓔。

林瓔此时正在思考着董建这个主意的可行性和为此需要付出的宣传费用，忽然发现董建正看向自己，立刻明白他是在等自己表态，赶快说道："董总要是能加入，何愁初心三年之内不上市啊。企业的成败主要看的还是关键人的能力，我们现在急需董总这样的人才。董总，待遇方面您都可以提，我们一定尽全力满足。"

董建当然清楚，和上市后股份兑现相比，其他的工资待遇不过就是九牛一毛，不值一提，但股份要多少合适呢？这个董建心里自然没数，犹豫了一下，说道："感谢两位的厚爱，离开小红鞋我还有很多不舍。这个……"

"董总如果愿意过来，可以拿到和我一样的期权数量。"不等董建说完，Kevin就接话道。

林璎愣了一下，立刻明白Kevin的意思，在一旁配合地点了点头。

"好，那让我再考虑考虑，尽快给你们答复吧。"董建看起来似乎满意了。

"董总，机不可失，我们时间也不多了，尽快做决定吧。"Kevin又叮嘱了一句。

"期待我们的合作。"林璎举起杯，和董建碰了杯。

"一旦他知道，你手里根本没有期权，怎么办啊？"林璎开车送Kevin回家的路上，问道。

"林总不会不分给我吧，我早晚会有的。"

"但你现在没有啊，你说他能跟你一样，那不就是也没有嘛。"林璎笑道，"董建这么精明的人，还是上了你的当啊。"

"我倒没有骗他的意思，人的预期不贵多，贵不均。他自信实力资历和我相当，那当然是我有多少，他就是多少最公平。"

"我倒不这么看，创业公司期权怎么分，除了看这个人的能力贡献，也要看他来到公司的时点。你是初心刚起步的时候来的，董建是拿到两个亿投资后才来的，这明显区别很大啊，他也应该明白。"

"我也认为他明白，所以才这么说的。"Kevin淡淡地说，"不是每个人创业都是为了钱，这点你懂，他不懂。"

“那你的心理预期是多少呢？”林璎又问道。

“有就比没有好，多了肯定比少了好，不过我也想知道，你这轮打算怎么分周学浅留下的股权啊？”

“员工持股公司统一持股，其中的一半分给现在公司的员工，根据职位能力分配的期权数量不同，工作满三年兑现一半，满五年兑现全部。剩下的一半留给之后的员工，以后每轮都按这个原则分配，上市前进入公司的员工都能分到一定数量的期权股。我们公司之前就是这么做的，执行得还挺好。”林璎对这套员工持股方案颇为得意。

“那你呢？你拿多少？”Kevin继续问道。

“我那部分可以不从这里出，我从袁馨那儿要。”

“你果然是为了袁馨来的，连股份都看不上。”Kevin看了林璎一眼，淡淡地说道。

“我算了一下，我这轮真正可以分配的股权有百分之二十，公司能达到高管级别的人才现在只有你，加上可能会过来的董建、我正在找的人力总监，还有仁宇，我准备提拔他为技术总监。当然他现在距离CTO还有差距，再锻炼两年看看吧。我大概的分配思路是你们三位高管每人百分之四，仁宇拿百分之三，其他公司里的六十几号人平均分剩下的百分之五，你觉得这样可以吗？”

“按现在二十亿的估值，百分之四的股权相当于八千万，我当然不会有意见。但其他员工平均分其实并不合适。分股权是为了给员工一份信心和保障，能帮助他们在公司低潮的时候抵抗住其他诱惑，安心为公司服务。技术团队跳槽的概率最大，理应多给一些，安抚好。销售人员主要靠的是提成和绩效，股份对他们不但没有好处，反而可能减少了他们该有的业绩压力和工作动力。所以，我的建议是销售团队少分甚至可以不分。至于做后勤保障的员工，适当分一点儿就可以了，百度上市后前台都是千万富翁这种神话，是懵懂时期的产物，差不多该结束了。”

“创始员工对一家公司的贡献可能远不止他从事的职务。一个主人翁意识强的员工会给公司带来很多意想不到的好处，这点我深有体会。具体方案可以周一开会大家再商量一下，大致方向就按你说的吧。”

“股权也好，期权也好，在真正套现之前实际上一文不值，但作为一个CEO，手上能分出去的资源就只有这些，怎么分一定要想清楚。这事儿不用太着急，也要问问袁馨的意见，毕竟她才是初心的创始人。”Kevin建议道。

“也是，别咱们说得这么热闹，最后周学浅根本不同意放弃股权，就全白说了。”林璎笑道。

“那倒不会，学浅不是那种人，他既然走了，就已经默认放弃了。不过，还得叫他回来办一下相关手续。”Kevin扶扶眼镜，“让袁馨去找他吧，解铃还须系铃人，这事处理得好，以后还好相见。人力总监有合适的人选了吗？”

“朋友给推荐了一个，时尚网的人力总监Summer。因为怀孕生子辞职在家待了三年，现在正打算重出江湖。我跟她约了下周见面，这次带着袁馨就好了，你认识吗？认识的话就一起来。”

“Summer Xie吗？听说过，沃顿商学院毕业的女强人。”

“嗯，就是她，资质背景都不错，在互联网圈和时尚圈都有自己的人脉，怎么能招致麾下，你有没有什么好建议？”

“推心置腹，赤诚相见吧。”

“我也这么想的，这回就让袁馨出马吧，她看起来比咱们更诚恳。”林璎笑道。

“嗯，把咱们现在的问题、公司的状况、能够给出的条件，都开诚布公地告诉她，其他的就留给她自己判断吧。”Kevin回忆了一下，模模糊糊地有个心高气傲、打扮时尚的高个子女人的印象。

Kevin记得没错，Summer就是这个样子。即使生了两个孩子依然杨柳细腰，精明干练，得体的职业装，清爽的齐耳短发，一丝不苟的精致妆容。她比约定时间早到了半个小时，不过没关系，趁着这个时间喝一杯美式咖啡让头脑更清醒，捋一捋思路，毕竟离开职场三年了，要快速回到工作的状态，也不是那么容易。

还没怎么着呢，就已人到中年。自己一直逞强好胜，坚信爱拼才会赢，怎么可能甘心在家做个全职妈妈。今天就是一个机会，再次证明自己的机会。初心公司的种种Summer在来之前已了然于心，对于林璎的背景，Summer也详详细细做好了背景调查。如果说董建把面试当成高手间的博弈，那么Summer则认为面试更像是相亲，合则来，不合则去，若是没有眼缘，聘礼再高又能怎样。忽然，身边客人的高谈阔论打乱了Summer的思路。

其中一位声音沙哑的大哥说："我这马上就能从互联网公司挖个技术，咱们找个大型传统企业，海尔、格力都没问题，一起合作开个小公司，让传统企业随便占点股份，你去找个投资，出个三五千万的。然后咱们开发个针对传统企业的互联网产品，也不用让他们销量真的上去，他们也不需要现象级产品，只要销售能平稳就行。之后咱们虚做点业务，这个我有路子。再去找个大点的上市公司，让他们收购了就行，咱们套现几个亿没问题。"

另一位打扮很土的哥们儿频频点头："对，现在上市公司都需要互联网概念。他们收购了咱们他们也不亏，在A股两分钟就赚回来了。"

Summer向旁边看了一眼，暗暗好笑，果然，林子大了什么鸟都有。如今创业的也不都是牛人，这样的无业游民比比皆是。当然，也没准是自己有眼无珠，就这么错过了认识未来马云的机会。

当袁馨和林璎准时走进咖啡馆时，第一印象令Summer好感倍增，满脸的青春洋溢，阳光灿烂，谁不喜欢年轻貌美的肉体呢。短暂寒暄，双方都直奔主题。

"我们现在面临着很多问题，公司大部分员工都没有行业经验。包括我自己，离美妆行业也很远。我之前是做金融的，不瞒您说，我连化妆品都很少用，唇彩唇蜜、眉粉眉膏都是最近才弄明白的。我们现在又面临一次重大转型，马上要上市的是一款全新产品，大家现在信心也不是很足。"袁馨按照之前林璎的设计，上来就诉苦，把公司的问题原原本本地讲给Summer，让Summer对他们感到同情。

"嗯，创业公司遇到这些问题很普遍，需要时间去积累经验，有些问题只有遇到，才能知道怎么解决。”Summer回道，“我之前也是在创业公司工作，陪着公司一点点长大，可能会有一些经验帮助你们。”

“您也看出来了，能够让行业中的资深人士进入公司靠我们这几个外行，肯定没戏。但如果您能加入，情况会很不同。”林璎赶紧帮腔。

“我要好好想想，毕竟这也是我职业生涯中的重要选择。”Summer喝了一口咖啡，十分平静地说道，“如果我加入初心，有一个条件你们必须答应我。”

“您说。”林璎接道。

“我要有绝对的生杀大权，招人肯定要经过我这不用说了，如果你们要开人的时候，我也希望能有权力决定这个员工是否还能留下。”Summer看出林璎面露迟疑，继续补充道，“我做人力这么多年，最大的成就是学会了如何给人第二次机会，很多在当时看起来能力不行的员工，往往调整到他更适合的岗位之后，都能给出惊喜的改变。而且当他知道公司给了他第二次机会之后，拼劲儿也会很足，这其实对于公司长远发展是好的。大公司和草台班子的区别就是员工服役的年数，如果一家公司的员工都是五年十年的老员工，这个公司肯定差不了。创业公司也一样，如果频繁地更换员工，就一定做不长。公司能发展靠的就是吸收人才、培养人才、留住人才。我招人非常谨慎，没有能力的人是不会进入公司的，这点你们要对我有信心。”

“没问题，我跟您的观点完全一致。”袁馨十分高兴，就在到这儿之前，她和林璎还在为了是否辞掉小洁而争吵。

林璎也点了点头，对Summer提出的要求表示同意：“还有其他要求吗？待遇方面呢？”

“一家公司想要留住人才，就不能吝啬。我等你们的offer，让我看看老板的气度。”Summer自信地笑了笑。

“好，我们回去商量一下，尽快给您答复。”林璎点点头。

“你觉得怎样？”开车回公司的路上，林璎问道。

“你没有看到我脸上有大写的‘满意’两个字吗？”袁馨灿烂的笑容明媚得

就像大风过后北京湛蓝的天空。

"就知道你会满意，句句都说到你心里去了吧。"林璎也很高兴，看今天这架势，Summer还是有意向过来的，"薪酬股权你准备给多少啊？"

"薪酬问问她之前能拿到多少，增加个百分之十五应该就可以了吧。股权这事我一直都不太懂，你说给多少合适啊？"

"我和Kevin也在商量，还没有统一意见，我倒觉得这正好是个试验一下这个人力总监能力的机会，把难题交给她，看她怎么分配。"

"这个办法好，她要看看老板的气度，我们就先看看她的气度吧。"

"销售总监估计下周就能入职了，你还没见过吧？"林璎问道。

"见过一面，前两天来了公司一趟，你不在，Kevin给我介绍的，我怎么觉得这人贼眉鼠眼的，有点猥琐啊。"

"人家怎么惹你了？就这种评价。"

"没惹我，说话挺客气的，但就是感觉不太好。"

"以貌取人是很不成熟的表现。"

"我就见过他一面，我想以别的取人我也不知道啊。"袁馨白了林璎一眼，"你今天去哪儿吃饭啊，要不去我家吃啊，我做大餐。"

"没空，测试还没完呢，今天晚上还要跟美国那边开个电话会议。咱们的建模参数跟那边还有几个对不上的，要校准。你也参加一下会议吧，不至于听不懂吧。"

"拜托，人家也英语六级呢，怎么会听不懂。"袁馨哼了一声，不再说话。

"晚上十点会议室，你别乱跑啊。在这之前，你给Summer写封邮件，把股权分配的问题原原本本地写出来，让她帮忙做个方案。另外薪酬可以按你说的给，再加一条，上下班时间可以灵活一些，毕竟是当妈的人了，难免会有一些突发情况，这话都说在前面，两边都不尴尬。"

"遵命，林总还有什么要吩咐的吗？"

"没了。锤子发布会看了吗？"

“昨天就看了，非常精彩，我都下单订了坚果pro了，红色的。”

“女人的钱就是好赚，你也是专业人士，怎么也应该看看测评吧。”

“我一个专业人士还用看测评吗？我用一下不就知道了嘛，之后我去写测评。”

“也是，你一个乔布斯脑残粉为什么会买锤子啊？”

“你没看发布会吧？他们有一条实在是打动我了。”

“哪条啊？”

“能给苹果手机充电。”

“那你买个充电宝不就行了。”林璎翻了个白眼儿。

“对了，你准备要多少股权？我一共就百分之四十，都给你也没问题。”

“你的就是我的啊，百分之四十够了。”

“一个点都不给我留啊？你心也真够狠的。”

“没办法，我看上的不是股份，是人。”林璎坏笑道。

“别闹，一码归一码，亲兄弟明算账，夫妻都得分清楚，你没听说前阵那家投资公司合伙人夫妻离婚，闹得好几个创业公司都跟着倒霉吗？咱们就讲好一人一半吧，这轮一起变更了。”

“创业公司的股份，你当我真看得上啊。”林璎笑道。

“看得上看不上另说，该是谁的就是谁的嘛。”

看着袁馨跟着车上的音乐一起哼着歌，林璎由衷地感到羡慕，羡慕她少年不知愁滋味。

第10章 | 不速之客

高峰时段的北京东三环，从空中看宛如一个大型停车场。

“下辈子，我特么一定开飞机，再不遭这罪了。”出租车司机在半个小时纹丝不动之后，发出了感慨。

“要不您就靠边停吧，我们先下。”车上坐着一位年纪轻轻的母亲带着一个看起来已经到了上学年纪的女孩儿。母女二人穿着漂亮，打扮时尚，但细心点儿的人不难看出，连稚气未脱的孩子脸上都带着一丝愁容。

“这儿不能停车，要下车怎么也得等出了高架啊。要下早说啊，我就不用跟这儿堵着了。”

“看您方便吧。”客人倒是客气，这些年来受了多少委屈只有自己知道，哪儿还会在乎一个出租车师傅说了什么。

车子停在了一个高档别墅区的门口，司机以门卫不让进为由，让母女二人提前下车了。

母亲带着女儿绕了一大圈，终于来到了目的地，正是初心不改公司的门口。

“您好，我找林璎，您帮我叫一下可以吗？”女士客气地吩咐前台。

前台从上到下打量了一番这位全身都是名牌的漂亮女士，问道：“您跟林总有预约吗？"

“没有，您跟他说一声吧，Ella找他。"

“好，您等一下。"

片刻之后，林璎表情冷淡地从办公室走出，带着这对母女离去。留下前台小雨无尽遐想。没过多久，林璎独自回到了公司，一脸的不悦，小雨不敢多问。

初心公司本来女员工的数量就极为有限，八卦路径更是短得可怜，还没到中午吃饭，这事就已经传到了袁馨耳朵里。

“据说那孩子看见林璎，还叫了声爸爸。"佳音描述得栩栩如生，好像她当时就在现场一样。

“都是剩男剩女，咱就别替人家操心了。"袁馨虽然心里也好奇，还是忍住了。林璎结过婚离过婚，这段短暂的婚姻里如果真的有个孩子，反倒是更好理解，也许当年就是奉子成婚。想来林璎为了创业也没时间顾上这孤儿寡母，秦香莲如今都找上门了，自己就别再去添乱了。

“林璎，坏消息，Summer发邮件说她拿到鹅厂的offer了，准备去鹅厂了。"袁馨沮丧着脸走进林璎的办公室，“不过关于股权怎么分，她还是很详细地写了个方案，我发给你了，比咱们之前想的要复杂得多。"

“那你再约Summer一下，我们请她吃个饭，庆祝她找到新工作。"林璎停下手头的工作，思考了一下，“订在三里屯的花厨吧，那家店的调调挺适合你们的。这次叫上Kevin一起吧。"

“好的，花厨我好像在朋友圈见人发过照片，怎么你这么熟悉。"袁馨问道。

“前几天跟朋友在那儿吃过饭。赶快去订吧，趁着Summer还没去入职，也许咱们还有机会让她改变主意啊。"林璎催促道。

所谓花厨，是一家用花作装饰并以花入菜的西餐厅，Summer坐在一堆花丛之中，身心都很放松。来不来吃这顿饭，Summer犹豫了很久，最后还是决定来，毕竟林璎和袁馨都是她喜欢的合作伙伴，未来说不定还有交集。

“Summer恭喜。”林璎递给Summer一杯粉红色插着鲜花的鸡尾酒。

“林总，您客气了。Kevin好久不见了，创业公司确实更适合你。”并没有人介绍，但Summer还是一眼就认出了她只见过两次的Kevin，记人识人是HR最该具备的职业技能。

“确实好久不见了。我在来初心之前，也拿到过BAT的offer，不过我都放弃了，还是选择了初心。”Kevin看似无意地说了一句，“这里的菜都很适合拍照啊，袁馨，照过相了吗？照完我们要开动喽。”

“照过了，快吃吧。”袁馨娴熟地拆分了烤鸡，几乎等份地分给每个人，“我看点评上说这个味道很好，快尝尝。Summer，你们家住哪儿啊？离鹅厂远不远？”

“还好，鹅厂对我要求也比较宽松，没严格规定上下班时间。”Summer自然清楚，林璎请这顿饭的目的就是要再争取一下，所以任凭林璎详详细细地分析了两家公司的利弊，Summer还是表现得不为所动。言语间，回答也格外谨慎，“这家餐厅的感觉很好。”

“我也喜欢。”袁馨倒是一直不管不顾地埋头大吃。

“去鹅厂确实有很多好处，可以和很多优秀的人合作，在行业里更容易拓展人脉，不过嘛。”林璎仍不放弃，继续说道，“鹅厂不可能满足您之前提出的要求吧？”

“不能。”Summer切了块肉放进嘴里，心里当然清楚，这样的大集团是不可能把生杀大权交给一位刚过去的人力总监的。

“鹅厂这么大规模的公司，整个人员管理都有些类似国企了，您过去能发挥的作用不大。”Kevin很绅士地给Summer盛了两勺沙拉，“看起来机会多了，其实能操作的空间反而小了。做一个大公司的螺丝钉，还是做我们这种创业公司的顶梁柱，全凭您个人喜好。”

“对了，非常感谢您给我们期权分配提出的方案，我们下一步就准备按您的方案执行了。”林璎继续助攻，“这儿菜量小，咱们再加几个菜吧，彩虹卷怎么样？”

“可以，再点个甜品，我看这个蛋糕不错。”袁馨看着菜单。

林璎看着袁馨，心中暗骂，这家伙该不会真是来好好吃饭的吧，怎么也要配合一下吧。

“Summer，你爱吃哪个？”袁馨把菜单递给Summer，“你的衣服是BC（Brunello Cucinelli）的吗？”

“是。”自己的衣服品牌被认出来，Summer感到很意外，看不出袁馨这丫头年纪不大，品位还不错。

“这个牌子我也喜欢，但觉得自己撑不起来，没敢尝试过。你要是能来初心就好了，我以后就能有样学样了。”袁馨一脸虔诚地看着Summer，“你来初心，就是我们大家的老师，可能我们每个人都要从你身上汲取营养。你要是去鹅厂呢，那儿可能会有很多比你了不起的人，你就可以从他们身上学到很多。但是，我觉得，作为人力总监，您是不是没什么可学的了？”

袁馨的话听起来漫不经心，细想却不无道理。Summer微笑了一下，继续吃着盘中的沙拉，是啊，即便是在鹅厂这样的公司，自己到底还能学到什么？如果是为了薪酬待遇，自己早就财务自由了，如今重出江湖就是想做一番事业。哪家公司能给自己的空间更大是显而易见的，但鹅厂能接触到的人和机会也是创业公司不可能提供的。看来，鱼与熊掌此时倒是更难取舍了。

“对了，Summer姐姐，”袁馨亲切地称呼道，“您老公是做什么的啊？”

“她老公是亚马逊的高管，在业内也很有名。”Kevin补充道。

“他也觉得您去鹅厂更好吗？”袁馨继续问道。

“我们都比较独立，这种事会自己做决定，对方只会提供一些参考意见。他对你们公司也非常认可，尤其是林总，你们之前好像有过合作。”

“是的，不止一次。我对他的印象也很深。”林璎笑笑，这次Summer复出的消息就是通过她老公传到林璎这儿的，“他做事认真负责，沟通的能力又非常强。”

“您过奖了，他就是个工作狂。”

“我之前听说您才是业内有名的工作狂啊。”Kevin说。

“夫妻两个人都是工作狂并不好，相处起来经常会发生冲突。”Summer叹了口气，尤其现在又有了孩子，家庭生活的琐事实在让人烦躁不已，“你们几位都还没结婚？”

“我离过婚。”林璎幽幽地说。

“我结过婚。”Kevin缓缓地说。

中文的博大精深从这两个回答就可以看出来，字面上明明相反的两句话，理解起来却是殊途同归。面对这两个有故事的男人，袁馨表现得倒很洒脱：“青葱岁月，谁没错过。真羡慕Summer姐姐，爱情事业双丰收。”

“哪有你说的这么好啊，家家有本难念的经。婚姻不易，你将来就知道了，都要很努力才能走下去。你现在要好好珍惜一个人的时光，我特别后悔结婚生子啊，这一步跨出去，想回头是不可能了。” Summer苦笑。

“来我们公司还有一个优势，”袁馨笑嘻嘻地说道，“我们工作时间相对灵活一些，虽然活儿不会比鹅厂那边少，但很多工作是可以回家做的，请假倒休都很方便。是吧，林总。”

林璎赶紧配合道：“当然，除了有面试的时候必须到公司来，平时有事都可以在家办公。”

“人力总监还是在公司待着好，考勤就是归人力管，上梁不正下梁歪。”Summer道，“我对创业公司松散制的管理方式，一直存疑。松散制管理只适合那部分有极强自律能力的小众，其他人，如果没有好的制度约束，就很难保证工作时间。”

看到Summer并不领情，袁馨赶紧转化话题：“Summer姐姐，我还有一个问题，要是一个人的能力很强，但是人品不好，这种人可以招进公司吗？”

“只要能力强，适合岗位，就可以招进公司，人品好不好很难界定，什么是人品好？乐于助人嘛，在工作中最好的状态是分工明确，那些愿意帮助别人干活儿的经常会给公司带来不必要的麻烦。还有很多时候我们误以为那些一团和气的是人品好，但往往他们只是好说话，要求低。在工作中偏执狂，或者说要求高的人，反而是有优势的，相同的事交给他们，肯定比那些和事佬能完成得好。”

接下来的几十分钟，Summer详细介绍了自己总结的用人原则，在座的几人都感到受益匪浅，一顿饭竟吃了三个小时。

“怎么办啊？你们还有什么办法能把她留下啊？”回去的路上，袁馨在林璎的车里大叫。

“没什么办法，这种事也不能强人所难吧。”Kevin还是淡淡的。

“我好希望她能来啊。”袁馨噘着嘴，气鼓鼓的样子，“真是的，鹅厂里面什么人没有啊，还需要跟我们抢人吗？”

“越是大公司越有忧患意识，鹅厂一直在人才储备方面做得非常好，他们的HR团队可能是BAT里最强的。”林璎也有点失落，和鹅厂相比，初心的offer确实不值一提。

“林璎，好消息！”袁馨第二天刚闯进林璎的办公司，却发现办公室里没有人。袁馨等了半天，不见人回来，打手机，却发现手机还放在桌上，“奇怪，人呢？”

“林璎呢？”袁馨跑到前台问小雨。

“出去了。刚走，没多久。”

“手机都不带就出门了？”袁馨歪着头，觉得这事情蹊跷，手机电脑都没拿，叫IT男怎么活啊。

一直等到晚上林璎才回到公司，面色阴沉，看起来心情不好。

“好消息，Summer弃暗投明了。”袁馨兴奋地说。

“为什么？”林璎对这一结果似乎不太相信。

“巧了，她老公也拿到了鹅厂的offer。鸡蛋不能都放在一个篮子里啊，所以他们夫妻俩一商量，决定他老公去鹅厂，Summer来咱们这儿，下周就能入职了。”

“嗯，知道了。”

“天大的好事，你怎么一点儿不高兴啊？”袁馨好奇地问道，“你刚才去哪儿了？”

“我可能是太累了吧，出去喝了杯咖啡。”

“你是不是又病了？”袁馨把手放在林璎的头上，“不烧啊。”

“我没事，你快去干活儿吧。宣传方案都做好了吗？”

“差不多了，基本按董建的想法做的，细节上设计了挺多的，明天我拿给Kevin再改一稿，再给你过目。”

“好，美妖面膜就快上市了，你紧张吗？”

“还好吧，咱们这次的产品可是真的啊，有什么可紧张的。”袁馨的脸上依然挂着无忧无虑的笑容，“假的我都挺过来了，还怕真的吗？”

“Summer既然决定来了，有两件事你现在必须要做了。”林璎板起脸，严肃地说，“首先，收回周学浅的股权，员工持股公司我已经找代办在申请了，这周应该就能办好了。学浅那部分股权可以直接转给这家公司。另外，你需要通知小洁，新的人力总监要来了，降职后是否还留下她，这要看她的意愿。这两件事我都可以替你做，但我希望你去完成，这是走向成熟管理者的必经之路。”

“好。”虽然答应得勉强，袁馨还是下了决心要速战速决。

回到自己的办公室，袁馨从手机上翻出周学浅的手机号，这个曾经再熟悉不过的号码，如今已经尘封了三个月了，最后一次呼叫显示，是在林璎出现的那个晚上。短短三个月，却恍如隔世。如今想起这位故人，袁馨心中已无仇无怨，唯有淡淡的思念。

袁馨想到了和周学浅相互陪伴的无数个日日夜夜，他通宵写代码，自己在旁边画原型图。袁馨是学浅每一段代码的测试员，学浅则是袁馨每张设计图的指导老师。曾经朝夕相处的那个人此时在哪里？袁馨不愿再多想，此时不是脆弱的时候，还有那么多事没来得及做呢？谁欠谁的又有什么关系，过程中人在成长，这就足够了。

袁馨拨通了电话，两声响铃后，对方接通。

“袁馨？”周学浅声音微微发颤。

“师兄，”听到熟悉的声音，袁馨之前的担忧全部化为乌有，他还是那个最亲密的战友，“你在哪啊？最近过得好吗？”

“我回学校了，还行吧，当助教有点忙。你怎么样了？我一直在网上关注你们的消息，看到林璎接手了，放心了不少。”周学浅关心地说，“跟他配合得还好吗？”

“还行吧。创业公司，你懂的。”袁馨笑了笑。

“我一直想联系你，又不知道该说什么。”周学浅在电话那边也笑了笑，反复练习的千言万语此时都不再重要了，“袁馨，说个正事，我再拿着公司的股份不合适了，我转给林璎吧。”

“我就是来跟你说这事的，不过不是转给林璎，是转到员工持股公司，你的名字和其他几位公司高管会出现在那家公司的股东名单上，之后等着员工的期权期满，也会逐渐加入股东名单。”周学浅能够主动提出，着实让袁馨松了口气，“还有，师兄，你不要以为回美国就可以躲清静了，你觉得我能这么容易放过你吗？林璎说了，还有好多问题等着你解决呢，他会在线上联系你的，而且如果以后时间允许，你要在线上参加我们每周的例会。”

“没问题，随时欢迎你们骚扰，但股份真的不需要再给我留了。”听到袁馨这番话，周学浅心里也暖了起来。初心公司就像自己的孩子，养了一年的孩子，哪能说放下就放下。这三个月中，学浅每天醒来第一件事就是上网查看有没有初心的消息；每天入睡前最后一件事，就是把公司的工作再回忆一遍，窗台的绿植有人浇水了吗？cherry键盘上有没有落土，手下的员工，他们现在过得都好吗？林璎会不会要求太严格，仁宇他们要是达不到要求怎么办？会不会被林璎辞退？袁馨会不会站出来为他们说话，还是跟林璎闹僵了？这些事一直会想到脑子再也想不动了为止。对于之前的问题，周学浅也不止一次地在复盘，到底还有什么是自己能做而没做到的。

“不行，股份你必须要，我们新招的人力总监说了，指望员工尽心尽力地为公司干活，最好的办法，就是给他股份。创业公司也没别的可给，就这么点值钱的了，不能吝啬。你拿了股份，我才能踏实，不然怎么好意思继续找你干活啊。”袁馨爽朗地笑了，彻底轻松，本就不该想太多，学浅师兄的为人，自己还有什么信不过的。

“好，那就恭敬不如从命了，你把例会的时间发给我，我以后尽量参加。你跟林璎说，有什么事也千万别客气，我还是这个公司的一员。公司其他人都好吗？”

“都挺好的，仁宇现在可厉害了，被林璎提升为技术总监了，公司还招了几个技术部门的新人，都是从BAT挖过来的，还有……”

这一通电话总共打了三个小时，袁馨详详细细地将公司业务、发展规划、人员变动介绍了一遍。周学浅也听得津津有味，听到关键时刻，忍不住发表自己的意见和建议。

打完电话，袁馨心情大好，想着乘胜追击，把另一件事也一并处理了吧。袁馨走到办公室，找到小洁。

“亲，咱们晚上一起吃饭啊？”袁馨笑嘻嘻地问道。

“我这儿还有几十份简历没回复呢，晚饭估计是没时间吃了。”小洁答道。

“咱们不考虑的这些也要给答复吗？”袁馨看着小洁的电脑。

“要的，每位求职者，我都会回复邮件的，并且针对他的简历情况，告诉他现在还不适合公司的原因。”

“统一回复不行吗？为什么要一个一个写啊？”

“那样不好，人家对咱们公司就没什么好印象了。你像有的求职者，比如这位，他现在不合适，是因为行业经验少，等过两年有经验，我们就可以招他过来。你看，我这有个数据库，这些是一年后可以再联系的求职者，这些是两年后再联系的，还有他们的信息，我也都记录了，我这个数据库里现在都有几千人，将来说不定都能用得上。所以，现在我们虽然不准备招他，但也要给他留下好感，有的我还帮他找工作呢，把他的简历推到现阶段更适合他的公司。这些人将来说不定都能为咱们公司效力呢。一个公司要做大，人才的储备是必须的。”

“哦，这样啊。”袁馨听完，本来要说的话又吞回了肚子，“那你先忙着，咱们改天再吃。”

隔了几天，袁馨再一次鼓起勇气，走到小洁身边：“亲爱的，有没有空，晚上咱们去吃莎莎啊。”

“莎莎？吃什么的？”小洁很感兴趣地问道。

“三里屯有名的意式风情天津菜，保证你喜欢。”

“什么鬼？啥叫意式风情天津菜啊？”

“去了你就知道啦。”

莎莎看起来是一家很有情调的西餐厅，但菜单上却是夫妻肺片，麻婆豆腐这类接地气的下饭菜。

“再来份煎饼果子吧，据说趁热吃特别脆。”一会儿工夫，袁馨就点了好几样。

“老板，为什么这么好心请我吃饭啊？”小洁怀疑地问道。虽然一向跟袁馨私交很好，但工作时间之外单独吃饭这还是头一回，“无事献殷勤，可不是你的作风啊。”

“确实有事，是这样……”袁馨在脑中快速回忆了一遍准备好的说辞，“公司业务处在转型阶段，急需招人。”

“嗯，我知道，最近人力部门也在加班加点。每天至少面试二十个应聘者，我们部门的工作量都达到饱和了。”

“嗯，我要说的就是这个，所以，我和林璎打算给你们部门招个人。”袁馨顺着小洁的话说道。

“我头衔是人力总监，手底下就两个人，又都是新手，好多事确实干不了。我也在找，但想招个合适的人没那么容易。很多做人力的一听创业公司就吓跑了。我们做这行的太了解行情了，知道创业公司平均能活多久，都不愿意来。”小洁皱了皱眉，继续说道，“我再带她们一年，她们也就能出师了，到时候工作压力就能小一些。一家公司的人力岗位，越稳定越好，轻易不能随便填员减员。”

“嗯，我们……”袁馨欲言又止，刚好服务员端上了两盘凉菜，“你看这个菜，多好看，快，照相。”

就这样，袁馨和小洁前后吃了三顿饭，袁馨要说的话终究还是没说出来。

这事可怎么办啊？再不说，下周Summer就要入职了，总不能两个人力总监同时存在吧。小洁对公司的感情和对工作的认真程度，袁馨都是了解的，如果通知小洁有新的人力总监要接她的工作，会不会对她打击太大？她会不会很难过，她付出了这么多心血的公司，真的要这么无情地抛弃她吗？还有，其他员工又会怎么想呢？之后还会有人像小洁这样尽心尽力地为公司工作吗？

万般无奈之下，袁馨拨通了Summer的电话，她要求助这位职场女强人，听听她有什么高见。

“袁总？你怎么这么晚给我打电话？”Summer接到袁馨的电话有些奇怪。

“Summer姐姐，我有个事要请教你一下。”袁馨一向嘴甜，为了虚心请教，姿态放得更低，“我遇上个难题，我们公司现在的人力总监是小洁……”袁馨条理清楚地把问题讲了一遍，等待Summer的回答。

“这么说来，你还没有完成职业化啊？”Summer听完不以为然地说，丝毫没把这当成一个问题。

“Summer姐姐，职业化是什么意思啊？”

“职场人最基本的技能，不是专业技术，而是首先你要把生活人格和职业人格分开。涉及工作的时候，用的是职业人格。比如我吧，我在职场十几年，一直在做人力，公司发展好的时候忙招人，发展不好的时候就必须天天裁员，很多员工跟我的私交也不错，但这并不能影响我的工作啊。”Summer继续解释道，“一个员工的能力跟不上公司的发展，让她离开这个岗位，对公司对她个人都是最好的。回到你说的小洁这个问题。我们即使单纯地为她着想，她能有机会跟着更有经验有人脉的行业前辈学习，这也并不算坏事吧。”

“但是，她未必会这么想吧。”

“她会怎么想，主要在于你的沟通方式。如果你没有这个能力，你可以让我来替你完成，我有信心解决这个问题。但是作为一个管理者，你不应该做这点儿事都拖拖拉拉的。即便现在需要劝一位员工辞职，你也没理由推脱，这就是你的职业。你是在工作，不是在交朋友。至于你说下了班，和同事一起看电影一起吃饭，这都可以，但不要因为生活中的交情影响了工作中的判断。”

“那我怎么说合适呢？”袁馨虚心请教。

“谈判沟通的技巧就是多站在对方的角度想问题，想想对方需要的是什么，你能提供的又是什么。”

“好，我试试看。”袁馨底气不足地答道。

“嗯，既然你已经选择创业这条路了，有些事情就是不能避免的。经历一次，完成你的质变吧。”

第二天一早，袁馨鼓起勇气找到小洁。

“小洁，跟我来下会议室，我有话跟你说。”和以往几次不同，袁馨的语气十分坚定。

“怎么了？”小洁跟着袁馨进了会议室，“什么事啊？马上要来个面试的，你得快点说。”

“嗯，林璎招了时尚网的人力总监Summer过来，她下周入职，成为我们新的合伙人。我希望你能跟她愉快合作。”袁馨看着一脸惊讶的小洁，喘了口气，继续说道，“下月起，你的薪酬会增加百分之十五，同时，我认为这是个很好的机会，Summer在这个行业里做了十几年的HR，你可以跟着她学到很多东西，同时扩展自己的人脉。”

小洁有些失望，但又不知道该说什么，降职升薪，这是个什么样的调整？Summer是个怎样的领导？公司是不是还需要自己？小洁心里空荡荡的。

“你不要多想。这是公司发展必经的阶段，就像你在为公司储备人才一样，有些人是人才，但他还需要学习，对不对？我希望你跟着Summer能迅速成长起来。我们给你两年的时间，两年之后，你要比Summer更厉害，好不好？”

“嗯，”对于袁馨的说辞，小洁似乎也没什么拒绝的理由，“那我回去工作了，面试的人恐怕要来了。”

“对了，你还是人力总监。Summer的头衔是公司的副总，主管人力、行政和其他后台工作。”

虽然这仅仅是个文字游戏，但小洁还是心怀感激。职位没变，又多了位指导员，确实也没什么不好。虽然心里还是有点怪怪的，但应聘者已经来了，小洁迅速调整情绪，继续扮演好工作中的角色。

袁馨心里一块石头落地，整个人感觉轻松了好多。就像Summer所言，只要分清工作和生活，自己这关就过去了。那需要考虑的就是实际操作的方式方法，动动脑子，办法总是有的。

随着Summer和董建的加入，公司人员迅速扩充，销售团队很快搭建完成。这些人大部分是董建的老部下，彼此配合默契。新品上市计划按步骤执行，一切顺风顺水。

“除了董建刚刚说的，我再强调一点，”例会上，Kevin又是最后才发言，“我们要区别于其他护肤品的广告，只单一地面向一个群体做广告，我们是定制化的产品，那么我们的广告也一定要是定制化的广告。让少女看到我们的新颖时尚，让熟女觉得我们的温和不刺激，让贵妇发现我们的抗衰逆生长。同时皮肤干的人要觉得我们保湿护肤，皮肤油的觉得我们水润清爽。让不同的用户收看到不一样的信息。用户的数据可以通过向阿里、百度这些公司购买得到，我们一定要做到精准推送。”

“宣传方案也都要配合着不同方向多做几个版本吧？”袁馨问道。

“是的，面向的人群不一样，设计理念也要跟着改。”Kevin答道，“我们跟其他产品不同，这次的宣传推广的工作量会非常大。”

“产品能做到根据使用者不同，配方也跟着调整吗？”Summer怀疑地问道。

“理论上是可以，但实际效果还没有大规模试验过，不能确定。”林璎补充道，“但美妖盒确实可以测出用户的皮肤状况，把数据传给Marguerite。让他们在配方上根据每个用户的实际情况做出调整。”

“据我所知，Marguerite的产品一直主打贵妇线，不知道青春线能不能做起来。”Summer还是有几分疑虑，“而且我们的定价这么高，青春线还有必要做吗？对于三十岁以下的消费者，很难下决心花这个价钱买个面膜吧。”

“青春线是一定要做的，新新人类接受新事物最快，也最喜欢追新。”董建坚定地回道，“就算抛弃Marguerite固有的贵妇线，也不能放弃青春线。价格上我们不用担心，90后对价格的敏感度远远低于80后，00后对价格更是没有概念，他们是天生的中产阶级，含着金汤勺长大的一代，即使贷款也要买奢侈品的新新人类。”

“我同意董总的说法。”Kevin道，“这款产品的前期推广可能就要靠这帮新新人类。”

“这个观点我也同意。各位还有没有其他事？没有的话咱们今天就到这儿。”林瓔道，“对了，芳芳，年审是不是该做了？”

芳芳看着Kevin的方向晃神，听到林瓔叫自己愣了一下，赶忙说道：“已经安排会计师事务所在做了，草稿出来会统一发给大家。”

“好，那就先散会。”林瓔宣布。

“Summer姐姐，我带你去那家网红甜品啊，他家的蛋糕真的超好吃。”散会后，袁馨凑到Summer面前说道。

“公司不是订了Subway吗？干吗还要出去吃啊？”

“我看见Subway就想吐了，已经吃了好几个月了，哪种口味我都不想再吃了，求求你了，跟我出去吃吧。”

Summer拗不过袁馨的苦苦哀求，只得跟着她走到了别墅区对面的餐饮街。两人选了个僻静的角落坐下，刚点好餐，忽然发现林瓔带着一对母女走进店里。Summer想过去打个招呼，袁馨赶紧拦住。

“这是林瓔的前妻吗？”Summer低声问道。

“我猜是。”袁馨的声音更小。

“他怎么年纪轻轻孩子都这么大了？”

“谁知道啊，孩子妈妈的年纪看起来也不大啊。”

“是啊。”Summer还没继续发表感言，就听见林瓔那边似乎吵了起来。

“我已经说过了，我真的很忙，不要再来了。”林瓔看起来很不耐烦。

“我也不想来，可是Ella想见你啊。”

“Ella，听话，爸爸要工作，没有时间陪你玩，你回美国和朋友一起玩好不好？”

“爸爸，你为什么不要Ella了？”女孩儿眼泪汪汪，煞是可怜。

“明明，你跟她解释一下可以吗？”

“能说的我都说了好几遍啦。”

袁馨在十米的距离注视着这个叫明明的女人，虽然一脸的无助加上几分忧伤，但不得不承认，这依然是一张漂亮的脸蛋。栗色的大波浪慵懒地散在肩膀上，身材姣好，凹凸有致，Valentino秋冬新款高跟鞋，长腿无色丝袜，搭配米黄色burberry经典款风衣。

“别看了，你的眼神可以杀人了。”袁馨的心事被Summer一眼看穿。

“我们两个谁好？”袁馨面露杀气。

“你赢。”

“不愧是自己人。”袁馨双眼微睁，嘴角一歪。

“真的你赢，她多你一分娇，你胜她十分真。”Summer把侍者端过来的蛋糕放在两人中间，递给袁馨一把叉子，“快吃，吃完回去工作。”

“我也以为是我赢，可是当年他选了她。”袁馨吃着蛋糕，却觉得索然无味。

“不是你说的，青葱岁月，谁没错过吗？”Summer发现林瓔在朝自己的方向看，赶紧招了招手，大方地打了个招呼，“林总，这么巧啊，你也来这里吃饭。”

林瓔微笑示意，意味深长地看了袁馨一眼。袁馨却假装浑然不知，低头吃蛋糕。

回到公司，林璎有心找袁馨解释几句，却发现袁馨在有意无意地躲着自己。林璎手头的事实在太多，几天没等到机会也就顾不上了。

就在袁馨心烦意乱的时候，明明再次找上初心的大门，恰巧和袁馨在门口撞了个正着。

明明踩着十寸细跟红底鞋，快步走到袁馨面前，面色凝重，阴沉地说："你就是袁馨吧，谢谢你，让我的孩子失去了爸爸。"

"您这话从何说起啊？"袁馨毫不示弱，"我一点儿都听不懂。"

"你心里清楚，你让他帮你做公司，把他从美国叫来北京，这些都是计划好的吧。"

"是又怎么样？既然都离婚了，彼此放手不是最好吗？您年纪轻轻长得又漂亮，再嫁也不难啊，何必非要在一棵歪脖树上吊死呢。"

"我是不难，但Ella上哪再去找个爸爸啊？"明明咬了咬嘴唇，心里怒火中烧。

"您当年就是利用孩子逼他结婚的吧，还不满意吗？现在还要拿孩子逼他干吗？"袁馨气势更盛。这几日自己脑补了当年的往事情节，从种种迹象推论，认定是明明先把林璎灌醉，再行迷奸之术，等生米煮成熟饭，怀了孩子。林璎这种正人君子自然不能推脱，只得乖乖就范，奉子成婚。今日看到明明主动来找林璎问罪，更是坚定了自己的想法。

"我没逼他。"明明语气又冷了几分。

"我劝您放下屠刀，立地成佛。孩子想见林璎随时可以过来，我代表公司欢迎她。至于您，就别来了，反正我不欢迎。您想跟林璎怎么闹都可以，但公司不是追忆似水流年的地方，您请回吧。"

"我等他来了，自然会走。"明明道。

"那就不好意思请您在门外等吧，这地方我说了算，不喜欢的人就不让进。还有以后也是，我不希望您再来了。"

袁馨话音刚落，林璎就赶了过来，眼前这两个女人是什么脾气秉性，林璎都十分清楚。不用了解战况，林璎拉着明明快步走出了初心的大门。

“袁馨，宣传的方案我看过了，初始推广上我觉得没必要介绍太多具体的功效。”Kevin看到袁馨正叼着铅笔走神，推了她一下，“想什么呢？听见我说话了吗？”

“啊？听见了，没错，应该多留一点儿神秘感，什么事都别说破，说破了就不吸引人了。”袁馨赶紧附和，“种子托儿的文案我再改改，改好了立刻发给你。”

“嗯，你快点改吧，这两天初始宣传就要上了。”Kevin看着袁馨，难得地笑了一下，“别想太多了，相信他，能处理好的。”

不会吧，连Kevin这种两耳不闻窗外事的人都知道了，那公司岂不是已经传遍了。袁馨愣愣地看着Kevin，心里有个声音在咆哮，袁馨啊袁馨，能不能成熟一点儿，新品上线在即，哪有时间放在儿女私情上。想到此处，袁馨赶紧振作，盯着眼前的方案，奋笔疾书。

公司例会正在进行，忽然小雨敲门进了会议室，面有难色地走向林璎，小声说道：“林总，不好意思，外面有人找。”

袁馨听到，拍案而起：“她还敢来，我去。”

说完也不听小雨解释，不顾他人阻拦，自顾自地奔向公司大门。到了门口却愣住了，来的不是明明，而是位看起来稚气未脱的大男孩儿，手举笔记本电脑，跪在地上。

“你这是怎么了？”袁馨显然是被来人的气势镇住了，小心地问道。

“您不是林总，我要见林总。”男孩儿并不起身，两眼空洞。

好在林璎也及时赶到了，看见这个场面倒是松了口气：“您好，您是要找我吗？”

“林总，林总我终于见到您了。”男孩儿喜极而泣，跪着爬到林璎身边。

“您有什么事？”林璎也被这场面惊到了。

“林总，您一定要看看我的点子。”男孩儿擦了把眼泪，举着电脑给林璎看，“我去创投咖啡找过那些投资人了，但是他们都看不懂我的点子，不敢投钱。我只能找您了，我相信您一定能看懂。”

“好，我看看。”林璎接过男孩儿的电脑。

“等等，您要先跟我签个合同，保证不抄袭我的点子，以后绝对不能做类似的项目。”男孩儿紧张地说。

“那我不看了。”林璎轻蔑地把电脑还给男孩儿，“这世界上没有哪个点子是真值钱的，能把点子付诸行动才值钱。很多人有你这样的担心，我可以告诉你，大可不必，现在做得好的产品，淘宝也好，微信也好，都不是原生的，都是在前人构想的基础上，改良发展出来的产品。我不认为这是抄袭，再说你想了什么我并不知道，我要做什么你也不知道，没道理我看了你的点子就不能做我本来就想做的事了。还有一点，即便是世界上最聪明的脑子，他能想到的点子，也有很多人想到过类似的。就像现在最热的共享经济，大家都说这个主意太好了，怎么之前没人想到呢？不是没人想到，想到了可能也实现不了，很多点子听起来很完美，但到了实操层面就困难重重。不知道我解释清楚了没有，任何时候，你只有一个点子，投资人不给你投钱是非常正常的。”

“那您不用保证了，您看看，行吗？我愿意跟您合作。”男孩儿道。

袁馨看着男孩儿憋红的脸、期盼的眼神，心中不忍，对林璎说：“你就看看吧。万一真的是个好项目，也可以给他介绍投资人。”

“嗯。”林璎再次拿过电脑，快速浏览了一遍，得出结论，“主意是很好，但游戏软件不是有个核心想法就能做的，需要专业的团队，经过长时间的打磨，包括故事情节设计、卡通人物造型、玩法规则操作，以及后面对玩家社区的整体控制，这一套对外行人是非常难的。我没碰过游戏产业，很多专业的东西我说不上来，游戏产业看起来容易，做好非常难，想赚到钱就更难。不要只看到‘王者荣耀’，‘王者荣耀’身后也是一将功成万骨枯。”

袁馨凑过来，看着电脑：“你想做一款‘相遇对战’游戏？”

“嗯。”男孩儿仍是跪在地上，看起来拼命忍着眼泪。

“你起来吧，以后见谁也不用这样，要自信，你站着，别人才能看得起你，你跪着，我怎么跟你平等对话。”林瓔扶起了男孩儿，“感谢你对我的信任，如果你本身就是完美、天美工作室的员工，我相信你有这个想法，公司会认真地做评估，看看能不能实现。你这么冒冒失失地到处去找投资人，大家很容易确定你不是圈内人，没有任何一家大型游戏公司的从业背景。恕我直言，外行进入游戏领域不敢说必死，但活下来的几乎没有。如果你真的对游戏行业有兴趣，我可以把你推荐到游戏公司，你先去学习一下。反正你还年轻，你这款游戏需要用到的技术，现在也不是很成熟，再过两年，也许你再出来创业就是完全不一样的局面了。”

“嗯，”男孩儿看着林瓔，点点头，“您对我这个想法没有兴趣吗？你真的不想做这款游戏。”

“我上一次玩游戏是pokemon，跟你的想法有点像。你知道任天堂为了推广pokemon花了多少钱吗？pokemon的研发花多少钱？还有pokemon的形象设计也是任天堂多少年的累积？这些都不是我想做就能做的，我即使能做出类似的产品，宣传推广跟不上的时候，也就是个鸡肋。各行各业都没有那么容易，你的想法肯定也是你深思熟虑过的。如果真的想实现，可以试着找业内大型的游戏公司合作，如果他们感兴趣，就和他们一起开发。”林瓔笑了笑，“对不起，我这儿可能帮不上你的忙。希望你能保持这样的创业热情，到大公司历练几年，几年后再去创业，效果会更好。”

送走了这位不速之客，袁馨和林瓔四目相对，不由得都笑了起来。

“你下次不用这么激动了，明明已经回美国了。”林瓔道。

“谁激动了？”袁馨为自己今天的冲动感到不好意思。

“走吧，回去继续开会，下周新品就上市了。”

忽如一夜春风来，各大互联网平台的美妆专栏都种上了美妖面膜的草，每天都会有新的消息出现，不停轰炸消费者的眼球。

办公室里的小白领争相议论着：“你看，超模Gigi也在后台用上这个面膜了。”

“我看见了，昨天看到国内的女明星好像也用了。据说是马家的高端新品，不面向大众销售。”

“是贴上就能上妆吗？”

“据说不只能上妆，其他皮肤问题也都能同时解决。”

“这么神啊，也不知道咱们什么时候能用上。”

“等着吧，估计就是开卖，咱们也买不起。马家入门款面霜都要八千多一瓶，这个面膜肯定也便宜不了。”

第11章 | 涉及股权的离婚风波

北风骤起，树叶哗哗地掉了一地，秋意正浓。

袁馨在电脑前抓耳挠腮，不得要领地修改着初心的商业计划书，也就是业内俗称的BP。

在这周的例会上，大家一致同意要为下一轮的融资做准备了。虽然账上还趴着不少钱，但新品上市需要用到的宣传推广费用是一笔不小的开支，加上公司人员的增加，如果产品盈利达不到预期，那融资就是公司活下去的唯一出路。

BP是一个很矛盾的东西，所有的创业导师都会反复强调BP有多重要，可是同时BP的限制又很多，页数不能超过十页，每页字数不能多于两行，就这么百十来个字要把公司的前世今生说得清清楚楚，显然是不可能的。但一半的投资决策就是根据BP的优良程度，另外的一半则主要靠相面，也就是投资人最常说的那句话，投资就是投人。就是因为BP实在太重要了，很多创业者都会把大量的时间浪费在制作BP上。袁馨也不例外，改了几遍仍不满意，苦思冥想不得其法。

数据分析师薛博文敲了敲门，走进袁馨的办公室："袁总，我想请几天假，可以吗？"

"这个时候请假吗？咱们新产品刚推出来，所有的美妖盒都在超负荷使用中，这时候很需要你啊。能不能等过了这个月啊？"袁馨停下手头的工作，看着博文。标准的程序员打扮，肥腿晃荡的休闲裤，略显发黄的T恤衫，趿拉着拖鞋，面白肌胖，手指修长，头发上飘着星星点点的头屑。薛博文是公司创办初期周学浅费了好大的劲儿从微软数据中心挖过来的，一直表现不错，工作努力，加班积极。

博文咬咬牙："行，那就等下个月再离。"

"啊？你要离婚？"袁馨大惊，"怎么了？我上次在open day见过你太太啊，挺漂亮的，配你绰绰有余啊。那天她还给我带了盒自己做的黄油曲奇呢。对你看上去也不错啊。"

"她是不错，但我必须要离了，我已经爱上别人了。"

"你？"袁馨再次打量了一下眼前这位毫不起眼的程序员，"这事咱们得说道说道啊，糟糠之妻可欺不可弃。再说，你新看上的这位靠谱吗？"

"靠谱。"

"她做什么的？"

"文身师。她设计的文身都是艺术品，我给您看看照片。"

"文身师是靠谱职业吗？"

博文翻着手机上的照片，不停地给袁馨讲解绘制的内容和意义："这是但丁神曲里的九层地狱，她设计成了一个双螺旋组成的漏洞，双螺旋就是DNA结构，意味着我们人类的基因里本就携带着地狱的密码。"

"这是她吗？"袁馨指着一张照片问道。

"嗯，就是她。"博文红了脸。

"我懂了。"袁馨看了看照片上美艳的花臂女，"你们程序员就喜欢这种内心狂野的坏女孩。"

"她抽烟、喝酒、骂人，但她是我见过最好的女孩。"

"热恋中的傻子。你们怎么认识的？"

"网上。"

"扫一扫还是摇一摇啊？陌陌还是9158啊？"袁馨有几分生气，"你一有妇之夫还有闲心上网勾搭小姑娘。”

“不是，我们是游戏里的队友。在线上认识好多年了，上个月终于鼓起勇气见面。唉，后悔见面晚了，浪费了这么多年。”

“现在游戏里还有找对象的功能啊？”

“我也没想到，她不但游戏玩得好，还这么有才华。你再看看这个，这是仿照马蒂斯的风格设计的，多漂亮。”

“嗯，是不错。你有文身吗？”

“还没有，她正在设计呢。”

“你准备文个什么啊？”

“文个她。”博文一脸的甜蜜。

“完了，你中毒已深，我救不了你啦。”袁馨眼珠一转，“不行，你不能在身上文她，万一你下次再想离婚，还得把文身洗了，多遭罪啊。”

“没有下次了，我们肯定不会离婚的。”博文十分坚定。

袁馨哼了一声，不想再做评价，恋爱的时候谁能想到分手的事。袁馨拨通了林璎的电话：“林总，薛博文想请几天假，办一下离婚手续，这几天他走得开吗？”

“最多能走两天，我找人顶一下。”林璎答道。

“两天够不够？”袁馨看着博文问道。

“够了。”博文当然清楚现在公司的状态，能得到两天的假期已经心满意足，“那就下周一，周二，再加上周末，四天应该够了。”

“那就这么定了。”

袁馨目送博文远去，摇了摇头，感叹了一句，世上男人多薄幸啊。没时间多想，袁馨继续纠结着BP上要出现的数据，到底该不该注水呢？注水的话，注多少合适呢？

数据造假在整个创业圈十分流行，如果哪家公司愿意赤裸裸地公布自己的真实数据，一定会被同业者当成菜鸟或是怪胎。这其中最典型也最有趣的案例，是2016年6月，所有直播平台公布的用户相加达到了七十五亿，超越整个地球人口。

即使出现了如此荒诞的局面，各家创业公司还是在谎报数据上争先恐后。就拿公众号来说，袁馨心里明镜般地清楚各家粉丝的真实人数，但每每打开那些近似文盲憋出来的九流小文，右下角却都刷成了十万+。你要问这么做真的有意义吗？还是有的，融资的角度姑且不谈，用户还有个从众心理的问题，越是十万+的文章就越觉得可信度高，愿意往外转发。“数据适度注水是为了让公司更好地发展。”这是一位知名投资人在创业者辅导会上说的，袁馨牢记至今。但到底什么是适度，这个平衡点在哪里？袁馨心里却在打鼓。目前就有个现实的问题摆在眼前，APP上的用户一共是五百万，可月活跃用户连十万都不到，明显离百分之五活跃用户的业内平均线还相距甚远，这样的数据实在不够漂亮。诚然，这种现象对于初心这样的公司是可以解释的，因为线下服务能够承接的用户有限，活跃用户不多。只要美妖面膜邀请码一上线，人数就会噌噌地涨起来。但这只是个美好愿景，说出来投资人信不信就不一定了。

改吧，袁馨暗下决心，把活跃人数改成二十五万。改完袁馨又觉得刚好是平均数，看起来难免有造假嫌疑，还是改成三十万吧。整数会不会更像假的？不习惯造假的人就是有这个毛病，一旦造假，心虚得要死，自己根本没有底气信口开河地编数据。算了，还是改回来吧，就写真实数字，九万六，就这样写得了，爱谁谁。袁馨一下子踏实了许多，纠结了半天，出了一身汗，就写了一页PPT。

“你跟月活人数死磕什么呢？”

袁馨吓了一跳，不知道林璎什么时候站到了自己的背后：“我这儿正愁呢，咱们月活这么少，写真的会不会太难看了？”

“咱们又不是游戏公司，谁在乎月活啊。”林璎笑道，“美妖面膜上市之后，所有人关心的都是盈利模式和销售数据，咱们的APP本来就不是工具型的软件，低频很正常。”

“是这样吗？投资人最看重的不就是流量、月活、转换率这些数据吗？我之前融资，他们都会问的。”

“那是天使轮到A轮，那时候的盈利模式都不成熟，想要盈利数据也不可能有，只能看看这些。咱们现在是发展期融资了，流量虽然也很重要，但跟盈利模式相比，就不值一提了。而且现在投资人也精了，不管你日活月活，就看你能怎么活。赔本赚吆喝在前期也许有用，终归不是长久之道。那么多大流量的公司，还不是说死就死了。典型案例，之前的百团大战，知道吗？”

“你说的是团购吗？”

“对，就是团购，本来很好的商业模式，一时间做的人太多，为了吸引用户不惜赔本赚吆喝，到现在一家都没剩下。”

“还是有一家吧？美团和大众点评合并了。嗯，去年的送餐大战跟这个也有点类似，现在留下的也就两家了。那会儿送外卖的全是补贴，一个月叫外卖都不用花钱的。我还试过两元包月订早餐服务呢，吃得可好了，真是个美好的时代。”

“对啊，所以一味追求数据是不理性的，投资人现在也不会过分关注这些了。”

“嗯，那就听你的，这些数据我都写真的了。”袁馨不置可否，继续问道，“但今年最火的共享单车，可也是在拿流量说事啊。拉了那么多投资啊，OFO、mobike估值都破百亿了。”

“没办法，共享经济就是今年的投资主题嘛，共享单车还算商业模式最清晰的，有变现渠道。你听说共享充电宝和共享篮球了吗？也拿到上亿的投资了，这我就看不明白了。”

“王思聪怼共享充电宝嘛，我知道啊。共享篮球是干吗？租用篮球？篮球不用租吧，篮球场都提供吧？”

“我也纳闷啊，还没见到实物，见到了估计就知道是怎么回事了。现在还有共享手机，共享珠宝，两块钱一天可以租个iPhone7plus哦。如果不是返修机，我真不知道他们靠什么盈利。”

“嗯，年年有风口嘛。前年就是O2O年，你是没看见啊，那会儿的望京，十里长街，全是地推，扫码就送纪念品，能上门的服务全上门，按摩师、美容师、瑜伽师、理发师，还有心理医生都能上门服务，补贴给得那叫一个狠啊。我有一个月，几乎没花过钱，全在公司附近白吃白喝了。后来一夜之间全没了。我听人说，O2O真正赚钱的只有色情产业。去年是VR年，据说涉及AR、VR、MR的公司有上万家，光做头盔的就上千家企业。可是一年能卖出去的头盔就那么几万部，都不够分的。VR的应用方向也很窄，除了游戏，好像比较好的变现领域也是色情。除了VR，还有papi酱掀起的内容创业，以至于一夜之间，我身边写公众号的，比看公众号的人还多，所有人都申请了两个公众号。至于今年，就是当之无愧的共享年。"

"共享经济从大到小，想象空间已经不多了，最早的共享房源、airbnb、蚂蚁短租，之后的共享汽车、Uber、滴滴。没想到后来者居上，共享单车在今年是大火了一把，下一步还能共享什么呢？要我说，共享老婆说不定是个不错的模式，又回到了色情产业。"林璎坏笑道。

"嗯，没准真能火，你们是不是看自己老婆都特别不顺眼。这就是应了张爱玲那句话。娶了红玫瑰，红的就是蚊子血，白的还是床前明月光；娶了白玫瑰，白的就是剩米饭粒儿，红的却是心口一颗朱砂痣。"袁馨念叨道，"BP我写得差不多了，数据加上就可以了，你看看，还有什么要改的？"

林璎快速在袁馨的电脑上看了一遍："差不多，不过这事儿我说了不算，我没做过投资。咱们应该请文爷、谢总他们过来把把关，正好，我也该见见谢总了。你把他们约来吧。"

"好嘞。"袁馨立刻答应，"那就让他们下周一，例会之后过来。"

周一的例会还没开始，文爷垂头丧气地走进了初心不改的大门。

"哎，文爷，您怎么这么早就来了？"袁馨热情地过来打招呼，张罗着让文爷去会议室。

"老谢来不了啦，出大事了。"

"谢总怎么了？"林璎也赶到休息室，招呼文爷。

"他进去了。你们谁有本事，赶紧想办法捞人啊，趁着消息还没散出去。"

文爷穿着帽衫，脸上的表情十分痛苦。

“他犯什么事了？怎么就进去了？”袁馨来了兴致。

“嫖娼，在居民楼里被抓的。但谢总说，他找的不是妓女，是他们基金的实习生，他是被冤枉的。”文爷擦擦头上的汗，“我这一大早接到他电话，就四处奔波帮他找人啊。趁着他老婆还不知道，你们也都想想办法吧。”

“实习生？这该不会是‘你可愿否’的故事吧。”袁馨在一旁哈哈大笑，今年五月，一则《这是一个名利场》的文章刷爆朋友圈，文中图文并茂地讲述了某著名金融机构首席分析师，如何言语诱骗手下的实习生上钩，达成权色交易。可惜这位首席分析师没想到，能到他们机构做实习生的小姑娘背景也不一般，直接截屏将首席分析师的丑态公之于众。首席分析师隔天便被机构开除，留下了“这是一个名利场”的梗成为金融圈茶余饭后的谈资。

“这个时候你还有心情笑。”文爷唉声叹气，“老谢那老婆啊，是哈佛毕业的MBA，圈内有名的女强人杨三姐，出了名的不好惹，这事要是让她知道，估计老谢这辈子就完了。”

“我怎么听说谢总是费了好大的劲儿才娶到他夫人的，为了追他夫人，还整过容？”林瓔道。

“这你都知道啊？不愧是做大数据的。是，以前老谢是单眼皮，比我眼睛还小呢。后来切了个双眼皮，还开了眼角。”文爷道，“据说开眼角能开运，老谢之后真的运气就变好了。我也有阵子挺动心的呢。”

“那您怎么没动动？”林瓔坏笑道。

“后来想想，还是别遭那罪了，我一个靠才华吃饭的，不用靠脸。”文爷道。

“就是的，您本来长得就挺帅的。没想到谢总这么用心啊？那现在怎么还出轨了？”袁馨不解地问道。

“他老婆长得是没得说，但性格不好，大小姐脾气。谁不想试试温柔乡啊。”文爷喝了口袁馨刚递过来的咖啡，“你们有没有认识的人啊？”

“警察叔叔我可不认识，再说这阵子又是严打，估计不能轻判了。不过，如果真是谢总说的是找小三不是嫖娼，他也够冤的啊。这嫖娼和包小三是怎么界定的啊？看给不给钱？也不行哈，包小三也得给钱，而且给的可能更多。看互相之间了不了解？估计也了解不到哪去。还能怎么判断呢？看女方有没有正经工作？实习生好像也算不得什么正经工作，为这事儿指望举辉出个在职证明估计也没戏。”袁馨一本正经地分析着，“还有什么办法能证明他是找小三，不是嫖娼呢？”

“看微信聊天记录和邮件往来记录。”林璎也在一旁支招儿，“不知道谢总能不能同意，虽然聊天记录这些不能作为呈堂证供，至少可以作为辅助参考。如果还没立案，也许能起到作用。”

“好主意啊，我现在就去公安局，咱们还是得指望警察同志，明察秋毫，还老谢一个清白。”文爷一路小跑地走了。

“要我说，谢总这样的就不要救了，吃半年牢饭长个教训有什么不好。”袁馨在一旁噘起了嘴。

“吃牢饭也是浪费公共资源啊，中年人没有再教育的必要了。再说，还有他媳妇呢，你觉得能饶了他吗？”林璎道，“赶紧带着BP去会议室开会。”

袁馨正在给公司高管分享BP内容，一个头发凌乱，脸色蜡黄的女人忽然冲了进来。

“林璎，你来评评理。”女人直奔林璎而去。

“您有什么事，坐下慢慢说。”陈芳芳赶紧起身，让出自己的位子让女人坐下，出去倒了杯水。

“我是薛博文的妻子。”女人刚说完，眼泪就掉了下来。

“您消消气，慢慢说。”袁馨也赶过来安慰，料想是离婚闹的。

“他这半年，就没怎么回过家，天天跟我说加班，我也就认了，家里的事没让他干过一点儿。结果上周末，突然就跟我说要离婚，说我不理解他创业。”女人哭得越发厉害，“我怎么就不理解他创业了，我就发发牢骚都不行嘛。”

“怎么拿创业当借口啊，明明是找了小三儿嘛。”袁馨在一旁轻声嘀咕。

“嫂子啊，您看这样，等博文来了，我们劝他几句，行不行？”林璎安慰道，“家务事我们也做不了主。”

“不用你们劝他，”女人缓和了一下，“我哪点不比他强，我们俩又没孩子。我不怕离婚。”

“那您是来？”林璎问道。

“他在你们这儿一直工资都很低，说是因为他能拿到股份，股份将来能变现，很值钱。我们现在离婚，平分财产，但他的股份死活不拿出来分，还跟我说没法分。我今天就是来问问，他到底有多少股份？能值多少钱？”女人看着林璎，“林总，您也是有地位的人，可不能跟着他一起骗我。”

“嫂子啊，这事是您误会了，他没骗您。”林璎想了想怎么措辞，能让眼前这位显然一点儿期权、股权概念都没有的女人明白。

“他现在拥有的不是股权，仅仅是期权。期权就是一纸合同，合同规定，如果博文能继续在公司工作满三年，即可获得三万股股权；工作满五年，获得五万股股权；现在博文只工作了一年，是无法兑现的。所以他现在就算想分给您一半，也不行，因为他自己还没有呢。”Summer解释道，“我一会儿可以把期权协议合同拿给您看。”

“三万股能值多少钱？”女人眼里闪了一道光。

“这个现在说不好，有可能值几百万，也有可能一文不值。”Summer回答得十分从容，“这个要看公司三年后，甚至五年后的发展情况，只有不到千分之二的创业公司真的成功走到了上市那天，而上市或并购之前，期权也好、股权也好，都不过是一张纸而已。”

“他天天在这拼死拼活地加班，就是为了一张纸，我不信。”女人显然对Summer的答复并不满意。

“如果我们不努力，这就肯定是一张纸。如果大家都很努力，又能赶上好时候，也许这一张纸就是真金白银。我想您也一定听说过，那些上市公司员工一夜暴富的故事。”Summer回答得不卑不亢，“我们这么努力，就是在搏这个概率，让自己做分子，而不是做分母。”

“那，那万一你们真的上市了，他发了财，到时候这钱我还能要吗？”女人继续问道。

“原则上是不行，但您可以让博文给写个欠条，如果公司上市，则欠条生效，博文补偿您一部分现金。”Summer在自己的电脑搜索了一下，“我这有类似的欠条模板，我打印出来一份您带走，回去作为参考，跟博文商量一下看看怎么写合适。”

Summer送女人出门，十分温柔地安慰了几句："事已至此，就好合好散吧。您要多注意身体，最近都没休息好吧，脸上的胶原蛋白都流失了，这样可不行，赶紧振作起来，开始新生活啊。”

袁馨看看林璎，吐吐舌头。心说，Summer果然是高手，三言两句就打发走了。

“袁馨，你继续吧，刚才说到哪了？”Kevin保持着一贯的冷静，提醒道。

“哦，好。”袁馨点头。

会后，袁馨举着手机跑到林璎面前："谢总没事了，你看，发朋友圈了。说上午去参加冥想活动，没开手机。”

“这个解释倒挺好的，省得找不到他的人多想。”

“你说他媳妇知道了吗？”

“你都知道了，我猜他媳妇肯定知道了。”

袁馨刚好收到一条微信，看了一眼，说道："文爷发消息，说明天带着老谢一块过来，给咱们BP提意见。”

“嗯，有他们指点一下，还是不一样。”

第二天，除了文爷和谢总如约而至，博文也意气风发地回到公司，继续上班。几日不见，博文仿佛脱胎换骨，充满朝气。

第12章 | 热情洋溢的融资路演

在铺天盖地的广告攻势过后，新产品终于千呼万唤始出来。模仿当年Gmail上线时使用的严格邀请政策，很好地控制并保证了每天在美妖盒前排队的人流量。

“每次只要定制十片美妖面膜，就能免费做3D面部建模。否则的话，光是建模的钱就要一千元。买十片面膜一共才一千五百元，多合适。”销售美女热情地给正在排队的用户做推销，“多买还有优惠，也不用担心放在家里不方便，会按您指定的时间给您送货到家，每次想要几片就送几片。一次性购买二十片，可以得到价值一万元的Marguerite旅行套装，相当于买一送一了。”

Marguerite旅行套装是董建费尽心思从劳伦斯那免费要来的：“既然建模的费用全部由初心承担了，Marguerite总得出点血吧。钱不愿意出，就出产品吧。成本又没多少钱，用户要是用着好，没准还能转化成未来的忠实粉丝。”

董建的英文不好，这番话由林瓔翻译给劳伦斯。林瓔绞尽脑汁也达不到董建说话时的气势，那是一种你都占了我们这么多便宜啦，还想怎么着的架势，现在就该是我们要啥给啥的时候了。尽管气势上弱了一些，劳伦斯还是同意了，毕竟跟建模的费用相比，旅行套装不是什么大钱。

“旅行套装里都有什么啊？”顾客果然来了兴致。天下明明没有免费的午餐，可是所有消费者都对赠品垂涎欲滴。

见这位顾客已经上钩了，销售美女不动声色，继续热情地讲解：“我打开一个您看一下，这里面是七件套，十五毫升的面霜、五毫升的眼霜……除了这些之外，本月购买我们面膜的用户，未来购买Marguerite产品都享有九折优惠。”

“嗯，”顾客看着Marguerite旅行套装，心里痒痒的，要不，就一次买二十张吧，一周用两张面膜，两个月也就用完了。

好的销售套路，可以让用户自己说服了自己，买超过自己预期的商品。

“您面膜快用完的时候，只要打开我们的APP，就能再次下单。我们会不定期地搞一些活动，还会有很多新品试用，您都不要错过啊。您可以在这里选同意，这样我们出新品的时候会自动推送给您。您要是有兴趣，就会收到试用装。”

销售美女热情周到的服务背后，是一套精妙的奖励机制。销售额的百分之二是属于她们的提成。当天如果销售额超过十万，则触发跳点，提成升至百分之三。不但如此，如果一周有三次触发跳点，销售人员还会额外得到一套价值上万元的Marguerite护肤品作为奖励。这样的制度，自然使得每位销售员都干劲十足，对待顾客如亲人般温暖。

这套销售方案自然是董建的手笔，每位销售人员也是由他亲自培训考核上岗的。而此时，面对第一周就售出五十万张面膜这样的佳绩，董建却丝毫没有喜悦之色。

“新鲜劲最多再维持一周，追新的也就来得差不多了，剩下的消费者怎么能够吸引上来才是我们现在最应该关注的。”例会上，董建抛出了问题。

“我们的APP上有五百万用户，已经实现购买的用户还不到三万人，我们之后的销售空间还很大啊。”袁馨对于董建的忧虑十分不解。

“那你觉得这五百万人为什么还没来？”董建问道，“他们应该都收到邀请码了。”

“嗯，有一部分估计是觉得价格太高，有一部分还在犹豫，可能是对我们的产品还不了解？或者对效果有疑虑？”袁馨试探性地回答。

“嗯，那你现在有什么办法帮他们解决这些问题呢？”

“可以等首批消费者的反馈吧？如果反馈好，他们应该就会购买的吧。下周是不是首批面膜就可以发货了？”袁馨问道。

“嗯，周一开始，就会有用户陆续收到面膜了。”Kevin回答。

想到下周就会有用户拿到产品了，袁馨感到一阵兴奋。

“所以，我们现在应该做的，是让这批用户晒单，在社交网络上和平时的线下交流中，都要主动提到我们的产品。”董建的手机上连了一个小型投影装置，白墙上立刻出现影像，“如何促使用户晒单，传统的做法大家可以看一下，投票、玩游戏、集赞领赠品，虽然给用户的体验很不好，但在以往的实践中还是有效果的。那么高级一点儿的玩法是什么呢？是让用户发自内心地想要炫耀。大家可以看这几个案例，名表、名车，都是女孩照相最喜欢的背景。还有袁馨你也很喜欢的，晒美食。归根结底，这是一种炫耀心理在作祟。这是一种普遍心理，连王思聪每年都会花巨资购买新款iPhone，就为了可以提前在大众面前秀一下。”

“我真的是为了发美食。”袁馨在一旁小声地嘀咕。

“美妖面膜能做到这一点吗？”Summer问道，“毕竟它的价格就算贵一些，也和那些名表名车比不了吧？”

“所以，在下周，我们要做一些小手脚了。第一件事，就是提价。之前发邀请码的时候，我们就已经注明是为了感谢老用户所以价格上有优惠。但下周开始，产品面向所有用户开放，价格定为一千元一张，但拥有邀请码的客户和已经购买的用户还可以按照之前的价格购买。”董建侃侃而谈。

“嗯，一千元一张的面膜，确实值得秀一下。”Summer点点头。

“现在的用户量也不多，不会造成面膜刷爆屏的尴尬场面，这样才能有看头，也才值得已经购买了面膜的消费者拿出来炫耀。那些拿着邀请码还没有出手购买的用户，也会觉得他们现在高人一等，占便宜的心理会促使他们完成消费。当然再过一两个月后，我们可以再督促一次，邀请码再不使用自动作废，又可以带动一批用户购买。”

“有一个问题，万一某个没有邀请码的消费者想要购买我们的产品，她岂不是很吃亏。”陈芳芳问道。

“邀请码只要想有就能有。每个购买我们面膜的消费者会再次获得十个邀请码，这十个即便还落不到后面的消费者手里，我还在淘宝上开好了店铺，找专人代卖邀请码。所以，你大可不必担心消费者会吃亏。如果真有那种买之前完全不去网上搜索一下如何获得邀请码的用户，那她肯定也不在乎这面膜是一千元一张还是一百五十元一张。”董建回答，“我的销售计划是半年内，吸引五十万用户购买。达到五十万真实购买用户之后，我们再销售下一代产品的时候就会容易很多，这样的用户数也能保证我们得到下一个产品的定价权。”

“同意，我们不能只有这一款产品，也不能被Marguerite绑架，我们需要在这个时间拉进更多的合作伙伴。”Kevin附和道，“但合作的前提，就是我们要有足够多的付费用户。”

直到散会，袁馨还在回味董建和Kevin讨论的销售策略。袁馨由衷地感叹，销售真是个技术活。以前自己把销售想得太简单了，以为只要产品好，放在网上自然就有人买了，原来根本不是这么回事。董建这连环计的安排，真是步步为营。

“袁馨，你想什么呢？”林璎看着正在座位上发呆的袁馨问道。

“我在想啊，”袁馨痴痴地答道，“还好招了董建过来，不然咱们会不会一张面膜都卖不出去啊。”

“那倒也不至于，消息放出去，总会有人来买的。但数量和销售额上，肯定比现在差远了。我和Kevin之前想的定价，是一张面膜十块钱。”林璎笑道，“惭愧啊，完全不了解消费者心理学。你们女孩子买东西，还真不是越便宜越好。”

“谁买东西也不是越便宜越好吧？现在各行各业不都在叫唤消费升级嘛，连方便面都要出法式大厨定制的了。”袁馨道。

“也不是吧。我理解的消费升级，是消费者越来越追求产品的性价比，性价比越高越好。”林璎道。

“对啊，所以咱们的面膜就是性价比高。”

“面膜这种东西，有什么性价比可言吗？你也知道这一张的成本是多少钱，你还相信性价比吗？”对于这次的销售策略，林璎也有点没缓过劲儿，本来自己还在和Kevin为了到底定价是五块还是十块而争得面红耳赤，董建来了倒好，直接涨了十倍，反倒没人争了。现在更是定了一张一千元这样的天价，如果真有女人花一千块钱买，林璎都想替她把手剁了。想来这就叫出奇制胜吧，但效果怎样，没验证之前谁都说不好。

“我还是相信好产品会说话的。下周到的那批货里应该有我的，我试试看到底好不好用。”想到下周就能到货，袁馨不由得充满期待。

“销售的事，就交给董建吧，咱们操心也没用。路演准备得怎么样了？文爷说这周五有个中关村组织的路演大会，让咱们过去呢。”林璎还是不敢把鸡蛋都放在一个篮子里，两手准备，早点敲定下一轮的融资是正事，“记得，把咱们这周的销售数据加进去，今天董建讲的销售计划，也可以摘一点儿放到BP里面。”

“嗯，准备得差不多了。路演是你上还是我上？”袁馨问道。

“抛头露面的事，你比我在行，当然你去了，我在下面给你当托儿，玩命给你鼓掌。”林璎笑道。

另一间办公室里，Kevin看着桌子上摆放着的干果点心默默发呆。很久以来，Kevin都以为这是公司的福利政策，每周一会发放零食给大家。直到刚刚，董建和他一起回到自己的办公室，看到这些大呼小叫问他是“哪来的”的时候，他才反应过来，原来这稻香村的点心是自己专属的。可是，这是谁送的呢？绝不可能是她，她那大大咧咧的性格不会注意到自己爱吃绿豆馅的点心。也不可能是他，他自己三餐都没着没落的，对吃又半点不上心，哪想得到给自买吃的。不管是谁，总归要谢谢人家这份心意。但到底是谁呢？

“佳音，来我的办公室一下。”Kevin用座机打给佳音。

“您有什么吩咐？”佳音很快赶过来。

“没什么事，多印几份宣传册放在公司，有客人过来的时候可以让他们带走。”

“没问题，您还有别的事吗？”

“没了。”不是她，那会是谁呢？Kevin问道，“公司还有测试用的摄像头吗？”

“有，我记得机房那还有几个，您需要吗？我给您拿过来。”

“好，我要两个。”嗯，弄明白是谁果然不难，再等一周就知道答案了，Kevin拿起了一块绿豆糕，咬了一口，清香软糯，并不很甜，好吃。

袁馨在路演大会上的表现没有让林璎失望，语速轻快，感情饱满，十五分钟的演讲听起来激情澎湃。

刚刚说完，就有感兴趣的投资人开始发问。对于那些泛泛的问题，袁馨早有准备。每次回答之前，都会加上一句“您这个问题提得非常好……”或者是“我们确实遇到了这个问题，正如您所说……”再不然就是“非常感谢您现在给我们指出这个问题来，我们还没遇到，但一定会及早准备……”面对投资人，最好的策略，就是把他们当成长辈和老师，从头到尾，毕恭毕敬就对了。

林璎愣神的工夫，一位投资人提了个问题。

“你们是转型做化妆品电商了吗？还是只卖一种产品的电商，没有自主生产能力，也没有销售渠道，就这么个畸形的电商，还估值这么高？你们疯了吧？”投资人毫不客气地说道。

“您的问题……”袁馨机械地想把这句话说完，却发现这话没法说，因为他问题的落脚点是：“你们疯了吧？”袁馨就是再尊重投资人，也不能认为这种明显带有人身攻击性质的问题是个好问题。话说了一半硬是吞回去，她正色道，“我们公司的核心竞争力，是可以为用户提供面部建模和皮肤状态测试，现在Marguerite的产品能够生产，完全是建立在我们的产品基础之上的，如果没有美妖盒获取的用户数据，Marguerite再有本事，也无法让他的面膜上市。至于您说到估值，我们上一周的销售额是七千五百万元，很难有哪个创业公司的新品能达到我们这样的业绩了吧？”

“电商销售额七千五百万元有什么可吹的，你去看看淘宝一周的销售额是多少？再说，Marguerite公司的估值才多少啊？你们只是它一个产品的代理商，要价就敢这么高。”

林璎捏了一把冷汗，这个投资人攻击性的问题和语气都是故意要激怒袁馨的，这种做法在路演会上很常见，在初级面试中也很常见，据说面试官就是要试试应聘者的抗压能力和个人涵养。如果这个时候应聘者急了，面试官就会心满意足。当然，在高段位的人看来，这样的方式方法明显就不可取。

“您怎么总说我们是电商啊？我回去之后一定好好检讨一下，我们明明是一家服务型高科技大数据收集分析建模公司啊，我们连线上销售都不做怎么会是电商呢？”看到台下那位投资人又要争辩，袁馨抢先说道，“我再解答一下您第二个问题，Marguerite的估值是多少，大家都可以上网查一下，上市公司，数据都是公开的。去年十一月，雅诗兰黛集团花了十五亿美元收购了一家小众品牌彩妆公司，品牌叫Too Faced，我相信在座的各位都没有听说过。高价收购的原因仅仅是该品牌的造型趣味十足，有女人味。我再说得直白一点儿，它们的包装上有卡通，主打粉红色系。我们的估值还是比这家公司要低太多了，而且我们现在是只合作了Marguerite的一款面膜，但是很快，我们的合作品牌和合作产品就会丰富起来。您要知道，化妆品谁都可以生产，但掌握用户数据的，只有初心一家。”

林璎发自内心地想给袁馨鼓掌，这段话回答得有理有据，逻辑清晰。

“既然您对我们这么感兴趣，我觉得咱们会后还可以再聊一下。”袁馨乘胜追击，又补充了一句。

投资人又提了几个不咸不淡的问题，袁馨一一作答。

“表现不错啊。”袁馨回到台下的座位后，林璎赞许道。

“那是，可不能给林总丢脸。看着感兴趣的挺多，也不知道有没有能真出钱的。”

“融资越到后面路越窄，能投得起的机构越来越少了。”林璎当然知道融资有多苦，自己一步步走来， 可没有袁馨这么轻松，“这轮还好，等到了下一轮，能投得起的还有几家，掰着手指都能数出来了。”

“少没关系，别不讲理就行，刚才那人是谁啊？他才疯了呢。”袁馨怒目圆睁，小姐脾气终于释放。

“他那样的算好了。我之前出去融资，还有个投资人当场撕了我的BP，连话都不让我说完，就把我轰出去了。”林瓔现在回想往事已经风轻云淡，但当时真是恨不得去杀人。

“谁啊？这么过分？”

“就那知名投资人……”

林瓔话还没说完，一个矮胖的身影走到了他们面前：“我对你们公司很感兴趣啊，咱们出去聊聊吧。”

林瓔、袁馨只得跟着来人出去。

“袁馨，路演很精彩啊。我上一轮就想跟着小谢他们进的，还没顾上，你们就close了。”

“黄老师也对初心感兴趣啊？”林瓔脸上很难得地出现了厌恶的表情。

袁馨看清来人，大头，塌鼻，厚底眼镜，浑身散发着油腻感的中年男子。

“林瓔，之前错过你那么好的项目，这次不能再错过了，我关注初心可有一阵子了。”中年男子憨笑道。

“没问题，您真要投，这轮也来得及。”林瓔客气地回答。

“但价格上能不能商量一下，我本来就是上一轮要进的嘛。还是按上一轮的价格给我可不可以啊？”

“就算我们能同意，谢总那边也不能干吧，您说呢？”林瓔笑着回答，“这轮我们都跑通盈利闭环了，肯定不能和上次一个价啊。”

“哎呀，这才差了几个月，我保证年前打款，行不行？就按上一轮的估值吧。”中年男子继续说道。

袁馨睁大眼睛看着这位，忍了半天终于问道：“您是洪品基金的黄老师吧？”

“对啊，就我这个名是不是也值点儿钱啊，以后你们带上我的名字出去融资多方便，比小谢好使。小谢在圈内还可以，在民间，谁知道他啊。但是你们只要提黄老师，城里人没有不知道的啊。”中年男子和气地笑笑。

“久仰久仰，您可是名声在外啊，投资圈谁不知道黄老师啊。”袁馨说话的口气明显不对，三分鄙夷七分轻蔑。

“听说过就对了，”中年男子笑笑，“怎么样，咱们都是明白人，我也不多说了，就这么定了吧。按上轮的价格，我进五千万，行不行？”

“不行啊，黄老师，我听圈里人说过，您一般投资创业企业连钱都不出，纯刷脸，说带着您的名字好融资，就白占人家股份，”袁馨嬉皮笑脸地说道，“但我们这儿不行啊，投我们的都是知名机构，我们同意人家不得急啊，真没办法帮您占这便宜了。”

“有些传闻你不要相信嘛，那些都是别有用心的人造谣的。我人品很正的，从来没白占过便宜。你问问那些公司，我帮了他们多少忙，这些不是投入吗？你们年轻人不要把钱看得太重了，很多隐性的资本你们都看不到，人脉资源，这些值多少钱？你们知道‘欢娱乐’为什么能上市吗？还不是因为背后有我，我给他们做了多少工作啊，连券商都是我找的。”中年男子气呼呼地说，“现在上了市，就翻脸说什么投资人没用这种话，真是过河拆桥。这样的心胸，也做不成什么大事。”黄老师推了推眼镜，“林璎啊，你是晓得我的吧。当年你找我们融资的时候，还非常不成熟，没有投钱，但我当时也给了你很多中肯的意见。你们公司有今天，我不能说有我的功劳，但肯定还是在你们的发展初期起了一些作用的。这个你得承认吧？”

“历历在目，莫不敢忘。”这话似乎是从林璎牙缝中说出来的，“黄老师，要不这样，今天您让我们决定，我们也做不了主。我们回去和公司股东们都商量一下，尽快给您个答复。这样行吗？”

“好，就这么定了，尽快答复我啊，我可不想再次错过你们了。”中年男子拖着胖胖的身体，缓慢地走了几步，又走了回来，“实在不行，按这轮的估值，我也能接受，但是私下里的财务介绍费，就得算算了。”说完，缓慢地走回了会场。

“做梦去吧，还想要财务介绍费。”袁馨看着黄老师走远，狠狠地说道，“他当初真给你们提过什么有用的意见吗？”

“他就是当年把我轰出去的混蛋投资人啊。我可不记得他当年提过什么意见了。”林璎恨意未消，“很多投资人脾气不好，也不怪他们，我要是一天看上几百份BP，再见上十几个不靠谱的创业者，我也得疯。但这位黄老师，在投资圈可是坏事做尽，臭名远扬啊。”

“嗯，我之前还收到过他的邀请呢。说做了个美女创业训练营，怎么听怎么觉得是培养暗娼的。我就没敢去，还好没去。”袁馨看起来比林璎还生气，眼中冒火，“上一轮，他确实找过文爷，说要投咱们，别人的协议都签好了，他那边还磨磨叽叽呢。谁等得了啊，就没带他。他居然敢这么对你，我以后见他一次打他一次。”

“避开就好了，也没必要给自己树敌。这圈里恨他的人多了，不定哪天就有人出手了。行了，听听别人的路演吧，找找灵感，互相学习。”

“我们公司做了一款危险预警地图，”台上站了位标致的北京爷们儿，“大家只要下载我们这款APP，打开定位系统，当您走到犯罪高发区，或是事故高发区，APP就会做出提示。如果您在这类地区逗留时间超过三个小时，系统会将您的位置，以短信的形式，自动发到您预存好的亲朋好友的手机上，就像我们刚才视频演示的那样。如果我们的用户在这类地区发生意外，只要喊一声预设的提示音，比如“救命”，系统也会自动把用户的位置发给他的亲朋好友。我们主要面向的是女性用户，解决女性用户夜间独自出行不安全的问题。”

“这个APP听着不错啊，我要下一个。”袁馨掏出手机。

“肯定会被禁的。”

“为什么？”

“你想想，要是有这么个应用，你走到不安全的地方就报警，那这地方的房子还卖得出去吗？你再想想什么地方事故率最高，犯罪率最高啊？肯定不是偏远农舍啊，越是市中心越危险啊。为了保护市中心的房价，这APP也得下架。再说了，它这个数据从哪来的？公安部吗？是不是准确的？如果不是，那这个东西就没什么用。唯一用处就是你喊个关键字，它就把位置发给我，但这也就安卓手机可以，苹果没办法靠语音激活手机里的程序。而城市女性用户最喜爱的手机肯定是苹果啊，这就损失了一大半用户了。所以他这个产品还是有不少bug的，可以改改，怎么能出个预防拐卖儿童的功能说不定有戏。”林璎分析道。

“厉害啊。你一会儿去跟他聊聊吧，给他提提意见，让他少走点弯路。他这劲儿我还挺喜欢的，有一股北京爷们儿不管不顾的劲头儿。”袁馨怂恿道。

“这位正在兴头上呢，我说了也没用。”林璎笑道，“再说了，我哪儿管得了那么多人啊，能管得了你就不错了。创业就是这样，你以为发现了一个没人看到的宝藏，结果是个众人皆知的大坑，见到有人跳坑的时候，拦是拦不住的，最好的办法是，看着他跳，等他爬起来了就鼓励他继续往前走，爬不起来就扶一把。”林璎回道。

“你当初知道我创业是不是就这个心态啊？”袁馨噘起了嘴。

“没有，我以为你也就三分钟热度，热乎劲儿过了自己就偃旗息鼓了，哪想到你还真能做起来啊。”

“这么看不起我，哼。”袁馨还想继续说，忽然被台上一身白色麻衣，胳膊上还戴着黑箍的创业者吸引，不由得感叹，“真不容易啊，家里人出事了还要到这儿来演讲。”

创业者不疾不徐地走上台，身上自带一股静气。荧幕上出现他的BP内容，PPT配色与他的穿着搭配得当。创业项目出现在墙上的一刻，台下观众都感到了一丝凉意。他的创业项目是《彼岸花》。

“大家好，非常感谢大家今天的到来，”创业者的语调缓慢而轻柔，“在座的可能有了解我们项目的，也有些是头回听说，但没关系，我相信每一位都有机会成为我们的用户。我们的项目很简单，大家可以看一下屏幕，我们公司可以提供从人间到天堂的全套服务，具体包括寿衣祭品置办、骨灰盒购买、祭祀随葬、陵园墓地挑选、文化殡仪服务等全部您所需要的各类殡葬服务。我们公司提倡人权平等、宗教自由的理念，死者无论是什么信仰，在我们这里都会得到个性化全方位的服务。”

“嚯，怎么个意思？殡葬服务都来融资啦？”林瓔也被惊到了。

“大家可能对我们的业务还不了解，如果以为我们所做的‘彼岸花’项目和一般的殡葬服务也没什么区别，那就大错而特错了。”创业者娓娓道来，声音越发轻得几乎听不见了，“我们彼岸花是真的可以把死者送到彼岸的服务，彼岸就是浩瀚无尽的宇宙。我们已经跟美国宇航局，也就是大家熟悉的NASA签署了五年的合作协议，在这五年中，NASA每架宇宙飞船都需要运载我们公司五十公斤的骨灰进入宇宙，大家不需要计算这五十公斤骨灰是多少人。因为每个人的骨灰，我们只允许送上去五克，装在我手中拿着的这样的胶囊里。五十公斤意味着，我们可以送一万名用户的骨灰上天堂，那是真正的天堂，最接近上帝的地方。”创业者说到这里，身后响起配乐，是勃拉姆斯《安魂曲》的第三乐章。随着音乐，创业者情绪激动，语速忽然提升，“大家可以算算，每个用户我们收十万块钱不算多吧，现在北京随便买块墓地，没个三五十万都下不来，而我们只收十万，就可以让死者在宇宙中安息了。同时，我们还提供其他宇宙飞行增值服务，比如用户如果愿意多交五万至十万元，就可以让骨灰在近地轨道环球飞行三十到五十圈，如果愿意花上百万元，我们会让宇宙飞船将骨灰撒入一颗恒星。让您的亲人真的成为夜空中最亮的星，照亮你前行。”

“撒恒星，这事怎么听着这么不靠谱啊？”袁馨翻了个白眼。

“接着听，人家还没说完呢。”林瓔倒是兴致勃勃。

“我们的用户有多少？我国每年的死亡人口接近九百万，平均每分钟我们会增加十七名潜在用户。各位不用担心用户承受不了我们的价格，今年我们还推出了面向农村广大居民的合葬服务。顾名思义，即一个胶囊里可以同时装下五十个人的骨灰，每个人的费用降到一千元，如果都是合葬，其实我们的利润更高。之前是五克一万元一个用户，五十公斤价值一亿，而合葬的结果是，一个胶囊还是五克，却卖了五万元，五十公斤就价值五亿。现在还不能按照死亡人数来判断我们的市场规模，但大家也可以粗粗地算一下，一个人一千元，九百万人，就是九十亿。如果每个人一万元，就是九百亿，再算上我们其他服务的收入，我们一年的收入很容易就可以达到上千亿元，这还仅仅只是一个国家。”创业者清了清嗓子，继续说道，“我们很快就会让这个业务冲出国门，走向世界。目前跟我有意向的国家，全都是大家听说过的土豪国，阿联酋、沙特阿拉伯、卡塔尔等，这些国家的富二代都迫不及待地想为自己的上一代办一场宇宙葬礼！”

创业者演讲时感情饱满，最后几句充满了煽动性，台下响起一片掌声。

“谢谢大家的鼓励，‘彼岸花’项目在今年六月完成A轮两千万的融资，现在正式启动A-轮融资，感兴趣的朋友可以加我的微信和手机号。”创业者继续说道，“有什么问题，也欢迎大家随时跟我交流，有需要我们服务的也可以直接联系我，可以为大家打折。”

“靠，这什么玩意儿啊。”袁馨默念一句，“这东西能捣鬼的地方太多了，送骨灰上宇宙，怎么证明去没去啊？一年多少用户都是发一个包裹上去就行了，谁还能分清自己的骨灰是哪一包啊？合葬就更不靠谱了，一个人连一克都不到，一阵风吹来，二十个人的骨灰就在地球上随风逝去了，连胶囊还没进去呢。”

“当什么真啊，本来就是开玩笑的项目，你以为真有人会傻到去投吗？”林璎话音未落，就看见几个投资人争先恐后地拉着台上的创业者换名片，看起来对项目很感兴趣，“不是吧，这都有人动心？”

“一听上千亿谁不动心啊，就算这个市场真有这么大规模，也不可能都让他吃了。再说了，哪有那么多人死后想上天啊，葬在茫茫宇宙中做一粒尘微，想想都吓人。”袁馨打了个哈欠，“咱们还听吗？要不回公司吧，我都困了。”

“再听一个，还不靠谱就走。”林璎答道。

“大家好，我是交配网创始人兼CEO。”走上台的男孩儿身材瘦高，皮肤黝黑，说话时略微有点紧张。

“这名字也太三俗了吧，牲口才叫交配啊，人不能用这个词吧，人应该用……”袁馨想了想，似乎也没什么好词能用上。

“我们的构想是做成中国最靠谱的婚恋网站。嗯，”男孩儿有些怯场，低着头说道，“大家看一下我们PPT上的数据，通过数据可以看出，现在婚恋交友网站都有一个问题，这个问题就是成功率很低。目前用户最多的婚恋网站玫瑰网，成功率还不到百分之三，这个现象非常奇怪，坚持收看非诚勿扰的朋友都知道，在那个节目里，一个女孩平均站三个月台就能找到一个意中人。三个月也就十二期节目，每集节目六十位男嘉宾，就能碰上一个合适的。可是在婚恋网站，很多人的简历一挂就是三五年，还没有一个合适的，对吧。我和我的合伙人，就反复思考，这是为什么。最后，我们终于想到了原因。这个原因啊，就是……”男孩儿想要PPT翻页，却偏偏在这个关键时刻，系统故障，不能翻页了。

台下都屏住呼吸，迫切地想听到这个世纪大揭秘。

“你说原因是什么？”袁馨问道。

“我哪知道，听他说呗。”林璎回道。

“这个原因，”系统修好，男孩儿继续说道，“就是交友网站呢，是按大家写的自我介绍和提出的伴侣条件，给用户推送潜在伴侣的，这个方法真的是大错特错，如果求偶者就是想找个门当户对的人结婚，她只要在附近小区多转转就可以找到意中人了。大家注意啊，我下面的话非常重要，用户能写出来的这些条件事实上跟他的择偶条件不是一回事，这些条件是在他找到一个心上人之后，再去验证的东西，而不是说一个有这些条件的人，就能成为他的伴侣。也就是说，他写的这些，是必要不充分条件，甚至有可能是既不必要也不充分条件。你们想想，大家是不是也有过婚前赌咒发誓自己非一米八不嫁、非一米六五不娶，最后找个一米七八的也觉得挺好，是不是这样啊。所以啊，这些条条框框不但没有提高用户交友的成功率，还降低了。用户真正喜欢的那个人的信息，因为他提出的某个不着四六的条件而出局了。”

台下议论纷纷，男孩儿却突然精神一振，情绪上来了："比如有人写啊，说他喜欢吃椰子。大家别笑啊，我说的这些都是真实案例啊。人工智能搜索，肯定就优先给匹配一堆爱吃椰子的，但您说得多爱吃椰子的人能把自己的喜好写成爱吃椰子，结果呢，爱吃椰子的没几个，爱吃西瓜的还被屏蔽掉了。咱们就事论事啊，都不歧视，就算你真爱吃椰子你也别写爱吃椰子啊，写个爱吃水果是不是覆盖面都能大点啊。再说，你爱不爱吃椰子这事跟择偶能有什么关系？写它有什么用啊。"

男孩儿看起来有点急，继续说道："还有，择偶条件也有瞎写的，要求对方必须是水瓶座。我不是歧视那些信星座的啊，咱这儿不歧视，但我就想问，对方太阳是天蝎，可说不定上升是水瓶啊，你说这样的就落选了，多可惜啊。所以，婚恋交友网站的配对率都特别低，没几个能找到意中人。"

男孩儿喘了口气，看了一眼屏幕："哦，对，我还没有提出我们的观点哈。所以，我们的观点就是，婚恋交友看的根本不是这些条件，是什么？大家都知道，这是一个看脸的世界哈。但要看的这个脸，不是一张普通的脸，是一张非常非常特殊的脸。大家看屏幕啊——"

台下观众又被吊起了兴致，一起看向大屏幕，屏幕上出现了两张照片。

"这不是徐静蕾和王子文吗？"台下有人插话道。

"对，没错，大家看看啊，这是一九九五年的老徐和刚出道时候的王子文，发现什么了吗？"男孩儿问道。

"她们长得好像啊。"台下回答。

"对，大家知道这二位还有一个共同点吗？"

台下一片哄笑，议论纷纷。

"没错，大家都知道哈，那就不用我说了，咱们再看一对。"男孩翻页，"这两张照片大家可能根本分不出来谁是谁，我介绍一下，这是林允和倪妮，林允出道的时候就被媒体打上了小倪妮的称号，然后发生的事大家也都知道吧，我也不说了。不光是演艺圈啊，我们收集了上百位再婚男士前妻和现妻的照片，大家看一下屏幕，是不是被震惊了。”

“怎么会这么像？”台下都在感叹。

“对，就是这么像，这就是我们的重大发现，男性在择偶的时候不光是看脸，而且就爱看同一张脸，连身材都可以忽略。如果再遇到那些张嘴闭嘴说择偶看内涵的男士，都别信，谁看内涵啊。”男孩儿叹了口气，“对，男人就是这么肤浅。那么这个结论给我们的启发是什么呢？我们的交配网要做的事就是，男性用户，上传一张你前女友的照片，就齐活了。什么信息都不用留，就等着吧，茫茫人海中我们去帮你找到那张似曾相识的脸，找到了发给他，保证成功。”

“那女性能干吗？”台下有人发问。

“这个事儿是这样的，大部分女性在两性关系上是非常被动的，被动得超出大家的想象。虽然咱们不是封建社会，但这事儿真的没好到哪去，只要男的主动，条件还能凑合，要饭的那种极端条件咱们先不提啊，就是正常点儿的，只要这男的死追，因为他看上这张脸了啊，他就能死追，你们相信吗？只要这男的死追，百分之九十八的女性就能从了。剩下那百分之二的活该孤独终老，我们就不管了。”男孩儿指着屏幕说道，“这都是我们大数据分析得出的结论，现在我们平台的用户还不多，一共就十万用户，但是只要是我们推送过女性照片的，百分之百交友成功了，而且感情都特好，我们一直跟踪调研。大家可以这么想这事啊，把我们当成一个血型配对软件，平时你也不用搭理我们，下载之后交了照片就放着，男性交张前女友的，女性交张自己的，我们的图像识别系统就会自动去寻摸，什么时候我们发现有长得特别像的了，发张照片，您就回来，交友就是这么简单。”

“你们盈利模式是什么啊？”台下一位投资人问道。

“盈利模式这事儿吧，我们还真没太想好，但婚恋市场的蛋糕太大了，只要我们有用户，并且能保证成功率，我相信我们能吃上一块。”男孩儿笑笑，“在座的要是有单身的，都下一个我们的APP试试啊。”

“你还不赶紧下一个试试，把你前妻的照片发上去。”袁馨酸溜溜地说。

"有病吧你。"林璎白了袁馨一眼。

"你是不是就喜欢她那长相的啊？"

"能不提她吗？我就不喜欢她那样的。"

"那你当年干吗跟她结婚。"袁馨还是不依不饶。

"走吧，没什么可听的了。"林璎径直往外走。

"我话还没说完呢。"

"技术那边有点事，赶紧走吧。你开车，我和美国技术部门通个电话。"林璎带着袁馨走到自己的车前，把钥匙扔给了袁馨，"对了，周六文爷还组织了一个小规模的投资对接会，咱们得去一下。周日下午，还有个清创会，在清华旁边的1911餐厅。"

"这么多啊？"

"咱们多跑几个路演，一方面是为了融资，同时也能为新产品做做宣传嘛。一举两得，多好的事儿啊。"

"好，听你的，都去。"袁馨开心地答道。

周日的清创会上，袁馨刚刚激情澎湃地讲完BP。

台下的一位投资人忽然问道："你们这个项目是抄袭的吧？我两周前听过一家类似的公司，跟你们干的这事一模一样，也是根据人脸建模，做面膜。"

"不可能吧？"袁馨彻底惊呆了，"他们有产品吗？您看见产品了没有？"

"好像面膜还在制作过程中吧，但读取人脸数据的机器是有的，我也在现场见到了。"投资人说得笃定，不像在开玩笑。

"您记得是哪家公司吗？叫什么名字？"袁馨更惊讶了。

"我对化妆品行业不是很感兴趣，印象也不深了，但这个事肯定是有的，你今天一说我就觉得听过啊。连BP的感觉都差不多，真的，就是大同小异，有区别也只是细节上的。"

袁馨感觉自己的心脏都快要停止跳动了，这是真的吗？怎么会这么巧？连上市的时间都撞得这么死。

“好，谢谢您给的建议，我们马上回去研究一下。但我们肯定不是抄袭的，我们这个想法在公司上一次转型的时候就提出来了，是今年七月份的时候。”袁馨勉强挤了个笑容，十分忐忑地走下了台。

台下的林璎也是万万没想到，自己奉若神明一般的高科技产品这么容易就被人山寨了吗?

“别慌，别慌，”林璎安慰袁馨的同时，也在安慰自己。他已经拿出了Mac笔记本，在Google上一通狂搜。

“怎么办啊? ”袁馨急道，“我要不要告诉Kevin他们? ”

“给我几分钟。”林璎头也不抬地回答，还在网上奋力寻找着答案。

“我不相信，他们一定是造假的，你都不眠不休了，还要三个月才能开发出来的系统，没道理还有别人能做出来啊。Marguerite也是化妆品界的黑科技公司啊，没道理还有别人能做出他们的产品啊。”袁馨还在想着各种可能性。

“估计是这家，”林璎指着电脑，让袁馨看，“英雄难过科技股份有限公司，他们在上个月，宣称研发了一款可以跟人脸完全贴合的面膜，通过对用户人脸识别和面部建模，针对每个用户生产最贴合他们的保湿面膜。”

“嗨，保湿面膜啊，那没事，跟咱们的产品不一样。”袁馨松了口气。

“他们是跟Marguerite的产品不一样，但跟咱们的产品一模一样。”林璎一字一顿地说完，语气很冷，但冷不过他此时身体的温度。

第13章 | 两个男人的故事

“事情就是这样，这家公司的注册地在北京，第一个取样场地在石家庄的万达广场，当务之急是去测试一下他们的产品到底是什么路数。”在周一例会上，林璎毫无保留地把自己彻夜未睡收集到的信息分享给其他高管，“我觉得现在大家先不要着急，有几种可能：第一种，他们的产品还是个试验品，数据并不准，毕竟他们要卖的也只是普通保湿面膜，不需要对建模的精准度要求太高；其次，他们可能是山寨了我们的产品，从我们的代工厂拿到一两台样机并不是什么难事，如果是这样，我倒并不是很担心，咱们美妖盒的硬件难度主要在嵌入芯片的程序里，这部分拆了机器也学不到；还有最后一种可能，他们是一支配备齐全的技术型团队，并且在这个领域关注过很长时间，真的研发出了跟咱们类似的技术。如果是最后一种，咱们的麻烦就大了。”

“我不这么认为，”袁馨也是一夜没睡，但此时倒是满脸的信心，“就算他们的硬件软件都做得跟咱们一模一样，咱们铺市场的能力他们是不可能做到的，还有董建的销售能力，这些都是不能复制的。还有我们的合作伙伴是Marguerite，这些优势他们都不具备。对咱们产生不了什么威胁啊，你是不是过于杞人忧天了。”

“不是这样的，”Kevin看了袁馨一眼，冷冷地说道，“我们的优势就在于市场上只有我们一家是可以做人脸建模的公司，现在如果有第二家出现，我们在资本市场就不值钱了。如果它们的技术有很大差距还好说，如果就是伯仲之间，或者说我们比他们强一些，我们都要跟着跌价儿。”

“可是他们只是卖普通的护肤面膜，听起来可不够性感啊。”Summer笑笑，“我们的美妆面膜可是业内独一家啊。”

“只要出现第二家，我们就非常被动了。这家英雄难过如果跳出来和Marguerite合作，分成比例是七三，给Marguerite七，它们拿三，Marguerite没理由不跟他们合作，反正各有各的用户，对他们来说多挣一份，什么都损失不了。不仅仅是和Marguerite，我现在正在谈的几家有意向的合作伙伴，如果知道业内还有一家，跟我们一样的，能够提供用户人脸数据，我们即使还能继续跟人家合作，也失去话语权了。”Kevin一贯地冷淡，但听得出，他的心情也很差，“现在要做的事，就是去弄清楚这家公司到底什么来路。我刚刚查了一下网上他们的信息，他们公司现在正好也在招聘，我打算派个人过去，做卧底。”

“做卧底的话，是不是派个技术人员更合适？”林璎感到Kevin提了个好思路。

“可惜，他们不招技术。他们主要招的是化妆品渠道。”Kevin把招聘信息发到公司的高管群，“我已经有合适的人选了，大家放心。还有石家庄的那台机器，我建议尽快过去体验一下，让……”

“咱们俩明天就开车过去。”不等Kevin说完，林璎接道。

“我认为派个女性员工去会比较合适，”Kevin皱着眉，不明白林璎怎么这么爱跟自己出差啊。

“这款产品的软硬件所有构造，最清楚的人是我，所以我要去试试。”林璎坚定地回答。

“我的意思是……”Kevin想说你去没问题啊，可是你带个女的去有什么不行的啊，两个男的去测试一款化妆品，这事也太奇怪了。

可是林璎又一次打断了他："董总，这事您怎么看？"

"暂时对销售这边应该还不会造成什么影响，但如果确定他们的产品和咱们一样的话，中长期的销售策略就要重新规划了。"董建回答。

"宣传上可能也要跟着动。"林璎想到这些不自觉地头疼，"先散会吧，情况不明朗之前，我们先不要轻举妄动。这件事在公司内部也要保密，不要给大家造成负面影响。"

Kevin吃过午饭回到自己的办公室，照例有一包点心在等着他。他就着刚从咖啡机中打出的拿铁，吃着稻香村的传统点心，中西结合，其乐融融。这回送来的是绿豆蓉。Kevin这么聪明的脑子依然想不明白，稻香村里为什么有这么多种绿豆馅的点心，绿豆蓉和绿豆糕就已经伯仲难辨了，竟然还有绿豆潮糕。Kevin看了一眼门上的摄像头，打开电脑里的文件。屏幕上一个黑白视频在快进。哎，知道了以后恐怕就再也吃不上了吧，Kevin有些留恋点心的味道，没事，问问在哪买的，自己去买就好了，还是尽快弄清楚为好。视频里一直空荡荡的办公室里终于出现了一位女性身影。Kevin摁了暂停键，探过身去看，像素极低的情况下，Kevin依然认出了这名犯罪分子。原来是她。Kevin在脑海中快速闪回，自己未曾招惹过她啊。上次聚餐给她递过纸巾，每月帮她审核一遍财务报表，还有什么？开车送她回过一次家……没了，绝对没有了。就这些不足以让她每周过来投食回报吧？

不管怎么说，了断尘缘才是自己最该做的，别耽误了人家。他掏出手机，用微信而不是钉钉，给她发了一条消息。

一会儿工夫，陈芳芳如约而至。

"不好意思，白吃了你这么久的点心。"Kevin请芳芳坐下，温柔地说，"我很喜欢吃，但以后不许再买了，我自己会买的，谢谢你。"

陈芳芳低下头，面色微红，没有说话。

Kevin第一次端详芳芳，一个干净清秀的女子，算不得多漂亮，但也绝不难看，一双眼睛看起来充满灵气。"我喜欢现在单身的状态，"Kevin继续说道，

“我不想改变现状，你能理解我的意思吧？”

陈芳芳咬了咬嘴唇，依然没有说话。

“千万不要在我这样的人身上浪费时间，赶快去找更好的男人吧。”Kevin的话平静而温柔。

“你讨厌我吗？”陈芳芳终于开了口。

女人的逻辑真奇怪，你天天送我点心，我哪有道理讨厌你啊？Kevin想了想，怎么回答呢？就直说了吧：“不讨厌，你工作认真负责，我很欣赏你的职场表现。但我就是喜欢我现在的单身状态，这一点谁都改变不了。”Kevin答道。

“如果是袁馨呢？”芳芳再次问道。

“你为什么这么问？”Kevin有一点儿迷茫，自己一向掩饰得很好，难道还是被人看出来了？

“你钱包里夹着一张和袁馨的合照，咱们上次聚餐，你付账时，我看到了。”

芳芳回答的声音不大，可刚好让准备进入Kevin办公室的林璎听得清清楚楚。

这尴尬的场面不光让陈芳芳立刻羞红了脸，夺路而逃，林璎也恨不得插上翅膀赶紧飞走。

只有Kevin站在原地，没有动，他很想解释一句，却又觉得没有什么解释的必要，有时候误会就是现实。

北京到石家庄的高速公路上，林璎开着车，Kevin坐在副驾闭目养神。

“你不想跟我说点什么吗？”林璎问道。

“你想听什么？对了，我派的卧底今天下午去面试，随时会给我发消息。”Kevin依然冷冷的，提不起精神。

“你和袁馨是怎么回事？你也喜欢袁馨？”林璎忍不住问道。

“你这句话唯一的信息点是‘也’，你喜欢我就不需要喜欢了吧。对于女人，喜欢她的人越多，她越容易不幸。选择多了未必是好事吧。”Kevin看看窗外，不由感叹，“北京真是个神奇的地方，之前都预言要几十年上百年才能治理好的雾霾，随着雄安新区的一声令下，蓝天白云就立马回来上班了。”

“我不用你让，公平竞争，我也不怕你。”林璎看了Kevin一眼，完全不打算转移话题。

“我怕你啊，行了吧。”Kevin笑笑。

“说正事呢，是兄弟就光明正大公平竞争。”

“咱们说的是正事儿吗？”Kevin瞟了林璎一眼，从钱包里小心地拿出了一张照片，“你看看，这是袁馨吗？”

林璎扫了一眼，照片上，袁馨和Kevin并肩躺在一片郁郁葱葱的草地上：“你们俩什么时候……”

“你靠边停车，看清楚点儿。”Kevin见林璎要急，赶紧指挥道。

林璎依言开上应急车道，停了车。仔细看了半天，照片上的女孩和袁馨长得很像，但细看之下，眉眼还是略有不同：“这不是袁馨。”

“不是。”

“那这位是？”

“是我亡妻，也是我一生所爱。”Kevin叹了口气。

“对不起，我不该问。”林璎没有准备面对这么沉重的问题。

“我们是初中同学，她是我们学校的校花，所有人都喜欢她。大学我们都在北京上的，但不是同一所学校。我一直很喜欢她，她对我也很好。我们从大一开始正式交往，所有人都羡慕我们，觉得我俩是神仙伴侣，从不吵架，即使有分歧，说两句也就过去了。大三的时候，她体检查出了红斑狼疮。”Kevin想到往事，鼻子一酸，“大四她开始发病，我能做的就是在医院每日每夜地陪着她，每天为她祈祷。后来，她神奇般地好了，就跟她之前一样，美丽健康，充满朝气。大学毕业之后，我们举行了婚礼。工作中，我比所有的人都拼，我要挣钱，我怕她再次病倒，我要在她病倒之前挣足够的钱。可是后来我发现我错了，我忙于挣钱却失去了陪伴她的时间。当她再次发病的时候，钱并没有传说中的那么有用，当死亡来临的时候，它一文不值。我眼看着她越来越虚弱，越来越痛苦，自己什么都做不了。可能是为了让我好受一点儿吧，她临终前的愿望是去草原上看星星。我带她去了我能找到的最美最干净的草原，陪她在那儿看了三个晚上的星星，她跟我说，半生缘尽，相濡无悔。她就在那片草地上睡着了，再也没醒来。”

“嗯。”林璎看着Kevin脸上的两行清泪，想要安慰一下，又不知该说什么。

“这张照片就是在那片草地上拍的。”Kevin平复了一下情绪，继续说道，“你问我喜不喜欢袁馨，我第一次在网上见到她照片的时候，确实产生了错觉，以为是上天又给了我一次机会，补偿我之前失去的。但是我来了初心不改，我真的认识了袁馨之后，我就断了念头。她们的脾气性格完全不同，我妻子是书香门第出身，从小学古琴，喜欢诗词歌赋，安静淡泊。袁馨嘛，她也很可爱，但我想象不出她夜深人静弹着古琴的样子。我妻子浑身都透着江南水乡的灵秀，袁馨则带一股凡尘俗世的烟火，她们太不一样了。”

“你这话我可不爱听了啊，我们北京大妞儿怎么了，也灵秀着呢。”林璎辩驳道，“北京大妞直来直去，想到什么说什么，没心眼儿，多好啊。”

“所以啊，北京大妞适合你，我更喜欢江南的小家碧玉。”Kevin一口气把往事说完，胸中也轻松了许多。

“芳芳好像是你们那边的人，她家乡是苏州吧？”林璎想起前几天刚听到的结论，“男人就喜欢同一张脸”，感到危机没有解除，还是赶紧给Kevin找个对象是正事。

“我的事你就别操心了。我一直没明白，你这么喜欢袁馨，当年怎么会突然和别人结婚了？”Kevin问道。

“那我也说个故事，我从来没跟别人说过。”林璎眼圈微红，“我在大学最大的收获不是学到了多少知识，而是认识了一个人。跟很多大学生一样，我在刚上大学的时候也感到困惑迷茫，沉迷在游戏里不能自拔，很多人劝我都没有用。这时候他出现了，一位华人师兄，一门课程的tutor。在课程实践的时候，他帮了我很多，因为玩游戏掉下的课，都是他帮我补上的。他是那种所有时间里都能保持精力充沛的人，从不浪费一分一秒，上进阳光，爱运动爱生活，充满生命力。我问他人生如梦，何必活得这么用力。他说，如果人生是梦，为何不做一场轰轰烈烈的梦。控制权在自己手上，人生的意义就是你想要什么就努力去追求。他说他博士毕业后就去创业，创业的目的就是挣钱。他认为真正的天才都是用自己的才智先赚到足够多的钱和影响力，再用这些去做自己认为更有意义的事。”

“嗯，这个观点倒是和Elon Musk很像。”Kevin接道。

“很多人都是这样，老罗，老俞，小扎，也包括我。总之，我们相处得很好，技术上的问题他都会毫无保留地给我解答。他发现了什么有趣的新技术也会跟我分享。我们业余时间还做了几个项目，挣到了我后来创业的启动资金。我大三的时候，他参加马拉松比赛，心脏病突发，送到医院的时候已经来不及了。”林璎叹了口气，“过了两个月，他女朋友来找我，她怀了师兄的孩子，她不想堕胎，她想把这个孩子生下来。如果她父母知道，一定不会同意。所以她求我，求我帮她，和她假结婚，等到孩子生下来，再离婚。我当时也没多想，就答应了。后来的事你也知道了，孩子生下来，我们就和说好的一样，离婚了，但是小孩子不能没有爸爸。至少名义总该有一个，也只能是我。这些年，我也算尽到了一个朋友的义务，在经济上力所能及地帮助她们。但是来了初心之后，陪伴孩子的时间越来越少了，所以明明上次才会生气。我想等孩子大一点儿再告诉她，她有一个比我优秀很多的父亲。”

“你为什么不告诉袁馨呢？这种情况她会理解的。”Kevin看着林璎，对他又多了一层认识。

“在我想去解释的时候，她没给我解释的机会。后来，我也不想解释了，她愿意去误会，我也没有办法。人生在世，谁没碰上过有口难辩、有冤难申的时候，我问心无愧，清者自清。上车吧，咱们还要赶路。”林璎示意Kevin上车，“我们分开这么多年，也没什么不好。大家都要学着体谅别人的苦衷。”

“今天晚上是不是应该喝一杯。”Kevin问道。

“正事做完再说吧。”

“我还有个问题。”

“你以前不说话就什么都不说，现在怎么突然性格大变，这么多问题了？”林瓔笑道。

“敞开心扉之后是轻松了不少，在你面前没必要绷着了。”

“倒也是，那你问吧。”

“这趟为什么带我来？就算你不想带着袁馨，随便带个化妆师也没问题啊。”

“你想听真话吗？”

“当然。”

“真话往往不好听，你还想听吗？”

“真话多难听，我也只想听真话。”

“我怀疑咱们公司有内奸，之所以带你一起来，是因为我怀疑内奸就是你。”林瓔有些不好意思，继续解释道，“我也不是毫无根据，就你这种资历的人，不可能网上投简历找工作的。还有昨天你说派卧底，但不是派技术过去而是派你的人，我就更起了疑心。”

“他们不招技术啊，他们的招聘信息拉勾网上都有，你自己去看看。”

“如果你跟他们是一伙的，恰好不在这个时间放出招聘技术的信息不就得了。故意派个你的人过去，让我们以为有个卧底在人家那儿，结果反被人家无间道了。”

“你想得可真多，”Kevin无奈地叹了口气，原来这也能让人误会，“那我怎么能证明自己的清白啊？”

“不用了，昨天芳芳说你带了张袁馨的照片，我就不怀疑你了。”

“你认为我另有所图。”

“有所图谋是人的本性，无所图才不正常。”林瓔嘴角一歪，“你现在已经跌落神坛，没有那么高深莫测了。”

“我本来就很正常，是你们想多了。”Kevin推了推眼镜，“不过，我也怀疑有内奸。”

“时间太巧了。而且以我对国内技术圈的了解，目前没有哪个有这能力的团队在做这事儿。”林璎继续开着车，“现在还没办法下判断，等再了解一下情况就明白了。”

“嗯，等等消息。”Kevin的语气恢复了平静。

到了万达广场，两人很快找到位于一层显眼位置摆放的薄荷绿色人脸建模取样机器。机器前面排了五个人，正在焦急地等待。

“你去排队吧。”林璎道。

“为什么是我？应该你去啊。”

“你长得比较像会敷面膜的人。”

“昨天你说的可是你了解所有软硬件，所以你来最合适啊。”

“我去多不合适啊，他们再起了疑心。”林璎坏笑道。

“我去人家也会疑心啊，我就让你带个女的过来嘛。”Kevin执拗不过，只好去排队。

“您好，是您对我们的产品感兴趣吗？”销售小姐热情地问道。

“是，我想了解一下。”

“我给您简单介绍一下，我们公司生产的这款面膜是全世界独一无二专为您个人定制的护肤面膜。首先，我们会通过全球最先进的3D建模技术为您建模，同时会检测您当前的皮肤状态，再将这些数据传给公司的后台系统。系统根据这些数字，为您定制适合您的护肤面膜。我们面膜的配方全部是汉朝时传下来的护肤秘方，所用原料都是药食同源的天然中草药，您不用担心会有任何副作用。现在是新品促销阶段，买一赠一，您看您订多少合适？”

“我先订十张吧。”Kevin自觉尴尬，想快点结束这段对话。

“十张也太少了吧，面膜这种东西，一天一张很快就用完了，而且我们现在有优惠，一次买够一百张，每张算下来才合五块钱一张，很划算的。”

“我先试试看，好用再买。”

“那也行，您下个我们的APP，苹果商店搜索美人关，对，就是这个。如果您还有需要的话，随时在APP中购买就可以。”

销售小姐耐心地教Kevin如何操作，可是她很快就发现不对，这位顾客比她更了解这款APP如何操作：“您是学电脑的吧？这么快就上手了。”

“嗯。”Kevin点点头，面无表情，但胸有激雷。

“您叫您男朋友也来吧，我们这儿不歧视。”销售小姐看着林璎的方向，抿嘴笑了。

“哦，好，我用着好就让他也过来。”Kevin很配合地说。

取样时间很短，Kevin做完后径直走回林璎身边，大方地挽着林璎的胳膊，说了句：“走吧。”

身后的销售小姐看着这对俊男走出去好远，还是忍不住偷笑。

“同志，您这儿干吗呢。”林璎想甩掉Kevin的手，却因Kevin抓得太紧没甩开。

“出去再说。”Kevin低声说。

“什么情况啊？”走出商场，林璎问道。

“你看看。”Kevin将手机递给林璎。

林璎拿过手机，惊道：“怎么一模一样啊，连配色都不带改的，这也太过分了。没这么抄袭的吧，这不就是咱们的APP嘛，就换了个名儿。”

“嗯，机器的操作也跟咱们的一模一样，所以——”

“肯定有内奸！”两个人几乎同时说道。

两个男人心事重重地再次上路。

“你在想什么？”林璎问道。

“跟你想的一样吧，他是谁？”

“嗯，我也在想。”

“只有技术团队的人有全部代码吧？”

“是。”

“还好，范围不算太大。”

“现在技术团队有几十个人，我觉得每个都有嫌疑。”

“有什么方法能找出来吗？”

“那我要好好想想。”林璎现在的精力要放在开车上，等回到公司，他就可以静静地想一想了。

第14章 | 五十度灰

回到北京，两个男人都没有回家，直奔公司，在各自办公室熬了个通宵。

Kevin做了近期发展规划，详细列数了下一步美妖盒需要进驻的城市和相应投入的资金。

林瓔则把自己关在办公室，直到大家都来到公司上班，他还没出来。

“林瓔，”袁馨上班第一件事当然就是来找林瓔问问他们实地考察的情况，可敲了半天，林瓔办公室的门也没打开，“难不成是睡着了？”

袁馨又冲到Kevin的门口。Kevin倒是没有让她失望，主动迎了出来。

“怎么这么早就来了？”Kevin问道。

“快跟我说说昨天的情况怎么样？”袁馨急迫地问，“我给你们打电话，你们都没接啊。我还以为你们被对方抓到当人质了。”

“法制社会，不会有这种事的。”

“怎么样？你们体验了吗？跟咱们的一样吗？”

“差不多吧，但跟咱们的设备比还有很大差距。”这个官方答案是昨天Kevin和林瓔商量好的，在弄清真相之前，先不要打击公司其他人的积极性。

“那我就放心了，我说也不可能嘛。”袁馨松了口气，“还有什么其他信息吗？”

“我还在整理，下周例会一起讨论吧。”

“林璎呢？他来了吗？”

“他就在你背后啊。”

袁馨一转身，吓了一跳：“你什么时候站这儿的？”

“刚刚，”林璎打了个哈欠，脸色苍白，头发蓬乱，看起来十分憔悴。

“你又熬夜啦？”

“嗯，发现咱们APP上有个小bug，连夜改了。”

“啊？有bug？怎么才发现？”

“有bug很正常吧，没bug的软件是不存在的。”林璎双眼迷离，看着袁馨，“Kevin，你昨晚上忙什么呢？我三点多去厕所看你这儿灯还亮着。”

“嗯，我出了个方案，一会儿发给你们看一下。竞争对手提前出现，意味着我们要加大力度跑马圈地，抢占地盘。咱们的宣传已经覆盖全国所有城市，如果线下服务跟不上，就白给人家做了嫁衣。”Kevin答道，“当务之急是尽快融到钱，在全国三四线城市快速布点，需要一笔不小的投入。”

“嗯，这周文爷帮忙约了几个投资人，会来咱们公司看看。”袁馨道，“投资人还是得单独见，那些路演都不靠谱，搞得跟作秀似的，也没人真给钱。”

“能单独见当然是更好，但路演也不是坏事，能快速在圈子里提高知名度。”林璎看了一眼手机，“电视台还有个节目，叫《创业山论剑》，我还打算让你去参加一下呢。反正是免费广告，何不去锻炼一下。”

“那种节目太假了，都是编导写的台词，让创业者念，根本听不下去。”袁馨赶紧说道，“我之前还看过几集，全是胡说八道啊。创业的要是把上面说的当成功指南，一准儿找不着北。”

“电视选秀就不用去了，那节目收视率就不高，业内也不认可。真要扩大知名度，可以去超女海选，是不是又要报名了。”Kevin笑道。

“Kevin，你怎么也拿我开玩笑，这可不像你的做派啊。是不是跟这个坏人待久了，也学坏了。”袁馨看着Kevin，一脸狐疑。

“好了，我这还有事，你们去别的地方聊吧，别挡在我门口了。”Kevin迅速恢复了平日的冷淡，独自回了房间。

“我程序也没改完呢，融资的事你多操点心，缠着文爷让他多找几个靠谱的投资人。”林璎也打着哈欠，缓慢离去。

“怎么他们俩都怪怪的，发生什么了？”袁馨回到自己的座位上，小声嘀咕着。

“仁宇，APP我改了几个小地方，已经共享了，你看看没问题，就尽快发布吧。”林璎道。

“我看到了，但就改了这么点地方需要重新提交吗？”仁宇不解地问，“可以等算法升级一块提交吧？”

“不用，听我的，先提交这版。”林璎冲着仁宇使了个眼色。

“好，”仁宇不再质疑，“那我先让大家测试一下，没有问题，下午就提交。”

创业看起来是最容易输在起跑线的事，但真要跑起来，反而又是最公平的。即便是袁晓华的千金小姐创业，也没少遭投资人的白眼。

“好，您想到什么问题，都可以随时联系我。”袁馨笑容满面地送走了这周第五拨投资人。

这家估计也不会投，说得倒是挺好，很感兴趣，回去再了解了解。袁馨郁闷地想着，资本寒冬、资本寒冬，从自己创业到现在，好像天天都在叫嚣资本寒冬。股市好的时候是资本寒冬，楼市好的时候是资本寒冬，现在国家出了这么多政策，股市不让坐庄，楼市不能贷款，投资创业项目所得收益都可以免税，怎么还是资本寒冬呢？

“想什么呢？”

袁馨还没缓过神，林璎已经站在她面前。

“哎，怎么都不愿意出钱啊？”袁馨哀号道，“咱们这么好的公司，这么低的估值，为什么都不掏钱啊，他们还想看什么啊？”

“这家是什么原因？嫌贵？”林璎问道。

“都没问价就走了，肯定是不会投的。”袁馨叹了口气，“我发现啊，越是挑毛病的，倒是越有可能投资，就这一直说‘好好好’的，一准儿没戏。你说他心里不觉得好，干吗要说好啊，人格怎么这么分裂呢。”

“明天是不是还有啊？我陪你见，没事。”林璎安慰道。

“我就是不明白啊，为什么共享充电宝都融了十几个亿了，我们这么好的公司他们看不上啊。”袁馨捶着桌子。

“太正常了，咱们又没站在当前投资的风口，人家顾虑多很正常。你要是觉得不公平，你也做共享经济啊，共享化妆品。”

“化妆品没办法共享吧，一个办公室用一瓶护手霜？也没准可以。”袁馨眼珠一转，“你说咱们的美妖盒旁边再增加个护手霜便利柜怎么样？扫码就能出来适量的护手霜，为白领提供方便。不对不对，不应该是放在一层，放在洗手间，办公楼和商场的洗手间里，每人每天限制使用两次。”

“你这么做的目的是？收费吗？还是免费的？要拉用户？”林璎问道。

“目的还没完全想好，开始肯定是免费啊，等用户多了之后嘛，就可以收费了。”袁馨继续开着脑洞，“我记得之前有一家专门做洗手间广告的公司，叫角落传媒吧。咱们这个更简单，比如哪家化妆品出了什么新品，就可以放在这个便利柜里，用户扫码花点钱就能拿到一个试用装。还可以卖卫生巾，单片装的，应该也会有销量。”

“想法是很好，但你算算一个柜子的成本和一个柜子能覆盖的用户数，还有这些用户的最终购买额能有多少。柜子还要有人定期修理，卸货装货。稍微算算你就会知道，肯定是投入远远大于回报，不值得做。”

“你怎么算得这么快啊？”

“不用算，这么简单的商业逻辑，如果值得做早就有人在做了，这里面又用不到任何高科技研发。”林璎狡黠地笑笑，“你正好闲着没事，给你看个好玩的。”

“什么好玩的？”袁馨立刻来了兴致。

“找不同。”林璎递过自己的手机给袁馨，“你看看这款APP和咱们的APP有什么不一样的地方？”

“嗯？这不就是咱们的APP吗？怎么换了个名？”

“看着很像是不是？但有一个小小的区别。你来找找。”

“连用色都一样啊，”袁馨快速操作了一下，“这哪有不同啊？”

“认真点儿，好好看。”

袁馨用自己的手机打开了美妖盒APP，对比着找，“看不出来，根本就是一模一样嘛，连提示信息都一个字不差。”

“这就是咱们竞争对手的APP。”

“啊？他们也太无耻了吧，就直接抄袭啊？好歹也改一改啊，没上过学吗，不知道抄人家软件要先改字体和配色吗？”袁馨义愤填膺。

“对，抄没问题，公开发布的应用，本来就不怕人抄，就怕这么肆无忌惮地抄。我周一做了个小修改，没想到今天才周四，他们就跟着更新了。”

“苹果商店审核就要两天，他们怎么可能这么快？”袁馨惊讶地问道。

“对啊，他们为什么能这么快呢？”

“他们抄的不是我们公开发布的版本，是我们发布之前就拿到代码了？”袁馨眉头紧皱。

“一点儿也没错。”

“靠，这是谁给他们的？谁这么无耻？”袁馨一拍桌子，就要往外走。

“你要干吗去？”

“骂人去。”

“骂谁啊？”

“嗯……”袁馨看着林璎，“你知道是谁吗？”

“我为什么会知道是谁？我又不是神仙。”

“这个应该是有办法的，只要……”袁馨拿着两个手机对比，“只要你给他们发的程序不一样。”

“哎哟，你也能想到这个办法啊。”林璎夸赞道，“你计算机不是体育老师教的啊？”

“人家也是正经大学毕业的好吗？不难想啊，不过怎么能发给每个人不一样的代码，还能不让人察觉，这我还没想到。”袁馨拿着手机又捣鼓了半天，不解地问，“这两个的区别是什么啊？我实在看不出来。”

“嗯，一眼能看出来的不就被发现了嘛。”林璎拿起手机，做了一段操作，“你看啊，在填写用户信息的时候，如果不填地址，会弹出这个提示框。”

“它也弹出了，”袁馨做了相同的操作，“这不是一样的吗？”

“仔细看。”

袁馨又盯了两部手机半天：“我眼睛都花了，实在看不出来。”

“这两个背景颜色是不一样的。”

“一样啊，都是灰色。”

“不一样，我们用的是纯灰色，RGB值是7F7F7F，它的灰没这么纯。”

袁馨瞪大双眼仔细去看：“真的啊，它比我们浅了一点点。”

“对，就是这一点点，就足够让咱们抓到内鬼了。”

“你是怎么做的？”袁馨问道。

“很简单，我写了一百二十份不同的代码，其他内容都一样，只有这个灰色的RGB值不一样，都是灰色，只有细微的差别，肉眼很难分辨，但只要取色，就能知道它的RGB值是多少。我提前给所有技术员工设定了共享权限，每个人的权限都不同，按他们各自的权限发送了不一样的代码。这个内奸也不是什么高手，很容易就上套了，把我这份加了料的代码发给了竞争对手，他们就跟着我们更新了软件。”

“然后你再根据这个RGB值就能把叛徒抓出来。厉害，好一个五十度灰，那叛徒是谁啊？”

“现在还不能说。”

“为什么不能说？”

“你这么冲动，我告诉你了，保不准你会对人家拳脚相加。”林璎笑道。

“我打他一顿有错吗？”

“打他对我们有好处吗？没有的话干吗要做。”

“不打也得把他开了吧，难道还继续让他在咱们这儿为非作歹？”袁馨生气地说。

“还没到时候。我还要等等Kevin那边的消息，然后想想下一步的计划。”

“那你告诉我是谁，我不打就是了。”

“那估计你也会横眉冷对的，你那张脸根本藏不住事儿。阴谋诡计告诉你就全瞎了，我还是找Kevin去商量商量吧。”林璎慵懒地起身，悠闲地迈着步子走了，“大小姐，务必保密，透出去一个字，我唯你是问。”

“哼！”袁大小姐虽然看起来气呼呼的，心里却很得意，抓到内奸，看竞争对手以后怎么办。

第15章 | 意料之中的戏码

“Kevin，内奸我已经找到了。你那边有什么消息吗？”林璎走进Kevin的办公室，随手关上了门。

“我正要去找你，这家公司非常有意思。”Kevin似笑非笑，递给林璎一堆纸质资料，“这些是工商局的公开信息，我打印了一份。”

“工商资料能看出什么？”

“能看出很多啊。”

“哦？”林璎翻着工商资料，“这家公司今年十月份才成立，那不就是上个月的事？公司法人是梁璐，没听说过。大股东跟法人是同一个人，也是梁璐。其他股东占比都不大。哎哟，还有一家基金公司占了百分之十啊？录得文化，这家基金我应该听说过，盘子还不小呢。他们投了多少钱？这创始人什么来历，刚成立的公司就敢投钱？”

“融了一千万，不算多。你也不用大惊小怪吧？咱们公司不也刚注册就有文爷投钱吗？”

“那是因为袁馨是袁晓华的女儿，我现在出来再做一家新公司都不见得这么快能融到钱。这个梁璐什么来头？”林璎问道。

“据我派去的线人说，梁璐是位美女，三十岁上下。”

“三十岁上下还有美女？”

“你这话也太肤浅了吧。”Kevin推推眼镜。

“没事，你继续说。她之前是做什么的？”

“空姐，二十五岁就辞职不上班了。今年灵机一动就开始创业了。”

“她背后是谁？”林璎皱着眉头，心里琢磨着这位空姐是何方神圣。

“现在还不知道，不过这位空姐看起来不差钱，去年在琨御府买了套顶层豪宅，平时住在东山墅，离你家不远。”

“这你都知道？”

“知己知彼嘛，给谁打工总要做到心里有数吧。”Kevin笑笑。

“还知道什么？”林璎问道。

“公司办公地址不错，CBD顶级写字楼，租了半层，据说装修得也很气派。”

“皮包公司不都是金玉其外，败絮其中。”

“还有一个消息，可能是你最关心的。”

“哦？你知道我最关心什么？”

“我大概能猜到。据说他们公司只有两名技术人员，除了偶尔测试一下程序之外，每天主要时间都在玩游戏，玩的游戏是王者荣耀。”

“哈哈，”林璎笑了起来，“我最关心的的确是他们在玩什么游戏。这公司还有什么人？刚成立一个月，人招不满也是正常。”

“他们的市场部还可以，战略很明确，和中小城市的电器城合作，直接在电器城里布点。现在电器城的人流大幅度下降，也希望有创新点能刺激消费者回到店里购物。所以即便是免费入驻，也比较好谈。现在已经谈成了十几家小城市的合作，主要是国美、苏宁，以分成的形式达到共赢。如果模式谈得好，他们后面甚至不需要像我们一样还要花精力各地布点，只要跟国美一家谈好，国美所有的店里放一台，直接就全国布点儿了。销售人员也很方便，借用国美的就可以。”

“嗯，策略不错。但宣传要跟上，不然哪个用户知道国美有这么个东西啊。”林璎插话道。

“思路非常明确，知道自己在干什么。铺开之后，就会和各大化妆品厂家谈合作了，跟咱们之后的想法可能完全一样。”

“完全一样就无法共存。”

“对，一山容不得二虎了。”Kevin心里自然有一笔账，初心前期的研发投入姑且不算，每个月要养一百多人的公司和这种只拉着十几个市场临时搭的草台班子相比，实在耗不起。

“事已至此，我也就不用客气了。”

“你本来还想客气？”Kevin疑道。

“是啊，我本来想着都是创业的，都不容易，这么大的市场，容得下两家混饭的，一起成长呗。”林璎语气轻松。

“这话袁馨说我信，你不可能。”

“真的，我也没想到一招毙命的办法，又怕打草惊蛇。”

“断其财路，创业公司钱断命断。”

“所以要尽快查出这个女人背后是谁啊。”

“你可以在她家门口守着，反正跟你一个小区。”

“我有那么笨吗？在这个高度信息化的年代还用自己去守着吗？”林璎笑了，“放心，这个事交给我吧，让你的卧底给我偷拍几张他们老板的照片。”

“有，”Kevin从林璎拿着的资料中挑出一张，“照片、身份证、车牌号都有，住址这上面也有。”

“高手啊。”林璎看着Kevin，正色道，“说，你到底是谁？”

“别闹，商战就是信息战，知己知彼，百战不殆。”

“你都不问问咱们公司的叛徒是谁吗？”

“过两天谁被辞了就是谁。”Kevin冷冷地道，这事用不着自己操心，时间有限，还是想想竞争对手的模式能不能借鉴是正事。

同一时间，梁璐身穿紧致的运动装刚刚从朝阳公园跑步回家。梁璐家位于东四环边上的东山墅。在北京，东山墅算不上最好的高档小区，但对于梁璐，从偏远农村长大，小时候连卫生纸都没见过，如今这套布满了达芬奇家具的豪宅已足够填满内心的虚荣了。

屋子里空空荡荡，钟点工打扫完卫生就离开了。梁璐进门后先去看了一眼手机，人立刻紧张起来。他要过来了，怎么办？梁璐有些慌乱，心里盘算着，从金融街到东四环晚高峰开车至少要一个半小时，自己时间足够，先洗个澡。

对于一个讲究的美女，光洗澡就需要一个小时。不用担心她们会不会洗脱了皮。皮可以再长，但身上要是有一处污秽被人看见，她们就恨不得自杀。

洗完澡，梁璐站在红外线灯光下烘干。时间太紧了，不等皮肤干透，梁璐打开一瓶杏仁味身体乳反反复复地擦。女人体香的原理和腌肉异曲同工，无非是多撒几遍佐料。

梁璐赤裸着身体坐到化妆镜前，哎，是不如当年了。镜中的自己肤色依然白皙，胸部依然高挺，但皮肤终归没有了少女特有的光泽和弹性，再多的化妆品也还是没用。没时间想这些了，化个什么妆呢？就化个巾帼妆吧，他好像挺喜欢琅琊榜里的霓凰郡主，一字眉，棕色眼影，眼线挑高，豆沙色唇膏，粉白粉白的脸。香水，用什么香水呢？日本买的情趣香水“猫女人”还没用过，现在是时候打开了。

折腾完自己，梁璐赤裸着身体在房间里跑来跑去，家里的暖气温度要调高几度，整个屋子都要喷点百合迷迭香，灯光换成紫红色。

好了，现在要思考自己到底该穿什么了。如果赤身裸体让一个男人看见，不但勾不起他的任何兴趣，搞不好他会被吓得转头就跑。La Perla的性感内衣打底，外面套一件白色纱裙，看起来既美丽性感又不失清纯。

看着镜子里的自己，梁璐露出满意的一笑。梁璐不但每天要花上两个小时做各种各样的有氧运动，除了逢年过节只敢吃蔬菜水果，偶尔喝上两口肉汤都觉得罪恶。这行竞争太激烈，优胜劣汰，就是这么残酷，梁璐深知这一点。而且自己的年龄越来越大，越来越没有优势了。

正想到此处，车库传来了车的响声，他到了。

梁璐心跳加速，但越是心急越要装出不在乎的样子，男人爱的都是喜欢拿架子的女人。梁璐从桌子上翻出一本落着灰的《哈佛中国史》，随便翻开一页，坐在真皮沙发上，不忘端起一杯印尼带回来的猫屎咖啡，慢慢品着。

他从车库走上楼梯，进了大厅，嚯，好一幅西方名画《读书的少女》。可她就认识那么几个字何苦要看书呢？看本《读者》都有一半的字不认识。书不是榴莲，再怎么拿着也染不上书卷气，大家闺秀都是童子功，后天上哪儿补。虽然这么想，但这模样总是可爱，也不忍打扰她，小心地从她身边走过，直奔饭桌。

“阿姨就做了这个？”他看着桌子上的一盆杂草，觉得无法下咽。

“啊？你什么时候来的？”她故作惊讶。

“刚到，出去吃吧。”他有些饿了，心情也不算好。

“我叫了外卖，马上就到，利苑的老火汤、孟非的红油抄手、大董的樱桃鹅肝，还随便买了几个炒菜。”梁璐调整出一个最佳状态的笑容，身体半倚着沙发。

“好，那我洗个澡，洗完应该就能吃饭了吧。”他上了楼。

梁璐对自己刚才的表现还算满意，只是，外卖怎么还没到。梁璐了解他，中午一般总是忙得没时间吃饭，晚饭一定要丰盛。

还好，在他下楼之前，饭菜到了。

梁璐赶紧装盘、装碗，在桌子上摆好碗筷，做完了再把手洗上几遍，免得沾上油烟味。

“这么多好吃的？”他像个孩子一样地跑下来，拿起碗筷，风卷残云地吃着。

“慢点吃嘛，今天又累坏了吧？喝点汤，补补身体。”梁璐在一旁悉心照料，却不动筷子。直到他吃完，梁璐才拿起一只樱桃鹅肝，轻轻放进嘴里，小心地咬着，眼睛却一刻不离开他，神情渐渐妖媚起来，娇笑着问道，“你看着我干吗啊？还没吃够吗？”

他看着眼前这只妖精，血气亢奋，情欲高涨。

“还吃不吃？我喂你一只。”

梁璐叼着樱桃颤颤巍巍地移了过来，他哪里经得起挑逗，像猛兽般扑了上去。他需要她，心如火烧；她则更需要他，久旱逢甘霖，此时不拼命还待何时。她撕咬，他榨取。他们便是凡尘俗事中一双旗鼓相当的雌雄异兽。原地激战，他咆哮声阵阵，她娇喘声不断。他奋力一扑，她如痴如醉，不肯放过一分一秒的欢愉。在这满是高档家具的大厅里，紫红色灯光的摇曳下，性爱中的男女在毫无意识的状态下，特别愚蠢，特别软弱。

游戏过后，他有些后悔，放着价值百万的床不睡，竟在这冰冷的大理石地上躺了半晌。长夜漫漫，还有更重要的事要做，今天来找她也不是为了解决生理需求的。

“起来吧，地上凉。”他轻轻拍了她一下，她看起来像昏死过去了，反正每次之后，她总要昏睡一会儿。

“我们去床上躺着吧。”她看起来十分满足，抱着他仍不想起来。

“穿上衣服，我有事跟你说。”他正色道。

“好。”她再无言语，老老实实地穿上昂贵内衣，掠了掠乱发，又假装贤惠地从冰箱里拿了两瓶果汁，柔声问道，“怎么了？”

“公司的钱还剩下多少？”

“还有一些。”她低下头，一脸娇羞，心想，就这么点钱还值得他盘问吗？他管着上百亿的资金还用在乎自己这区区一千万吗？

“跟你说过了，这是投资款，别乱用。下一轮融资，投资方还要尽调的，钱的来龙去脉都得跟人家讲清楚。”他见她咬住嘴唇，不敢说话，心下不忍，缓和了一句，“要是缺钱，只管跟我开口就好了。但公司的钱，千万不能动。”

“好，我知道了。”她还是低着头。

“这家公司就是我后半生的出路了，你一定要尽心打理好。”他看着世间最信任的女人，十分认真地说，“我又找了一家投资机构，下个月去公司，你一定要接待好。条件我谈得差不多了，回扣和上次一样，你准备好现金，那边钱入账，你的钱就给人家送过去。别让人家等，这种事做得越利索越好。”

“好。”她点点头，依旧低眉顺眼。

“你去看书，我看点资料。放心，”他看到她噘着嘴，好像要哭出来，捏了捏她的脸，“今晚我在这儿睡，不走了。”

她看起来很高兴，很激动，紧紧地拥抱了他。

即便是身经百战，即便善于游戏花丛中，他还是想不明白，她为什么这么爱他。

夜已深，他忽然惊醒，起身想去解手。她忽然醒来，抱住他，身体却慢慢往下移动。

她轻声说："夜凉了，容易受风着凉，别感冒。”

方便之后，他一身轻松，抱着她，心里有些过意不去。他还是想不明白，她为什么这么爱他。如果自己老婆有她对自己一半这么好，自己也绝不会再去拈花惹草了。

第二天一早，他开着宝马在晨曦中离去了。这么早，这个城市还没有醒来，他确定绝不会有人看到自己的。

的确没有人，但他忽略了小区里无处不在的摄像头。林瓔连物业都不用找，自己就攻破了小区的管理系统，一觉醒来就去看梁璐家的动向。他没有失望，自己要找的人应该就是录像里这台车的主人。

原来是他，果然是他。自己早就应该想到了，林瓔单手托腮，想着下一步是自己独自战斗，还是去拉上那位战斗力极强的队友。

朝阳门附近，一家没有门脸儿的餐厅里，一处不起眼的角落，坐着两位长相清秀、打扮时尚的男子。

“你丫太不够朋友了啊。”刘慧准时赴宴，看见林瓔就是一通埋怨，“你说你像话吗？背着我跟Marguerite勾搭上了。你倒是跟我说一声啊，我还能拦着你？”

“我是怕消息放出去，有人跟风抄袭。结果我们的保密工作做得还是不够，竞争对手已经出来了。”林璎拿过菜单，“先点菜吧，你吃什么啊？”

“不会吧？这么快？哪家啊？”刘慧拿过菜单扫了两眼，“就这三种套餐啊？你让我点什么啊？看你诚意吧。”

“服务员，两份最便宜的套餐。”林璎把菜单交给服务员。

“你至于的吗？真没诚意。你看看现在是什么节骨眼儿，你找我吃饭我还能来，是多给你面子，结果你还点最便宜的。”刘慧喝了口普洱茶。

“你们又遇上什么事了？”林璎疑惑地问道。

“上月双十一，这月双十二，我们电商最忙的时候，我都快累瘫了。”刘慧下意识地伸了伸腰。

“物流忙我能理解，跟你有什么关系啊？”

“这个时间，公司全员支持物流，哥们儿能不以身作则下仓库干苦力嘛。卸货分货，我现在已经是熟练工了。”刘慧得意地说。

“不至于吧？不是说你们电商现在都现代化管理了吗？有机器人扫码分货捡货的。”

“那都是新闻作秀的，我负责任地说，国外啥样我不知道，在咱们这儿，甭说我们，就是京东、菜鸟，也全是靠人工劳动力。不信你去问问，京东这两天也是全员下仓库。”

“这不合理啊。人能比机器便宜？”林璎疑惑道。

“你这国外回来的太不接地气了，将来怎么着不好说。反正现在，肯定是人比机器便宜啊。你明天要没事，也来我们仓库帮帮忙。真是忙不过来，工人累得都直接睡仓库了。”刘慧道。

“最近我们这儿也忙，等忙过了这一阵，我确实想去你们仓库看看。”

“说吧，找我什么事啊？你这人我也是看透了，没事儿一准儿不找我，找我肯定没好事儿。”

“怎么能这么说啊，上次做空你们公司的人我查到了，这对你不是坏事吧。”林璎拿出一份资料扔在刘慧面前，“你好好看看吧。”

“真是他啊，我靠，我非弄死他不可。”刘慧义愤填膺，狠狠地拍了下桌子。

“怎么弄死？”林璎好奇地问。

“我弄不死他，你还弄不死他啊？赶紧的吧，数你馊主意最多，有什么阴招儿赶紧使。”

“先吃饭吧，这事估计得从长计议。”小菜已经上桌，林璎示意刘慧动筷子。

“举辉是大基金，风控又严，要想抓到老谢的小辫子估计不容易。”刘慧快速吃完了面前的小菜，“这什么菜量啊，喂猫呢？爷这两天是什么运动量啊，这菜量的套餐你给我先来五份吧。”

“热菜还没上呢，你着什么急啊。”林璎道，“是，想抓他的小辫子肯定不容易，但你知道他前两天被抓的事吗？”

“听说了，不是辟谣了吗？说是谣传。”

“是真的，文爷到处帮他找救兵，还找到我们那里去了。”

“男女作风问题，国家都不管，咱们也管不着吧。”

“他媳妇不会不管吧？”林璎问道。

“你说杨三姐啊？我跟她不认识啊，不过有个人没准认识。”

“谁啊？”

“袁馨她妈，她们是同一家贵太太俱乐部的。”刘慧看着眼前的牛排，终于露出了一丝满意的神情。

“你怎么知道的？”

“我是那家俱乐部的老板，客户资料我都看过。”刘慧得意地笑了。

“你怎么这么爱做女人生意啊？”

“女人这种动物善良心软，花钱的时候又毫无理性可言，怎么骗怎么有。就说你们那面膜吧，什么啊就卖一百五一张，你当我不知道这玩意儿的成本吗？但女人们就是会上当，你忽悠忽悠她就买了。你过几天换个包装，换套新词儿，她们又买一遍。我经常纳闷，她们到底几张脸啊，怎么能买得了那么多化妆品啊。女人真的是神奇物种，你就是再怎么忽悠男性化妆品好用，讲究点儿的也就一瓶面霜到头儿了，不讲究的洗不洗脸都难说。”刘慧叹了口气，“所以，男性化妆品线全失败了，想让男的掏钱特别费劲。”

“别感叹了，还有个事，你肯定能帮上忙。”

“都不请我吃饱，还好意思给我找事儿啊。”刘慧把作为主食的牛肉面吃完，连汤都喝得干干净净。

第16章 | 妈妈咪啊，巧设妙计

首都机场三号航站楼的停车场，一位穿着深蓝色旗袍，披着白色貂绒披风的女士，挺胸抬头地走在前面。一位身穿制服、戴着白手套的男士拖着三个拉杆箱，狼狈地跟在后面。

“姐，您慢点儿。”制服男用手挡着车框，扶着女士上了车。

“小李啊，咱们直接回家吧。”女士说话字正腔圆，声音悦耳动听。

“哎，姐，我带您回家。”小李说话时透着喜悦，“对了姐，我做完这个月就不做了。”

“为什么不做了？大哥对你不好吗？我去跟他提，给你涨工资。”

“不是，我要去创业了。”小李兴奋地说。

“什么？你也要创业。”女士听完差点气晕过去，自己女儿就不知道着了什么魔，非要去创业，自己怎么拦都拦不住。现在倒好，连司机也要去创业了，创业又不是撞墙，哪有那么容易啊，“你要做什么啊？”

“我有个远房哥哥，两年前去了深圳，现在已经年入上百万了。我下个月就去深圳投奔他。”

“他在深圳是做什么的？”

“资本运作。”

“资本运作？”女士几乎不相信自己的耳朵，“资本运作”这四个字居然从司机小李口中说出来。

“您听过金玫瑰吗？”

“没有，干吗的？”

“金玫瑰您都没听说过吗？南方最大的资本公司啊，管理上千亿资产。我哥就是在那儿工作呢。”小李更加自豪，说话底气也足了不少。

“那他们具体是做什么的？资本怎么运作啊？股权债权还是放高利贷啊？”女士继续问道。

“什么都不做，真正的资本运作，姐，我给您讲讲啊。”小李清清嗓子，继续说道，“每年只要投一百万就能加入金玫瑰，年底就能二百万出来，每介绍一个朋友加入金玫瑰，组织还会奖励三十万给介绍人。”

“我还是没明白，他们拿这些钱做什么啊？”

“姐啊，你咋还没听懂呢？资本运作啊。”

“我听不懂啊，你大哥就是做资本运作的，你跟他说了吗？”

“我跟他说了，结果他也没听懂。我就很奇怪啊，怎么你们都不懂呢？多简单啊，就是纯粹的资本运作啊。”

“你们这没有运作啊，就交钱，钱进去就增值啦？小李，这是不可能的。”

“人家运作得可好啦，姐，你真是不懂。你到时候就给我一百万，我年底还你二百万，你就明白了。”

给你一百万？那不就肉包子打狗，有去无回了。女士心想，嘴上继续劝道：“小李啊，听姐一句劝啊，这肯定不是什么正路子的公司。你别去了，我让大哥给你涨工资，你继续在我这儿干吧。”

“姐，不行啊，人往高处走。我哥说了，在深圳，一年挣个几千万的人多了去了。不像在北京，机会少，机会都被你们这些富人霸着，深圳才是真正的公平竞争。我也得上进啊，不能再这么下去了。再这样，我妈也不干啊。姐啊，你可不能耽误我挣钱啊。”

女士听完这话，气得一口气差点没上来。心里默念，怎么这么几天没回北京，这群人都疯了。

到了家，女士对家中陈设还能保持原貌表示满意。走进自己房中，想小憩一会儿，却忽然发现自己的床上有一件男士衬衫，看Size，袁馨她爸的啤酒肚，绝对穿不上。

女士没了午睡的心情，拿出手机，拨通电话，语气严肃地对那头说道：“我回北京了，你什么时候过来？”

“最近忙，等我忙过这阵子的。”

“我上次见你还是玉兰花开的时候，这眼瞅着腊梅都开了，咱们也该见见了吧。”女士没有一点儿好气儿。

“云姝，你要理解我啊，最近确实忙。”

“我跟你说说你女儿的事，你再忙也得回来吧？”

“女儿又怎么了？创业的事吗？”

“她要创业你为什么不拦着啊？”

“为什么要拦着？响应国家号召。历练一下也没什么不好吧。再说，林瓔都回来帮她了，应该没什么问题了。林瓔你还记得吧？就跟袁馨青梅竹马一起长大的那孩子。”

“我当然记得，娶了个美籍华人，一家子都不知道自己姓什么了。”云姝想起这个事就生气。

“过去的事就不提了，这次林瓔专门回来帮咱们袁馨创业的，情谊还是很深啊。”

“创业、创业，我现在一听这个词就头疼，你知道小李也要去创业了吗？”

“他跟我说了。”

“那你不拦着？我都听得出来他那事不靠谱。”

“传销组织，我拦不住啊。”

“啊？传销？那不违法吗？赶紧报警啊。”

“我说他们是传销，他们自己又不承认。人证、物证都没有，怎么报警？警察同志，我怀疑在深圳某地有个不法传销团伙，您有空就去看看？人家也不能理我啊。”

“你就眼看着小李走上邪路啊？那孩子就是缺点儿心眼，人可真不坏。”

“年轻人，长点教训也没坏处，不然哪知道世道险恶啊。”

“你回不回来？”

“下周，下周一定……”

云姝不等那边说完就挂了电话。这一老一小没一个省心的，女儿居然破天荒主动打电话给自己，还甜言蜜语地让自己回来，肯定没什么好事。云姝看着挂在墙上的照片，那是二十多年前的自己，红遍大江南北、长城内外。现如今，就是走在闹市区，也没有一个人认识自己。不过一眨眼的工夫，女儿就长大了，自己的人设也快塌了。

云姝是不折不扣的北京大妞儿，南城胡同里长大，从小的梦想就是跟着英雄仗剑走天涯。可惜等来等去，英雄没等来，等来了一位眼光不俗的导演，看上了云姝大写的飒蜜气质，让她演了自己的电视剧处女作中的女八号。

这部电视剧最后有没有上映云姝都不知道，但这事却让她有了报考电影学院的决心。长相不俗，气质不卑不亢，在一众美女堆儿里也是最显眼的那个。在上学期间，云姝就意识到了这演艺圈绝非净土。同学老师都时不时地张罗饭局，带着系里的美女去酒桌上攀龙附凤。有位高调的老师，更是以“四九城第一皮条客”自居，有事没事就给云姝介绍些社会名流。哎，云姝想到此处叹了口气，社会名流都是些四五十岁的糟老头子，充满了中年男人的油腻感，自己如花似玉正当年，哪能随随便便跟了他们。

还好，那个年代的演艺圈还不算太黑，自己没参与过什么潜规则，靠着高产敬业也红了。人红了，是非也就多了。绯闻满天飞，不是央企老总，就是省委书记，其实自己全都不认识，不过演出时人家能给自己捧个场。心高气傲了半天，居然看上了家门口股票交易所的办事员。有阵子为了拍个炒股的戏天天去交易所体验生活，一来二去就和长相帅气、谈吐有趣的袁晓华成了朋友。自己那会儿真没多想，就图他个人好，脾气好，对自己千依百顺，谁能想到这不起眼的办事员家中竟有妻室。

一般男人找媳妇多逃不出两类：一种找妈一种找抽。袁晓华跟一般男人不一样，先找妈，再找抽。袁晓华的原配夫人付春娇朴实善良，温婉顺从，又是家务劳动的一把好手，生活琐碎样样操心，事事不落，对丈夫无私奉献更是其根深蒂固的信仰。几年来，袁晓华的起居饮食都被照顾得极好。而云姝正好相反，十指不沾阳春水，但能作会闹，三天两头制造浪漫，倒让袁晓华平淡的生活有滋有味起来。可是无论哪一边，袁晓华都割舍不下，二十五岁的云姝，正常男人根本无法阻挡；可对自己全心全意的春娇，他又不忍伤害。

在袁晓华举棋不定之时，云姝直接去找春娇摊牌。

“所有人都知道我们在一起了，他爱我，我爱他，您又何必非要当第三者呢？”云姝说得理直气壮。

“咱俩谁是第三者啊？”虽然被云姝的话砸蒙，春娇依然尽力保持着冷静。两军对阵，拼的就是心理素质。

“我们是两情相悦，您是没人爱的那个，所以，您是第三者。”

“你想我怎样？”春娇咬了咬牙。

“放过他，跟他离婚。”

“这不可能。”

“为什么不可能？”

“因为你永远都取代不了我。他离开你，他还能好好活着，什么都不会改变；他离开我，他的宇宙就塌了。我就是他妈，你听说过换妈的吗？”春娇冷冷地说完这段话，头也不回地走了。

云姝明显是被春娇宏大的宇宙观彻底打败，从此再也不敢有取而代之的非分之想。

这事自然给袁晓华添了不少麻烦。在那个人言可畏的年代，袁晓华很快就因不能忍受同事们的指指点点，请辞回家。思来想去，自己唯一的机会就是南下创业。而云姝，北京大妞的飒劲儿在这个时候表现得淋漓尽致，什么叫飒，男友创业，二话不说，借条不打，全部积蓄都交了过去。云姝想到此处，又叹了口气，哪儿像现在的女孩儿啊，男方父母买个房还非要把自己名字加上。

按当下的话说，云姝就是袁晓华的天使投资人。袁晓华也没有让云姝失望，原始资金翻了上千倍，赚下了如今的家业。就是因为云姝当年的义举，这些年，袁晓华对云姝和袁馨都非常好，物质上竭尽全力地满足，但陪伴的时间却越来越少了。

云姝如何也想不明白，自己当时是怎么发昏了，怀了袁晓华的孩子又不舍得打掉，逼婚又不成。现如今落得一个人独守空房的凄凉场面，真不如当年两眼一闭，心一横，嫁入豪门算了。还好手机这会儿响了，是袁馨。

“你紧赶慢赶地催我回来，我真回来了，你都不去机场接我，什么事这么忙啊？”云姝气呼呼地问道。

“哎哟，云姐，您可回来了，太好啦。”袁馨热情地说，这对奇葩母女的称呼也异于常人。袁馨从小学就知道，叫云姐比叫妈妈，更能让云姝开心，“我去接您，晚上咱们出去吃吧。”

“林瓔呢？你们是不是在一起呢？”云姝直奔主题。

“您也知道他回来啦？是不是听我爸说的？”

“晚上叫上他，一块吃饭吧。我也这么多年没见他了，也想看看他现在出落成什么样子了。”云姝道。

“晚上是他请客，他有事求您，都不告诉我是什么事。”袁馨笑道。

“我跟他都七八年没见过了，他有什么事能求到我啊？”云姝问道。

“我也纳闷啊，反正晚上吃饭就知道了。云姐，有没有什么想吃的？您点地方。”

“后海那家四季民福吧，我想吃烤鸭。”云姝在国外漂泊半年，嘴里早已淡出鸟了。

“这个点儿了，那家怕是订不上了，望京店行吗？”

“不行，就要那家。”虽然已是一把年纪了，云姝心里依然住着小公主，言行处事还是个作女，“订不上就不吃了。”

挂断电话，袁馨叹了口气，拍拍身边的林瓔说：“林总，不好意思了，麻烦您现在就去排队等位吧，地址我发你手机上了。”

“阿姨还是这么有意思啊。”林瓔笑笑，快步走出了公司，开上车直奔后海。林瓔深知，求人办事，先要把人伺候好了。

还好，林瓔到店时还有间风景极好的包间空着。等待时间，林瓔反复盘算着自己的计划。袁馨他妈是第一步，之后的每一步要怎么走，效果是什么，有没有节外生枝的可能，谁该知道，谁不该知道。从头到尾，顺了两遍，袁馨和云姝终于来了。

云姝已经不是机场那身旗袍大氅了，Max Mara的米黄色羊绒大衣，里面穿深蓝色DVF蕾丝边围裹裙，脚穿萝卜丁红底高跟羊皮小短靴，脸上的妆容看起来华丽高贵。她面无表情地坐下，微微用余光瞟了林瓔一眼。不错，确实是未来女婿的有力竞争者，心里虽然满意，脸上却丝毫不露喜色：“林瓔，不好意思，我刚从国外飞回来，有点累。赶紧点菜吧，没有别人了吧？”

“伯母，您好，没别人了。菜我已经点好了，马上就上。这么多年没见，伯母还是那么漂亮。”

“你点了什么菜，说来听听。”云姝对林瓔胆敢不征求自己意见，就擅自做主点菜，十分不悦。

“炒一本。”

“炒一本？什么意思？”

“就是这菜本上的招牌菜，我全点了。”林瓔道。

“你点这么多干吗，太浪费了。”袁馨埋怨道，“我和我妈饭量又不大，赶紧叫服务员退菜。”

“林璎是好意，想让我们每样菜都尝尝，不用退了，吃不了的打包嘛。”云姝缓和了口气，这样的出手才配做自己的女婿嘛。

“也行，你们不爱吃的菜就别伸筷子啊，我拿回去给加班的同事吃。”袁馨点点头。

“伯母，您喝点什么吗？酒水我没敢点。”林璎小心翼翼地问道。

“不用了，我带着茶呢，跟后厨借点开水就行。”云姝从喜马拉雅鳄鱼皮手包中拿出一只精致的小瓷罐，“八百年的古树嫩芽，你们都喝这个吧，去火安神。”

“芽全摘了，这八百年的古树还活得了吗？”袁馨道。

“伯母这次旅行有什么见闻吗？我听袁馨说，您走了快半年啦。”林璎岔开话题。

“夏天那会儿在圣彼得堡避暑，待了两个月。之后米第奇家族第三十代接班人皮耶罗五世邀请我去Firenze小住，跟他们探讨一下中国油画艺术的发展方向，又待了一阵子。待到有点烦了，刚想回国，发现北京已经冷了，我是最怕冷的，索性就直接飞了毛里求斯。这一趟最有意思，是皮耶罗带我看了米第奇家族的私藏，不看不知道……”

三人还没说上几句，服务员就开始走菜了，因为实在点得太多，凉菜就占满了整张桌子。

“这个打包，那个也打包，不用往桌子上放了。我妈不吃根茎类，带土豆茄子的都不用上了，直接打包。”袁馨和服务员一通忙活，终于腾出位置放了几盘热菜，“烤鸭，快点上吧，我妈就冲着你们家烤鸭来的。”

“原来伯母爱吃烤鸭啊，下次我带您去吃个小地方，您鉴定一下。”

“好，”云姝率先动了筷子，然后才客气道，“林璎，你吃啊，你小时候爱吃什么来着？对，宫保鸡丁。”

“云姐，你也记得啊？”袁馨惊讶地问道，“你连我爱吃什么都记不住吧。”

“你什么都爱吃，有什么可记的。林璎就爱吃一家店的宫保鸡丁，谁都能记住。”云姝瞪了袁馨一眼，“再说，还不是你天天跟我念叨，我才知道的。”

林璎听完只觉心中一暖，客气道："伯母，您尝尝这个，这是他们新出的时令菜品，当季才有。"

"好，"云姝蜻蜓点水，每样动了一下筷子，就不吃了，"我听袁馨说，这次是你找我回来，有什么事吗？"

"确实有事相求，伯母，您认不认识杨家三小姐？"林璎道。

"何止认识啊，这些年，就她和我聊得来。"云姝喝了口茶，"我们都爱画油画，师从中国书画院院长杨老先生，算同门师姐妹吧。你有事找她？"

"事情说来话长，我就长话短说吧。杨小姐的丈夫是我朋友。有天早上，我在我家门口碰见他了，还以为他也住我们小区了。后来一打听才知道，他是有位住在我家小区的朋友。但他这位朋友名声不太好，最近听说又染了些病。我有心想告诉朋友，但又觉得这话不好启齿。刚好听人说您跟杨小姐认识，要不您看方便的时候传个话儿？"林璎小心地说道。

"我当是多大的事儿呢，有什么不好启齿的啊。男人哪有不出去偷腥的。"云姝想了想，疑惑地看着林璎，"这事儿没这么简单吧？你是故意想让他老婆知道？"

"伯母，我就是想让他老婆知道，管管他。我们家这邻居跟我关系有点紧张。"林璎笑道。

"你的目的我就不管了。但杨三姐未必会管，她也是个聪明人，知道给男人留出空间。如果你想让她管，就得把事闹大，最好尽人皆知。她那种出身的人，就怕人前失了面子。"云姝眼珠转了转，琢磨着怎么办好。

"你跟你邻居有什么仇啊？非跟人家过不去？"袁馨不解地问道。

"我邻居就是英雄难过那家公司的老板，你说能过得去吗？"林璎回道。

"这么巧？"袁馨惊道，"那家公司特别过分，在我们公司插了个人，把我们的代码技术全窃取了，还要拼低价，跟我们抢市场。云姐，我们可就全靠你了，一定要给我们报仇啊。"

"什么人这么大胆，敢惹我女儿？行，这事儿包在我身上，一定把这口气给你出了。”云姝拍拍袁馨，又转头看着林璎，“这人什么时候来，什么时候走，有规律吗？”

“我观察了一阵子，周二晚上都会来报到，周日偶尔也来，住下的时候少，一般就待到十点多。”林璎道，“我放了个摄像头在我家门口，他只要进我们小区，我就能收到通知。”

“周二，哎，巧了，下周二正好是我们老师生日，”云姝狐媚地一笑，“咱们就一起做个局吧。不过啊，这里面还有些事，你最好能算得更准点儿。袁馨，去后厨加点开水，这么大了都没有眼力见儿，茶壶里的水都干了。”

“我马上去。”袁馨应道。

看袁馨出去了，云姝低声和林璎谋划起来。等袁馨回来，桌上的两个人都露出了满意的笑容。

“云姐，有什么好主意吗？”袁馨眨着大眼睛问道。

“下周二，我老师生日，我做东，你一起来就是了。”云姝喝了口茶，第三道的味道已经差了不少，“你们也吃饱了吧，我得早点回家休息了，累死了。对了，林璎，我床上找到一件你的衣服……”

“伯母，您误会了，”林璎不由得红了脸，“那是……”

“我很开明的，没事。”云姝笑笑，穿上大衣，“袁馨，别吃了，赶紧走吧。说过你多少次了，别吃那么多。”

“等会儿，还要打包呢。要不，林璎，你送云姐回家，我把这些菜打包，直接送到公司，今天晚上就不用给大家买夜宵了。”

“行。”林璎痛快地答应了，正好路上还可以和云姐讨论一下细节。

周一例会结束，袁馨一脸幽怨地拉住林璎：“林璎哥哥，我觉得我在初心越来越多余了，技术帮不上忙，销售帮不上忙，市场帮不上忙，现在连你们的阴谋诡计我也听得一头雾水，你说我这样的人哪配在这家公司当高管啊？”

“这说明你很厉害啊，这么多比你有本事的人愿意给你打工，帮你操心，这是多少企业家梦寐以求的状态啊。”林璎安慰道。

“哎呀，你就不要讽刺我了，我自惭形秽，准备速速遁去。公司将来就交给你了。”

“你别闹了，我说的是真话，你知道一个CEO每天最该操心的事儿是什么吗？”

“融资？”

“你知道是融资还不赶紧去练习演讲，还有时间在我这儿耍赖。之前投资人提出的建议意见，如果对咱们有用，在下一次演讲的时候都要说。”

“不是谈好一家了吗？德惠那边也答应这轮还会跟，算算也差不多了。”

“小姐啊，你真是以前融资都太顺了，不知道这里面的水深啊。你以为人家口头说一句要投就真能投吗？幼稚。”

“不然他们糊弄我干吗啊？他们都是有江湖地位的人，没道理跟我开玩笑吧。再说投资圈、创业圈都不大，说话不算数传出去多难听啊。”

“随便找个理由就不投了啊，传出去有什么难听的。你记住了，只有钱到账那天，才是融资成功了。钱到账之前全是假大空，人家要是不当真了，你必须还有后手。”

“一女不能嫁二夫，我这都答应人家了，现在还在外面找钱，人家知道了不得急啊？”袁馨问道。

“主动联系别人呢，可能是你不对，但别人主动联系你，你就必须得去，去了也别说‘我们这轮close了，您请回吧’这种傻话。该谈什么谈什么嘛，融资的目的除了拿到钱，还有拿到更多的钱。如果有人愿意出更高的价格，干吗不多聊几家。”林璎训斥道。

“哦，”袁馨有些委屈，“你这么横干吗，好好说嘛。”

“你是没遇上过一分钱难倒英雄汉的时候。我的公司因为资金链断裂，在Preipo的时候，差点破产。”林璎语气稍缓，“创业公司无时无刻不是在为钱挣命，不管账上趴着多少钱也要居安思危。就是上了市也一样，现代企业，和资本要做好打一辈子交道的准备。”

“那你给我讲讲，当年你是怎么死里逃生的？”袁馨兴致勃勃地问道。

“有空再说吧。所以你就记住，你最重要的使命就是给公司找钱，其他的工作，交给擅长的人负责。如果没有擅长的人，你就去找擅长的人。如果一家企业，CEO事必躬亲，这企业就离倒闭不远了。”

“林总教训得是，我去改BP了，把这周的销售数据加进去。”袁馨正要走，忽然想起了什么，说道，“对了，Marguerite的面膜特别好用。我用了两周，皮肤状态也比之前好多了。”

“你不是不相信护肤品的吗？是谁前一阵子在这儿大放厥词，把护肤品说得一无是处？好像就是你啊。”

“小女子头发长见识短，官人莫怪。之前的种种误会全是因为狗眼看人低，没用过好货就不识货。真是不进马家门，今生枉为人。”袁馨道。

“你还一套一套的，真的好用？”林璎问道。

“特别好用，这也不光是我说的。你看看现在网上对咱们面膜的一片追捧，都不是雇的，全是自来水。”

“自来水？”林璎好奇地重复了一遍这个陌生词汇。

“就是自发来灌水的。不是水军，是真的用户，因为产品太好，帮咱们在各大社交媒体和论坛灌水。连B站，这两天弹幕刷得最多的，就是我刚才说的那两句——‘不进马家门，今生枉为人。’B站的观众卧虎藏龙啊，太有才华了。”

“这么神奇？”林璎疑惑地问道。

“真的，我都打算去买他们家面霜了。”袁馨点点头。

“确定不是心理作用？”

“我是发自内心排斥化妆品的，你还不知道吗？但这次是真的让我服了，我也没想到会这么好用。”

“那我是不是也应该试试了？”林璎笑道。

“Kevin已经在跟他们对接了，尽快出护肤面膜，应该也会很快吧，护肤面膜比美妆面膜研发容易太多了。”

“是容易太多了，但这样咱们的优势就不大了。”林璎若有所思，“你赶紧去改BP吧，我要和云姐打个电话，把明天的事再确定一下。”

“你们到底瞒着我密谋什么呢？为什么不让我知道啊？”

“看了剧透，表演得再精彩也没意义了。你就等着看戏吧。”林璎坏笑道。

“这么神秘。”袁馨噘着嘴嘀咕道。

“对了，你也给我买个Marguerite的面霜吧，我要试试到底有没有你说的那么神奇。”

“爱美之心人皆有之啊。”袁馨笑着走了。

第二天傍晚，云姝非要做东，租了辆加长悍马，接上了老师和一众学画姐妹，带大家去吃一家美女私房菜。

“云姐，您这是要拉我们上哪啊？都堵了这么半天了。”一位穿着光鲜的美女问道。

“保你爱吃，我去过一次，喜欢得不得了。飞禽走兽都是当天从加拿大空运来的，调料是从四川运来的，鲜花是从云南采的，就连水果蔬菜，也是她们在京郊包的地，自己种的。”云姝绘声绘色地介绍道，“你不是最爱吃榴莲吗？我今天特意跟他们定了，瓜熟蒂落的马来西亚猫山王，今天下午落地，晚上就到你嘴里，你可得尝尝，跟平日吃的榴莲根本不是一个味道。”

“哎哟，榴莲啊，我可受不了那味儿啊。”一位珠光宝气的阔太太说道。

“就说你不识货嘛。上好的猫山王闻上去一股浓香，入口的味道那是先苦后甜，层次分明，不腻不齁，香醇适口。你好好尝尝吧。”云姝得意地说。云姝最喜欢的，就是炫耀这种认知层面的优越感。

“据说这样的五星猫山王，连马来西亚本地人都舍不得吃，全出口换外汇了。”说话的正是今天的主角，杨小为。跟一众富婆不同，杨三姐身上既没有珠光宝气，也没拿着珍稀动物皮包，一身简单的黑色职业套装搭配一只棕色邮差包，看起来干练精神。她也是这些人中唯一还在上班的。为什么还要上班，这个问题也是每天闹钟响起时，杨三姐必须要面对的。家里从来不缺钱，老爸能赚，老公也能赚，就算穷奢极欲，也能安稳地过完这一生。但杨三姐从不是这种人，打小就好胜心极强，一路学霸全奖进入哈佛商学院，毕业之后更是顺利进入顶级投行。杨三姐的家庭背景放在别处是鹤立鸡群，但在顶级投行，杨三姐感到自己是一只小母鸡走进了仙鹤楼。杨三姐只有加倍努力地证明自己，才能在一群仙鹤之中慢慢抬起自己高傲的头。现在手头上就有两桩并购case同时在做，自己早就已经体力透支。如果不是云姝专门开了车去公司楼下接她，今天无论如何要扫老师的兴了。

“没错，这瓜熟蒂落的五星榴莲以前只能去马来西亚本地才能吃到，上飞机出口的那些都是早产儿，为了方便运输。现在不一样了，只要想吃，提前订好，这家店能联系到专机运过来。”云姝道。

“我过个生日，你又何必这么破费。”说话的老人精神矍铄，鹤发童颜。

“难得众姐妹都肯赏脸，弟子一定要尽心。您可千万不能跟我客气，马上就到了，再拐个弯儿。”云姝指挥着司机又在辅路上绕了一圈，说话时始终看着手机。就在这时，手机亮了，吉时已到，“就这个口，进去。我跟门卫打个招呼。”

“怎么饭店还在小区里啊？”有人问道。

“别墅区，这种地方吃饭又隐蔽又安静，吃着舒服。”云姝指挥着司机，“就这家，也不知道他们准备好了没有。”

云姝先跳下车，搀扶着老师慢慢下车，众姐妹也跟着下来。

“我没记错吧，就是这栋房子吧。”云姝疑惑地抬头望望，在四下转了转，“应该就是这家，走吧，咱们进去吧。”

云姝也不敲门，快速在密码锁上摁了几个数字，门开了。

云姝招呼大家：“就是这家，大家进来吧。”

众姐妹鱼贯而入，走入大厅，都愣住了。只见一对男女，赤身裸体，瞪大眼睛看着众人。

大家都还没反应过来是怎么回事，男的就从女人身上跳开，径直跪在了地上，喊道：“小为，我一时糊涂，知道错了，你一定要原谅我。”

“啊？你认识小为？”云姝故作惊讶地问道。

众人的目光瞬间都集中到了杨小为身上。杨小为站在原地，气得浑身发抖。丈夫这两年在外面拈花惹草，自己也早有耳闻，但没想到居然在这种场合，能撞到现场直播。

“小为，你一定要原谅我啊。”男人也顾不得自己没穿衣服，跪着爬到杨小为脚下，抱住她的大腿，苦苦哀求。见杨小为不为所动，干脆哭了起来，哭得悲悲切切。

“你还嫌不够丢人吗？”杨小为脸色由红转白，又从白变红。

“妹妹，你别生气，身体是自个儿的。”有位好心的阔太，怕当场出了人命，赶紧来劝，“云姝，都怪你，你肯定是带错地方了，咱们赶紧走吧。”

“对对，都怪我，是我糊涂了，黑灯瞎火没找对地儿，我现在就联系店家啊，你们别着急。”云姝慌慌张张地握手机，颤颤巍巍地对着电话那头说，“你们到底是几号楼啊？赶紧来接我们，我都走错地方了。”

“你们不是来捉奸的？”男子越听越觉得不对，止住哭声问道。

“我们是来吃饭的。”有一位大姐答道，眼角眉梢全是笑意，却非要忍住，只怕再多待一会儿就要憋出内伤了，“你们也是，干这勾搭还不关门。”

“啊？你们……”男子差点气背过去。

“走吧，走吧，饭店的人来接咱们了。”云姝张罗着，让众人离去。

私房菜馆果然离这儿不远，没走几步就到了。云姝之前提到的珍馐美馔果然一应俱全，就连服务员都是长相出众的一对金童玉女，可是这个节骨眼儿，谁还有心情吃饭啊。不消一刻钟，杨小为就借口有事，提前离场了。

杨小为刚走到门口，就听见一桌姐妹的议论声。

“这男的哪配得上小为，你看看他那副丑态。”

“女的也不像个好货啊，一看就是狐狸精，看着也不年轻了。”

“我要是小为，今天就找人把他废了，看他还能出来偷腥。”

“真是，小为这样的人品，眼瞎了找个这样的老公。”

“难怪小为还要工作啊，这样的老公，要我也得自己出去挣口饭吃，哪儿靠得住啊。”

“今天这事也太巧了吧，云姝，你这是故意给老师生日加戏呢吧。哈哈哈。”

“哪能啊，真是太巧了，这事闹的。”

在这一片奚落声中，杨小为牙根紧咬，暗下决心 ，谢英权你给我等着。

此时，谢英权已经踏踏实实地跪在家里等门了。堂堂七尺男儿哪有怕老婆的。所谓怕老婆，都是爱老婆，夫妻互相尊敬才是持家之道。谢英权自我安慰道，可是尊敬归尊敬，此时为什么止不住地哆嗦呢。杨小为怎么还不回来，她今天还会不会回来了？只要能回来，就还能解释，一切还有回旋的余地，但要是就此离家出走，直接派律师接手，自己就彻底完了。杨小为对自己可绝不仅仅是枕边人这么简单，自己的身家性命可全绑在她身上，回来还得搞清楚今天这是怎么回事，到底是哪个王八蛋这么坑自己啊。

正想着，杨小为冷着一张脸回了家。

“小为，你可回来了，你听我解释。”谢英权爬到小为面前。

“我累了，睡醒了再说吧。”小为也不说话，自顾自地去洗漱。

“我今天是跟老陈喝多了，被老陈……”

“别说了，我不想听。”小为喝道，“有事明天再说。”

“行，我不说了，你先休息，我给你热杯牛奶。”谢英权道。

“我来吧。”小为接过谢英权递过的两杯牛奶放进微波炉，快速向一杯牛奶中扔了一枚小药片。

杨小为直到睡觉也没说什么，就像一切都没发生一样。她这样的表现让谢英权更担心。

夜深，皓月当空，月色洒满卧室，一切看得清清楚楚。谢英权感到一阵剧烈的疼痛，勉强从梦中醒来，只见一向知书达理的杨小为此时却像一只野兽，也不知从哪儿得了根铁棍，正狠狠砸在谢英权的腿上。

谢英权被眼前的一幕吓得呆住，连逃跑的应激反应都好像失去了。杨小为使出浑身力量又猛敲了几下，谢英权再想跑也不可能了，两条腿都被打断了。

此时的谢英权号啕大哭，一半是疼的，一半是吓的："小为，咱们有话好好说啊，你这是干吗啊？"

小为举起铁棒对准谢英权的头，试探性地要往下砸。

"小为，别啊，我命不足惜，你可是大好年华啊，犯不着为我偿命啊。你冷静点，冷静点啊。"谢英权哭得更加厉害，"我以后什么都听你的，你让我怎么做都行，别这样啊。"

"我杀你还用偿命吗？"杨小为冷笑一声，"我只说你是心脏病突发，梦中猝死。明天早上就装进麻袋送到火葬厂烧成灰。谁会知道？谁会怀疑？再说，你死之后，我是苦主，我不追究，谁还会追究。"

"小为，夫妻一场，你不会真要这样吧？"谢英权吓出一身冷汗，恐惧蔓延全身，"我是不对，可是罪不至死吧？"

"死有什么意思？我看着你活得悲惨才是最有意思的。死不可怕，穷才可怕。"杨小为说完递过一份文件，"这是离婚协议，你现在赶紧签字。你，净身出户，名下所有财产都归我。"

"小为，你不能这么对我啊！"

"那你是想死？"杨小为举起铁棍，脸上没有一丝血色。

"我签，我签。"谢英权不敢再反抗，赶紧签字，签完问道，"小为，能帮我叫医生吗？我快要疼死了。"

杨小为盯着谢英权看了两眼，这个男人真是没有一处优点，自己当初是怎么看上他的，心头恨起，拿起铁棒，又在他腿上敲了两下。

谢英权疼得嗷嗷大叫，大声呼叫救命，可惜他们住的是高档别墅，隔音极好，就是叫破喉咙外人也听不到一丝动静。

此时此刻，在东山墅的一套别墅中，服务员终于将一众贵妇送走。

"可算走了，累死我了。"袁馨四仰八叉地瘫倒在沙发上。

林璎此时也累得不行，一屁股坐在地上，叹道："这帮女的可真难伺候啊。"

“快说，这都是怎么回事啊？”袁馨憋了一晚上，绝不放过提问机会。

“什么怎么回事？都是你妈她老人家神机妙算啊。”林璎笑道。

“我妈是能算得出来他们几时行房？还是能算得出来梁璐家的密码？肯定是你捣的鬼。”

“破解密码锁嘛，是有点难度。我在锁上面放了一个小型sensor，能收集到每次梁璐开锁时的动作。根据动作，就能判断出密码。”

“窃听器？摄像头？你都放什么了？”袁馨好奇地问道。

“你这些东西也太原始了。我只要在她的手机里下载个木马软件，她的一举一动就再也逃不出我的掌握了。”

“手机难道不是随手带着吗？你哪来的机会下手啊？”

“这你就不用操心了，我自有办法。”

“她用的是什么型号的手机啊？苹果手机想装个木马不容易吧？”袁馨仍有疑问。

“对你确实不容易。我要睡觉了，你是没羞没臊地睡我这儿，还是回家睡啊？回家就赶紧走吧，不早了啊。”林璎嘴角上扬，一脸坏笑。

第17章 | 鸳鸯反目，净身出户

“你们在这儿高兴什么呢？”文爷丧眉耷眼地走进初心不改的会议室，一眼就看见林璎和袁馨正在哈哈大笑。

“文爷，您看看，这是我们这个月的销售业绩。”袁馨跑到文爷面前，“佳音，给文爷泡壶碧螺春。”

“我知道你们卖得好，不用看了。”文爷似乎完全提不起兴趣。

“您怎么了？这么不高兴？”袁馨问道。

“老谢出事了，哎。”文爷答道。

“谢总？他怎么了？”袁馨和林璎都很感兴趣地凑过来，他们太想知道谢总的近况了。

“我这两周都联系不上他，就知道准没好事。”文爷叹了口气，“今天终于从举辉那边得到消息啊，老谢被解雇了。原因是拿了企业的回扣，就老谢那个地位的人，还用拿回扣吗？年薪几千万，有几个企业给得起的。再说，举辉风控又那么严，老谢就算收了回扣也做不了主，谁还会那么傻给他送钱。就是欲加之罪，何患无辞。”

“您替他叫什么屈啊？”袁馨问道。

“都是朋友一场嘛，再说了，你们这项目也是他投的啊。他要是在位总能多帮着咱们谋划谋划。他这一走，咱这项目在举辉可就边缘化了。”文爷喝了口茶。

“您这话我可不同意，师父领进门，修行在个人。打铁还需自身硬，是不是明星项目看的是业绩发展，又不能全靠人情撑着。”袁馨得意地说，“我们在创业企业里有这样的成绩，实属难得，举辉要是非得边缘化我们，就太不讲理了吧。”

“哪有那么多讲理的事啊。你们啊，还是一群小孩。”文爷摇摇头，“我还听举辉的人说，老谢跟他媳妇离了，也不知道是为什么。最近身体也不好，好像还住院了。”

“还有吗？”听到这些，林璎也来了兴致。

“就这些了吧。”文爷道，“对了，行业里出现了一家跟你们业务非常相似的企业，这事你们知道了吗？叫，叫什么来着？”

“‘英雄难过’，早就知道了，您放心，他们活不了多久了。”袁馨答道。

“哦？”文爷问道，“你们动什么手脚了？”

林璎和袁馨对望一眼，又忍不住大笑起来。

就在文爷到来之前，袁馨和林璎又配合了一场好戏。

罗四为，如果不是这个古怪的名字，恐怕永远不会引起别人注意。他的人生极其简单，几句话就能写完。生活两点一线，上班回家，技能只有一项：写代码。在父母的催促下，随便相亲找了个媳妇结婚了。如果不是为了买房，小日子也能过得不错。

可这长相标致的媳妇是个心比天高的大龄北漂女：“咱们得赶紧买房，不买房在北京就不能立足啊。”秉承这样的古训，日日催促夫婿买房。每天下班夫妻俩连饭都不吃，就跟着中介的销售看房。

孜孜不倦地看了半年，越看越灰心，没有一套买得起的。随着媳妇对房子欲望的膨胀，罗四为的伙食标准也越来越低。从刚结婚时的一菜一汤，迅速降到打卤面。可是久了，媳妇看打卤面里的鸡蛋黄花菜也觉得心疼，索性直接用酱油勾芡放葱花做卤。这样坚持了几天，适逢葱价上涨，索性连葱也不放了，面里直接倒酱油。可挂面也是一笔不小的支出啊，媳妇日日心疼，干脆自创了一种做法，面条加水加大酱熬成糊状。黏糊糊的一坨冻在冰箱里，每次吃时盛出一坨。媳妇对自创的黑暗料理十分满意，不但省时省力省钱，还补充了人体所需的蛋白质和淀粉等营养物质，说不定还有药效，夏天冷吃能解暑，冬天热吃保胃舒。

但罗四为心里清楚，要不是公司中午能吃一个Subway，自己早就因为营养不良住院了。日子再这么过下去，是真没法活了。就在这时，天无绝人之路，猎头来了电话，说有家公司愿意多出一倍的工资，招他过去。罗四为高兴坏了，蹦着就去面试了。

可这家公司十分奇怪，不需要罗四为过去坐班，而是让他继续在初心上班，不但有比初心多一倍的工资按时打给他，而且根据工作量，还有额外奖金。唯一的工作，就是把初心的代码偷出来。这对于罗四为来说，简直不费吹灰之力。

“可是你们要这套代码没有用啊。”罗四为骨子里是个耿直男孩，不忍心人家花冤枉钱。

“有没有用我们心里有数，这个你就不用操心了。”面试罗四为的女老板唇红齿白，笑起来特别好看。

“初心的技术核心是硬件设计和软件设计的结合，光有代码想复制这套东西是不可行的。”罗四为仍不放心。

“我们有办法，你就放心吧。”女老板非常自信。

就这样，罗四为分批分次地把代码都发了过去。

可是那家公司里好像连个正经程序员都没有，拿到代码只会运行，封装，一行代码也不改，连测试都不做就直接提交。对于这点，罗四为几次提出抗议，他深知再这样下去，初心很快就会发现是内部人把代码传了出去。但对方还是如此，拿着丰厚的奖金，罗四为也不好意思指责太多，只求初心晚发现几日，让自己再多赚点钱。

这日，罗四为正在工作之中，佳音忽然来到他身边。

“四为，忙吗？”佳音的声音很甜。

“嗯，忙。”罗四为答道。

佳音心里骂了一句，又道：“我电脑不好使了，你来帮我看看呗。”

“什么问题？报错了吗？错误代码是多少？”罗四为就像一个机器人，面无表情地问道。

“你过来看看嘛，我也不知道。”佳音有些着急。

“电脑坏了，你可以上百度搜一下啊，把出现的问题输进去，百度就告诉你该怎么办了。现在是信息时代了，有什么不知道的上网看看，就都知道了，没必要问别人。”罗四为道，语气极为平淡。

“你就来帮我看看嘛，我那儿有刚从四川带来的牛肉干，送你几袋行了吧。”佳音见色诱无效，只得食诱。

一听有吃的，罗四为来了精神，拿几袋牛肉干回家，晚上可以就着面坨吃。想起牛肉干，罗四为默默咽了下口水：“走吧，我去给你看看。”

罗四为起身，走前不忘锁了电脑屏幕。可是他哪里知道，电脑的解锁密码林璎早就知道了。

罗四为走后，林璎迅速坐在了他的电脑面前。林璎知道佳音根本拖不了这个技术呆子几分钟，所以他的速度一定要快，下载自己写好的代码，登录罗四为的个人邮箱，找到目标邮箱，把代码发过去，只用了三分钟，一气呵成。做完这些，林璎松了口气，将电脑上留下的痕迹全部清理干净，再次锁了电脑屏幕，起身，溜走，走前不忘冲着罗四为身边的同事们眨眨眼睛。大家都心领神会，因为在前一天，大家都在钉钉上收到了消息，知道林璎今天的恶作剧。

罗四为果然很快回到了工位，手里拿着两袋牛肉干，嘴里嘀咕着：“就误删了个文件，怎么这点事儿也解决不了。”

他打开电脑，直觉告诉他，有人动过他的电脑，对于他这样的资深程序员来说，电脑就是他的第二双手，有人碰过自己的手，怎么会察觉不到。可是他查看了下系统log，却找不到异常的记录。奇怪，难道是自己反应过度了？没准是吃得太差闹的，看着那两袋牛肉干，他感到十分欣慰，回去让老婆也高兴高兴。

他不知道的是，林璎用他的邮箱发出去的那份代码，很快到了英雄难过公司的技术员手里。技术员看都没看就点了运行，过了半天没有动静。再想查看一下，鼠标就不好使了，紧接着，技术员发现电脑在不受控制地工作，不但他的电脑如此，办公室里所有人的电脑都开始不受控制地工作。如果他们稍有经验的话，此时最好的处理方法是断电，但他们却没想到，煞有介事地摆弄了半天，直到公司仅有的一台服务器也烧掉了，才知道大事不好。

这是林璎自己编写的一段病毒代码，熊猫烧香的核，套了几层外衣，一般的杀毒软件查不出来。

“你今天给公司发的是什么啊？”女老板恶狠狠地问道。

“我什么也没发啊。”罗四为接电话的时候，正在和媳妇有滋有味地吃着牛肉干。

“公司的电脑都被你发来的程序弄坏了，他们说你发了一段病毒过来。”

“我不知道你在说什么，我什么都没发。”罗四为这单线程的脑子，此时能想到的只有牛肉干。

“你，你是不是叛变了，发个病毒故意来坑我。”女老板气得直跺脚。

“我真的不知道你在说什么。”

“你今天下午三点，给我发了个邮件，题目是新版本，你去查你的邮件。”

“不可能，我现在就看着手机邮箱呢，我这儿没有记录啊。难道是……”罗四为忽然想起电脑今天被人动过的事，“今天有人动了我的电脑，但我不知道是谁，也不知道他干了什么。不过现在，我应该知道他干了什么了。”

“你知道了？公司的电脑怎么办？”女老板怒道。

“硬盘没烧就还能修复，这个不怕。但是，我是不是暴露了？”罗四为并不傻，如果都有人用自己的电脑发了病毒出去，那自己一定是被发现了，“我这么做不违法吧？”

“是他们违法。恶意传播病毒，是不是有这条罪？”女老板问道。

“这个不好界定吧，而且病毒从我这儿发出去的，您要告也只能告我啊，告不着别人啊。”罗四为想了想，说道，“确实没有证据能证明是别人用我的电脑发了病毒，您要是早点发现说不定我的键盘上还能留下他的指纹，现在说肯定晚了。我一下午打了那么多字，什么指纹也覆盖了。”

“一点儿办法都没有？”

“没有了。而且，我怎么办啊？我不能再回去上班了吧？”

“你已经暴露了，明天直接来我这儿上班吧。”女老板气呼呼地说，“不过，工资我最多给到你在初心拿的一样。”

“为什么？不是面试的时候说好的是初心的一倍吗？”

“我得先拿这笔钱修电脑吧？”挂了电话，女老板怒骂一声，“笨蛋。”

最近可真够倒霉的，女老板气得猛灌了两口巴黎气泡水，喝水能让人冷静。女老板平静了一下，试图厘清最近发生的种种状况。先是老相好出事。媳妇吃饭能走错地方找到自己家来，自己还偏偏忘了锁门就让他们登堂入室看了一场真人秀，这是什么概率啊？之后的两周联系不到老相好，今天好不容易联系上了，他就进了医院，听说还因为错过了最佳治疗时间，一条腿估计要残废了。刚想去医院看他就接到公司的噩耗，电脑和服务器同时莫名其妙地坏了。现在看来，卧底也被人发现了……这背字走得有点邪啊。明天先去医院，然后顺路去趟雍和宫，该拜拜了。

“老谢的事是你搞的鬼吧？”刘慧打通手机，不等林璎说话就率先发问。

“你都听说了？”林璎问道。

“圈子里都传开了，说杨三姐捉奸在床，一气之下直接把老谢的腿打断了。还动用了家里的关系，让谢英权在资本圈除名了。”刘慧幸灾乐祸地说，“可有一点啊，我没想明白。这杨三姐是个手无缚鸡之力的文弱女子啊，哪儿来的本事能把一个大男人的腿打断啊？再说了，谢总就算打不过，还不会跑吗？”

“我也纳闷啊，这个结果我没想到。”

“行了，后面怎么着？还用我执行计划吗？”

“当然，你该开始行动了。”

“老谢都这样了，你觉得还有必要吗？”

“斩草除根，以绝后患。”林璎冷冷地说道，对敌人不能有半点心软。

“啊，啊，疼啊。”谢英权大叫着。

“没事，您再躺几天就能出院了，管住嘴啊，千万别吃刺激的。”护士做完例行检查，又交代了几句。

“我这腿还能好吗？”谢英权问道。

“完全好是不可能的了，谁叫你腿断了还不麻利地来医院，自己在家还能养好了啊？平时坐着站着一般人也看不出来，没事。”

“还能走路吗？”

“能啊，轮椅拐杖都不用，就是以后走路这只脚可能会跟不上，走慢点就好了。开始多练习练习，适应了就好了。”

“好的，谢谢啊。”

谢英权终于放心了，此时躺在协和的国际住院部，独立房间，门口还有待客厅，可心中的落寞却不是一般人所能想象的。一条腿打了石膏，固定在床边的支架上，动也不能动。短短几天时间，自己的资产就从几亿降到了兜里仅剩的几百块，连住院费都是杨小为出于人道主义替自己付的。还好，除了老婆还有她，她名下还有两套房子一家公司，自己就指着这些东山再起呢。

正想着，门开了。

阳光透过窗户，刚好射在来人身上。她依然妖艳动人，皮肤晶莹剔透，水汪汪的大眼睛里充满泪水，樱桃红唇上下一碰：“你怎么了？”

“没事，意外。”谢英权淡淡地说，在她面前，自己装也要装出英雄气概。

梁璐扑了过来，趴在床边呜呜地哭，责怪道：“怎么住院了也不告诉我？”

“都说了，没事。”谢英权抚摸着她柔软的头发，“是不是想我了？”

梁璐将头微微抬起，四十五度刚刚好，眼泪挂在脸上掉不下来，娇媚地说：“难道你不想人家？”

谢英权看着娇滴滴的梁璐，心痒不已，顾不得那条动弹不得的残腿，拉住梁璐，将她拖上病床。

“不好吧，你的腿。”梁璐柔声说。

“只要我想，没什么不好。”

谢英权疯狂地撕开梁璐身上昂贵的chanel套装，虽然动作看似疯狂，其实却很小心。毕竟现在自己的身价，还抵不上这件衣裳。

“别这样，啊，啊，不要嘛。”梁璐半推半就，毕竟是在医院，不敢太过放肆。

谢英权抱着梁璐气喘吁吁。

梁璐面色潮红，微微地笑着，心里得意，他没变心，自己的担心真是多余。

“告诉你个坏消息，我破产了。”谢英权调整好呼吸，立刻宣布了这个消息。

“什么？”梁璐声音依然温柔，似乎完全没听懂他说的是什么。

“我破产了，真的。”谢英权轻轻滚到一侧，腾出地方，让梁璐可以起身。

“什么？”梁璐又问了一遍，语气已有不同。

“我和我妻子离婚了，家产归她，我归你。”

“什么？”梁璐叫了一声，愣住了。

“我们以后可以光明正大地在一起了，你要是想结婚咱们可以结婚。”谢英权握着梁璐的手。

“你不是真的破产吧？离婚而已，跟破产不一样吧？”梁璐小心翼翼地问道。

“一般人离婚不用破产，但我不一样，我离了婚就什么都没了。资产没了，工作没了，房子也没了，我出院只能去你家住了。”谢英权轻松地笑着，“你不会不收留我吧？”

“你是跟我开玩笑的，对吧？”梁璐闪着假睫毛，天真地问道。

“真的，我一无所有了。”这种感觉似乎也不错，谢英权感慨道，“一无所有，了无牵挂，我终于可以跟自己爱的女人在一起了。”

“你病糊涂了吧，养好病还得去上班呢。”梁璐说话的声音发虚，心中还存着一丝侥幸。

“你怎么还不信啊？”谢英权拿过自己的手机，“你看看，我所有的工作群都被除名了。你在这儿这么久，一个电话都没有。我的笔记本电脑也被老婆拿走了，我就剩下这部手机了。对，兜里还有，”谢英权把钱包里的钱都掏了出来，仔细地数了一遍，“一共四百三十五块。你看看，就这些了。”

“你别闹了，正经点，”梁璐杏眼圆睁，问道，“你肯定是骗我的，你要真的破产了，哪还能住得起这么好的病房？”

“这是杨小为付的，她给我付的最后一笔钱。”谢英权指指床对面的桌子，“那儿有发票，不信你自己看。”

“那你以后怎么办啊？”梁璐急道。

“我还有你啊，咱们可以住在东山墅，把琨御府那套房子卖掉，也够咱们一阵子吃喝不愁了。或者，把两套房子都卖了，投在公司里，咱们的公司……”

“你说什么？你要把我的房子都卖了？”梁璐不等他说完，一把甩开谢英权握着自己的手，急着问道。

“不卖房子，哪有钱啊？我们还要……”谢英权看着梁璐，梁璐在用最快的速度穿衣服。在谢英权的眼里，梁璐穿衣服一直很慢，有一种淑女的优雅。可现在，梁璐穿衣服的动作就像个悍妇，迅速，急迫，毫无美感。

“你没有权力卖我的房子。”梁璐吼道。

谢英权愣住了，他从没见过这样的梁璐，也没听到过梁璐以这种口气跟自己说话，在自己面前，她一向小鸟依人，一直吴侬软语。可此时，这眼前的人到底是谁？

“你为什么刚才不说，现在才说，为什么电话里不说，我来了才说。你这个骗子！”梁璐怒气冲冲，看起来好像吃了很大的亏。

“这有什么区别吗？”

“区别大了！”梁璐吼道，心里在想，就你身上那点钱，还想上老娘。

“你不想卖房子就不卖了，别生气嘛。”谢英权笑道。

“对，房子是我的，你别打歪主意。”梁璐尽量让自己保持冷静，“你以后也不要再来了，咱们分手了。”

“分手？为什么？你不是很爱我吗？”

“对不起，我爱的是你的钱，不是你的人。你现在没钱了，我爱不起来啊。”

“你爱的不是我的人？”谢英权不相信自己的耳朵。

“哈哈哈——”梁璐从心底里爆发出一阵排山倒海的笑声。

这笑声久久不停，连谢英权也觉得这事好笑了。婊子无情，果然如此，自己怎么就信了她呢？自己貌比潘安，心若比干，她竟然都不为所动，真是一个有职业操守的婊子。还好有些秘密她还并不知道，一切都还来得及。

“你走吧，不送。”谢英权慢慢恢复平静，自己也不算亏，这些年占了她不少便宜。

梁璐收拾好自己，捋了捋头发，拿起床上的香奈儿包包，背到肩上的时候故意甩在了谢英权的残腿上。梁璐在谢英权的号叫中，妩媚地眨眨眼睛："谢总，咱们有缘再见了。"

谢英权目送着梁璐离去，眼中寒光一闪："一定会再见的。"

第18章|黄雀在后

周一例会，董建率先发言："面膜的销量超出我们的预期数字，好得有点不正常。大家看一下现在统计的数据，首批用户的复购率几乎是百分之百，再次购买的时候，购买量也很大。这周的用户增量又非常大，我有点担心Marguerite那边的产量能不能跟得上。"

"我刚确认过，上个月订购的货这周应该可以送到用户手里，之后的什么时候能到就不确定了。他们上海的工厂和美国本部都在加班加点赶工，但短时间内，生产力提高不了这么快。"袁罄道，"没想到买的人太多了也有问题。"

"即便他们生产跟得上，咱们目前的物流水平服务这么多人也有问题。我在跟菜鸟那边谈合作，看看以后能不能直接送到菜鸟，让菜鸟负责后续的配送工作。"Kevin道，"不过，这毕竟是甜蜜的负担，比卖不出去要好多了。"

"董总，是不是可以启动提价方案了？这样能稍微控制一下吧？"林璎问道。

"这周会开始提价。所以上周的数据空前地好。很多用户简直是在疯狂购入。"董建道，"美妖面膜的口碑非常好，很多美妆栏目都在自发地推荐。坊间还传说我们的面膜有护肤功效，这本来只是Kevin想的噱头吧，现在都快说成真的了。"

“是真的，我用过了，确实觉得皮肤变好了。”Summer道。

“我也这么觉得。”陈芳芳附议。

“不可能吧。”董建笑道。

“是真的，你试试嘛。”袁馨看看在场的几位男士，“自己家的产品，你们都应该试用一下。”

“等他们护肤面膜出来。”Kevin答道，“美妖面膜我们用也太奇怪了吧。”

“袁馨，融资的情况怎么样了？”林璎问道。

“跟两家机构都签了意向投资协议，下周他们开始进场尽调，尽调之后会尽快给结果。不过现在看，咱们融不融资都无所谓了吧？芳芳，咱们是不是已经开始盈利了？”

袁馨说完这话，场上的创业老咖都笑了。

只有陈芳芳一脸认真地回答：“上个月已经和公司开支打平了，这个月应该会有盈余，加上账上还趴着几千万，资金压力……”

“袁馨，哪家公司也不是等山穷水尽才融资啊。”董建不等陈芳芳说完，接话道，“咱们不是小农经济，不能自给自足就小富即安了。公司往前发展每一步都是要钱的。扩展产品线要钱，抢地盘开疆扩土要钱，品牌宣传、产品运营再到上市请券商每一步都要跟资本打交道。”

“是的，我们现在就需要一大笔钱来拓展业务。”Kevin适时补刀。

“这两家机构承诺的投资额是五亿元，应该够了吧。”袁馨继续说道。

“勉强吧。”Kevin答道。

“公司这周有几个面试，袁馨、林璎你们最好参加一下。”Summer道，“具体时间我已经共享到系统了。”

“好，没问题。”林璎答道，“对了，佳音收拾两个房间出来，让尽调机构进驻。芳芳，你到时候也要接待一下。没别的事了吧？那今天就到这儿吧。Kevin，你等一下。”

“怎么了？”等大家都走了，Kevin问道。

“你看我皮肤有没有变好？”林璎凑到Kevin面前。

“没病吧你，怎么回事？”Kevin一脸嫌弃。

“我说真的，你看看。”

“看不出来。”Kevin依旧满脸黑线。

“你帮我做个实验，咱们公司不是有台美妖盒测试机吗？一会儿咱俩都去测一下皮肤状态，然后一个月后再测一下。”

“你要干吗啊？”

“这一个月，你每天跟我一起抹一遍这个。”林璎举起手中的Marguerite面霜。

“你没事儿吧？”

“你刚才听见他们说了吗？你不觉得奇怪吗？怎么会每个女的都说好，网上还有那么多用户说好，不能都是你雇的水军吧？”林璎道。

“除了初期的种子托儿，后面没雇过。应该是董建制定的销售策略好，用户为了炫富，愿意分享自己使用后的感受。”

“是啊，所以你也承认是真的有效果，对吧？”

“不是，”Kevin摇摇头，“一百五十块钱你就算买个面团贴脸上，也会觉得皮肤变好了。这是心理暗示起的作用。”

“你不信没关系，咱们一起试验一下嘛。”林璎道。

“行，试吧。”Kevin无奈地说。

“晚上一起吃饭吧？我约了刘慧。”数据收集之后，林璎问道。

“不了，我晚上有约了。”

“哦？”林璎看着Kevin，一脸讪笑。

北新桥胡同里，有一家精致的小店。拉开隐藏着的推拉门，内堂紧凑雅致。进屋必须要脱鞋，里面是软乎乎的榻榻米。墙角放着几支龙涎香，散发着浓烈的香气。日系灯光色调，放着传统的音乐。身着和服的主厨一丝不苟，用一块蓝白花色的风吕敷包好了花椒大料八角桂皮等众香料，再拿镀银的小锤力道适度地砸着。客人可以盘腿坐在地上，抑或坐在围绕主厨的柜台前。

在正对着主厨的一张桌子前，两位翩翩少年已经坐好，静静地等待着吃食。等待美食的过程十分熬人，但谁也不想扰了这里的安静。

终于，锅开了，主厨迅速从锅中将主料盛出，放在刻有花纹的木质案板上，用锋利的菜刀飞快地斩好。放入一只大碗之中。又加了两勺浓汤，撒上切得极细的芫荽。身着淡蓝色和服的服务员，小心地将美食端到食客面前。

“靠，我当你是带我吃什么来了，我以为是日料呢。”刘慧看了面前的大碗，有些泄气。

“门口不是写着嘛，杀猪怀石料理。”林璎抱起一碗，直接开吃。

“咱做人能不能实诚点儿，卤煮就说卤煮呗，什么杀猪怀石。”刘慧虽面有不悦，还是吃了起来。

“不一样好吗？这是小肠陈贵妇线，用的都是藏香猪的下水，自带一股奇香，吃的时候配上榴莲糖腌制的大蒜，味道特别好。”

“别扯淡了。下次我请你吃饭行了吧？你也别跟这儿故弄玄虚了，这帮人都是你请的吧？”

“不是，这店本来就这样儿。”林璎端起碗，大口喝汤。

“味道是还行。”刘慧也不由得发出感慨。

“当然了，我们这汤里有冬虫夏草、肉苁蓉、野山参等十八味中草药，一点儿膻味儿都没有。”服务员过来收走了他们已经吃干净的大碗，又端来两份精致的甜点，“尝尝我们的皇家干酪。”

晶莹剔透的碧玉碗，里面雪白的酸奶铺底，上面是鲜红的山楂、紫色的蓝莓、粉红色的玫瑰花瓣，还有腰果杏仁等干果，甚是招人喜欢。

“嗯，好吃。”刘慧赞了一句。

“我们这店是清朝最后一任正白旗郡主，赫洛奶奶的亲孙子，阿布鲁贝勒开的。”服务员十分骄傲地说，“本店所有菜的工序全是按照宫里的规矩做的。

您别看这一碗甜品不起眼，做起来可是费劲着呢。这奶是西域羊驼奶，经过七七四十九天自然发酵。再加上昙花花蜜，因为昙花花期极短，七年才能攒下一碗蜂蜜。我们卖您二百八一碗，真的是一点儿都不贵啊。"

"这一碗过期酸奶多少钱？"刘慧瞪大眼睛。

"二百八啊，这一碗卤煮八百八啊。我们这儿就是物美价廉。"服务员十分淡定地说完，小心地飘走了。

"走，哥带你吃北新桥卤煮，一千块钱够你吃两月的。"刘慧道。

"别闹了。我说你还不信，真是请你吃好的。"

"你怎么也变成这样了，你不是这种人啊。"刘慧像不认识了一样看着林璎。

"嗨，主要图他家人少，好说话。"林璎笑笑。

"是，这个价位卖卤煮，能开到今天也是奇迹了。"

"你当它是怀石料理，这个价位不就可以接受了嘛。说正事儿吧，进展如何？"

"不太顺利。"

"不会吧？一个涉世未深的女人你还对付不了？"

"本来按部就班，没什么问题，谁知突然杀出个程咬金，跟我们比着叫价儿。"

"哪家机构？"

"新成立的，小基金，刚备案的。"

"何人操盘？"

"都是些不上道的小人物。你也不用太紧张，那些八线城市的土老板现在都自己做基金了，以为这行门槛低，好挣钱。这帮人被梁璐忽悠了也是有可能的。"刘慧道。

"就怕没这么简单。"林璎吃了两勺酸奶，继续问道，"另一件事呢？办得如何了？"

"我正要说呢，也不太顺。"

“有违禁品吗？”

“谈不上，虽然有传明酸和谷胱甘肽，但含量都很小，又是外用，没什么副作用，现在很多化妆品都会掺一些。”刘慧道。

“还有别的吗？就这些东西不应该有奇效吧？”

“有，每一百毫升里面有一毫克不明物质，我们刚开始测试的时候都忽略了，还好你小子肯下本啊。买了这么多瓶，让我们测。”

“这么小的剂量，能有用吗？”

“我们开始也是这么想的，费了好大的劲儿从一百瓶里萃取了一点儿。结果，你猜怎么着？”

“别卖关子，快说吧。”林瓔喝了口茶。

“确实有奇效。我们没敢用真人试验，用了一只老白鼠。老白鼠抹上这种物质之后，皮肤很快就变得光滑白净如婴儿一般，而且不仅是皮肤，连毛色，内脏都如返老还童一般，重新生长。”

“真的假的？我怎么不信啊。”林瓔疑惑地问道。

“不是亲眼看到，我也不信。现在的研究发现，这种东西好像能促进干细胞再生。”

“到底是什么东西？”

“看起来类似蛋白质，但跟现有的蛋白质结构都不一样。也有可能是某种活性酶，使用之后，能催化生物体内的氧化还原反应。”

“对人体有伤害吗？”

“目前还没发现，老白鼠还活得挺好的。”刘慧仔细看了林瓔一眼，“你是不是也开始用他们的东西了？你的皮肤看起来比以前好多了。”

“还是你注意观察。”林瓔不好意思地笑笑，“挺好，已经收获颇丰了，梁璐那边尽快搞定吧。”

“这个不是我能决定的。再说，”刘慧道，“老谢跟她都没关系了，就她那资历怎么跟你斗？咱们现在就不搭理她，几天也就死了。”

“我不放心，这家公司一天不死，我寝食难安。”

“眼瞅着你吃了一大碗卤煮，哪有难安的样子。”刘慧瞟了林璎一眼，“我继续照原计划执行，但能不能成功就不敢说了。”

“嗯，对了，你们那‘十八春’研发得怎么样了？”

“本来都可以上市了，但跟Marguerite的功效一比，就不好意思上市了。你说，都是从你们这一个平台往外卖，很容易被拿来做对比，高下立见啊。”刘慧叹了口气。

“差距这么大吗？”林璎皱起眉头。

“真有这么大。我们的护肤品还是老一套那些东西，顶了天儿再加点小剂量的违禁药品。”

“那你之前标榜的因地制宜呢？没有用吗？”林璎问道。

“怎么说呢，能有一点儿吧。但也就是一点儿，不会有Marguerite这么明显的效果。我这跟你说的都是实话，宣传的时候可不能这么说。用户要是信，配上心理暗示，没准儿真能心诚则灵，用户要是不信，那效果跟现在市面上正常的化妆品没什么区别。”刘慧又叹了口气，“真的，现在别管多少钱，我都想闹明白Marguerite里面放的是什么。”

“有些事，真想知道就一定能知道。”林璎喝完杯子里的茶，“走吧，你们的化妆品还是尽快上市吧，对咱们都好。”

“行，下个月吧，我们把包装再设计得好看点。你是不知道现在的小姑娘啊，买个化妆品还要看颜值，包装不好看就不买。”

自打跟谢英权分了手，梁璐发现自己的运气好得不得了。一个月之内，主动来了三拨投资人，开价还一个比一个高，弄得自己都不好意思主动报价了。

老曹应该是看中自己的美貌，前两天走的时候还不忘吃豆腐。这样的人自己倒是有信心对付得了。梁璐心里琢磨着，小江那边估计是正经做事的，说话滴水不漏，油盐不进，还说事后要派尽调公司来驻场调查。哎，梁璐探头看了看外面的办公室，就这么几个拿不出手的员工，还是别在外人面前丢人现眼了。

至于老耿嘛，他到底是什么路数自己还没看明白。没准儿就是谢英权说的那种投资人，只要给够回扣，企业就是再不济人家也敢投。那就把小江排除在外，在老曹和老耿之间选一个。选谁呢？梁璐歪着脖子继续想。

哪边给的钱多就选谁，看似是个最佳选择，但梁璐可不这么想。万一给钱多的那边，心眼儿也多怎么办，将来把自己的股份全抢走，多可怜。

还是应该选个自己能控制得住的，老曹看着还行，不过他们那基金自己没听说过，不知道靠不靠谱啊。倒是老耿那家机构有名，老耿在电视上总出来，经常给人当导师。这样的机构肯定错不了。老耿是为什么要投钱呢？看上业务了还是看上自己了？他每次见面都不忘了夸上几句梁璐的工作能力强，这点还挺受用的。要不就老耿吧，找个知己者，总比找个悦己者好，毕竟再来个谢英权，自己也未必还有耐心伺候了。梁璐刚要打定主意，忽然走进来一个人。

“梁总。”罗四为木讷地拿着张纸递给梁璐。

“跟你说过几遍了，进我房间要敲门！”梁璐怒道。

“我是来辞职的。”

“辞职？”梁璐愣了一下，“怎么刚过来就要辞职啊？”

“没法干，你这根本不是正经公司。你看看办公室里，不是玩游戏的就是吃零食的，这环境我想写代码都没心情。”罗四为说话一向直来直去。

“我们不是刚起步嘛。”融资关键时刻，就这么个正经技术，现在说啥也得把他留住，梁璐和颜悦色地说道，“你嫌他们打扰你？这好办，那些空着的办公室，你随便挑一间。”

“有办公室也不行啊，我说实话，您这公司，除了办公地点还行，其他一无是处啊。我留在这儿哪有前途啊。”

“这会儿走你就太亏了，公司正在发展阶段啊，需要人才。你看我身边也没个得力的人，你留下就是公司的二把手啊，多好的机会啊！这机会错过可就再也没有了。”梁璐苦口婆心、饱含深情地看着罗四为。

“梁总，你这公司以后想干什么啊？要技术没技术，要人没人，就靠偷两台机器撑着，短时间摆个架势还行，真要干，这么做可不行。”罗四为不为所动，“我已经拿到大公司的offer了，工资还比您这儿多。我明天就不过来了。”

“他们给你多少？”梁璐问道。

“三万一个月，年终奖另算，还有一日三餐各种福利呢。”

“我给四万。”

“梁总，这不是钱的事。”

“五万。”

“真不是钱的事。”

“七万。”

“我挑那间有落地窗的办公室行吗？”

“行。”梁璐面带微笑，心里却在滴血，哼，等融资到位就让你滚蛋。

刚送走罗四为，市场部经理小王就闯进了办公室。

“梁总，和电器城的合作都谈好了，那边着急让咱们先做几个试点，地址也都定了，咱这机器什么时候能到位啊？”小王语速极快地说道。

“厂家那边慢啊，催我有什么用？”梁璐道，代工厂得从初心不合格的产品中挑出几台能用的，这东西可遇不可求啊，“实在不行，把公司这台先放过去？”

“公司就这一台，你还是留着撑门面吧。这也不是个事儿啊。”小王嘀咕道，“您要不打电话给代工厂，再催催他们。”

“好，我打我打。”梁璐看了小王一眼，“你还要盯着我打电话啊？”

“电器城那边真的催得很急，咱们再不落实，人家以后未必还会跟咱们合作了。”小王说完，转身走了。

“谁是谁老板啊？”梁璐看小王走了之后，嘀咕了一句。掏出手机，拨通了深圳代工厂的电话，“王大哥，是我啊，梁璐啊。最近不方便？初心那边查得这么严吗？啊？残次品全部销毁？还派了人去你们那儿当监工？天啊，那真的一点儿办法都没有了吗？”

挂了电话，梁璐面如死灰。怎么办呢？没有了谢英权身边连个可以商量的人都没有了。梁璐走出自己一百多平米的办公室，往大厅一看，不由得心头火起。果然如罗四为所说，员工们不但三五成群地组队玩游戏，嘴里还吃着肉松饼、辣条这些零食，场面乌烟瘴气。

“你们都没活儿干吗？”梁璐喊了一嗓子，喊完四下安静。梁璐这才注意到，一直在角落里干活的小王，心里不由得有些感动，“小王，来下我办公室。”

小王跟着梁璐回到办公室。

“小王，我刚跟代工厂那边通过电话，最近工厂有点问题，他们交不出来货，有什么办法能跟电器城那边拖一拖吗？”

“很难，我只能试着去沟通一下，”小王一脸为难的神情，“咱们能不能找其他的代工厂？这家也太不靠谱了。几个月了，就交了这么几台设备。”

梁璐心说，我何尝不想多找几个代工厂啊，可是他们不会做啊，我们的设备是偷的。但这事儿显然不能让小王知道，“现在咱们还没什么办法，只能等着下一轮融资到位了，再找新的代工厂了。资金到位之前，只能这样了。你这边尽量拖一下，咱们先选址。或者几个地方共用一台，今天放在河南，明天放在山东，你看这样行吗？”

“别，运费不说，还不够折腾的。人家要是知道咱们就这么几台设备了，以后更难谈了。”小王道，“梁总，您融资谈得怎么样了？我看最近来了好几拨投资机构啊。”

“嗯，挺顺利，就是不知道到底该选哪家机构好，你说呢？”

“这我可不懂。”小王腼腆地笑笑，“对了，面膜加工厂那边催着咱们付预付款，付完就可以交第一批货了。”

“好，你去找小苏，让她打款吧。”

一会儿工夫，小苏冲了过来：“梁总，账上现在就五万块钱了，您让我拿什么给面膜厂打款啊？”

“怎么会呢？上次我问你的时候，不是还有二百多万吗？”梁璐惊讶地问道。

“您看嘛，”财务小苏拿过一打儿财物报表，挨个指着说，“上个月，您吃饭报销共计六万，服装和其他礼品报销四十五万，汽车加油及保养三万，健身私教两万。市场和销售人员出差费用两万，委托第三方公司宣传十万，然后是这个月，月初交了未来三个月的房租，九十六万，人员工资及社保三十五万，再加上水电煤气正常开支……”

“人员工资怎么定得这么高？十来个人要三十五万？”梁璐怒气冲冲地问道。

“梁总，这三十五万里面有十万是您的个人工资，光税就要交两万八，您都报销这么多项目了，还定这么高工资干吗？其他员工的薪酬水平都比较正常，您可以看一下。别的地方，您要是觉得有什么不对，都可以核对一遍，觉得哪儿高了就减点儿。”小苏不耐烦地说。

“行，你把这些放这儿吧，我一会儿仔细看看。”梁璐看着小苏仍不离开，问道，“还有什么事吗？”

“融资这个月能到吗？到不了下个月怎么发工资啊？”

“肯定能到，这事儿不用你操心，去工作吧。”梁璐没好气地答道。

“还有您那些个报销，将来都怎么做账啊。就算公司有盈利了，餐费礼品这些也不该有这么多啊。”小苏埋怨道。

“我请客吃饭哪次不是为了公司啊？买东西不也都送了客户吗？这钱花得有错吗？”梁璐瞪了小苏一眼，“出去吧，这儿没你事了。”

小苏噘着嘴走了。刚走没多久，小王又来了。

“梁总，小苏说账上没钱了？面膜厂那边……”小王道。

“你想个说辞，让他们等两天吧，咱们融资马上就到了。”

“这种钱真不能拖，一拖人家那边就容易起疑心，就不愿意接咱们的单了。

再说咱们这量本来就不大，能找到接单的就不错了。”

“这个星期，我一定把投资款落实了，好吧。”梁璐感觉自己的头越来越疼，都怪小苏，账上没钱了也不早点来通知，害得自己一点儿准备都没有。

“您看，要不您个人先掏点儿，把这个钱先垫上，等投资款来了，再还您就是了。”

“我哪有钱啊！”梁璐说完就感觉自己说错话了，赶紧往回改，“我的意思是，公私要分明，个人的钱投进去不好解释。你放心吧，最迟下周，如果投资还没到位，我就垫上。”

“好吧。”小王垂头丧气地走了。

梁璐回到家，感到身心俱疲，没想到做企业这么累。她洗了个热水澡，慵懒地躺在床上，心里想着今天发生的种种。她看了一眼自己的梳妆台，密密麻麻铺满了瓶瓶罐罐的化妆品。哎，一年光化妆品的开支就要几十万。今后可怎么办啊？就算出去上班，以自己的学历和工作经验，最多也就谋个闲职，一个月赚的钱还不够付别墅的物业费呢。都怪谢英权，让自己失去了挣钱的能力，还留下个烂摊子。

融资赶紧到位吧，只要钱一到账，一定要把钱转到自己账上，反正谢英权也管不了啦。谁还要继续做这公司啊，宣布破产就得了，投资人的钱应该也不用还吧。至于手底下那些员工，想想就烦人。凭什么自己累死累活挣命一般，赚钱每月养他们这帮废柴，他们就干那么一点儿活，还好意思天天伸手拿钱。

老耿还是老曹呢？时间不等人，必须做决定了。既然自己是要卷钱逃逸的，那还是选老曹吧，小基金，背景有限，被坑了也不至于找自己麻烦。而且，梁璐看了看自己白皙的肌肤，这种色鬼总是有办法对付的。

人只要下了决心，行动就容易了。梁璐拿出手机给老曹打了电话。当晚，别墅里就来了一位新客人。梁璐三下五除二，没费太多力气就让老曹尝到了甜头。第二次见面时，两人在床上签好了投资意向协议。

老曹拍着胸脯答应：“下周，下周一定打款。”

可是等了一周，老曹的钱却没到。面膜厂不停地催款，更是威胁再不打钱不但终止合作，还要将英雄难过下了订单不给钱的事在行业中广而告之。梁璐急得如热锅上的蚂蚁团团转。给老曹打了几次电话，开始说忙，在开会，后来干脆就不接了。这是什么情况？梁璐看着老曹的手机号发呆，难道老曹只是图色，占了便宜就不想花钱了？有这样的投资人吗？

“不是还有另外一家投资机构吗？您联系那家试试。”小王提醒道。

对啊，自己怎么忘了，没了老曹，还有老耿啊。梁璐赶紧打电话，约了老耿在其公司楼下的咖啡厅见面。

老耿倒是痛快，也没多问，三言两语就决定给钱。

“我可以尽快安排打款，但我有个条件。”老耿喝了口咖啡，淡定地说。

“什么条件？”梁璐轻轻用手撩了下头发，娇媚地问道，“我都答应。”

“梁老板果然是明白人。投资款的两成归我，算财务介绍费。”老耿目光如炬。

“啊？这么多？”梁璐之前也听谢英权说过，投资圈的人会收回扣，就是要走投资款的一小部分作为财务介绍费，百分之三到百分之八是一个正常范围，怎么老耿张口就要到了百分之二十。

梁璐刚要还价，只听老耿继续说道：“你们公司什么情况我已经很清楚了，除了我恐怕不会再有哪个笨蛋肯给钱了。梁老板可以回去想清楚了再跟我谈，我不着急。”

梁璐见老耿要走，赶紧拦住：“两成就两成，我给。”心想，反正投资款一到，我就转到自己账上，跟你还能有什么关系。

“口说无凭，签个协议吧。”老耿看起来早有准备，拿出一份文件。

“这还要签协议？”梁璐勉强露出一丝微笑，匆匆扫了一遍协议，签了字。

老耿拿走文件，表示满意：“我会尽快派人跟你们对接，争取这周把该做的都做了，我那边安排项目过会，顺利的话，下周就可以打钱了。”

“德惠那边的钱刚刚到账了。”周一例会，陈芳芳先发言。

“好。Kevin，咱们需不需要开个发布会，宣布这轮融资成功啦，同时公布一下咱们的销售数据？”林璎转向Kevin问道。

“是该开个发布会啦，这半年我们一直保持低调，也该曝光一下了。”Kevin道，“袁馨你问问Marguerite那边，护肤面膜什么时候能上市，最好能赶上这次发布会一起。如果劳伦斯方便的话，最好能赶来北京出席一下。”

“Kevin，这点我不太同意。咱们现在已经跟Marguerite绑得太死了，几乎变成了他们的一个销售网点。”董建道，“如果发布会再让劳伦斯出现，别人说不定会误会，我们就是Marguerite的子公司了。很多用户购买美妖面膜的确是冲着Marguerite的口碑和效果，但成为了我们的用户之后，平台就应该引导他们去尝试了解更多的品牌。如果我们这次发布会上能发布其他品牌合作的新品，效果会更好。不知道有没有合适的？”

“汇美的‘十八春’估计能赶上。”林璎道，“这件事我同意董建的观点，我们是时候引导用户尝试其他品牌了。对了，我最近看咱们在微信公众号的阅读量和APP的装载量都下降得很快，是不是营销没跟上？”

“这倒不是营销的问题，朋友圈整体关注度和打开频次都在下降。社交平台可能又要转移了。”Kevin答道。

“转移方向是什么？直播吗？”袁馨问道。

“直播已经火过了，现在一片唱衰。新方向是什么我还不知道，知道我就做一个。”林璎笑道。

社交平台从Space到新浪博客，从校内到开心网，从人人都在刷微博到爸妈都在上微信，每次的转移都是迅雷不及掩耳之势，用户也的确做到了挥一挥手，不带走一片云彩。一步踏空就是万劫不复，这点某门户网站总裁Pony马最有发言权，如果没有抢上移动社交的高地，QQ上可能连个活人都没有了。

“出现新的社交平台之前，还是把已有的做好，无论哪个平台，都是换汤不换药，好内容是关键。”Kevin道，“在化妆品这个领域，我们还需要更专业的人才，像一些知名美妆护肤达人，都可以请来合作，为用户提供更专业的护肤、美妆知识。”

“你说的美妆护肤达人，我都能找到，可以在发布会的时候出席一下。”Summer道，“也算帮咱们站站台。”

“嗯，我让汇美也请点化妆品公司的大咖过来。”林璎道，“越多业界的人说我们好，用户就会越相信。”

“英雄难过那边有什么动向吗？”董建问道，“最近在市场上好像没听到他们的动静了，怎么样了？”

“对啊，他们怎么样了？”袁馨也问道。

过了半晌，Kevin才意识到众人的目光都转到自己身上，大家都在等着他回答：“他们的情况有点复杂，我派去的人现在也是一团雾水，搞不清楚状况，业务也暂停了。”

“咱们外地的布点现在进行得怎么样了？”林璎有意岔开话题。

“已经在二十三个城市有点儿了，这个月还会新增二十个城市。”Kevin答道，“如果没有其他产品，二线以下城市对我们现有产品的意义不大，Marguerite的价格太高，越下沉用户越少。”

“嗯，所以现在急需其他品牌的合作，这次发布会就是个关键。”林璎道，“袁馨，演艺圈多找几位一线女星来，主持人还是找菜老师吧。还有媒体，能来的都要请到。”

“林总，现在请明星非常贵，咱们的预算……”陈芳芳有些疑虑地问道。

“发布会对于科技企业太重要了，是核心用户的共振场和商务拓展的最好机会。所以前期要充分预热，当天要集中爆炸和释放，事后还要持续推波助澜，投入精力让事件二次发酵。而且发布会最大的好处是，让所有媒体对公司和产品的曝光都变得顺理成章，尤其是我们在邀请了大量一线明星之后，很容易让我们的新闻出现在各大娱乐版头条，跟我们的目标用户高度重合。锤子每年不惜投入价值一个亿的人力物力筹备发布会，就是这个原因。”林璎道。

“嗯，你放心，明星那边我去对接。”袁馨道，“今年的宣传物料是委托专业公司做，还是咱们自己来？”

“找专业的做会好一些，这方面我有熟人。”Summer道。

“好，那就辛苦Summer帮忙找人对接一下，我们从现在开始倒计时，三周之后，开发布会。佳音，会场和现场设备，你尽快安排一下。”林璎转过头，面对袁馨问道，“下周开始，预热文案要联系各大媒体上了，来得及吗？”

“应该没问题。”袁馨答道。

“好，最近大家都要辛苦一下了，今天先到这儿。”林璎道。

“Kevin，如果竞争对手已经不做了，咱们是不是不用着急抢地盘了？”袁馨兴奋地问道。

“目前还不能下结论。”Kevin答道，“员工都还在，公司也没破产，我们还要继续观察。”

“为什么钱都到账了，我不能转出来？”梁璐急赤白脸地问道。

小苏的脸看起来比梁璐的还臭：“梁总，您懂不懂啊？钱是到账了，可到的是共管账户，您想动钱，需要基金公司批准的。”

“我是这家公司的老板啊，我还不能用公司里的钱？这算怎么回事？”梁璐生气地问道。

“投资协议是您签的，签的时候没看到吗？”小苏白了梁璐一眼，继续道，“您现在跟我说什么都没用，您问问耿总那边吧。如果是公司正常业务需要用钱，您给耿总他们发个消息，估计也能批。”

协议签得急，梁璐唯一在意的，就是签名时自己的行楷写得够不够飘逸。根本没注意到还有这一项。现在怎么办啊？把钱转走看来是不可能了，难道真要把钱投到公司运作上？说不定是老耿故意使的伎俩，怕他那份钱到不了账。想到这，梁璐立刻拿出手机打给老耿。

“耿总，我是璐璐啊。”梁璐故作娇媚。

小苏在一旁夸张地翻了个白眼。

“钱是不是已经到账了？”老耿在手机那边问道。

“到是到了，但是我们财务说，这钱都动不了啊。”

“嗯，这笔钱需要和我们基金共管嘛，不然你一激动都提走了，我们怎么办？这事在创业企业经常发生，现在投资机构都很小心啊。”耿总道。

“我怎么会是那种人啊，哈哈。”梁璐笑道。

“我相信您不是，但还是小心无大错嘛。”

“可是，这钱要是不能动，您那笔怎么办啊？”梁璐压低声音。

“我听不懂你在说什么？”耿总答道。

梁璐怔了一下反应过来，这个老耿可真狡猾，他是怕我录音吧。赶紧说道：“晚上咱们见一面吧，我怎么也得跟您当面说声谢谢啊。还是在您楼下的咖啡厅，您看行吗？”

“我正好有几个事要跟你说说，晚上见。”

这家位于国贸地下的咖啡厅，随时进来都能听到几桌人在谈论创业和投融资。

“现在医疗随诊服务绝对是个蓝海，那帮做在线医疗的全盯着挂号和问诊，一群外行。”

“随诊不好做，还容易出事。我倒是觉得健康普及领域比较有机会，未病先治，早运动，早预防。随着生活质量提高，这肯定是个趋势。”

“也是一片红海了，做运动的，做卡路里控制的，都很多了。门槛也低，找俩教练，做个示范，录像放那儿就行，没什么意义啊。最后一看，爱运动的还是那些人，不爱运动的看了这些也不动弹。”

“健康干预，还是得做硬件，你看现在他们全都做手环，我的公司现在正自主研发运动戒指。这是我们的商业计划书，大家都看看啊。戒指不但比手环小巧灵活不碍事，还能比手环戴得紧，测出的心率更准。我测过现有的运动手环，心率都是错的，没一个准的。但我们戒指的数据，可以跟任何医疗级设备相比。”

“你这戒指还能干什么啊？”

“就运动手环那些事呗，测体温，记步，测心率。”

“价格呢？”

“几万块钱吧。没办法，这些元器件做小了都挺贵的，但将来这个价格肯定能下来。”

旁边桌子上的女人，静静地喝着咖啡，临桌的喧闹丝毫吸引不了她的注意。

老耿怎么还不来啊，已经比约定时间晚了半个小时了。梁璐看看手机，还是忍住了。有事相求，就别催了。正想着，老耿一脸严肃地走来了。

“耿总。”梁璐刚想热情地打个招呼，却发现老耿的身边还带了个年轻人。

两人刚坐好，年轻人就拿着文件发问：“梁总，请您解释一下公司上个月的这几笔开支。”

“这位是Gary，我们公司的风控经理，负责投后管理。”老耿介绍道。

“您好，”梁璐看了老耿一眼，看不懂他葫芦里到底卖的什么药，“您的问题要不明天来我们公司，我让财务经理跟你对接吧。财务上的东西我也不太懂。”

“好，但还有一个问题，您公司的薪酬标准是谁制定的？”Gary问道。

“主要是我和人力定的，这个有什么问题吗？”

“您给自己定的月薪十万？”Gary明显不是发问，而是嘲讽。

“我之前的工资，比这个高。”梁璐毫无底气地说道。

“据我们的调查来看，您不工作已经很多年了。”Gary瞟了梁璐一眼，继续道，“您上一份工作是老虎航空公司空姐，当时的薪水是七千一个月。”

“这是我自己的公司，我薪水定高一点儿怎么了？”梁璐不悦地说。

“以前我们管不了，但鉴于我们现在也是公司的股东了，在投资协议中也注明了，我们可以参与公司管理。我们认为公司高层，在公司还没有盈利的情况下，这样的薪酬待遇是不合理的。我们要求您自降工资，既然您刚才的意思也是和上一份工作做对比，我们就稍微长一些，八千好了，您看这样有问题吗？”

“八千？我是这家公司的董事长，这么点钱谁会创业啊？”梁璐问道，“你们这不是摆明了欺负我吗？”

“梁总，您可能不了解现在的创业环境，很多创业公司的CEO和创始人都是不拿工资的，而且还要自己给公司贴钱，坚持把事业做下去。像您这样还能拿到工资，真的已经很幸运了。”Gary道。

“你们这是什么意思？这公司是我一手建起来的，凭什么你们管这么多。大不了，你们的钱我不要了。”梁璐怒道。

“您可以不要，随时欢迎您回购。我们的回购条款也写得很清楚，您在一年内回购只需要多缴纳百分之二十的增值款就可以。”

梁璐愤怒地看着老耿：“你到底是什么意思啊？”

“我们是希望公司尽快规范，好大家一起往前走嘛。”老耿笑笑，“毕竟我们投了这么多钱，肯定希望公司能顺利发展啊。”

“那你的那份钱呢？也不要了？”梁璐顾不上外人在场，直接问道。

“梁总，您在说什么？我听不懂啊。”老耿看了Gary一眼，说道，“Gary，明天你去趟他们公司吧，估计要规范的还有很多。”

“好，我还有点儿事，先回公司了。”Gary识趣地走了

“耿总，您到底是什么意思嘛？不要欺负人家弱女子嘛。”梁璐娇滴滴地说道。

“梁总，都是公司规定，不是我为难你。投资协议上都有啊，白纸黑字写得很清楚啊。您要是有异议，当时就应该提出来啊。现在再说，我也改不了啊。”耿总缓和了语气。

“我不懂啊，我第一次创业，哪懂这些啊。连共管账户是什么，都是今天财务才告诉我的。”梁璐眼泪汪汪地说。

“规矩既然定好了，我也没有办法。公司想用钱的时候，写个申请到基金，只要是公司正常该花的钱，这边也不会拦着啊。至于你的工资嘛，确实太高了。作为一个创业者，是有点说不过去。”

“我也没什么地方要用钱，今天其实就是想给您打钱，没有理由，打不出来啊。”

“我那笔啊，你早说啊。那个容易，我找个代工厂，就说是跟你们有合作的，把钱打到那个工厂就行了。”耿总道。

“这样啊，”梁璐眼珠一转，“那我能不能多转点过去啊？您也知道，这以后公司用钱都不方便了，我要一时有个急事，再跟基金公司申请多难啊。”

“知道你也有难处，这个嘛，只要提出来的钱之后都用在公司运作上，我看嘛，也没什么问题。”耿总喝了咖啡，继续说道，“你一个女人创业，确实也很不容易。”

“嗯。”梁璐点点头，两行清泪落在了白皙的脸上。这倒不是演戏，梁璐是真觉得自己委屈，还好老耿怜香惜玉。

“那就这样吧，我这两天会让代工厂的老板联系你的。Gary明天去你们那规范财务，你也要多多配合，别给人家留下话柄了。”老耿给梁璐递过纸巾，“创业不容易，我懂。”

第19章 | 摆渡人的现身

“如果我存在过，那也是因为有你。” kevin看着照片，想起爱妻临终前说过的话，一张鲜活的面孔再次出现在自己眼前，她永远都是完美的。

“Kevin。” 林瓔敲了敲门。

Kevin匆忙收起照片，调整了一下自己的心绪：“什么事？”

“你派到英雄难过的人，最近有没有消息？” 林瓔问道，边问边走了进来，看着Kevin的书架。

“一言难尽啊。” Kevin看了林瓔一眼，“他们五千万的融资到位了，厚蒲基金一家投的。但女老板天天黑着脸，不知道为什么。我是有点担心啊，有了这些钱，只要能请到靠谱的技术人员，开发个面部建模模块是绰绰有余了。”

“融资到位了？” 林瓔疑惑地问道，“这不可能吧？厚蒲虽然是刚成立的基金，但基金总经理老耿也是圈里数得着的名人啊，怎么连尽调都不做？”

“我本来还抱了一丝希望，是你的计划。” Kevin苦笑。

“我是找了家投资机构去跟他们谈，签了协议之后不打钱，想拖到他们没钱自然死亡啊。”

“所以厚蒲不是你找的。”

“当然不是了，我哪能找人真给他们投钱啊。再说了，这钱进去，还能出来吗？”林璎叹了口气，“估计是谢英权这家伙找的，他投资圈没准儿还有点朋友。”

“但我派去的人说，谢英权从来没去过公司，所有的事都是梁璐一个人张罗的。”Kevin看着林璎，“按说谢英权已经离婚又离职了，没必要继续在幕后待着了，走上前台不是更好？”

“你是怀疑，梁璐和老谢已经劳燕分飞了？”

“据文爷说，谢英权是净身出户，他和梁璐又是那种关系，确实没什么道理继续在一起了。”Kevin有些想不通。

“哎，夫妻本是同林鸟，大难临头各自飞。”林璎继续看着书架，“你这儿的书怎么都是治愈系小清新啊，和你的人设不符啊。”

“我什么人设啊？”Kevin笑道。

“霸道总裁高冷范儿啊。”

“那是你吧？”

“我是北京纯爷们儿。”林璎拿起一本书问道，“谁是你的摆渡人啊？”

Kevin看着林璎，没有说话。是啊，谁会是自己的摆渡人呢？

“对了，你有没有觉得皮肤变好了？”林璎凑近Kevin问道。

“没有，你离我远点。”Kevin厌恶地躲了林璎一下。

“走，你说了不算。咱们去机器上测测。”

“你看起来确实好了一些，好像比以前光滑了。”Kevin在阳光下仔细看了看林璎。

“因为我练了葵花宝典。走吧，让数据说话。”

林璎和Kevin分别在机器中测试了一下，几秒钟后，对比数据就出来了。两人的皮肤含水量和胶原蛋白含量都提高了五个百分点。

“你看，Marguerite的面霜是真的有效。”林璎指着数据对Kevin说，“你应该也没用过其他护肤品吧？”

“没有。这么明显吗？”Kevin不敢相信，“这么短的时间能提高这么多？—

般护肤品在使用一两个月后能使皮肤含水量提高一个百分点都不容易。那咱们继续保持这个实验吧，看看下周还有没有变化。如果能持续改善，那这个产品就太可怕了。”

“为什么？会有什么问题吗？”

“我现在不敢说，但化妆品业内都知道，想让护肤品快速有效改善皮肤状态是有一些旁门左道的，最简单的是加入生长素和动力素，两者都是违禁药。但可以在短期内达到非常好的效果。”

“我买了一千罐面霜，扔给刘慧，让他们做实验，就是想找到这里面有没有违禁药。”林璎耸耸肩，“但结果非常失望，这里面没有那些东西，只有一种极其微量的不明物质。”

“不明物质？”Kevin问道。

“至少目前为止，还是不明物质。我想打着和Marguerite谈下一步合作的旗号，去趟美国。”林璎看着Kevin坏笑。

“你不会又要跟我一起去吧？”Kevin实在想不明白，为什么这个家伙这么爱和自己出差。

“对，你提前安排一下工作啊。”林璎笑嘻嘻地走了。

Kevin叹了口气，无奈地走回自己的办公室，却发现有个人正在门口等他。

“Kevin，晚上你有时间吗？”陈芳芳略显羞涩地说。

Kevin看着眼前这个干净秀气的姑娘，这是她第三次约自己吃饭了，前两次自己都委婉地拒绝了。事不过三，再拒绝终归是说不过去了。吃吧，吃顿饭又不能怎样，正好把话说清楚：“我晚上没事。”

“那可以和我吃个饭吗？”

“可以啊？你爱吃什么？我订个位置。”

“我，我吃什么都可以。”陈芳芳明显没有准备好，Kevin能答应得这么痛快，后面的回答都未经排练。

“西班牙菜可以吗？”

“可以。”陈芳芳点头如捣蒜。

“那晚上下班等我一起走吧，我开车。”Kevin看着芳芳的样子觉得很好笑，也很可爱。

“好。”芳芳想到Kevin正在看着自己，顿时满脸绯红。

而此时，梁璐正气得满脸绯红。两千万打到老耿推荐的代工厂之后，就音信全无。打电话给老耿，老耿就像失忆一样，一副完全不知道这事的德行，约老耿见面，也不停地推托有事。

“老耿到底是什么意思？他是投资人啊，难道不希望公司好吗？这帮王八蛋，投资人都是王八蛋。”梁璐自言自语，越说越气。

“梁总。”Gary毫不客气，推门就进。

“下次请你敲门。”梁璐愤怒地看着他。

“梁总，您前几天转走的那笔费用是做什么了？关于钱的去向，请您给出一个合理的解释。”

“我不是跟你说过了吗？那是我们的一家代工厂，转过去的钱是做下一批机器的订金。”梁璐气不顺地答道。

“具体是什么机器的定金？有合同吗？”

“合同？”对啊，自己连合同都忘了签。都是老耿害的，太信任他了，“合同我忘了放哪儿了，我一会儿找找啊。”

“钱打过去之后，对方有给发票吗？”

“我这就联系他们要。”

“不用了，我试图联系过您留的这个打款账户，已经销户了。您说的代工厂，也根本就对不上。”

“不会吧？账户都注销了？”梁璐的脑子明显不够，反应不过来到底出了什么事。

“请您解释一下，这到底是怎么回事？是不是您跟那边串通好了，把公司的钱洗走。”Gary怒气冲冲地说道。

“你让我解释什么啊？这个人是你们耿总介绍给我，你不信问他，是耿总让我打钱给他的。”

“您说是耿总给您介绍的，您要拿出证据。如果证据确凿，我会跟基金反映。如果不是这样，您不但挪用公款，还诽谤他人。”

“不是这样的。”梁璐感到自己百口莫辩，证据，自己有什么证据吗？对了，当时跟老耿签过一个协议。协议在哪儿？自己当时拿了吗？

“这家代工厂真的是耿总介绍的。”她只知道重复这一句。

“如果是耿总介绍的，他应该给你发过对方的信息吧？还是带你去见的人家？”Gary问道。

“他让对方联系的我，所以没给过我信息。”梁璐看着Gary不屑的表情，继续解释，“我转出去的钱，也是给耿总的财务介绍费，不是给我自己转的。真的，要不咱们把耿总约出来对质。”

“您这些话可以留着跟警察说，我收集完材料，就去报案。”Gary一板一眼地说道，“您也可以在这个期间，收集一些对自己有利的证据。当然，现在看，你什么也没有。”

“报案？我犯什么罪了？”梁璐花容失色，大惊道。

“您犯的这条叫职务侵占。您可以百度一下，而且您这个属于情节特别严重的，两千万啊，够判枪毙的了。”Gary说完，关上门出去了。

梁璐哆嗦着用手机搜了一下“职务侵占”这个新词，百度上的解释是“《刑法》第二百七十一条规定：公司、企业或者其他单位的人员，利用职务上的便利，将本单位财物非法占为己有，数额较大的，处五年以下有期徒刑或者拘役；数额巨大的，处五年以上有期徒刑，可以并处没收财产。”

梁璐只觉一阵晕眩，这到底是怎么回事啊？老耿难道就是有心要陷害自己？现在该怎么办？梁璐没有其他办法，只好拿出手机，再次拨打老耿的电话。

这次老耿倒是很快就接了，也没多说，只说现在开会，晚上依旧约了公司楼下咖啡厅见。

“你知道中国有多少农村人口？八亿啊，他们都没有信用卡，每年春天播种施肥只能跟村里的村霸借钱。我现在这项目，就是要解决这部分人的借贷问题。”

“不是有农村信用社吗？”

“是有农村信用社，就像咱们有银行一样，但你不可能借个三五千去找银行借吧。农村信用社也一样，借小钱人家哪有时间精力接待啊，就需要像我们这样的互联网公司，每个用户在手机上轻轻一点，就能借钱了，操作简单，评估时间还短。”

“这个信用评估很难做吧？去农村一个人一个人做评估肯定不可能，想掌握用户其他的消费数据也不像城市人口这么容易。我很难想象。”

“这事说来也容易，我们其实只要跟村霸合作就行了。我已经联系上了五十多个村子的村霸，让他们把之前掌握的用户数据发给我们就行了。王老六去年借了多少，还了多少，什么时候还的，一目了然。我们再进行大数据分析，就能大概计算出整个地区农户的信用状况，根据这些数据做坏账准备。”

“村霸是干什么的？”

“您这一看就是打小城里长大的，我给您科普一下。村霸呢，一般就是一个村子里最有势力的人，不一定是村长家的，但肯定有钱有势，为非作歹现在肯定不至于了，但在村子里大事小情还算做得了主。他们的赢利模式也比较多，除了放贷，也做点小买卖，像之前国家扶持的电器下乡什么的，也让这帮人占了便宜，没少赚钱。”

“听起来怎么像黑恶势力啊？”

“那倒不至于，我什么时候带您去看看。富裕点的村子，村霸开的都是卡宴了，可不是一般人，我跟他们说这个项目也都听得懂，还都表示愿意参与。”

“哦，项目是不错。”这人嘴上这么说，心里想的却完全是另一件事。这是什么不靠谱的项目啊，别的不说，就现在农村人口的互联网普及率还远远没到可以网上放贷的时候。又浪费了一杯咖啡钱，这样的笨蛋为什么要出来创业呢？正想着，目光里忽然出现一位姗姗走来的美女。哇，真拼啊，数九寒天啊，坦胸露背的纱裙，好像还没穿丝袜，这么光滑的腿啊，到底穿没穿丝袜，得再看看。

来人正是梁璐，咖啡厅的喧嚣都与她无关。老耿到底是打的什么主意啊？就是为了骗钱？自己什么命啊，创个业，先被骗色，后被骗钱，现在还要面临牢狱之灾。这世界对自己也太不公平了吧，自己这么努力上进，为什么还会这样？想到这儿，梁璐眼圈微红。

老耿就在这个时候出现了，在梁璐对面坐下，严肃地说："梁总，你们的情况今天Gary都在公司说了，你真是糊涂啊，想转移公司资产，也不能做得这么明显啊。"

"不是你让我这么做的吗？"梁璐看着老耿，看不懂这人到底是装糊涂还是真糊涂。

"我是让你们找家代工厂，早日恢复生产。我可没让你随便找家就打钱啊。"

"现在又没有别人，你怎么还这么说啊？这事从始至终，不就是你让我做的吗？那代工厂，就是你让他联系我的啊，不然我能打钱吗？"

"你在说什么啊？我听不懂。"

"都什么时候了，您还装？"梁璐急道。

"我真的不知道你在说什么？他说是我介绍的吗？"

"他没说。但是你说会帮我找个代工厂，近期联系我啊。"

"所以有人联系你了，你就认为是我找的？"

"肯定是你啊，不是你还能是谁啊？"梁璐歇斯底里地喊道，"你别装了，这一切都是你安排的。"

"你要再这样，咱们的谈话就没必要继续下去了。"老耿起身要走。

"你别走，"梁璐一把拽住老耿，"你说，你到底想要什么？"

"如果你不想坐牢的话，就快点把这笔钱补上，我可以跟公司说说，给你几天时间，你去筹钱。"老耿冷淡地说。

"我哪有钱补啊？"梁璐呜呜地哭着，"老耿，我跟你无冤无仇，你为什么要这样？”

“梁总，是你自己太不小心了，何必怨别人。”老耿说完便缓缓地走了。

“你爱吃什么？”Kevin温和地问道，把菜单递给陈芳芳。

“这家我没来过，看点评上推荐海鲜饭。”在来之前陈芳芳特意敷了一张美妖面膜，此时在精致的妆容下还是那张略显羞涩的脸。

“海鲜饭是一定要点的，你看看还有什么想吃的？”

“那一份饭好像很大啊，咱们吃不完吧？不用点别的了。”

“能，放心吧。看看再点些什么？”

“没什么了。”

“那我随便点几个小吃吧，你喝酒吗？”

“不了。”

Kevin叫来服务员，快速点好了菜。

“谢谢你啊，给我送了那么久的点心，我早就应该请你吃饭道谢的。”Kevin道。

“那些不值什么的，又何必客气。你喜欢吃西班牙菜？”芳芳问道。

“嗯，蜜月去的西班牙，第一次吃就很喜欢。”

“西班牙是个好地方，我去过两次。”

“你去的哪里？”

“第一次很俗气地跟着导游团去了马德里、巴塞罗那这些大城市。第二次，自己背包，去了很多小镇。我喜欢一个建在悬崖上的小镇。”

“龙达？”Kevin问道。

“你也去过？”芳芳充满惊喜，“悬崖，古堡，栈道，还有像阳光一样灿烂的笑脸。”

“一张张没被欺负过的脸。”Kevin笑道，“陈丹青说，他第一次踏上美国那片土地，最让他震惊的，是一张张没被欺负过的脸。我在国外也待了些日子，只在龙达有这种感觉。”

“嗯，那里的东西也好吃，还不贵。”芳芳道。

“比这儿肯定便宜多了，但在北京，这家算最正宗的西班牙菜了。”

“还有一家也不错，在五道营。”芳芳道，“下次我带你试试那家。”

“好啊。不过芳芳，我还是要说，你是个很好的女孩，但我现在还不适合找女朋友，我还没有做好心理准备，继续下去对你不公平。”

“你的事，林璎告诉我了。”

“他这么八卦啊？”Kevin笑道，“那你能理解我了吗？我很难再下决心开始一段感情了。”

“我不能完全体谅你的心情，但如果我是你的亡妻，一定会希望你幸福。当然幸福有很多种，一个人独立自主地活着也没什么不好，我也有独立生活的能力和信心，但我的内心深处，还是希望遇到一个人，可以放下戒心，将自己交出去，从此孤单少一些，任性多一些，有撒娇的权利，有被保护的运气。人生的路终归不好走，有志同道合的人愿意陪我一起走，也没什么不好。”芳芳说完莞尔一笑。

“是啊，谁不希望呢。”Kevin盛了满满一碗饭，递给芳芳。

“别盛这么多，怕胖，不敢多吃。”

“你不是要任性吗？多吃点才有力气任性啊。”Kevin知道，芳芳这种在大城市打拼的白领，早已不习惯依赖别人，也不会随便使小性儿，独立谋生的人靠的是人缘，“你家乡是哪儿？”

“扬州。现在网上有一句话，奋斗在北上广，为了活在大包邮。我的家乡就在大包邮。”

“好地方，咱们倒是不远，我家在宁波，也是大包邮。”

“我以前每年六月底都跟爸妈去宁波吃杨梅，再买一些杨梅回家泡酒。”

“那下次回家，我带你吃杨梅，你带我吃汤包。”

“我们扬州好吃的可多了，哪能只是汤包。我带你见识一下正宗的早宴。”

“早宴？”

“对，早宴。”芳芳自豪地笑了。

Kevin吃着碗中吸饱了海鲜汁的米饭，心里想的却是“天青色等烟雨”的江南小城。

“我都已经卖了房子把钱给你们补上了，你们还想怎么样啊？”梁璐大叫道，声音响彻整栋楼，但坐在面前的Gary却如同面瘫一般不为所动。

“梁总，您钱是还回来了，但为了避免您以后可能会继续出现类似的行为，基金公司派我来做你们的财务总监。”Gary道。

“我不同意。”梁璐恶狠狠地说道。

“您现在是戴罪之身，没什么同意不同意的。而且我只是负责管账，又不参与公司的实际经营，对您有什么影响吗？”

“怎么没有影响啊？我上个月的发票，你一张都不给我报，我是这家公司的CEO，你这么做合理吗？”

“是您不合理啊，您请客吃饭，至少应该说明是跟什么人，为了公司的什么事，这样才能入账啊。买礼品也是，您动辄就购买上万元的奢侈品，又不说是送给谁的，我怎么知道这是不是您买给自己的啊？”Gary边说边指着财务报表。

“太欺负人了，你们的钱我不要了，你们基金能不能撤资。”

“撤资很难，您可以回购，用六千万，回购我们的全部股份。”Gary语气冷淡地说道。

“你们不撤，我撤，行了吧？”梁璐几乎崩溃。

“您想撤也行，但得先找到愿意接您这烂摊子的人啊。”Gary道，“这人一天没找到，你就还得做好公司的工作。面膜厂的预付款我们已经批准支付了，其他的工作您也应该继续做啊。每天都在想怎么花投资人的钱，这是什么创业者啊，这叫创业吗？”

“现在花的都是我的钱啊。”梁璐真想大哭一场，自己怎么就同意创业了呢。现在倒好，卖了一套房子，才补上被老耿骗走的两千万。公司的钱完全不归自己控制，八千的月薪连别墅的物业费都交不起，更别提自己的其他开销了，怎么办啊?

“您多放心思在怎么拓展业务上吧，公司好，大家才会好。”Gary说完转身离开。

“难道我不想公司好吗？”梁璐看着Gary关上的门，感觉大脑一片空白。之前的业务全是谢英权对接的，发展方向也是谢英权制定的，自己不过是个傀儡。难道自己要求谢英权回来？想到谢英权，梁璐感到一股暖流。在连续被骗之后，她终于体会到只有谢英权才是自己值得依靠的人。可是，他还会回来吗？自己上次的拙劣表演，他还能原谅自己吗？可以的，一定可以。他现在身无分文，让他掌管一家账上有钱的公司，他说不定还有希望东山再起。

打定主意，梁璐拿起手机，拨通了谢英权的电话。

“没想到你还会打电话给我？”谢英权的声音依然温暖。

“老谢，”梁璐一时没忍住，呜地哭了出来，她实在有太多委屈无处申诉了。

“怎么了？别哭，慢慢说。”

“没什么，想你了。晚上方便过来吗？”梁璐擦了把眼泪。

“这，不好吧。”谢英权有些尴尬地说。

“我需要你。”梁璐又哭了起来。

“别哭了，我过去。”谢英权显然对哭泣的女人没有招架之力。

天色渐黑，梁璐坐如针毡地熬到了下班时间，上班对于她，根本就是一种酷刑。梁璐出了大楼门口，见到一辆奔驰停在路边，看起来正在等人。她走过去，竟看到谢英权正在车上向她招手。梁璐坐上车，心里忐忑，看来当日谢英权是骗她，想想也知道，怎么可能净身出户。

“你还好吧？”梁璐一句话说完，就落下眼泪。

“还好，你呢？”谢英权绅士地递过纸巾，“我送你回家。”

“好。你不怪我吗？”梁璐眼泪汪汪地问道。

“过去的事了，没关系。”谢英权开着车，走在熟悉的路上，“找我有什么事吗？”

“我想你，这还不够吗？”梁璐深情地看着谢英权，几日不见，他消瘦了不少，但人还是很精神，比最近自己接触到的人都好太多了。

一路无话，车停到梁璐家地库。

“安全到家了，要是没别的事，我就不进去了。”谢英权道。

“别走，我需要你。”梁璐紧紧抓住谢英权的手，渐渐将头也靠了过去。

当两人的距离近到可以彼此听到心跳的时候，谢英权抱过梁璐，热烈拥吻，完全顾不得车上空间狭窄。他把她的裙子撕开，她灵活地坐到他身上，他则仍然西装笔挺像只禽兽。

他脸上有一丝得意，但瞬间消失：“好了，我该走了。”

“住这儿吧，这是你的家啊。”梁璐道，“你现在住在哪儿？”

“朋友家。”

“搬到这儿来吧，没有你，我睡不好。”梁璐娇羞道。

“名不正，言不顺，哪天再被你赶出去了。我还是回朋友家住吧。”谢英权笑道。

“我不许你走，这房子本来就是你买的。”

原来你记得，谢英权心道，面上却不露痕迹：“当日绝情分手的是你，今天想复合的也是你，虽然我喜欢你，但也不能这么呼之即来，挥之即去啊。”

“我就知道你还是怪我。”梁璐仍靠在谢英权的肩头，“住这儿吧，不然我不走。”

谢英权叹了口气，还是从了。

第二天一早，北京难得在二月底下起大雪。林璎出门，开车上班，正巧看到谢英权在院子里跑步。

“他腿不是断了吗？怎么还能跑步啊？”林璎自言自语道，“现在的科技真发达，没准儿是接了条artificial leg。有空得跟他聊聊，是哪家的产品，做得这么好？”

林璎将车停到公司楼下，下了车就看到袁馨手拿红伞，伫立雪中："你等谁呢？"

"等你。"袁馨眼圈微红，在雪地的映衬下分外明显。

"怎么了这是？进去说吧，站这儿多冷啊。"林璎看着袁馨的脸冻得发红，不由得有些心疼。

"Kevin告诉我了。"袁馨说完，眼泪就掉了下来。

"这家伙也挺够意思的嘛。"

"你为什么不早说啊？"

"你让我说了吗？你给过我说话的机会吗？"林璎看到袁馨落泪，拍拍她的肩，"好了好了，都是过去的事了。"

袁馨忽然抱住林璎，把头埋在林璎的怀里，静静地哭着。

"好啦，咱们就让这场洁白的大雪把陈年旧事都埋上。咱们重新开始，敢问小姐贵姓。"林璎还在打趣，可也红了眼。他轻轻抱着袁馨，渐渐用力，越抱越紧。

"光天化日，你们在干吗呢？"Kevin不知何时也到了二人身旁。

"就是你干的好事，我就说别告诉她嘛，你看看，哭得我衣服都湿了。"林璎笑道。

"咱们彼此彼此。"Kevin笑道。

林璎这才注意到，Kevin是和芳芳一块过来的："论执行力，我就服你。"

"赶紧回公司干正事吧，发布会在即了，你们俩这次谁出台啊？"陈芳芳调皮地问道。

"都出呗，Kevin你也得上台说几句，一个靠谱的团队，永远比单个儿牛逼的创始人更能吸引人。"林璎道，"好了，赶紧干活吧儿，都别闲着啦。我警告你们啊，创业公司可没时间谈情说爱。"

第20章 | 疑团重生

“坏消息，谢英权接手了英雄难过，正在大规模招兵买马。”Kevin走进林璎的办公室说道。

“嗯，这不是咱们意料之中的事吗？不奇怪。”林璎道，“他们找到有研发能力的人了吗？”

“从美国来了个CTO，Nicky Chen，具体情况不知道。”

“这名字我好像在哪儿听过，但一时想不起来。我回去打听一下。”

“还有一个坏消息，英雄难过在和Marguerite联系，合作能不能达成还不知道，但对咱们肯定不是什么好事。”

“发布会结束，咱们就去美国，也该跟劳伦斯好好聊聊了。”林璎看了Kevin一眼，若有所思。

“汇美的新品这次发布会能上吗？”Kevin问道。

“应该可以，但刘慧对他们的产品不是很有信心。”

“在最早上市的护肤品里直接加Marguerite的面霜，香料多添点儿，把味道盖住。”

“你说什么？”林璎不相信自己的耳朵。

“很多化妆品公司都会这么做。”Kevin不以为然。

“成本太高了吧。”

“首批产品需要这样，做口碑用的，后面就不需要了。”Kevin道，“手机公司以前不也是这么玩吗？只有头批上市的新机用最好的元器件，后面元器件就换了。”

“用户使用后期产品察觉出来怎么办？”

“只要气味没变化，一般用户察觉不到。即使发现护肤品没有之前有效了，也会拿抗药性作为自我安慰的。再说，五十块钱一年的护肤品，谁也不会太较真的。”Kevin看着林璎笑笑，“怎么了？没想到我也是个奸商？”

“确实没想到。”林璎也笑了，“汇美的首批用户都是之前预订的，都是刘慧的脑残粉，让他借这个机会回馈粉丝吧。”

“主要是给他信心上咱们的发布会。这个时点，能有其他合作方出现，对咱们太重要了。”Kevin道。

周四晚上八点，谢英权准时打开了视频软件，他要收看被媒体称为盛况空前的初心不改发布会到底是个什么样子。

“在这个万物苏、万物生、万物萌动的春天，我们迎来了……”视频中的菜老师声情并茂。

“这么土的词儿？”梁璐从卧室走了过来，“你看什么呢？”

“初心的发布会，这是现场直播。你也过来看看吧，跟人家学习学习。”

“咦，这不是娜娜吗？穿的这是什么啊？玲姐姐也在啊？她这件衣服我也有。”梁璐搬了把椅子过来，兴致勃勃地陪着谢英权一起看，“怎么连一凡也来了，他现在的身价可高了，据说接一部电影要三个多亿。请他来得花多少钱啊？”

“一部电影票房才多少啊？请他就三个多亿。这都是明星的自我夸大宣传，加上媒体不负责任的炒作，不可能真有那么多。”

“你怎么不信啊？现在一凡在中国至少三亿多粉丝，找他拍电影稳赚不赔。”梁璐两眼不停地盯着屏幕，“浩然，浩然也来了，95后当红小鲜肉啊。”

“你能不能关注点其他的，听听人家说的公司规划对咱们有没有启发。”谢英权听着梁璐在耳边大呼小叫，有些不耐烦。

也不怨梁璐，初心这次的发布会明星阵容堪比春晚，恨不得四个明星一块出来跟大家Say Hi。外聘的公关团队十分给力，营造出了一种要是不来，观众就会觉得你不是一线明星的错觉，招揽了半个演艺圈的明星悉数到场，竟然预算还有富余。

“刘慧哪，他还是这么帅啊？”梁璐指着视频里，穿着白色衬衫，牛仔裤，脸白胜雪，红唇若樱的刘慧，大喊道。

“打扮得跟男妓似的，你们女的也喜欢？”谢英权疑惑地问道。

“嗯，喜欢。”梁璐一脸花痴，完全不听刘慧到底说了些什么。

“哼，‘十八春’又是什么东西啊。”谢英权忍着气继续看。

“就是五十块钱，能包一年的护肤品，每周送货。”梁璐道。

“你怎么知道的？”

“这两天朋友圈都刷爆屏了，铺天盖地的广告宣传，微信公众号软文，大V号都在给他站台。产品还没上市，口碑就做出来了。我还打算买呢。”

“看不出来这都是套路吗？五十块钱能做出什么来啊，快递费都不够，就是个噱头。”谢英权说完又思考了一下，也未必，化妆品的原料成本是众所周知的低，无论大牌小牌，以前主要的钱都花在品牌宣传和口碑维护上了。如果把这部分钱都省下了，又能吸引一个庞大的用户基数，这个价位足够做出市面上任何一款护肤品的。

“快递费不包邮。”梁璐在手机上登录汇美的APP看了一下。

“那你也不能买啊，这不是助长对手威风嘛。”

“不买啦，我听你的。”梁璐甜甜地笑了。

“你身为公司的CEO，怎么能支持竞争对手的产品呢？”谢英权还是有些生气。

“现在公司的CEO不是你嘛。”梁璐想起谢英权来到公司那天，不但小苏等众员工心悦诚服，就连平日里趾高气扬的Gary也没再敢多事。在梁璐看来，这都是因为自己的男人英明神武，才能一统江湖，她哪能看出这些事从头到尾都是谢英权设计好的圈套。

“你别捣乱了，我在这儿好好听听，有没有什么有用的信息。”谢英权不耐烦地说。

“哼，真是结了婚就变脸啊。”梁璐摸摸手上的钻戒嘀咕道。

谢英权目送着梁璐离去，脸上冷笑，没有吭声。

初心的发布会颇让谢英权失望，除了“十八春”护肤品的亮相能算得上是当晚的热点，林璎对公司未来的发展规划稍微有几句值得一听，其他人充满煽情效果的演讲在谢英权看来一文不值，声光电堪称梦幻的明星节目表演更是浪费了太多时间。

“不过如此，我还以为他们能玩出什么花样呢。”谢英权松了口气。他拿出手机，发了条信息：“禽兽之变诈几何哉？只增笑耳。”

第21章 | 那是地狱之门

发布会结束当晚，林璎和Kevin就坐上了飞往美国的班机。两人一路有说有笑，再次来到美国那座不起眼的中部小镇，距离上次到这儿不过半年时间，却不禁感到恍如隔世。

“很高兴见到你。”林璎看着劳伦斯微笑着打了个招呼。

“我也很高兴见到你们。”劳伦斯回敬了一个微笑，“我在电视上看了你们发布会的新闻，非常精彩。”

林璎心下稍安，暗道，你看过那就好办了。

“今天我过来是想跟您聊一下后续合作的。”Kevin礼貌地说道，“您的护肤面膜也马上就要上市了，我希望咱们能在原来合同的基础上做一个小调整。”

“你们想调整什么？”劳伦斯好奇地问道，“咱们现在合作得不是很好吗？”

“增加一条排他协议，美妖面膜和这款护肤面膜都由初心不改独家代理销售。”Kevin道。

“生意就是生意，一条路总不如多条路。”劳伦斯笑道，“再说，现在市面上还没有跟你们一样的公司，你们担心什么？倒是我应该担心吧，万一你们中国的其他公司也做出了美妆面膜怎么办？你们能同意和我签独家吗？”

“美妖面膜这款产品，我们可以做到只签Marguerite。”林璎道，“这是我们的合作诚意。”

“那护肤面膜呢？”劳伦斯问道。

“可以。”林璎痛快地说。在来到劳伦斯的办公室之前，他已经想好了应对方案。在其他品牌能做出类似面膜之前，只卖Marguerite一家的面膜，这对初心不会造成太大损失。只要有汇美的“十八春”在，不怕吸引不到价格敏感型的消费者。

“好，我看到了你们的诚意。”劳伦斯笑笑，“但这件事我要考虑一下，对我们来说，这可是件大事。”

“我们可以给您时间，您好好考虑。”Kevin道，“我们这几天会住在这个镇子上，您想好了，随时可以叫我们过来。”

“你们要是不嫌弃，可以住在寒舍。这个镇上也没有什么好的酒店，只有一个motel。”劳伦斯客气道。

“那我们就打扰了，希望您不要介意。”林璎心下大喜，这真是求之不得的机会啊。

劳伦斯的大房子距离公司并不远，三层的大公馆。远远看去，貌似白宫。前院后院都布置得极其别致。前院碧绿的大草坪种着各种珍稀植物，后院一片林荫之中有一汪清泉，不断涌着碧蓝的泉水。劳伦斯带着林璎和Kevin四处参观了一番，又回到公馆内的大厅。

Kevin和林璎刚在沙发上坐好，就有穿着复古的仆人端上了英式红茶和点心。

林璎对仆人说了声谢谢，却发现仆人毫无反应。

“他是聋哑人，我这雇的都是聋哑人。”劳伦斯解释道，打了个手语，示意仆人可以离开了。

“不至于吧？”林璎拿茶杯作掩护，用中文小声嘀咕了一句，“就卖个化妆品需要这么高度保密吗？”

“这是藏了什么秘密啊？”Kevin显然也起了疑心。

“二位是睡一间房间还是两间？”劳伦斯温和地问道。

Kevin刚要说当然是两间，却被林璎抢了先：“一间就可以了，两床被褥，他睡觉不老实。”

Kevin狠狠瞪了林璎一眼，用中文问道：“人家都已经误会了，你还要睡一间？”

“人生地不熟，我怕你一个人睡不安全。”林璎笑道，转脸对劳伦斯说，“他说希望床能大一点儿。”

“没问题，多大的床，我这儿都有。”劳伦斯走到仆人面前，连蹦带跳地打了半天手语，才道，“我让仆人准备晚宴了，二位要不要先看看房间。”

“好啊。”林璎兴冲冲地跑了过去。

Kevin也只得跟了过去。

劳伦斯带着二人七拐八绕终于走到了二层的楼道尽头，房间的门上写着42，劳伦斯颤颤巍巍地掏出一串钥匙，打开了房门。

“怎么跟鬼片儿似的，我好害怕啊。”林璎嘀咕道。

“嗯，像极了万能钥匙。”Kevin附和道。

两人进了房间却发现豁然开朗，空间有上百平，两面都是落地窗，正好望见花园中的一汪清泉。古朴的家具，软绵绵的羊绒厚地毯，床也大得有些离谱，睡十个人都不成问题。

“你们觉得可以吗？”劳伦斯问道。

“太棒了，我喜欢。”林璎笑道。

“那你们先歇会儿吧，晚宴准备好之后，我会让仆人来叫你们。”劳伦斯满脸堆满慈祥的笑，说完就慢悠悠地走出去关上房门。

“你……”Kevin话还没说完，就看到林璎轻微摇了摇头，“你说他的仆人都是聋哑人，怎么感觉怪怪的。还有，劳伦斯能同意和咱们签独家吗？”

“不好说啊。谁知道他怎么想的，英雄难过这么不靠谱，他们做做调查就能知道啊。”林瓔边说边从书包里拿出一个微型探测器，拿着探测器在房间里闲逛了一圈，探测器完全没响。

“安全？”Kevin问道。

林瓔又摇了摇头：“咱们上床歇会儿吧，我累了。”

Kevin不懂林瓔的打算，只得跟着他躺在床上。

林瓔突然凑到Kevin耳边。Kevin正要反抗，林瓔忽然小声说道：“我总觉得这里不简单，如果他的窃听设备我检测不到，就说明这里比我们想象的还危险。我预感不好，谨慎行事。”

Kevin也凑近林瓔的耳边，低声道：“你一个写代码的，用得着这么疑神疑鬼的吗？”

“小心无大错，你放心，我有准备。”林瓔从裤子兜里拿出一个片状物体。

“这是什么？”

“我从以色列买的，可贵了。声波接收器，跟手机连接，可以根据声波反射的时间和削减程度做空间成像，我们就能大概知道这栋房子是个什么结构，房子里有多少人。”

“你不会半夜还想要探险吧。”Kevin问道。

“你觉得我敢吗？”

“反正我不敢。再把人家聋哑人吓着，多不合适。”Kevin推开林瓔，但仍在林瓔耳边小声说，“我觉得你想太多了，就算他们化妆品里有点什么神秘配方，咱们也犯不着这样。不过就是个化学家嘛，最多晚饭把你毒死，你带银筷子了吗？”

“我带你了，不用银筷子。”林瓔笑道。

正说笑着，响起轻微的敲门声，两人分别喊了一声：“Come in。”都不见有人进来，才想起来仆人都是聋哑人，听不见。

二人起身下床，跟着仆人又绕了半天，来到饭厅。劳伦斯已在餐桌旁坐好，等着他们。晚饭极其丰盛，按照传统西餐的吃法，从汤上到甜品，足足吃满三个小时。

“哇，简直是米其林三星的质量。”林璎赞道。

“你们喜欢就好，爱吃什么可以写下来，我让厨师去做。”

“厨师也是聋哑人？”

“也是。你们一定好奇我这为什么这么多聋哑人吧。Marguerite女士在世时用积蓄资助成立了一家聋哑人学校，希望帮助他们长大之后能在社会上自食其力。虽然他们都能读书写字，和正常人无异，但很多地方，还是不愿意雇用他们。后来就都到我这里来了，平时工作也算清闲，我也乐得多点人陪。”

“原来如此。”林璎点点头，表示认可这个答案，“我们这次打扰希望没给他们添太多麻烦。”

“不会，他们喜欢有客人。还有什么需要，你们只要写在纸上给他们看就好了。我白天要去公司，有什么招待不周就请你们多包涵吧。”劳伦斯客气道。

“已经非常好了。您早点休息吧，时间不早了，我们也去睡觉了，时差没倒过来。”林璎打了个哈欠。

劳伦斯叫过一个仆人，又比画了半天，仆人带着二人回了房间。

夜深人静，Kevin轻拍林璎的肩膀：“睡着了吗？”

“睡得正香。”林璎回道，递过手机给Kevin，“你要是睡不着就研究研究这附近有没有什么好玩的，咱们明天可以出去逛逛。总赖在人家里也不好，你说是不是？”

“好，那我探索一下Google Maps。”Kevin接过手机，上面是一张竖线构成的公馆结构图。Kevin边看边数，这栋公馆竟然有二十多个房间，十几个仆人。地下室极大，看起来比地面上的部分还要大。里面似乎放了各式的化学仪器，很有可能是劳伦斯的办公室。他们要找的秘密说不定就在那里，“要探地下室吗？”Kevin在手机的记事本中打了几个字，将手机还给林璎。

林璎拿过手机，轻轻摇了摇头：“快睡吧，别烦我了。”

Kevin一夜无眠，天微亮就接到电话。放下电话，Kevin面色诡异。

“怎么了？”林瓔问道。

“我的卧底说正在参加梁璐的葬礼。”

“啊？什么情况？老谢下毒手了？”

“不是，肝癌晚期，送到医院两天就不行了。”Kevin耸耸肩，表示无奈，“人永远不知道明天和意外，哪一个先来临。”

“肝癌晚期？是不是前一段时间受什么刺激了？真是便宜老谢了，他可以独霸英雄难过的股权和梁璐的房产了。我总觉得她死得有点蹊跷，估计没这么简单。”

“我发现你真的不太正常，你是不是法制节目看太多了？”Kevin问道。

“算了。梁璐跟咱们也没多大关系，你的卧底还说别的了吗？”

“没什么了，公司进展顺利。”

“那就再睡会儿吧，我困着呢。”

林瓔再次醒来了的时候，听到了门外急促的敲门声。

Kevin跑过来打开门，仆人比画了半天，Kevin还是没看明白，急得仆人满头大汗。

“拿手机给他。”林瓔道。

“他好像是让咱们跟着他，走吧，跟他一块过去吧。”

“人家还在长身体，就不能让人多睡会儿吗？”林瓔哭丧着脸，只得跟着仆人下楼。

仆人竟带着他们走进了地下室，只见劳伦斯躺在地下室的地上，一动不动。

“什么情况？”林瓔忽然来了精神，一个箭步走过去，探了一下劳伦斯的气息，“已经没气了。”

林瓔从桌子上随便扯过一张纸，写了几个字，举给仆人看。

仆人摇了摇头。

林瓔看着试验的陈设，除了化学实验仪器，还有几台电脑。林瓔走到电脑前，插入随身带着的启动盘，手在键盘上纷飞，一会儿就解开了电脑密码。林瓔把看着有用的文件全部拷到了自己的U盘上。他忽然喊道：“Kevin，你想什么呢？打911啊，万一是假死呢。”

Kevin掏出手机，打了911。林璎则利用这个时间，在几台电脑中四处寻觅，弄弄有什么可疑的东西。

等了半天，急救车终于到了，医生简单做了诊断，就摇了摇头。

“死因是什么？”林璎问道。

“心梗猝死。”医生答道，“他是不是有心脏病史？”

“没有。”林璎坚决地答道。

医生愣了一下，道：“我们会带回去让法医鉴定一下死因。”

“你怎么知道他没有心脏病史？”Kevin问道。

“我问过仆人了。”

“即便没有，心梗猝死也是有可能的。”

“但没可能总让我遇见。”林璎道，“订票吧，咱们今天就回北京。”

“你这么走了，别人说不定会怀疑我们的，留在这儿，把事情搞清楚再走不迟。”Kevin平静地说道。

此时手机又响了，林璎看了一眼，是刘慧，随即接听了电话。

“出事了，赶紧召回所有的‘十八春’护肤品。”刘慧焦急地说道，“要快，不然就来不及了。”

“你慢点，怎么了？出什么事了？”林璎表情凝重。

“上周我们做实验用的那只老白鼠突然死了，我没当回事，让实验室的人看看什么原因就得了。结果没两天检测出来，老白鼠死于血癌，血癌你懂吧，就是白血病。实验室的分析师怀疑可能跟使用了那种不明物质有关系，所以上周，我们又大规模高剂量地测试了一群小白鼠，结果……”

“小白鼠都得了血癌？”林璎问道。

“并不都是血癌，但不同程度地患上了各种病，病因都是因为某种细胞增殖失控。”

“可是，可是Marguerite在市面上已经这么多年了，如果有问题不是早就应该出事了吗？而且，我们也用了。”

“对，所以我到今天才确定要召回，分析师解释，之前没有大规模暴发病变有两个原因：第一，含量极低，正常人涂抹的那点不足以立刻致病，但日积月累早晚出事。第二，使用者年龄普遍偏大，因为Marguerite产品一直主打抗皱逆龄，价格又非常昂贵，年轻人不会去用。年纪大的人，新陈代谢相对缓慢，小剂量的不明物质，只能达到让他们胶原蛋白恢复重生的功能，短时间不至于有太大影响。但现在问题就在于，我的用户全是低龄用户啊，如果他们本身有一点病变，使用我们的产品之后就会使病变细胞繁殖加速一千倍甚至一万倍，后果不堪设想。”刘慧几乎是哀求的语气，“林璎，趁着现在货还没到消费者手里，赶快召回吧。我一会儿就去快递公司追货，能追回来多少追多少。我们的官网会马上发表公开声明，承认这批产品有问题，你们也尽快配合吧。损失点儿钱哥们儿不在乎，真出了人命，我良心一辈子不安啊。”

“我在劳伦斯的办公室，你能不能给我二十四个小时，我看看他这儿有没有记载能解决问题的方法，没有道理啊。他们的配方里，会不会有什么解药？”林璎努力让自己平复下来。

“不可能，我们在小白鼠身上使用的就是Marguerite的面霜，全死了，小白鼠全死了！”刘慧听起来濒临崩溃，“晚一天，可能就会多一批受害者，你能承担这个责任吗？”

“现在是北京时间晚上九点，你即使现在公布看到的人也不多了，你给我十二个小时，就十二个小时，明天早上九点，如果我没找到解决方案，我们一起召回。”

“行，明天早上九点，我等你消息。”

林璎盯着墙上的钟，十二个小时，自己到底能干什么呢？

梁璐的追悼会上，一位穿着得体，体态匀称的女士，静静走到灵堂前，鞠了躬。之后便走到谢英权面前，低声说：“你何必如此，不就一套房子嘛，万一惹祸上身，不值当。”

“确实是病了，肝癌，与我无关。我不需要对她下手，留着她对咱们没有坏处。”

“真不是你？”

“真不是我。她病情发展得这么快，我也没想到。”

“那我就放心了。节哀顺变，尽快把精力放在公司上吧。”

“您放心吧。”

初心公司的办公室里，袁馨刚审过下星期的所有文案，准备离去，只见陈芳芳脸色难看地走了进来。

“怎么了？”袁馨问道。

“我有一种不祥的预感，星座不求人上说，这阵子天蝎水逆，Kevin就是天蝎座的。”

“不是吧你？我这根正苗红出身的，唯物主义根深蒂固啊，别瞎信这些。”

“真的，我已经十个小时联系不上Kevin了，林璎有消息吗？”

“我没联系他，不过他出差也不爱给人回消息。但是你放心，他们不会有事的，两个大男人能有什么事啊？”袁馨还想再开两句玩笑，忽然发现芳芳神色不对，人也在打晃，“你怎么了？”

袁馨话音未落，陈芳芳已晕倒在地上。

仁宇开车，送芳芳去医院的路上，袁馨给林璎发了一条微信：“芳芳晕倒了，我们正在送她去医院。你和Kevin怎么样啦，一会儿让Kevin有空回个电话，芳芳可能就是太担心他了。”信息发出的时间，是九点过六分，袁馨并不知道，她的这条消息，让本来就已经处于高度紧张的两个人，更加惊慌失措。

……

第22章 | 生死十二小时

林璎看了一眼手机，眉头紧皱。

“怎么了？”Kevin问道。

“芳芳……”林璎想到芳芳和Kevin关系，怕Kevin担心，赶紧改口道，“芳芳说袁馨病了。”

“什么病？”Kevin冲了过来，十分紧张地问道。毕竟在这个节骨眼儿病了，谁都会往不好的地方联想。

“没说，只说晕倒了。”林璎尽量说得镇定，“应该不会有什么事的。”

不等林璎说完，Kevin已拨通了芳芳的手机，焦急地问道：”芳芳，袁馨怎么样了？”

“我没事啊，Kevin，是芳芳病了。”接电话的正是袁馨。

“啊？”Kevin恢复了往日平淡的语气，“是芳芳啊，什么病？”

“现在还不知道，正在检查呢。”袁馨答道，“你们在美国还好吧？芳芳说给你打电话，你没有接。”

“嗯，还好。”Kevin答道。

林璎抢过电话，着急地说：“袁馨，给你个任务，尽快查一下‘十八春’产品的物流状态，没发货的就不要发货了，已出货的尽快联系快递公司追回。”

“追回？”袁馨疑惑地问道。

“对，能追回的全部追回。”

“好，我现在就去查。不过，为什么要追回啊？这追回之后再发货要耽误好几天呢。咱可别因为物流慢了被用户骂死。”袁馨道。

“等我们回去跟你解释，美妖面膜这批货也别出了，能追回的也要追回。‘十八春’的测试品，除了你和芳芳，公司还有其他员工用过吗？”林璎继续问道。

“我想想啊，好像陈肯拿走了一盒，说要给他老婆试试。还有谢宇拿走了两盒，想送亲戚，应该没有别人用过了。”袁馨答道。

“全要回来，理由你就说怕竞争对手拿到样品，做完给我回电话。”

“出什么事了？‘十八春’产品有什么问题吗？”袁馨听出林璎语气不对。

“很快会跟你解释，但不是现在，先按我说的做，要快！”林璎命令道。

“好，我马上联系。你和Kevin说一声，等芳芳醒了，我让芳芳给他回电话。有我们在这儿呢，让他别担心。”

“好。”林璎看了Kevin一眼，想到刚才Kevin听说是芳芳病了之后明显松了口气的样子，心道，这家伙担心的可不是芳芳。

林璎刚挂了电话，警察就到了。

警察组一行三人，为首的人身上贴着名字标签“Potato”。Potato探长人如其名，矮矮胖胖，浑圆敦实，看起来忠厚有余，智商不足。

林璎迎上前，把事情的经过原原本本对Potato探长讲了一遍，并解释自己对于劳伦斯的死亡有所怀疑。

Potato探长听完若有所思，进到地下室扶着墙一言不发。

“唉，你说他是不是有什么发现。别看他长这样，说不定充满智慧，我觉得他一定看出了什么线索。”林璎小声说道。

“我看他是走不动了，扶墙歇着呢。你看，他还在那儿喘呢。美国警察就这个德行啊？还总演CSI那样的警匪片混淆视听。”Kevin不屑地说。

“人不可貌相，再等等。我总觉得他的眼神不一般。”

过了半晌，Potato探长终于缓缓地转过身，慢悠悠地往前走了几步，对林璎说：“据我估计，劳伦斯应该是正常死亡。当然，我们还要等法医的鉴定结果。”

“您不取一下房间里的指纹吗？在你们来之前我们都保护得很好，尽量避免留下指纹。”林璎道。

“没这个必要，这里前门后门都安装了高清摄像头，通往这里的每条道路入口也都装了摄像头。如果有可疑人进入，摄像头会照下来。”Potato探长摇头晃脑，得意地说，“我们国家到处都有摄像头这样的高科技设备，没必要再取指纹。”

“光看摄像头还不够吧？如果嫌疑人……”林璎想说如果嫌疑人就在这所房子里，那怎么办，还没说完，就被Potato探长嘲讽的笑声打断。

Potato探长笑了半天，终于缓过气来说道：“你们中国人就是喜欢自作聪明，不像我们美国人，善于利用工具。”

林璎气得脸色难看，又叮嘱了一句：“现场总该照几张照片吧。”

“如果真是他杀，那应该从杀人动机入手。这些所谓的证据可能都是罪犯故意摆出来给我们看的。我们现在探案早就不根据这些了。如果是他杀，死者身上会留下犯人的痕迹。是不是他杀，要等法医鉴定结果出来再说。”Potato探长说完，扭动着厚重的身体，摇摇摆摆地走了。

“我就说他指望不上嘛。”Kevin看着满脸黑线的林璎打趣道，“林警官，咱们还是自己动手，丰衣足食吧。”

“这警察什么素质啊，不收集指纹也就算了，刚才你看见了吗？出门的时候还故意摸了一下门把手！”林璎有气无力地往沙发上一瘫，继续说道，“劳伦斯的电脑里有几篇加密文件，我在用解码软件暴力解锁，什么时候能解开还不知道。现在没什么可做的了？”

“也许现在办案确实没有取指纹的必要了。那我是不是可以好好在这儿翻翻了？没准能找到解药。”

“你武侠小说看多了吧？毒蛇出没之处，七步之内必有解药。要是有解药，Marguerite的产品早就不会像现在这样偷偷摸摸地卖了。我一直都很奇怪，为什么这么有效的产品，从宣传到市场都做得这么低调。现在明白了，肯定是怕别人发现他们的秘密。劳伦斯现在是一死谢天下了。咱们可是被他坑惨了。‘十八春’必须全部召回。”林璎看着Kevin翻箱倒柜，提不起兴致帮忙。

“你平时不是挺撑得住事吗？今天怎么了？”Kevin问道，“兵来将挡，水来土掩，遇到问题解决问题，别叽叽歪歪，和祥林嫂似的。”

“我哪儿预见过这种事？你看看我的心跳，每分钟都二百四十下了。”林璎举起手上的运动手环。

“那你深呼吸，放松，闭上眼睛，什么都别想。”Kevin放缓语气，“对，就这样，深呼吸，什么都不要想，保持这个状态休息一下。一旦想到什么立刻清除。”

谢英权送走最后一批客人，自己独自开车回了家。面对空荡荡的房子，他忽然有些鼻子发酸。这是怎么了？想念梁璐吗？怎么会呢？她曾经那么赤裸裸地嫌弃自己。在自己刚刚失去一切的时候，她不但没有雪中送炭，还落井下石。她这样的女人，不值得自己难过。

谢英权想要硬起心肠，但走到卧室，闻到一阵幽香。那是梁璐的味道，清淡但极具辨识度的味道。谢英权心里忍不住一揪。梁璐不是个坏女孩，不过是虚荣了点儿。终归一日夫妻百日恩，罢了，罢了，就掉几滴鳄鱼泪又能如何。想到这儿，谢英权忍了一天的眼泪夺眶而出。

梁璐的梳妆台上，林林总总布满了化妆品。哎，谢英权叹了口气，可惜红颜薄命啊。他忽然留意到一瓶标着“十八春”的白色精巧瓷瓶。梁璐本来定制的“十八春”已经在谢英权的强迫下退掉了。这一瓶是谢英权托了人从初心内部员工手里高价买来的。本来是想拿去做产品成分研究的，没想到被梁璐抢走自己试用了。谢英权打开瓶盖，闻到一股优雅的百合花香，瓶子中的乳白色膏体还剩下大半瓶。唉，梁璐才刚开始用这个化妆品就生病了。

等等，谢英权忽然感到脑中灵光一闪，她刚开始用这个化妆品就生病了？这个想法似乎有些不切实际，是不是自己想多了？谢英权下楼冲了杯咖啡，反复思考这两件事之间是否有可能存在某种联系。梁璐两个月前刚在私立医疗机构做过深度体检，什么都没查出来，身体很健康。两个月后忽然得了肝癌，发病的速度和恶化程度，让主任医生觉得非常奇怪。医生是怎么说的？谢英权努力回忆着当日的情景。

医生说："患者癌变细胞增殖速度失控。癌细胞扩散得太快，保守药物治疗和手术都已经控制不了。"

"这是什么引起的？"谢英权问道。

"不好说，基因突变，环境异常，或者吃了某些特殊的药物都可能导致这种情况。根据患者目前的状况，我们很难下判断。越年轻的肝癌患者，恶化越快。"

"该怎么办？"

"没什么好办法，我们只能尽量延长病人的生存时间，提高病人的生存质量。"

"您的意思是？"

"我们很遗憾。"医生无奈地说。

回想着医生的话，谢英权看着手里的白色瓷瓶，念叨道："一瓶化妆品就能害死人吗？"

谢英权掏出手机，拨通电话："艾博，你在哪儿？我有个东西想请你帮我化验分析一下。"

"我能在哪儿啊？当然是实验室啊。你过来吧。"

"好，我这就过去。"

艾博是T大毕业的化学博士，毕业后在药厂工作，研发过两款原研药。可药厂为了追求利润最大化，强迫艾博转攻仿制药方向。艾博愤而辞职。辞职后，在朋友的介绍下，艾博进入了投资行业，为投资公司提供专业技术支持。也正是这个原因，艾博和谢英权在之前有过多次合作。

凌晨一点，谢英权走进艾博的实验室。白色的房间幽静明亮，能清楚地听到各个蒸馏瓶里液体煮沸的声音。谢英权一眼就看到坐在房间角落里的艾博。因为整个实验室里，只有他一个人。艾博头发蓬乱，面部浮肿，脚上穿着拖鞋，嘴里叼着根马上抽完的烟，满脸期待地盯着萃取瓶中的液体。

“干什么呢？”谢英权问道。

“小发明，没什么。”艾博长抽了一口烟，十分不舍地把烟屁股丢掉，问道，“什么事，这么急着找我？”

“你们这儿能抽烟吗？”谢英权扇了扇空中留下的烟味，问道。

“不能，现在不是没人嘛。”艾博打开烟盒，可惜烟盒里面空空荡荡。

“能不能帮我测一下这里面的成分。”谢英权拿出“十八春”，递给艾博。

“这个容易。”艾博也不多问，用小勺舀出一点，加入溶解剂，放入专业的分析设备中，“等着吧，大概四五个小时之后就能出结果。你开车了吗？”

“开了。”

“带我出去买包烟吧。对了，还得带我吃个饭，我快两天没吃过饭了。”艾博随手拿了件衣服，同谢英权一起走出实验室。出了门，艾博深吸了一口气，已经忘了多少天没出过实验室了。外面的空气味道不错，250毫克的PM2.5加上浓厚的可吸入颗粒物，正是北京的标准配方。

看着实验仪器中的液体一点点沸腾，Kevin似乎找回了大学时做实验的激动心情。林璎像个孩子一样静静地在旁边看着。化学绝对是林璎的知识盲点。

一个小时前，Kevin在《雅典学院》油画背后找到了保险柜。林璎在几分钟后暴力破解了劳伦斯的文件加密密码“190542”。这也恰好是保险柜的密码，保险柜中除了一些文件，最引人注意的，是一瓶标有“Antiarrhymic”的药瓶。

“这是什么？”林璎拿出药瓶，看着里面的药丸问道。

“Antiarrhymic，上面不是写了吗？”Kevin答道。

“这词我不认识啊。”林璎拿出手机。

“不用查字典，抗心律失常药。这可以解释劳伦斯心梗突发了，他有心脏病史，不然不用备着Antiarrhymic。”

“这种药很常见吗？”林璎问道。

“挺常见的，国内也有。”Kevin看着药瓶答道。

“有什么副作用吗？”

“我不知道他这是抗心律不齐药的哪一种，副作用总会有点儿吧。”

“芳芳是不是应该吃两颗。”林璎拿出药丸，看着Kevin。

“你也相信有解药了？”Kevin看着瓶子，“我们要先搞清楚这里面到底是什么，别是毒药。你不觉得很奇怪吗？”

“什么奇怪？”

“这是劳伦斯的实验室，但我找不到试剂、试液和任何化学原料。我翻了这么半天，除了这瓶药，其他瓶子里连水都没有。”

“你的意思是，有人在我们来这儿之前，收拾过了？”林璎迅速在实验室扫了一遍，的确如Kevin所说，毫无做过实验的痕迹，“我们怎么能知道这个瓶子里装的到底是什么？”

“分解一下，看看化学成分。反正这里的实验设备比一般公司的强多了。”

“可是，我不会啊。”

“我会啊。”Kevin熟练地在操作台前输入了一系列指令，把药丸放进了离心分解仪中，“等半个小时，机器会告诉我们这里面是什么的。”

“这样就行了？”林璎问道，“化学实验现在这么简单了？”

“对，感谢你们这些做IT的，让这个世界变得简单了。”

“就算是机器操作，你为什么会知道啊？你还藏了多少我不知道的本事？”

“我本来就是学化学的，不然怎么能混进化妆品公司啊。”Kevin笑道，“你看看柜子里的文件有用吗？”

“好，这个我可以。”林璎把文件从保险柜中小心地取出，仔细阅读起来。

文件虽然多，但大体分为两类：一类是劳伦斯在少年时和Marguerite夫人的信件往来；另一类，是有关不老泉的所有相关文献。根据时间线，林璎将两类资料统一了起来，厘清了事情的来龙去脉。

1950年，年仅十岁的劳伦斯第一次在父母朋友的聚会上见到了Marguerite夫人，他被Marguerite夫人独特的魅力征服，从此陷入爱河。几年后，自认为已经长大成人的劳伦斯给Marguerite夫人写了一封情书，表达了自己的无限爱意。他很快就收到了Marguerite夫人热情洋溢的回信。Marguerite夫人在信中对劳伦斯的爱表达了谢意。但同时指出，两人相差近四十岁，实在没有可能在一起。劳伦斯快速回信，扬言一定可以找到让Marguerite夫人青春永驻的方法。此时劳伦斯已经申请到了耶鲁大学的化学专业，他认为凭借科学的力量，可以打破他和Marguerite夫人之间的年龄屏障。劳伦斯仅用两年时间就修完了所有的专业课程，同时在学校攻读了生物学和医学的相关课程。但学习得越多，劳伦斯就越感到沮丧。从科学上看，长生不老在现阶段是根本不可能实现的。

就在劳伦斯打算自暴自弃的时候，偶然读到了一本西班牙航海家的日志。在日志中，航海家详细记述了在美洲新大陆探险时，曾见到不老泉。不老泉位于美洲腹地深处的一片绿洲附近。当地老人会定期使用不老泉的泉水洗澡。航海家初到此地就感到十分奇怪，两个看起来年龄相仿的人却是父子关系。在得知了不老泉的秘密之后，航海家再次观察，果然发现当地没有老人，每个人看起来都充满朝气，精神抖擞。航海家迫不及待地想要尝试不老泉的时候，却被当地人厉声制止。当地人声称，只有五十岁以上的人才可以使用不老泉的泉水，五十岁以下的人使用会受到诅咒，英年早逝。还不到四十岁的航海家只得放弃。但为了将来能回到此地，航海家在文字旁边画了地图，详细记录了不老泉的位置。

后来几经周折，劳伦斯终于找到了海航日志中的不老泉，但此泉干枯已久，再也没有泉水涌出。劳伦斯仍不甘心，花钱买了泉水周围的一大片荒地，并且利用石油钻井设备，在泉眼附近四处打洞，终于让泉水再次涌出。

不老泉的秘密也很快被劳伦斯解开。原来，在泉水深处，生长着独一无二的深水藻类植物，此物质可以加速人体的新陈代谢功能，促进细胞再生，从而达到返老还童的效果。劳伦斯迫不及待地开车几百公里到最近的镇上给Marguerite夫人发了电报，让她无论如何都要来到此地。Marguerite夫人如约而至，并听从劳伦斯的建议，坚持使用泉水洗澡。两个星期过去，奇迹发生了，Marguerite夫人的肌肤如婴儿般娇嫩，眼睛明亮动人，腰也不疼了，腿也不酸了，就连精神状态也恢复了。Marguerite夫人不忍独享这样的奇效，推荐给了自己的多位闺蜜。闺蜜们用后都对效果赞不绝口。

劳伦斯和Marguerite夫人讨论后决定，在当地建厂，做化妆品公司，公司就以Marguerite命名。可就在他们干劲十足的兴头上，有两位年轻姑娘在洗过泉水后得急症死亡。劳伦斯和Marguerite夫人都对泉水产生了怀疑，暂停了即将开工的项目。劳伦斯带着藻类植物样本回到耶鲁，做了深度研究。劳伦斯在对小白鼠的试验中发现了藻类植物的问题。结合航海日志中当地人的传说，劳伦斯再次对小白鼠进行对比试验。实验结果表明，藻类植物对青年小白鼠的致死率达到百分之五十，但对老年小白鼠似乎起不到什么作用。劳伦斯反复试验了一年，确定了藻类植物的安全剂量和适用年龄，和Marguerite夫人一起回到了小镇。Marguerite夫人出钱，劳伦斯出力，厂房在一片荒芜中拔地而起……

“就这些？”Kevin听林璎讲完，并不满意。

“资料里就这些东西了。解药的事，劳伦斯只字不提。恐怕他确实没研究过解毒，也根本不认为此毒有药可解。毕竟他们的产品从来就没打算卖给年轻人。”林璎道。

“即便不卖给年轻人，作为一个科学家，他也会想解决这件事吧。”Kevin眉头紧皱，“对了，药的分析结果已经出来了，Propranolol，常见药物，主要治疗心率过快。”

“好。”林璎拿出手机，给袁馨发了条微信。

“你不会还认为这是解药吧？我认为这只是劳伦斯给自己准备的急救药。”Kevin道。

“死马当活马医，万一有用呢。”林璎瞟了Kevin一眼，继续道，“我们现在怎么办？‘十八春’的召回工作，袁馨应该能完成。但美妖面膜怎么办？以后还做不做了？他这些资料里怎么连个配方都没有啊？”

“配方我们不是早就知道了吗？”Kevin意味深长地说，“至于藻类植物，我想它也一直都在我们的眼皮底下，我们却不愿意多看。”

林璎看着Kevin，忽然恍然大悟：“是咱们窗外正对着的那口泉水？”

Kevin点点头：“我想是的。不过，劳伦斯解决不了的问题，我恐怕也解决不了，只能祈祷芳芳别得什么严重的病。”

“互联网上卧虎藏龙，我求助看看。”林璎回到电脑前，将所有情况写在了国际知名求助网站“quora.com”上，并给出了两万比特币作为解答酬金。

Kevin看到赏金数额时，愣了一下，问道：“两万比特币？你怎么会有这么多？”

“你忘了我是干吗的？我是最早挖矿的那批人。我们公司旗下有三家数据中心，服务器空闲时间都在挖矿。”

“比特币是什么我一直都搞不清楚，感觉像是你们这些学IT的专门发明出来骗人的。”

“搞IT的不是搞金融的，没有忽悠人的兴趣。关于比特币，我倒是可以给你科普一下。有一个聪明的日本人，想出了一个多元方程，这个方程有两千一百万个解。所谓挖矿，就是用计算机去求这个方程的解。因为他有两千一百万个解，你用脚趾头也能想明白，肯定是越早的解越好求。所以像我们这些早期挖矿的，都很轻松地得到了大量的比特币。可是越到后面，这个解越难求。而且随着比特币在日本等国的合法化，也导致参与者越来越多，这事也就变得更难。现在这两千一百万个解，已经求出了一千多万个，还剩下几百万个没求出来。当所有的解都得到之后，比特币会永远保持两千一百万这个数字不变。比特币的账户是公开的，你可以在平台上看出每个账户里有多少钱。但是账户的保密级数很高，任何人都不知道账户背后对应的人到底是谁。据我所知，比特币最大的赢家是华人。"

"咱们的赏金需要这么多吗？"

"我认为这个问题值这么多钱，尤其是现在。"

"你为什么不用真实货币？"Kevin问道。

"在互联网上，比特币比任何一个国家的货币都更容易流通。加上保密性好，回答问题的人不会有心理负担。同样，我也不会有心理负担。"林璎答道。

Kevin和林璎讨论比特币的工夫，页面上已经有了几十个回答。答案从生物医药到人文历史，题材丰富，类型各异。

"看起来没什么靠谱的啊。"林璎迅速扫了一遍形形色色的答案，"你看看这个回答，普罗米修斯在造人的时候忘了加入抗衰老基因，导致人类虽然长得跟神相似，但却会变老变丑。为了弥补这个错误，普罗米修斯将抗老种子撒在了世界各地。但因为人类长期适应了自然衰老，在服用抗老种子后会出现排异反应。过激的排异反应甚至会导致死亡，所以世界各地虽然都有不老泉的传说，却没有大规模使用的记录。抗老产品正确的使用方法是，少量尝试，逐渐增量，直到人体完全适应后，再大量服用。"

"这就叫一本正经地胡说八道吧。"Kevin插话道，"这网站靠不靠谱啊？"

"平时肯定是靠谱的，但今天咱们这个问题就不靠谱，别人回答神话传说我也可以理解。"林璎笑道，"你有没有觉得哪里不对。如果美妖面膜中也有藻类植物，那咱们已经卖了几个月了，没听说哪个用户出事了啊？劳伦斯明知道美妖面膜是要卖给年轻人的，他应该不敢在里面添加藻类植物。从文件上的记录看，劳伦斯肯定不是个坏人，干不出伤天害理的事。"

"我包里有美妖面膜，我们可以在这儿看看这里面到底有什么。"说完，Kevin出门上楼了。

“你有什么想吃的吗？”谢英权问道。

“能吃饱的就行，我对吃还能有什么要求啊。”艾博迅速打开新买的烟盒，拿出一支烟，狠狠地抽了一口。

谢英权厌恶地摆了摆手，打开四个车窗，说：“你少抽点儿吧，吸烟危害健康。”

“早死早托生，咳咳。”艾博干咳了两声，快速抽完了一支烟，将烟蒂扔到了车窗外。

“别往车外扔，车上有垃圾桶。”谢英权明知道说晚了，还是坚持说完。

“你们这些人，就是穷讲究。”艾博刚腾出手，立刻掏出手机。

谢英权欲言又止。求人办事，再看不惯也得忍着。

“这什么情况。”艾博大叫了一声，“两万个比特币？快，别吃饭了，咱们赶紧回实验室。”

“怎么了？”谢英权疑惑地问道。

“有人在quora上悬赏两万个比特币，求返老还童物质的解药。哈哈哈。”艾博笑道。

“返老还童？这种疯子写的东西，你还搭理？”谢英权更不耐烦，“赶紧去吃个饭，回去咱们还有正事呢。”

“这可不像疯子写的。提问者已经将比特币转到打赏账户了，这意味着即使规定时间内没有作者满意的答案出现，这笔钱也要平均分给所有回答问题的人。”艾博盯着手机。

“他找个托儿回答，他点击认可不就行了。”

“在quora上这么做是行不通的。答案是公开的，所有人都能看见，如果都觉得提问者选择的答案不公平，其他回答者可以举报，最后由网站管理者给出公平的裁决。”

“现在有多少个答案了？”

“两千多个答案了，数量还在继续增加。”艾博翻看着手机上的文字，“很多人是来蹭奖金的，都觉得这道题无解。”

“永葆青春要是能办到，多少钱都会有人出。”谢英权笑道，“尤其是女人。”

“我再说一遍，提问者不是问返老还童物质，他要的是返老还童物质的解药，返老还童的物质他已经找到了，并且提供了相关历史记载和成分说明。”艾博又认真地看了一遍问题介绍。

“疯子的话不需要相信吧？怎么可能有返老还童这种事？”

“为什么不可能？花青素你听说过吧？抗氧化、抗自由基。提问者说的是一种藻类植物。我估计原理和花青素相似，只不过效果更强一些。”艾博低着头，继续说道，“花青素到底为什么有这些作用也是现在的未解之谜，很多医药公司和化妆品公司在研究。现阶段也无法实现人工合成。”

“化妆品公司？”

“返老还童当然是化妆品公司最感兴趣的啊。”艾博打开烟盒，掏出了一支烟，“不过，提问者说藻类植物虽然有返老还童的功效，但年轻人使用有致病的可能性。里面说，藻类植物会让病变细胞加速生长。这么说来，要是藻类植物遇上癌变，那不就没救了嘛。”

“你说什么？”谢英权惊道。

“我说如果体内有癌细胞，这种物质会让癌细胞疯狂增殖的。就是因为这个原因，他才需要解药吧。可惜拿不到实物，光看描述，谁能知道这东西到底是什么啊。算了，咱们还是继续去吃饭吧。”

“回实验室，”谢英权冷冷地说，“实物我这儿有。”

“太好了，美妖面膜里没有藻类植物。”Kevin看着实验仪器给出的数据，兴奋地说，“只是稍微放了一些雌激素，还是合理范围内的，没超标！”

“我就说嘛，国家质监局在那儿摆着呢，真有问题也不可能让上市啊。不过

Marguerite的面霜是怎么销售的？”

“Marguerite一直有多条产品线，有在商场售卖的产品，也有一部分小众商品是厂家直销的。直销的方式可以避开监管。他们最有名的甄挚面霜就是门槛很高的直销产品，有钱都不一定买得到。刘慧是怎么弄到的？‘十八春’是怎么通过质检的？”

“刘慧拿他们自主研发的产品做的质检，当然没事了。‘十八春’主打私人定制，每个人拿到的化妆品都不一样，但主要成分都是正常的原料，质检也没法儿较真儿到每瓶都查吧。”林璎解释道。至于刘慧是如何在短时间内拿到了一千瓶甄挚面霜，林璎故意隐去不说。

“聪明反被聪明误，老老实实去走质检，也没有今天的麻烦事了。哎。”Kevin叹了口气，“网上求助怎么样了？重赏之下有没有高手现身？”

“我一直盯着看呢，没什么靠谱的。”林璎瞟了一眼电脑上的时间，“还有六个小时。北京现在凌晨三点。”

“就看袁馨的了，如果能在出货之前把货都截下来。刘慧就不需要开发布会了。”

“袁馨刚刚发了个消息，说她正一家仓库、一家仓库地跑呢。现在刚好是快递接单时间，只要都能拦住就行。芳芳还是昏迷不醒。现在是半夜，详细检查要等到天亮才能做，让你别担心。”

“芳芳吉人自有天相。”

“我刚破译了几篇加密文件，是关于藻类植物的研究，你看看。”林璎把电脑放在了Kevin面前。

艾博看着实验仪器的分析结果，一声不吭，眉头紧锁。

“有什么发现吗？”谢英权迫不及待地问道。

“有一种不明物质，含量极低。”艾博看着蒸馏瓶里的液体，“恐怕就是quora上提问者说的藻类植物。”

“这个东西致癌吗？”

“不知道，样本太少了，就这么点儿量没法化验。”

“那我应该知道提问者是谁了。”谢英权豁然开朗，嘴角泛起一丝笑意。

“是敌是友？”艾博问道。

“有什么关系？”谢英权道，“难不成你真有解药？”

“哪来的解药啊？没个十年八年研究不出来。但可以根据病变细胞的不同，定制干扰性靶向药，这一直是我研究的方向。如果在靶向药中同样加入藻类植物，也许可以以毒攻毒。”艾博点了支烟，问道，“你说，我该不该告诉他们？”

“告诉他们吧。”

“你们是朋友？”

“商场中，敌友都是利益关系决定的。今天的敌人，也许就是明天的朋友。”谢英权道，“治病救人，总比害人好。”

“好，那我回答了。”

看着艾博埋头敲字，谢英权心里却有了另一番打算。如果他们不知道解决方案，用不了多久就会召回，名声虽然差点，但公司不会破产。可一旦他们知道藻类植物引起的病能治，他们就会肆无忌惮。等产品到了消费者手中，自己再公开这个惊天秘密，初心公司就只有破产一条路可走了。到时候，林璎、刘慧这帮人，就可以一网打尽了。

“他们给我回复了，让我留下电话，他们要联系我。”艾博道，“回得可真快啊，我才发上去五分钟，看来他们也没睡觉啊。”

“人命关天，谁能有心情睡觉啊。”谢英权道。心中叹息，早点来找艾博就好了，不会让梁璐白白丢了性命。

“您好，是您给出的答案吗？”林璎用Skype拨通了回答者的电话号码。

“是我。有什么问题吗？”

“有一位病人，在华宇医院307病房，您是否方便去看看她。她具体是什么病我不太清楚，但也许跟我提的问题有关。”

“不知道是什么病的话，我也没有把握。我尽力吧。”

“好，非常感谢，我会尽快跟您见面的。”

“别客气，我的比特币账号留在quora上了。”

“您放心，两个小时内转给您。”

“好，那我现在就去华宇。”

见艾博挂了电话，谢英权道：“走吧，我跟你一起去。”

“还好，你还没睡。”

“哥们儿，这什么节骨眼儿了，我特么能睡着吗？”刚刚过去的几个小时里，刘慧一直忙着在物流仓库间奔波。

“我想起个事儿啊。咱们要是就这么不明不白地召回，之后再不发货。以后跟消费者不好解释啊。”林璎道。

“哥们儿有什么建议就直说，别卖关子。我现在脑细胞都死一半了。我正开着车呢。我和袁馨对过了，就差两家物流公司没确认了，我俩一人一家。”

“光召回不行，明后天必须有货顶上，晚一两天不怕。你要是敢晚一两周，就现在的消费者肯定得跟咱们玩儿命啊。”

“这帮网民就是被快递公司惯坏了，恨不得下单之后一个小时就能到货。明天就拿货顶上，你说得倒轻松。我也想啊，可哪儿有啊？我上哪儿变去？”

“你们之前研发的没有存货了吗？没加Marguerite面霜的产品都可以发啊。”

“有一些，但肯定补不上这么多，至少得一周时间。”

“一周太长了，两天，必须两天。”

“你拿代工厂当IT公司使唤了吧？人家凭什么熬夜给我们做产品啊？”

“凭钱。你要是不想让公司倒闭，就出点血吧，现在是拿钱救命。”

“都是买命，你们也出点吧。”

“一人一半。你赶紧联系代工厂，越快越好。明天要是能出货，我多加一份钱。”

“行，那就不惜一切代价吧。可你觉得这事还能做下去吗？不添加Marguerite的‘十八春’，也就是个及格产品，做成鸡肋可就没劲了。”

“我有信心，相信我。除了补货，你们公司安排一下。这次以你们为主，做个发布会。”

“咱们不是刚开完发布会吗？没必要重复吧。”

“不一样。这次的发布会主打用户体验。各年龄阶段使用者都来说两句，主要找你的脑残粉和关系好的明星过来歌功颂德。”

“这种发布会没什么意思吧？”刘慧道。

“有没有意思就看你会不会玩了。现场测皮肤锁水度，皮肤透光度，跟之前的数据照片做比较。算出提高比率，全部用数据说话。用户配合度要高，数据我来调整。但你现在就要开始选用户代表了，这个很重要。”

“放心，智商够。可我怎么觉得这么low啊。”

“你放心，一定不会的。”

“我就烦你这藏着掖着的劲儿。行，重头戏你来，别的事我管。你那边怎么着了？”

“有点儿眉目了，再等等。”

“还一个事，我有几个员工试用过我们的产品。我担心她们……你说要不要让她们去做做体检啊？”

“你安排全公司一块体检吧，光安排那么几个人，太奇怪了。”

“公司一个月前安排过一次，没道理这么快再来一回吧。”

“体检也没什么必要，真要是碰上了，发病极快，不差那两天。”

“你说的，出了事你负责。”

“我负责。”林璎坚定地说。

尾声

“下面有请影坛常青树老汤哥上场。”身为C站一姐的主持人莉莉念到“老汤哥”的名字时，声音控制不住地颤抖起来。老汤哥在莉莉年少时就已名震四海，出演过多部经典电影，仅次于张国荣的一代男神。莉莉少女时期每晚都要看着老汤哥的照片入睡，所谓梦中情人，不过如此。可惜，等莉莉有机会认识老汤哥的时候，老汤哥已经衰老得不成样子了。莉莉在一次晚会上遇见过老汤哥，面色焦黄浮肿，一脸的老年斑，硕大的眼袋，塌陷的苹果肌。汇美为什么要找他来做用户体验？莉莉在心中打了个问号。彩排的时候并没有这段。难道老汤哥是临时赶过来的？想到老汤哥之前的样子，莉莉替晚会捏了把汗。

老汤哥快步走上台前，健硕的体魄，修身的Zegna黑色西装显得身材紧实。一束高强度追光灯打在老汤哥的脸上。

天啊，莉莉险些叫出了声，这变化也太大了。皮肤紧致有光泽，健康的小麦色，之前的老年斑全消失了。皱纹不见了，眼袋也没了，脸上满满的胶原蛋白，连眼神都透着年轻人特有的光彩。这不就是自己心中的那个男神吗？

“老汤哥，您也是‘十八春’的体验者吗？”莉莉脸色绯红，痴痴地问道。

“是的，我在机场看到了这款产品的宣传，觉得挺有意思，就尝试了一下。没想到短短一个月的时间，效果这么神奇。我脸上没有任何的化妆品，不相信的观众可以上台近距离看一下。”

老汤哥话音刚落，几个坐在前排的观众就冲了上来。大家左看右看，看不出门道。还好莉莉反应快，叫了工作人员拿来湿纸巾，递给老汤哥。老汤哥拿着湿纸巾在脸上狠狠擦了几下，再把纸巾展示给观众，以确定脸上没抹化妆品。

“这效果真是……”莉莉一时语塞，不知说什么才好。

“是的，完全超出我的想象。所以今天我是听说汇美开发布会特意赶过来的，他们并没有邀请我。我非常感谢‘十八春’这款产品。年轻的时候，我跟很多人一样，以为自己不怕老。即便作为一个演员，我也一直安慰自己，老了也有很多戏可以演。但事实并非如此。”老汤哥的眼中湿润，继续说道，“现在影视剧中的老人形象大部分也是由年轻人化装来完成的。导演宁可找二十岁的演员化妆成六十岁的老人，也不愿意找真的老人来演戏。为什么？很简单，因为二十岁的演员可以化装成慈祥、可爱、充满生气的老人。而我，只能演一个死气沉沉的老人。我老了之后才明白，衰老原来这么可怕。在最初变老的时候，我努力抗争过，但发现并没有什么用，就放弃了，破罐破摔。但使用了‘十八春’之后，这一切都改变了。我的皮肤状态恢复了，我也受到鼓舞，重新开始健身、节食。所以各位能看见现在的我。我一直信奉一句话，任何事现在开始都不晚。包括变年轻这件事。”

“老汤哥说得没错，什么时候开始都不晚。收看我们发布会的朋友都听到、看到了吗？老汤哥的变化，我们都可以拥有。‘十八春’是价格最低的奢侈品，它绝不是明星专属。”莉莉定了定神，看着工作人员刚刚递上来的提词卡片，念道，“下面这位体验者，也不需要我多介绍了，相信大家都知道她是谁。我们这一代人都是看着她的戏长大的。下面，有请前美国著名表演艺术家，Jenny Kennedy上场。”

台下观众都瞪大了双眼，毕竟谁也想不到，在一个产品发布会上，竟然能见到国际一线影星Jenny。Jenny走上台，满面春光，状态极好，操着蹩脚的中文说了句：“大家好。”

“珍姨你都能请得动啊？”袁馨在台下惊讶地问道。

“美国是典型的资本主义国家，每个人都有身价。就看你能不能出得起钱。”林璎答道。

“这次又让你破费了。”

“钱是公司出的，这次发布会的预算你没看过吗？”林璎皱起眉头。

“没有，芳芳发给我了，但我还没来得及看。”袁馨看出林璎的不悦，补道，“我回去就看。”

台上Jenny用英文讲述自己使用“十八春”护肤品的效果，并配了用前用后的对比照片。

“刘慧这护肤品里放什么了？真有这么神吗？”袁馨疑惑地问道，“我也用了，没什么效果啊。”

看着袁馨一脸懵懂的样子，林璎知道现在还不是说的时候。

发布会场外谢英权正在打电话，语气焦虑：“你说什么？没有毒物质？这次化验的产品里都没有？我给你的所有样品都没有？”

“对，没有，我确定。你可千万别去现场闹啊，不然之后你收不了场。”艾博说道。

“怎么可能呢？那他们的产品里有什么？”谢英权急道。

“就正常护肤品该有的那点东西，没什么新鲜的。”

“那种不明物质呢？都没有吗？”

“没有，真的没有。我猜他们知道这东西有危险，已经不敢放了。”

“可不放这个，他们这东西怎么可能有用啊？”

“那我就不知道了。你就少安毋躁吧，不要贸然行事。”

“之前的证据呢，我总可以交给媒体吧。”

“咱们没有‘十八春’致命的证据啊。我手上只有一瓶含有不明物质的‘十八春’样品。人家会说是咱们往里面添了东西的，很容易被反咬一口。而且说这种东西致死，就更谈不上了。目前唯一怀疑死于它的，只有你老婆，但没有任何证据，只能是怀疑。上次那个叫陈芳芳的女孩就是贫血而已，跟这个扯不上关系。”

“那就拿他们没办法了吗？”谢英权咬牙切齿地问道。

“现在没什么办法。过两天我们可以公布他们的产品配方，投诉他们夸大疗效。不过，这没什么用吧。”

“你猜咱们这次发布会开完，增加了多少订单？”刘慧笑得嘴角都快咧开了。

“行了，别太得意了。赶紧想办法提高你们的产品质量吧。”林瓔耷拉着眼睛，不为所动。

“你怎么了？一张丧脸。”

“我今天早上收到消息，AES256被破译了。”

“什么？AES256？！不可能吧？谁有这本事能得图灵奖了。”

“是真的。物理方法暴力破解，已经验证成功了。”

“我靠，这得需要多少大型服务器啊？还有时间呢？这要是三年破出来一个也没什么意义啊。”

“具体情况没公布，但我看到的比较靠谱的说法是五台超服，一天。”

“不可能！”

“我们公司的工程师已经在尝试了。不止我们公司，硅谷无数的工程师现在都在尝试。”

“这是要疯啊？AES256是顶级加密算法了，比ASE256更安全的只有……”

“ECC，比特币的加密技术。”

“那得赶紧进点儿了，现在价格多少了？”

“几个小时，从八千暴涨到两万了。”

“都疯了吧！”

“你清楚AES256被破译意味着什么，很多人也都清楚。所以比特币暴涨是必然的。随着硬件和人工智能的不断升级，咱们学IT的都知道这是早晚的事，但没想到来得这么快。”

“我还是不能相信，AES256啊，怎么可能呢？”

“我们也许是最幸运的一代人，赶上了人工智能的全面发展。我们也许是最不幸的一代人，一切都将改变，我们要面对的是一个全新的世界。一个车不需要开，钱不需要存，人不需要爱的世界。”

“你特么别说了，太恐怖了，我回公司了。”刘慧往林瓔办公室的门口走了两步，又回身说，“老谢那边你打算怎么办？还留着这个竞争对手吗？”

“在美妖盒研发成功之前，留不留着也没什么区别。”

“你们还在研发美妖盒？那东西不是做不出来吗？”刘慧好奇地问道。

“AES256都能破译，美妖盒也一定可以做出来的。我要回美国一阵子，处理一些公司的事。顺便找找有没有这方面感兴趣的专家，挖两个回来。”

“你要回美国？去多久？”

“还不确定，事办完了，自然回来。”

“初心留个袁馨那小丫头，你放心吗？”

“有Kevin在，出不了什么大乱子。真有麻烦我会回来的，放心。”

“AES256破译对你们公司有影响吗？”

“肯定会有。”

林瓔自觉交代好了一切，踏实地回到了位于硅谷Atherton的家。Atherton是美国房价最高的区，平均房价一千三百万美元。而林瓔的房子是这个区里的豪宅，四周绿树成荫，古树苍天。后院有露天游泳池和两处人造温泉池。在其中一个温泉池的石壁上藏着一道暗门。林瓔看了暗门一眼，忽觉旅途劳顿，无心走去暗门的方向，回身进了主楼自己的卧室。林瓔沉沉睡去直到天亮，忽被一阵警笛声吵醒。

Atherton怎么会有罪犯啊？林瓔揉揉惺忪的睡眼，拉开窗帘向外望去。有四辆警车停在自家楼下，几名警察持枪，摆好pose，站在林瓔家门口。

“这什么情况啊？”林瓔不及多想，就走出了大门。“各位，有什么事吗？”

“林先生，您因涉嫌参与破坏国家安全系统，被捕了。这是拘捕证。”说话的人西装革履，面色凝重。

“你们弄错了吧？我？破坏国家安全系统？”林璎看着拘捕证，搞不清楚状况。

“我们有足够的证据提出指控，麻烦您跟我们走一趟吧。”

“好，我跟你们走，但我要给我的律师打个电话。”

“您提供号码，我们会帮您打给律师的。”

“好吧。”林璎对着门口的摄像头快速眨了眨眼睛。随着眨眼频率的不同，一串莫尔斯码通过摄像头连接的wifi发了出去。“走吧。”

袁馨坐在飞机的头等舱里，手里拿着一本《人类简史》快速翻着。此时袁馨心中烦乱，根本看不下去书中的内容。几个小时前，刘慧打电话告诉她，林璎遇到麻烦了。

她没有一丝犹豫，她知道林璎的事就是她的事，没有林璎，就没有初心；她也知道，她的世界里再也不能没有这个从小就令她仰视的男人……